董傳策集

閔行歷代稀見文獻叢刊 第一輯

閔行區圖書館 編
許建平 王杏林 孫鶯 點校整理

浙江大學出版社
ZHEJIANG UNIVERSITY PRESS

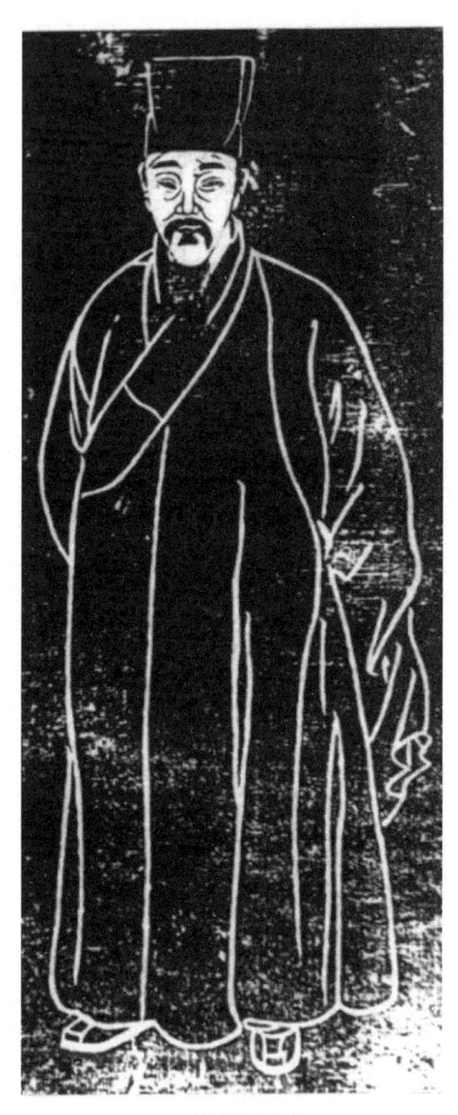

董傳策像

（據華人德主編《中國歷代人物圖像集》，上海：上海古籍出版社，二〇〇四年）

「閔行歷代稀見文獻叢刊」總序

祝學軍

習近平總書記在慶祝中國共産黨成立九十五周年大會上指出，「全黨要堅定道路自信、理論自信、制度自信、文化自信」，而「文化自信，是更基礎、更廣泛、更深厚的自信」。

當今中國，堅定「文化自信」具有重要的理論意義和實踐意義。文化自信既是黨的「四個自信」不可分割的重要組成部分，更爲人們認識和改造世界提供了有益啓迪，爲治國理政提供了有益啓示，爲堅持中國道路提供了歷史依據。

長期以來，閔行區經濟成就顯著，人文底蘊深厚。經濟總量、財政收入、居民生活水平、城市化進程、公共服務等諸多指標均位列上海各區縣前茅，是當之無愧的「經濟大區」。同時，閔行也是名副其實的「文化大區」，有着豐富的文化資源和深厚的歷史底蘊。區域内各級各類學校、科研院所、文藝團隊雲集，各類科技人才和文化名人散佈全區。「馬橋文化」堪稱上海「文明之根」，與「良渚文化」相媲美，「撤二建一」之前的上海縣之立縣歷史可追溯至元代至元二十九年（一二九二），是上海「建置之根」，人們口中的「先有上海縣再有上海市」並非妄語。明清時期的上海縣交通便捷，經濟發達，受松江府城的近距離輻射，集鎮建設優於其他地區；在近代城市化進程中，既没有徹底洋化，也没有固守不變，而成爲農耕文化、商貿文化與近代海派文化的相生、相融之地，獨具地域文化特色。

作爲承載着集體記憶的珍貴記録，自古以來，各地對地方性的歷史文獻都相當重視，上海近年也有許多重大舉措。如二〇〇五年出版了《上海鄉鎮舊志叢書》，二〇一三年出版了《民國上海市通志稿》（第一卷），尤其是二〇一六年《上海府縣舊志叢書》（上海縣卷）的出版，堪稱上海文化界的一大盛事。

二〇一三年，閔行區政協文體委開展了閔行文化資源的調查，據《調查報告》所示，作爲閔行區文化資源重要組成部分的地方歷史文獻，尚未受到足夠的重視，至今未經系統整理，爲此提出了相關建議。閔行區委、區政府和區政協領導對此高度重視，經過充分的醞釀和準備，二〇一七年，由區政協牽頭，區文廣局組織區圖書館等相關單位正式啓動編撰「閔行歷代稀見文獻叢刊」項目。應該説，就閔行區的經濟社會發展階段而言，開展此項工作適逢其時。

「十三五」期間，我們還將整合社會各方面文化力量，邀請區域内高等院校、科研院所和有關專家學者參與，系統整理閔行歷史文獻。本着「以人存書」、「以書存史」、「以史爲鑒」的原則，逐年刊佈一至三册，五年集成一輯，一輯約收十種，滚動開發。内容以鄉賢著作、地方史料等爲主，對有關的大型檔案乃至經濟社會文獻，作斟酌收録。我們認爲，編撰「閔行歷代稀見文獻叢刊」，有利於閔行歷史文化資源的深度開發和利用，有利於提升閔行文化軟實力，有助於弘揚閔行城市文化精神，也可爲上海市文化尋根提供文獻基礎和學理依據。

儘管篳路藍縷，但歷代先賢留下的文化瑰寶讓我們有自信、有底氣，我們也有智慧、有決心扎實推進「閔行歷代稀見文獻叢刊」的整理工作。衷心希望社會各界和專家學者關注支持、熱心指導，對我們的不足和錯誤，直言不諱，批評指正。

讓我們共同深入了解閔行的前世今生，憧憬展望閔行的輝煌未來！

是爲序。

前言

董傳策(一五三〇—一五七九),字原漢,號幼海,又號「廓然子」、「抱一山人」,南直隸松江府上海縣(今上海市閔行區)人。嘉靖二十八年(一五四九)舉人,二十九年(一五五〇)進士,授刑部主事。時嚴嵩柄政,獨斷專行,貪黷無度。嘉靖三十七年(一五五八),董傳策奏上《論嚴分宜欺君誤國疏》,彈劾首輔嚴嵩,列舉嚴嵩六大罪狀,被逮下獄,受盡酷刑,罷官流放廣西南寧。十年後,明世宗駕崩,穆宗朱載垕繼位,改元隆慶,平反冤獄,董傳策方纔結束了十年的流放生活,於隆慶元年(一五六七)回到北京,復爲刑部主事,以後歷任吏部主事、吏部驗封司郎中、太僕寺少卿、太僕寺卿、南京光禄寺卿、大理寺卿、南京大理寺卿、南京工部右侍郎、南京禮部右侍郎。明神宗萬曆七年(一五七九)五月,因御下過嚴,被家中惡僕殺害。

嘉靖三十七年(一五五八),董傳策流放南寧,從京城前往南寧的路上,跋山涉水,把沿途見聞及到南寧後的游歷,寫成《奇游漫紀》(或寫作《奇遊漫記》)八卷。在南寧的十年流放生活,董傳策游覽廣西的山山水水,觀察南寧本地的風土人情,創作了大量詩文,完成了《采薇集》、《幽貞集》、《邕歈稿》等詩集。他的詩歌内容涵蓋了他謫戍期間生活的各方面,有對廣西地方山水風景的歌咏,有對地方風物的描寫,有對歷史人物的懷念,有與親朋好友的唱和。他的詩文,對於明代廣西的民俗文化的研究具有重要的學術價值，對於南寧文化底藴的挖掘、文化景點的開發以及南寧地方旅遊業的發展，都有十分重要的現實意義。

關於董傳策詩文的思想内容、藝術特色、史料價值等，已有多篇文章作過闡述，如覃佳《董傳策旅桂詩歌研究》（廣西大學二〇一四年碩士學位論文）、曾歡歡《董傳策詩集校注》（廣西師範學院二〇一一年碩士學位論文）、曾歡歡等《明代大學者董傳策記録的廣西民俗》（《開封教育學院學報》二〇一三年第五期）、曾歡歡《董傳策廣西果木詩研究》（《廣西師範學院學報》二〇一三年第三期）、覃佳《董傳策風物詩的地方文化特色》（《廣西職業技術學院學報》二〇一三年第四期）等，在此不再贅語。

董傳策的作品，據徐階《明故通議大夫南京禮部右侍郎幼海董公墓誌銘》所載，有「《采薇集》十四卷、《幽貞集》十一卷、《蘧廬稿》七卷、《邕歈稿》七卷、《奇遊漫記》二卷、《霸繩》二卷、《中述》二卷、《憶遠遊》一篇、《述史》二十篇、《景獻》三十篇，又有奏疏、序記、碑銘、《應客緒言》、《讀書雜著》、《譚道隨筆》暨戍歸詩歌，又不下百卷」。何三畏《重刻少宗伯董公集序》云：「其所譔著詩若文，戍之時居大半焉，有《采薇集》、《幽貞集》、《蘧廬稿》、《邕歈稿》、《奇遊漫記》、《霸繩》、《五述》，共四十五卷；有《憶遠遊》、《述史》、《景獻》，共五十一篇；有奏疏、序記、碑銘、《應客緒言》、《讀書雜著》、《談道隨筆》及戍歸詩歌，又不下百卷，業已板鏤而家藏之，第亦多所散逸。而其弟原道復謀所以壽之梓者，而屬叙于不佞。」其所言「四十五卷」，正符徐階文中「《采薇集》十四卷、《幽貞集》十一卷、《蘧廬稿》七卷、《邕歈稿》七卷、《奇遊漫記》二卷、《霸繩》二卷、《中述》二卷」的總數，則所謂《中述》者，即《五述》也。徐階所撰《墓誌銘》與何三畏所撰《序》中關於董傳策作品的篇卷數完全相同，而據何序所言，這是全集所包含的内容。考董傳策卒於萬曆七年五月，葬於九年九月，距其卒已兩年有餘，則徐階所撰《墓誌銘》中董氏作品，應是全集所收目録。而董氏全集的編纂，應是萬曆九年董傳策下葬前。

何三畏《序》中所言「原道」，即傳策三弟傳文之字。國家圖書館藏有《采薇集》、《邕歈稿》、《奇游漫紀》、《董宗伯奏疏輯畧》，《采薇集》之總目録末刻書銜名爲「萬曆壬寅春二月太史叔其昌重選，弟傳文重梓。婿李生華，姪玉樹、玉珂、玉京、玉驄、玉鉉、玉振、玉恩、玉階，男玉柱、玉衡仝校」，萬曆壬寅者，即萬曆三十年（一六〇二）。《幽貞集》之總目末刻書銜名爲「萬曆癸卯秋日太史叔其昌重選，弟傳文重梓。姪玉樹、玉珂、玉京、玉驄、玉鉉、玉振、玉恩、玉階，男玉柱、玉衡仝校」，萬曆癸卯者，即萬曆三十一年（一六〇三）。《邕歈稿》的莫如忠《序》後刻書銜名爲「萬曆癸卯春仲太史叔董其昌選，弟董傳文梓。婿李生華，姪婿楊汝麟，姪玉樹、玉珂、玉京、玉驄、玉鉉、玉振、玉恩、玉階，男玉柱、玉衡仝校」。《奇游漫紀》之目録末刻書銜名爲「同事寓客悟齋子吴時來、朗寧復陽道人陳大綸、從祖紫岡居士宜陽仝選。嶺表門人賈仕、廖必進、鄧之梅、杭廷佐、梁國賢、黄鶴齡、鄧中曜、張文謨、李潤、鄧之松、何天德、李湛、喬鎮、陳起漁、梁國相、周豫燧等各抄録。乙丑年陽至日内弟李承志、女弟婿何一鵬、弟傳史仝校。辛丑年中秋日叔思白其昌重選。弟傳文重梓。婿李自約、錢龍錫，姪玉樹、玉珂、玉京、玉驄、玉鉉、玉振、玉恩、玉階，男玉柱、玉衡同校」。乙丑年者，嘉靖四十四年（一五六五），時董傳策尚在廣西；辛丑年者，萬曆二十九年（一六〇一）。《董宗伯奏疏輯畧》末刻書銜名爲「龍飛萬曆，歲在壬寅，太史叔其昌訂，弟傳文梓。婿李生華，姪玉樹、玉珂、玉京、玉驄、玉鉉、玉振、玉恩、玉階，男玉柱、玉衡等仝校」。據以上内容，我们可以這樣推測，《采薇集》、《幽貞集》、《奇游漫紀》在萬曆二十九到三十一年間由董其昌重選，董傳文刻印，説明這三書的初刻本已有散逸，所以有必要重新選輯並刻印，這在何三畏《重刻少宗伯董公集序》裏已有説明。《邕歈稿》與《董宗伯奏疏輯畧》是在萬曆三十與三十一年由董其昌選訂，董傳文刻印，是第一次載入全集的。但據何三畏之《序》，初刻時已有《邕歈稿》一書，這與「董其昌選，弟董傳文梓」的説法有矛盾，這點我们到後面再討論。國家圖書館所藏諸書，確爲第二次重刻本，但《北京圖書館古籍善本書目》合《采薇集》四卷、《邕歈稿》六卷、《奇游漫記》八卷附録一卷爲《董幼海先生全集》，謂存十九卷〔一〕，而未包括《幽貞集》與《董宗伯奏疏輯畧》，是其失誤。

董傳策作品現存《采薇集》、《幽貞集》、《邕歈稿》、《奇游漫紀》、《董宗伯奏疏輯畧》、《廓然子五述》六種，分别介紹如下。

采薇集　徐階《明故通議大夫南京禮部右侍郎幼海董公墓誌銘》言此書十四卷，黄虞稷《千頃堂書目》卷二三《别集類》亦作十四卷，而萬曆《上海縣志》、康熙《上海縣志》、康熙《松江府志》只作一卷，嘉慶《松江府志》、嘉慶《上海縣志》、同治《上海縣志》作四卷，卷數之間相差如此之大，可能並非内容相差巨大，而是分卷的方法不同所致。國家圖書館有萬曆三十年刻《采薇集》四卷，以《周易》「元亨利貞」分册，元册收四言古詩、古調歌、樂府雜調辭、樂府近體雜篇，亨册收樂府近體雜篇、樂府放歌辭、長短調雜篇，利册收歌行雜篇，貞册收五言、六言、七言絶句。是諸所謂四卷者，應即指此。

〔一〕北京圖書館編《北京圖書館古籍善本書目》，北京：書目文獻出版社，一九八七年，第二三八七頁。

幽貞集 徐階《明故通議大夫南京禮部右侍郎幼海董公墓誌銘》言此書十一卷，《千頃堂書目》卷二三《別集類》作十二卷，萬曆《上海縣志》作「幽貞録一卷」，嘉慶《上海縣志》、嘉慶《松江府志》、同治《上海縣志》皆作「幽貞集二卷」，《四庫全書總目》卷一七八《集部·別集類存目五》亦作二卷。但《中國古籍總目》謂《董幼海先生全集》本《幽貞集》四卷，國家圖書館所藏萬曆三十一年刻本《幽貞集》爲上中下三册，但前有「幽貞集小叙」、「幽貞集跋語」、「幽貞集評」、「附録雜閲小簡」，蓋亦作爲一卷計。此爲董其昌重選本，故卷數與徐階所言不同。《幽貞集》所收皆爲五言古詩。徐階所撰《墓誌銘》謂董傳策有「《述史》二十篇、《景獻》三十篇」，今《幽貞集》中册有《述史十首》、《詠漢逸十首》及《景獻詩三十首》，當即爲此五十篇也。此在初刻本中應是單行，而董其昌重選時編入《幽貞集》者。

邕歈稿 徐階《明故通議大夫南京禮部右侍郎幼海董公墓誌銘》言此書七卷，《千頃堂書目》卷二三《別集類》同。嘉慶《上海縣志》、同治《上海縣志》作「邕歈集六卷」，嘉慶《松江府志》亦作「邕歈集」，不載卷數。國家圖書館有萬曆三十一年刻《邕歈稿》六卷，莫如忠《序》後的刻書銜名謂「太史叔董其昌選，弟董傳文梓」，與《采薇集》、《幽貞集》、《奇游漫紀》三書的刻書銜名言「重選」不同，可見這是一個新選本，所收皆爲七言律詩，而七卷的初刻本蓋已散逸。

奇游漫紀 徐階《明故通議大夫南京禮部右侍郎幼海董公墓誌銘》言此書二卷，《千頃堂書目》卷二三《別集類》作八卷，嘉慶《上海縣志》、嘉慶《松江府志》、同治《上海縣志》皆作四卷。國家圖書館藏有四卷本及《董幼海先生全集》所收的八卷本，《四庫全書總目》著録的即是浙江汪啟淑家藏的四卷本。杜澤遜認爲此四卷本就是八卷本的殘本，殘去了前四卷，書賈裁去後四卷的目録冒充全帙以欺騙汪啟淑，館臣據以録入《存目》〔一〕。嘉慶《上海縣志》、嘉慶《松江府志》、同治《上海縣志》所言的四卷本可能就是據《四庫存目》著録。國家圖書館藏萬曆二十九年（一六〇一）刻《奇游漫紀》八卷附録一卷收録了方瑜《南寧青山記》、吴時來《混混亭記畧》、陳大綸《洞虚亭記畧》、徐浦《白雲精舍記》，内容皆與董傳策有關。

董宗伯奏疏輯畧 何三畏《重刻少宗伯董公集序》言全集中有奏疏，但未言卷數。《千頃堂書目》卷三〇《表奏類》有《奏議輯畧一卷》，國家圖書館所藏《董宗伯奏疏輯畧》一卷，其刻書銜名云：「龍飛萬曆，歲在壬寅，太史叔其昌訂，弟傳文梓。」壬寅即萬曆三十年（一六〇二）。《千頃堂書目》所載即董其昌手訂刊刻於萬曆三十年之本。

廓然子五述 此書與《奇游漫紀》卷八《韶江五述》的篇名相同，而内容少於《韶江五述》。何三畏《重刻少宗伯董公集序》言傳策有《五述》二卷，即徐階所云之《中述》二卷，蓋《韶江五述》是董其昌在萬曆二十九年重選時編入。後人據何三畏《五述》之説，又從《奇游漫紀》中抽出《韶江五述》，作了簡縮改編，而成《廓然子五述》。

對董傳策作品的整理，目前所見者只有兩種，曾歡歡《董傳策詩集校注》（廣西師範學院二〇一一年碩士學位論文）整理了《采薇集》、《幽貞集》、《邕歈稿》三種詩集，杜建芳《〈奇游漫記〉校注》（廣西大學二〇〇八年碩士學位論文）整理了八卷本《奇游漫紀》，但兩者的點校及録文多有錯譌。

國家圖書館所藏《采薇集》四卷、《幽貞集》四卷、《邕歈稿》六卷、《奇游漫紀》八卷附録一卷、

〔一〕 説詳杜澤遜《〈四庫存目標注〉序論》，載《微湖山堂叢稿》，上海：上海古籍出版社，二〇一四年，第五三六頁。又見杜澤遜《四庫存目書檢閲隨記》（《微湖山堂叢稿》，第六三二—六三三頁）及《四庫提要舉正》（《微湖山堂叢稿》，第七〇六頁）。

《董宗伯奏疏輯畧》一卷，皆爲海内孤本。《四庫全書存目叢書》的集部影印了《采薇集》、《幽貞集》、《邕歈稿》，其史部影印了《奇游漫紀》、《董宗伯奏疏輯畧》，但影印質量不佳。國家圖書館出版社二〇一三年影印出版了《原國立北平圖書館甲庫善本叢書》，第七九二册收入了《采薇集》、《邕歈稿》、《幽貞集》、《奇游漫紀》、《董宗伯奏疏輯畧》五書，影印質量較好，故作爲底本。但由於作過技術性的處理，因顔色過深而造成的不能辨識之文字，則據《四庫全書存目叢書》影印本録文。《原國立北平圖書館甲庫善本叢書》把《邕歈稿》放在《幽貞集》前，今據《四庫全書存目叢書》本的次序，以《幽貞集》在前，因爲《幽貞集》所收是五言古詩，《邕歈稿》所收是七言律詩，按詩集的一般編纂方式，是古詩在前，律詩在後，五言在前，七言在後。而且《四庫全書總目》所載即《幽貞集》在前。

《廓然子五述》，有［明］王完輯《百陵學山》本，此據上海商務印書館一九三八年《元明善本叢書》影印明隆慶刊本。

此次收録，除以上幾種董傳策作品以外，另收集與董傳策及其作品有關者作爲附録，分爲五部分：一爲詩文補編，即董氏詩文集未收之詩文八篇。二爲碑銘傳記，收録董傳策之碑傳，並附其雙親之碑傳。三爲其他傳記資料，收録與董傳策生平有關之材料，並附天子册封董傳策祖父母、父母的誥命及諭祭文。四爲友朋書札，收録友朋致董傳策的書札。五爲序跋提要，收録董傳策作品的相關序跋及提要。

《采薇集》、《幽貞集》、《邕歈稿》、《奇游漫紀》、《董宗伯奏疏輯畧》均爲孤本，無别本可校。今以其他典籍所載董氏詩文參校，列舉於下：

[明]潘恩《笠江先生近稿》卷六《序》有《刻采薇集叙》。據《原國立北平圖書館甲庫善本叢書》，北京：國家圖書館出版社，二〇一三年。

[清]汪森《粤西詩載》選入八十四首，其中《采薇集》四十三首、《幽貞集》九首、《邕歈稿》三十二首，又佚詩一首。據《景印文淵閣四庫全書》，臺北：臺灣商務印書館，一九八六年。

[明]《朱邦憲集》卷一一《雜文》有《董大理幽貞集評》，即《幽貞集》卷前朱察卿《幽貞集跋語》。據《四庫全書存目叢書》，濟南：齊魯書社，一九九五年。

[明]莫如忠《崇蘭館集》卷一三有《邕歈稿叙》。據《四庫全書存目叢書》。

[明]沈愷《環溪集》卷三《叙》有《奇遊漫紀序》。據《原國立北平圖書館甲庫善本叢書》。

[清]汪森《粤西文載》選入《奇游漫紀》的《游桂林諸巖洞記》、《渡灘江記》、《渡左江諸瀧記》、《青秀山記》、《遊南山記》、《雷埠石壁記》、《衆妙巖記》、《飞盧記》八篇，又佚文一篇。據《景印文淵閣四庫全書》。

[清]黄宗羲《明文海》卷三八五《記五十八·紀行》選入《奇游漫紀》的《烏蠻瀧夜談記》、《雷埠石壁記》、《伶俐水説》、《石瀧説》四篇，但删改較多，許多句子幾不能讀。據中華書局一九八七年影印涵芬樓藏鈔本。

[清]釋笑峰撰，施閏章補輯《青原志畧》卷六收入《奇游漫紀》的《遊青原山記》。據《四庫全書存目叢書》。

[明]陶珽編《説郛續》卷二六收入《奇游漫紀》的《烏蠻瀧夜談記》。據《説郛三種》，上海：上海古籍出版社，一九八八年。

［清］盧見曾《金山志》卷九《藝文五》收入《奇游漫紀》的《游金焦兩山記》，據《中國佛寺史志彙刊》，臺北：明文書局，一九八〇年。

［明］釋廣賓《杭州上天竺講寺志》卷一四收入《白雲堂夜酌》，即《邕歈稿》卷一的《白雲堂夜酌口占時同諸親友止宿》，據《中國佛寺史志彙刊》。

清高宗敕選《明臣奏議》卷二六選入《論嚴嵩欺君誤國疏》，即《董宗伯奏疏輯畧》中的《論嚴分宜欺君誤國疏》。據《叢書集成初編》，北京：中華書局，一九八五年。

［明］孙旬輯《皇明疏鈔》卷七〇收入《早除元惡以圖安攘疏》，即《董宗伯奏疏輯畧》中的《論嚴分宜欺君誤國疏》，内容與《董氏族谱》所録接近。據《續修四庫全書》，上海：上海古籍出版社，二〇〇二年。

《古今圖書集成·方輿彙編·山川典》卷一〇四《焦山部·藝文一》收入《奇游漫紀》的《游金焦兩山記》。據北京：中華書局，一九三四年影印本。

又卷一九三《桂林山部·藝文》收入《奇游漫紀》的《桂林諸巖洞記》。

又卷一六五《衡山部·藝文一》收入《奇游漫紀》的《游回雁峰記》。

又卷三〇二《灘江部·藝文一》收入《奇游漫紀》的《渡灘江記》。

又卷一九四《羅秀山部·藝文二》收入《邕歈稿》的《羅山紀遊限韻》。

又卷一九四《羅秀山部·藝文一》及《乾象典》卷八四《雨部紀事》收入《羅秀山記》，即《奇游漫紀》卷五的《羅秀山游談記》。

又《職方典》卷一四〇五《桂林府部·藝文二》收入《奇游漫紀》的《桂林諸巖洞記》、《渡灘江記》。

又卷一四四六《南寧府部·藝文二》收入詩十首，其中《邕歈稿》九首，《幽貞集》一首。卷一四〇六《桂林府部·藝文三》、卷一四一二《柳州府部·藝文二》收入《邕歈稿》詩一首。又《博物彙編·草木典》卷二七六《荔枝部·藝文二》收入《采薇集》詩一首。

本次點校，正文用小四號宋體，注文用小五號宋體，詩文小序用小四號仿宋。雙行小注改爲單行，模糊不清、無法辨識及缺字用「□」符。異體字仍舊，俗字改爲通行繁體字。凡擡行以及空格表尊稱之格式一律取消。

許建平

於浙江大學漢語史研究中心

總目録

采薇集

采薇集目録

采薇集元册

采薇集亨册

采薇集利册

采薇集貞册

刻采薇集叙

《采薇集》者，雲間董幼海先生成邕管時所撰詩辭也。文學李生輩完刻，問序於予，予惟古賢士大夫出而顯庸於世，直諒有爲，守職昭靖共之節，當言著蹇諤之聲。退不得志於時，發憤奮興，進脩亶居業之實，感乎成過化之神，故其道足貴也。在昔有唐韓退之氏、柳子厚氏二君，皆以雋才貶斥嶺表，垂翼遐徼，粤有歲年。居閒振厲文詞，泓深博雅，説者謂得山水之助居多。五嶺以南舉進士業者，率以韓柳爲師，經承指畫，文有法度，可觀覽，世皆稱之。若今幼海先生，又有大焉者矣。

先生天衷穎異，奇瑋不羣，弱冠蜚英甲科，拜官省署，綽有賢譽。無何，言事讜謫，肆抑志以邅迴，顧叱御而高步，釐鉛槧而好修，叶辭章於矩矱。日征月邁，文益有名。繇是南裔之區，冠緌之士，覿德漸摩，蹶然思奮。講藝者尚其文，論學者法其行，聲應景從，無間遐邇。其作興士類之功，方之韓柳，異代同聲。人亦有言先生之郎寧，其退之之潮陽，子厚之柳江也，信哉言矣！迨其環復中朝，洊歷卿寺，聲問燁然，晉膺九列，風猷日楙。蓋存疢疾而慧知迺全，行拂亂而大任攸降。是故式則獻賢，圖不朽於三立；潛神聖學，期庶乎於屢空；殫力經邦，恥穀禄於有道。此又名世之鴻烈，志士之上模也。視諸韓子所樹，要爲過之。若柳，奚啻千里哉！是可以觀先生之大矣。

乃若詩辭可傳，特餘事耳，集名《采薇》，取《周雅》遣戍之義，其它著述不在是編。若樂府之淵深，步趨漢魏；歌行之宕逸，不減盛唐。會意於牝牡驪黄之外，不滯於色澤行墨之間，見諸名賢之評者詳矣，予可得而畧焉。

隆慶歲辛未秋八月朔，賜進士出身都察院左都御史致仕前刑工二部尚書邑人潘恩撰。

采薇集評

同郡中江莫如忠評校

自漢樂府廢闕，而後來擬作者濫觴之極，至全失古意。諸篇於立題，雖或隸古、或自命，各各不同，而指義宏深，屬辭古雅，類不失樂府本來尺度，可以傳矣。

《妾薄命》二首，閱諸篇來，至此始一泄其羈愁抑鬱之思，而卒歸於銜恩引咎、不忘戀主之至情。且以屈平之忠，至「荃不察予忠誠，信讒齊怒」之云，亦少激矣。而終諸篇絶無此意，非純于學問者不能也。又云：「妾志石難移，君恩天不小。」前人所未道。

《行路難辭》三十首，世情物態，變幻萬端，諸篇道盡而義多，古作者所未發，真汪洋佚宕之才也。

《結襪子》篇，有壁立萬仞之氣，任俠虚名、支離小道者喪魄矣。

歌行，馳騁變幻之態，有李翰林才藻，令西粤山川增色澤矣。至末《尚友》而後諸篇，可謂曲終而奏雅，知非流連光景、嘲弄風月者倫也。

采薇集元册

古詩四言

淮　水　度淮也

淮水湯湯，南風其彭。厥舟載洸，我行于襄，誰濟我梁？

淮水悠悠，南風其仇。厥舟載浮，我行于遊，誰適我謀？

河之流矣，樹其幽矣。河之横矣，鳥其鳴矣。羲和耀矣，舟人勞矣。

彼茁者蕭，河則澆之。彼芳者蘭，河則漂之。河誰憑矣？曷維清矣。

嗟嗟河神，曷惠其明。習習長風，震于中陵。我之不度，曾是弗懲。載言載征，載寢載興。于河之經，曾是弗程。

相鳥

《相鳥》，感雙白鷴也。庸寓思君子焉，集古詩句，述而不作。

相彼鳥矣，佩玉將將。邂逅相遇，宛如清揚。
衣錦褧衣，裳錦褧裳。清揚婉兮，將翱將翔。
抑抑威儀，維德之隅。慎爾優游，勉爾遁思。
追琢其章，金玉其相。既見君子，爲龍爲光。

秋風

《秋風》，感時也。去國懷鄉，蕭然行邁。

秋風肅肅，白露横江。瞻彼中林，有鳥成雙。
彼峻匪山，彼棘匪路。嗟我懷人，誰爲親故？

古調歌

采薇操

古詩《采薇》，遣戍役也。余羈粤之青秀山，有薇可採，作《采薇操》。

春采薇兮，秋采薇兮。我戍永日兮，胡不懷歸？父兮母兮，我瞻依兮。

聞鴈操

鴈兮鴈兮，汝不飛蒼梧，胡然聞聲兮？

燕山歌

燕山蒼蒼兮，越水茫茫。彼美人兮，佇立而徜徉。何雲不黄？何鳥不翔？彼美人兮，予懷不忘。

哀蒼頭

余在戍中久，僕人踵死于瘴。余惻然哀憐，作《哀蒼頭》。

蒼頭蒼頭，汝來瘴鄉。胡不歸兮？主爲君王。汝爲主兮，溘先朝露，我心傷悲。羣而盡瘁，誰追隨兮？胡瘴虐兮？胡不懷思兮？

七噫歌 遊楚中作

顧瞻楚疆兮，噫！雲竹蒼涼兮，噫！江流湯湯兮，噫！騷人皇皇兮，噫！厥代靡常兮，噫！人廢其良兮，噫！客子沾裳兮，噫！

湘江曲

江頭水聲起，郎帆渡何許？風波今有無，君聽山鷓鴣。舟出湘江道，那似家鄉好。郎行胡不歸？高堂懷授衣。湘水清且緑，濯纓還濯足。郎解唱吴歌，住少行路多。行人頭早白，勸郎休作客。郎未會儂言，愁聞山上猿。

嗚榔吟 青秀山作

山頭一片月，皎皎落瑶臺。月中一點泉，淙淙響輕雷。泉畔一卷石，尖尖突煙垓。石外一江水，滚滚瀉瀠洄。江心一葉舟，摇摇凌風開。舟上一枝客，悠悠吹落梅。

余創此體，客初覽而稱善。試問其何所指？乃復默然。有何生者代余解曰：「皎皎月，喻明時也。山泉之清，猶士潔己以進；巖石，喻赫赫當路也；一江滚滚，則世趨而流矣。風波之舟，雖遠竄遐服，而實有不忘國之心。亦但守正俟時，以自得其真趣而已。蓋先生之意或若此。」余與客俱撫掌而笑，因拍船中板，歌之數闋，遂號爲《嗚榔吟》云。

江潮棹歌 粤江舟中作

江潮初漲一榜懸，征夫曉起水含煙，胡爲身離父母前？吴天悵望阻山川，安得歸來戲綵蓮？

江潮湯湯一榜突，征夫亭午風檣直，胡爲身離父母側？吴天悵望雲樹黑，安得歸來奉顔色？

江潮悠悠一榜翔，征夫夜卧風嗚榔，胡爲身離父母傍？吴天悵望斗牛光，安得歸來愛日堂？

樂府雜調辭

君馬黄

君馬黄，臣馬白。二馬相馳玄冥北，汗血嘶風銜玉勒。君馬戀生芻，臣馬囓苜蓿，臣馬肥兮君馬瘠。臣馬行道過者式，君馬蕭蕭鳴不極。君馬黄，臣馬白，伯樂相遭應物色。

余慨權臣威匹其主，士之嗜利者，往往布腹心；而公家所得忠貞士，殆無幾矣，以故主勢孤而國漸衰陵〔一〕。然有識者，固必知君臣分義，豈終没没汶汶若斯哉？適感古樂府有《君馬黄》之篇，因託其題而微寓指云。

青陵臺

青陵臺上草離離，青陵臺畔鴛鴦飛。物各有匹，人而無儀。人而無儀，妾其奈汝？妾頸可

〔一〕衰陵，原作「哀陵」，據文意改。

斫，妾志不可沮。不可沮，其可磨，汝其奈妾何？

公無渡河

時有郭公之變，因假古題述此篇。

公無渡河，河水深，那可涉？公終渡河，公忘惜身，那惜妾？洪水昏墊下民咨，鯨魚噴沙搖鬐鬣。公乎，奈爾失舟楫。公不聞乎？深則厲，淺則揭。公乎公乎奈妾何？古有捐生，赴主輕沉河。吁嗟！君臣膠誼直如此，公今徒涉誰能那？公乎公乎奈妾何？

寡鳩操 爲張節婦題

嗟鳩有匹，雄覆于羅。雌哺其雛，哺雛折翼可奈何？嗟嗟雛可無鞠育，匹不可瀆，無雛我孤匹我辱。寧戢翅以孤棲，終不效喧啾羣燕偕于飛。汝無憂羣燕哂汝癡，梧鳳來兮定汝奇。定汝奇，不汝擊，喧啾羣燕失顔色。

節婦之從子文謨，從余遊，爲道其事，屬有部使者移獎檄焉。文謨雅善琴，因爲賦此，俾歸演譜操之，庶邕人效節婦者知所興云。

王孫嘆

沐猴而冠，楚人蒙譏。漢官沐猴狀，娱相空爾爲。漢長信少府作沐猴狀娱悦許相弟，蓋寬饒劾奏之。咄嗟！咄嗟！君不見孫供奉，擊賊笏，漢官見汝應失色。憎王孫，汝嘆息。柳子有《憎王孫》文。

幽憂引

於時楊給諫以讒死，余聞而哀之焉，作《幽憂引》以刺讒夫。

鄒衍號九夏，飛霜晝生陰。東海殺孝婦，三年旱成祲。至誠動天地，讒口移人心。浮雲翳朝暉，蝦蟆蝕太清。花蠹尚不實，物狡固難諶。皇皇敬不渝，帝命日鑒臨。

行不動哥哥

行不動哥哥。阿公張機械，阿婆設網羅。江面有波，欲涉奈何？行不動哥哥。白雲之顛山嵯峩。君不如鴻冥鳳舉，天地大如許。

神復來 有引

壬戌春，余患瘴熱，勺飲不入口者二十一日。諸醫業錯愕袖手矣。余中心了然，俄覺神從頂上出，已復動念云：「老親在堂，身客萬里。世間事多未了，余尚未可以去。」遂恍然微醒，久之，漸蘇而起。爰紀之詩，以無忘大還云爾。

病殆神不迷，神從頂上出。夙好高明遊，神出還自識。嗟余有親客萬里，幻形未忍輕脱屣。神來安，病漸起。神來安，病漸起。生死一機我自主，弄丸守樞真如此。

龍雨謡 時多苦旱俄然陰霾而雨

龍兮龍兮，汝潛淵，胡屯施？汝霈澤，胡乘時？誰司化，機莫測。誰斂神，功寂如。龍兮龍兮，農悠悠兮，風伯愁兮。

江上月

江上月，照我舟。江中月，影欲流。江舟月光同一月，仰看我天上月團團，自無〔一〕。陳云：此所

〔一〕「自無」下疑有缺字。

謂江湖廊廟心者。

戲馬臺 過彭城戲馬臺作

重瞳子，戲馬臺，雄夫叱咤空徘徊。鴻溝纔自割，垓下立生哀。烏江父老，汝暫停思，江中義帝知不知？

兩楊生

余出都門，兩楊生走送之郊數十里。

大楊顛沛，小楊孤貧。汝胡抱幽憤，不逐車馬塵？行行重行行，送我出都門。兩生歸去兮，道上相逢幾故人兮？

客局喧

有客戾止，有客戾止。一手拍棊枰，一手彈棊子。嗟客嗟客，大分我汝。一彈局生喧，再彈喧聒耳。主人頹然，客置不彈。局定喧止，我汝偕歡。

蜻蜓調

余渡鄱湖，見蜻蜓飛而作此詞，因以弔古招魂云爾。

湖上蜻蜓飛，黏檣還起去。借問蜻蜓，汝來何處？蜻蜓于飛，默默無語。漁父刺船來，笑啞忽湡湡。云是古戰場，遊魂變不止。海嶽大幾何，昆蟲細幾許？一神兩化，客莫疑沮。咄嗟蜻蜓戀赫曦，隨風飄蕩幾停期？漫道今遊青草澤，强似當年暴露時。

横江詞二首

惟修時有横人之釁，故余作此詞。

人道横江好，我道横江惡。江灘日夜生白花，上榜花開下花落。

人道横江好，我道横江惡。斗崖噴壑耳如雷，鯨鯢直上截山角。

龍窟引

龍窟躍龍去，胡然窟尚存？龍今遊何處？江流日夜渾。吁嗟龍兮！江有蛟螭兮，慎莫使伊蟠窟作風雨，人謂龍愁臣疑主。

虎避篇 有引

余行役武夷，於時境有虎患。獨余止宿三日，寂然不聞人談虎也。因憶古辭有《虎欲嚙人不避賢豪》篇。然嘗覽觀傳記，抑又云「嚙人者非虎，乃山猫耳」。經言「雲從虎」，此虎非嚙人者，故曰「大人虎變」。然則武夷之虎，真虎矣。今之嚙人者，豈皆山猫？作《虎避篇》。

虎欲嚙人，不避賢豪。虎今避余，余非賢豪。余而賢豪，虎非山猫。

樂府近體雜篇

採蓮曲

采采芙蓉輝，涉江摘其房。攀條露珠零，瘦來不盈筐。煙波渺何許，中有雙鴛鴦。飛鳴向洲渚，鏡湖掩清光。我欲捕此鳥，矯然隨風翔。蓮漪浄如洗，蓮花姣不粧。我行思美人，且剖青囊香。甘苦中自測，一望隔蒼涼。

妾薄命二首

梁博士貽余《賤妾引》，篇中以賤妾自況，而借主君婦爲余喟焉。厥詞妍嫵，有齊梁風，余愧無能當也。偶作《妾薄命》二首，匪成報章，聊展鬱伊之抱云爾。

其一

妾本貧家女，弱齡逢貴人。貴人誤相愛，致我千黄金。羅幃消晝永，阿閣坐生春。容薄耻爲顔，鬢短不勝簪。感恩圖自奮，綢繆結君心。詎期垂君意，棄置成分襟。秋風摇桂樹，幽衷愴銷沉。浮陰盪白日，中夜蛩哀吟。明河皎在天，斗杓隔雲岑。仰望不可攀，有懷兀以瘖。展轉不成寐，起視明光臨。持鏡照孤影，辛苦夙自任。豈願長榮華，眷我情所欽。相合未魚水，相逢已辰參。妾命何輕薄，君恩良自深。抱琴不成彈，何當報知音？

其二

西颸破炎昊，憔悴憂心悄。憂心轉車輪，晨夕傷懷抱。妾自辜君恩，君還顧微渺。夢貽雙懸瑱，煙霞恍繚繞。覺時卷薄帷，雲山曠然邈。憶昨妾逢君，癡兒徒擾擾。忘沐浩蕩波，猶思獻行潦。當熊慚力疲，棄魚愁顔槁。永願託此歡，詎期乖暌早。君若瓊樹林，妾若澗邊草。狂風忽飄落，榮枯改中道。冉冉歲芳歇，悠悠换昏曉。自非九還丹，誰能長美好？妾志石難移，君恩天不小。願君駐喬松，微軀倘可効。

琅玕篇

琅玕，一名觀音竹，有詔使者博採之，將供玄標。余覽而異焉，託之詩篇。

彼美琅玕竹，翛然披我襟。青青顔色好，沉沉抱貞心。亭亭吐清氣，皎皎寒不侵。離離結其實，蕭蕭待靈禽。鳳鳥久不至，幽姿颯風林。君王一顧盼，綿綿降德音。德音不遐遺，使者費招尋。所欣在亮節，不數雙南金。明辟運恭默，玄化當在今。將無協神響，致之崑崙陰。羣髦競制作，奏假帝居歆。君看浮丘伯，吹簫閬風岑。昔者娱幽人，今者爲國琛。豈以璆琳標，還陳丹扆箴。時往任寂蔑，時來動龍吟。神物諒有遭，撫兹感浮沉。

榕樹篇

種園不擇花，種山不擇木。豈無妍媸辨，物故多反覆。青青松柏枝，山林守衡鹿。桃李難爲顔，蘭蕙難爲馥。翳彼道傍榕，居然茂條族。借問何長年？木理陋不俶。斲之朽不材，輪匠俱嚬顣。薪之燃不煙，鼎實覆公餗。繇斯保天植，合抱任鞠育。懸枝倒生根，膠纏獻拳曲。一株蔭數畝，擁腫失文郁。嗟伊智自全，偃仰亭江陸。蔽芾暑不侵，行人坐坦腹。翻思中林樹，材者大非福。志士懷苦心，撫兹生踖踧。

桂林篇 寄荅吕豫所太史貽訊

桂嶺落天香，嵯峩蔭芳樹。儵然翠不彫，凌風起煙霧。移植蘂珠宫，郄枝欣所遇。清芬嗅絶倫，國人徧服媚。猗嗟桃李顔，競捷隨春去。獨出冠秋榮，餘馨散衣被。瞻彼瓊樹林，丹心迴無翳。仙子渺瀛洲，歲華空徙倚。天際捲浮雲，飄蕭歌伐桂。

孤鳳篇

《孤鳳》，訊友人也。林子邦陽，蓋清而文，又孤立云。

衆鳥出林谷，孤鳳長哀鳴。哀鳴向中州，衆鳥難和聲。梧樹半彫落，琅玕握不盈。豈無稻粱資〔一〕，羞與雞鶩争。緬彼九苞儀，靈耀何光榮。願遲雙飛翰，無隱丹山名。迴翔覽德輝，阿閣巢其英。鳳儀良不衰，《蕭韶》今九成。

〔一〕 粱，原作「梁」，據文意改。

獻璞嘆

卞和恥韞玉，三獻讒生疑。何惜一琱琢，令抱刖足悲。和氏信良璞，徒供衆人嗤。梧臺祕燕石，什襲誇珍奇。嗟彼玉與珉，貴賤安所期？舉世鮮離婁，巨璧當誰知？

賣珠兒

時有以善柔獲寵幸者，漫託漢賣珠兒事諷詠之云。

賣珠誰氏子？緑幘姣傅鞲。主獻長門園，君王悦林丘。朱門敞高宴，歡洽忘沉浮。蔽膝脱簪珥，主翁亦傴僂。賜衣歘聲價，紆婞聞九州。嗟爾東方生，辟戟欲何求？雄畧威四夷，況乃一善柔。善柔自娱人，帷薄誰不修？操縱明有容，無謂弛貽謀。

督府吏 遣戍時逮繫右府中作

編戍咨府發，寬典沐君王。參軍希媚宰，嚴錮愁絶糧。詎知愚戇士，狥義甘自將。吏也兀然來，持餐淚彷徨。自稱真定人，爲君苦飢腸。寧令參軍怒，無俾夫子傷。跪獻淚交横，炊糜勉共嘗。中宵卧風露，癯癯僊桁楊。無暇詢吏姓，一飯良難忘。古志燕趙間，有士多慨慷。參軍迺役吏，吏乎未易量。吁嗟負識面，吏心識此章。參軍，蜀中夏某也。

淮上謡 余時拜家君淮上

明發牽游緒，寢處懸高堂。眷言渡淮水，欣然邇井疆。忽聞蒼頭報，嚴君在山房。徒步往瞻謁，喜極涕沾裳。癡兒不諳事，狂言觸憲章。兒罪誠有名，父母不遑將。聽父前慰勞，吾兒無自傷。委質服在僚，合報聖明王。人爵非吾願，吾志在天常。君恩無險夷，父母尚康强。敬哉將天威，吾道慎行藏。兒跪肅明訓，感嘆結中腸。侍父即舟次，婦女獻酒漿。父歡連滿引，兒暫解憂惶。詰旦舟南下，晨夕聞義方。念兹當遠離，沉吟彌不遑。兒不善事君，安得事爺娘？流雲日西馳，銜戾投遐荒。願親保金石，頤神駐景光。兒罪自彌天，忍苦冀還鄉。撫心還自艾，克念戒作狂。

秀州謡 道經秀州作

炎風卷行舟，吹我秀州路。骨肉正參商，臨江數回顧。一解

仰牽母氏衣，淚下不可揮。願母加餐飯，兒戍終當歸。二解

宗人老白髮，尊行集於越。恐傷長者心，含情去不發。三解

姊妹遠相迓，怪我不過家。長甥談款款，弱姪啼呱呱。四解

姻戚餽行糗，契闊陳聰友。眷兹緬焉情，開我癯然口。五解

行役難久留，皇遽渡中流。煙波乍相失，回首隔河洲。六解

落落征人色，飄飄遊子臆。假寐忽神飛，依然在親側。七解

少年嘆

客有謂余尚少年者，余笑而頷焉。作《少年嘆》。

少年好遠遊，獻策留天邊。貴人顧我笑，要津致不難。自矜從吾好，不願隨人顏。十年不得志，簿曹苦牽纏。感奮思報主，一言困笞鞭。落職我無愛，投荒義所安。所嗟不自樹，遭時徒棄捐。有人在高堂，感嘆生憂煎。吾生命自薄，三復《道行》篇。今朝失意去，明朝非少年。

餽金嘆 有引

余輩苦吏搒瀕殆，業上戍議，猶洶傳廷杖叵測，衆虞無生望也。於時姜太史、何膳部、趙中部三君，方私合金爲諸校祈護余輩危，云：「業荷明主寬遣出矣。」而三君以前金追餽爲監押官費，余輩始聞其事，愈戴聖恩無已。述《餽金嘆》，以附古人之義。

幽憂履危機，癉膚嬰狴犴。三褫戍遐邊，讞吏供成案。朱衣猶震怒，追鍛良難逭。夫君何慨慷，捐貲急友難。欣沐天王恩，全生保晨旰。觸額望丹宸，聖德無能贊。感荷結中腸，伸兹餽金嘆。

鷓鴣詞二首

懊惱澤家娘，春愁夜未央。相思忽驚曉，知爾動人腸。

春夢不禁人，覺來無定處。鷓鴣山外啼，報晴還報雨。

乘槎客

月落江水清，洗出水中樹。上有乘槎人，臨風相對語。借問此清光，還應照何許？

山澗詞

日落雙崖合，沉沉斗初上。山中聽虎咆，渡頭榜聲響。

芳　樹

春早落紅多，幽情知幾許？枝鳥恰關心，嚶聲出芳樹。

江調三首

天上一葦航，茫茫渡何許？歷落聞灘聲，參差零石乳。客子相對坐，悟來渾不語。

林幽鳥鳴春，江空瀧斷石。煙波渺何許？羣峯亂江碧。欣逢滄洲人，濁水濯我足。

仙子一乘槎，飄飄雲中樹。萬有各依稀，空明了無滯。醒然鳴我琴，山川自流止。

採蘭詞

採蘭渡江沚，風高江水深。雲没蒼梧野，秋生洞庭陰。不知湘竹淚，那似楚騷音。

聽鷄鳴

春漏澀寒宵，燈花照羈旅。何許動離愁，風翻竇飛雨。邊聲枕上來，客夢醒無語。雙耳聽雞鳴，揮肱散牀鼠。

山中詞二首

山中何所有？惟有澗底松。山人餐不飢，懷袖生清風。

山中何所有？惟有石上泉。山人飲不渴，冷然湛青天。

之子何處來四首

真好不在山，我真因山發。之子何處來？山光自靈□。

真好不在泉，我真因泉發。之子何處來？泉源自活潑。

我主山爲客，山胡露一竅。之子何處來？登山從吾好。

我主泉爲客，泉胡形衆妙。之子何處來？吸泉從吾好。

珊瑚詞

有山鳥鳴作珊瑚聲，粤人捕其匹者各籠之。鳥常戀匹而鳴，其聲鏗然清也。又性善鬭，如鬭雞狀元，尤珍狎之。

緑沉小鳥珊瑚名，籠中啼出珊瑚清。自是傷春求匹侣，誰人分作兩籠聲？

竹枝清吹不勝春，啼聽鳴春調轉新。可憐鬭作雙雞舞，猶自樊籠娱粤人。

上元詞五首

玉燭燈宵幾度流，可堪游子故鄉愁。娛親又想連枝會，春碧紗籠掛繡毬。吾鄉元宵家宴，張燈競巧。余家貧，僅具繡毬紗燈，歲以爲常。

獅裝鼠炮古邕春，破陣從來角觝陳。猶記魄儂曾宰割，武襄中夜奪崑崙。邕俗元宵蹴獅子戲，諸猥薄子放地鼠，相傳往代以破象陳。

市鼓喧闐禮法堂，佛燈神椀一齊張。都來燒作金□烟，那似西方舍利光。邕俗元宵作燈會，每用鼓樂進入寺院燃之。衆因酣宴達旦，男女競來觀。

漢主親祠太乙壇，蘂珠宫裏夜沉寒。仙人錯落長春宴，猶降箕仙問涅槃。

玄禧新醮上元宵，西苑重題永壽標。海子隱槃鼇背立，不知誰駕廣陵橋？

青山雜興十首

春風迷目渺蒹葭，村落飄零感物華。試聽老農愁向説，頻年烽火調狼家。

古城縹渺射晴濠，經畧當年走智高。戎醜衹今愁絶徼，可堪赤子困錐刀。

紈袴驕子擁牙旗，狂寇生獰臥不知。追截恨令奇計失，羈人中夜撫長髀。辛酉秋事。

黠酋供帳擬流官〔一〕，達舍操戈寶藏乾。詭射熟猺愁絶甲，軍儲接濟右江難。邕人困此。

開拓功成兩伏波，南天不改漢山河。幽棲博得春如許，漫倚孤亭賡《九歌》。

馬退山横郭背豪，茅亭曾記柳儀曹。白雲屏落青峯障，自愧無才僕命騷。馬退山名，柳子有《茅亭記》。

萬疊晴煙客望孤，鶯花懶逐世情娱。振衣却上雲深處，直北依微是帝都。

玄豹深藏澤霧寒，巖飈歷落罩層湍。就中應有天書在，聞説皇華訪道難。詔遣兩御史訪丹書。

閩南百萬没妖氛，多難誰憐興化軍？皇極即今籌一統，願持金鑑獻明君。時聞閩寇破興化城，朝廷方新三殿。

〔一〕黠，原作「點」，據《粵西詩載》卷二四改。

雲落澄江魚埠津，春深丙穴正愁人。洞天怕有漁郎引〔一〕，散髮扁舟掣釣綸。

武夷九曲棹歌十首 和晦翁韻

名山到處採仙靈，堪愛溪流九曲清。漫説櫂歌人去遠，君聽山水有元聲。

一曲迎流春滿船，青圍晴嶂碧圍川。誰收仙幔遺空響？吹落江天處處煙。

二曲波光點翠峯，仙郎玉女若爲容。靈修已覺塵心盡，幾向青宵夢九重。

三曲休疑仙子船，真遊應自太初年。一從把柁人歸去，留得頑空與世憐。

四曲春風響遞巖，臥龍初醒鳳翎毿。可堪啼徹天門曙，幾陣香雲影碧潭。

五曲天開松塢深，當年曾此憩雲林。道人欲識元來處，流水高山自古心。

〔一〕引，《粵西詩載》卷二四作「問」。

六曲倏然棹轉灣，天遊峯截白雲關。桃源懶逐漁郎去，消得春深客思閒。

七曲透迤洞遶灘，玄玄應指妙明看。可憐仙掌空擎處，猶向青皇滴露寒。

八曲層層岸半開，尋源一棹更沿洄。却緣當日題佳景，惹得遊人幾度來。

九曲逍遥思湛然，雲歸山外水歸川。昇真總是人間境，已悟隨緣有洞天。

采薇集亨册

樂府近體雜篇

明妃引

漢家美女顔如花，秋風青草吹胡沙。不怨丹青换醜好，妾身自合彈琵琶。一解

君王重門深幾許，妾心不逐東流水。白璧誰能計瓦全，萬里胡塵没皓齒。二解

畫工借令畫妾真，合殿春披清路塵。博山香鑪爇煙火，那得和戎報主恩？三解

琵琶聲淒漢宫冷，君王漫復憐孤影。紅顔何事最關情？胡馬驕嘶邊未静。四解

世上蛾眉尚滿宫，不忍低眉買畫工。君王且自懸明鑒，莫叫妾輩更和戎〔一〕。五解

茂陵吟

迢遞長安道，憔悴紅顔老。人生不得長歡笑，朝暮星霜異醜好。眼底兔絲蔓女蘿，懊惱夙昔傷懷抱。士爲知己用，女爲悦己容。自謂心交身有託，那期容易不相逢。明鏡照人影，照影不照心。人影還同心不同，君看天際飛孤鴻。孤鴻淒咽生煙雨，琴心散作東流水。何許關人生别離，羞向傍人默無語。茂陵女，顔如春。君不憶，當鑪買酒妾苦辛，秋風一起愁殺人。自古紅顔元薄命，妾不怨郎還自嗔。門前柳，青欲垂。林中鳥，嬌欲啼。世間物色那能幾？人心好惡無定期。嫁郎不逢時，郎今棄妾將安歸？願得一心人，白頭不相離。君不見，韓舍人青陵臺，祇今蝴蝶雙飛來。

江干雨

春風吹皺江干水，飛雨蕭疎波乍起。此時正繞離人腸，轉憶家鄉知幾許？夜深孤枕夢初醒，思婦征夫渾不語。

〔一〕戎，原作「戒」，據文意改。

園葵謡

相公苦民饑，不愛園中葵。民今有五袴，相公尚然去織婦。相公治魯心良苦，天生相公將大魯。邦著龜，民父母，相公之名千萬古。相公不可多，其柰吾民何？

左袒詞

吕氏王，劉氏危。白馬盟在天無私，臣受顧命將何爲？陵也面折勃詭隨，酈寄不刼勃不入，北軍有袒知爲誰？勃也如陵平也勃，漢祚如山那得移。安劉非勃袒非左，高廟神靈不可欺。

汨羅詞〔一〕

余渡瀟湘，經屈子故所遊處，讀《離騷經》，旁及楊雄《反騷》，傷貞士之流離，感古人知心之難，因代靈均解嘲焉。

新沐必彈冠，新浴必振衣。舉世寡識真，吾當誰與歸？讒人罔極，交亂宗國，予懷之悲。予

〔一〕 汨，原作「汩」，據文意改。

將疇依？傷靈修之彌遠，豈昔是而今非？既中道而改轍，憂悄悄其堪揮。衆嬋媛以相詈，恐日月之攸徂。嶢嶢者易缺，皎皎者易污。嗟予好此修姱兮，慮所往之迷塗。苟予身其信好婉兮，又何必離此故都。予其自靖獻于先王兮，鬱侘傺而長驅。彼有殷之父師少師，庶幾其獲此心兮。予將掇衆芳而仰與爲徒！

余觀殷三人之私相與語，益信屈原所遭時不異云，或迺惜其忠而過，抑淺之乎知原矣。

結交行 友人有爲其故所交遊□斥者余爲□結交行

結交苦不深，交深貴知心。結交不知心，交深安足論？眼前然諾移山岳，背面風波還自惡。世人肝膽誰相照？形離影隔終疎索。流光逝水忽蹉跎，九嶷之峯若不樂。君不見，管鮑少小無嫌猜，范張千里約。徂歲復能來，延陵解劍不相負，嚴光劉叔還共臥。久要之言豈欺我？請君試問心相許。慎莫隔藩墻，分爾汝。

完璧行 有引

余於戰國士，魯仲連之亞，藺生其選焉。偶趙代人過語完璧事，因追述《完璧行》，以諗世之好節俠者，庶度於經，無妨於公義云爾。

和氏璧，天下奇，秦人欲得趙人疑。願易十五城，無乃非相欺？舍人奉璧探虎狼，章臺傳翫生煙光。璧入手，城無償，羞辱使命髯忽昂。璧有瑕，請指示，怒髮衝冠依秦柱。臣頭可得璧可碎，許城不償誰相侮？按圖辭謝恐非真，繆稱齋戒設九賓。遣璧間行馳入趙，大國空自欺孤臣。秦人相顧皆失色，安所得士能致身？趙雖弱，尚有人。一璧之輕且如此，何況舍命不渝衛其主。澠池鼓瑟欲濺血，擊缶吞聲不敢怒。函關邊吏私相語，按兵無犯趙人土。吁嗟藺舍人，一出勇重趙，再出勇無沮，讓廉高誼尤堪數。趙家輕重繫兩人，公爾忘私豈小補？君不見，廉藺繼没長平鼞，秦人視趙机上肉。千載空存良將名，明君撫髀思頗牧。

綈袍戀

范叔一寒如此哉，綈袍相貽孺子哀。孺子哀，尚落魄。吾事去留在相君，孺子誰習相君客？大車駟馬御通衢，行人見者皆辟易。持車停驂叩閽人，門無范叔有相君。世間貴賤如轉燭，須大夫，汝何不識今張禄，昔范叔？男兒卿相立談取，何用陰謀動人主。不爲黄金異交態，應將白璧酬知己。噫吁嘻！綈袍戀戀故人意，莝豆夾馬貸汝死。當年沉醉溺厠中，眼底恩仇復何忌？相君一怒兵甲興，魏齊亡趙歸公子。趙平原，魏無忌，世稱豪俠堪仗倚，侯嬴憤語魏齊縊。翻思蹻擔簦者，急難追隨良不易。萬户家，上卿位，長捐捐之同敝屣，吁嗟虞卿真古誼。王侯炙手勢絶倫，毋輕落落窮巷士。萬事浮雲欻興滅，施恩不可期，施怨直如寄，達人觀化諒脱屣。噫吁嘻！綈袍戀戀故人意，達人觀化諒脱屣。

曹溪紀雷變 大鑒塔雷震作塔名靈照

我得心印印漕溪，行躋靈照生菩提。環峯秀出寺欲齊，俄飛煙雨震響低。猛然山裂天爲摧，閃火抛出毬如批。從者噤仆神不迷，呼朋尋徑層層擠。顧見僧躓雙魂飛，吁嗟參透生死機。坐定還傷從者攜，雙甦雙仆神所爲。浮生大廓瞬息殊，愴彼蚩氓倏作灰。爲役非賤貴非奇，鴻毛泰山喻木鷄。鍊出真遊今面稽，好憑大鑒阿闍黎。

曹溪雷變，真一段大奇事，豈即六祖一棒一喝之旨與？余所爲無忘靈照者，蓋不啻常惺惺法云。詳具《遊南華記》。

樂府放歌辭

行路難辭三十首

余渡瀧江之險，蓋憮然懷人代焉，爰作《行路難辭》。辭成三十首，忽逾瀧江，夷然失險。爰存辭稾，以無忘厥遭云。

其一

飛廬浪洗鯨牙灘，犀□□機立索瘢。瘴煙蔽野危石盤，戈矛森突挾□□。□□□荄疾風掀，有客縹緲駕青翰，我欲從伊道險艱。升伊旋舲標艫之綵鷁，坐伊軒車暢轂之文茵。停伊蒼藤烏峽之美酒，徹伊琅玕瑪瑙之雕盤。揮伊青精雕胡之餐飯，結伊金羈玉絡之帆鞍。屏伊丹渥冰清之姣童，銷伊瓊缸瑶席之膏蘭。我有一腔行路難，請君榜人勿生諠。我爲榜人解辛酸，吴歈楚些無足歡，聽我擊節高歌行路難。行路難，下有深淵上高山。君聽且莫寒，山高水深猶自寬，別有人間行路難。

其二

明月之珠夜光璧，匹夫按劒翻失色。青青松柏委山阿，上林桃李生光華。荆和獻璞三刖足，梧臺燕石文錦櫝。世無離婁混朱墨，卓犖奇才徒四壁〔一〕。

其三

直木忌先伐，甘井汲先焦。膏以明自滅，薰以香自銷。惡木巃聳蔭道周，野有蔓草枝相膠。嶤嶤易缺皎爲污，瓦全玉碎可奈何？

〔一〕 壁，原作「璧」，據文意改。

其四

力田不如逢有年，善仕不如遇貴憐。多才善賈長袖舞，誰哭途窮良自苦。巖穴趨舍士有時，非附青雲安可施？君不見儒生下帷不窺園，腹中空飽天人談。五侯驕貴手可炙，門前那有草《玄》客？

其五

君勿批龍鱗，龍威良叵測〔一〕。君勿劘虎牙，虎方攫人食。龍猶覆澤我，虎不避豪賢。囓人輕囓草，咄咄心煩冤。烈夫狥義，夸者死權。寧負公門怯私室，自來黠黨側頗僻。梁獄難上書，蜀道堪早歸。風吹桂花蠹不實，衆口鑠金毀銷骨。嘉禾雜莠蕙草枯，紅塵騎馬能有無？

其六

水中走馬那可鞭？陸地乘船那得前？緣木求魚魚可捕，墻上種蓮蓮子苦。遭時片言取卿相，君臣魚水功反掌。雖有知慧不乘勢，如水沃石何足齒。韓生曾著《説難》篇，乘人鬭捷當塗權。風波易動，實喪易危。萬石鍾非莛撞音，莊譏螳臂良有爲。吁嗟乎！古來志士亨屯難。君不見，逢子康、陶弘景，東都神武早掛冠。

〔一〕叵，原作「巨」，據文意改。

其七

養由之矢烏號弓，彈雀不與泥丸同。黄戎盜驪走千里，捕狸或不如蒼耳。斥鷃鵪鶉飽一枝，鵾鵬萬里誰當知？鴻鵠高飛不就污池，黄鍾太簇不從繁吹。世上若無鍾子期，伯牙之琴彈何爲？伯樂不一顧冀野，鹽車空自老駟馬。

其八

君莫上，五嶺顛，五嶺之顛有貙虎，彼狐彼狸將予侮。君莫下，府江湄，府江之湄有蛟螭，彼蛭彼獺將予欺。蟄龍不異蝘與蛇，鳳凰棲梧長苦饑。嫫母滿宫，西施無容，九方臯死緑耳窮。彼美者蘭茝者蒿，誰爲此謀風蕭蕭。採蘭或恐化蕭艾，《離騷》、《惜誓》人安在？府江，即離江，粤中水限處。

其九

黄河水流向大海，金烏玉兔還相代。濟河恐無梁，馭羲恐無翼。豈不懷苦辛，天路杳難識。阿閣黄金階，可望不可即。鬱彼中林結芳樹，玉露華滋隔煙霧。謂山蓋高難自踰，謂淵蓋深難自渡。仙人渺瀛洲，帝子歸何處？明珠倘暗投，當面不相遇。

其十

良禽擇木棲，黄雀巢華屋。仕無七貴援，高材徒齷齪。口含天憲手王爵，瞬息貴賤生掌握。

我往訴帝叩天關，關上烏鳶攫人肉。鬼工掣雹風怒號，道中滿眼生荆棘。人生賦命苦無憑，眼中那得黄河清？犧牛却愧蒙莊喻，何時叱馭還歸去？

其十一

楚禽不戀越，岱馬不思燕。流水赴東海，浮雲還故山。世間物態良若斯，獸號中林魚躍池。嗟嗟蟬蜕聲響樹，駕彼清風飲芳露。客獨何爲久行路，欲歸不歸心煩苦。

其十二

君莫畏，褒斜川，褒斜浪高舟可前。君莫談，棧道險，棧道疾策羊腸坂。自來天險尚可攀，人心莫測九嶷山。朝驩杯酒夕戈矛，眼前反覆生恩仇。君不見，咸陽思牽上蔡犬，韓彭兒女扼其腕。田蚡席上灌夫詠，石崇樓中墜緑珠。又不見，京房下獄蕭傅危，禰衡竟喪漁陽棰。嵇康一曲《廣陵散》，陸機鶴唳不復返。吁嗟！行路難，令人結心顔。國勢一相傾，姦雄據其權。君不見，范蠡功成五湖去，張良早從赤松子。東陵學種青門瓜，二疏祖帳歸田里。行路之難合如此！

其十三

坎坎擊鼓伐鍾聲，今者不樂歲其征。日中有昃月有盈，朱門忽作青草墳。人代繫華互相傾，勸君方貴莫驕矜。高牙大纛還陸沉，何必陽縱陰操偷帝鈞，君聽膝上雍門琴。

其十四

誰言歡愛難遽離，色銷言忤令心悲。誰言結交誓山岳，對面情親背面惡。江水平鋪明鏡懸，風波忽作還覆船。維石巖巖草沃若，虎豹當關竟前却。噫嘻此曲誰堪語？番手作雲覆手雨。

其十五

長安少年遊俠兒，挾彈走馬還鬬鷄。暮宿邯鄲館，朝醉宜城西。閨中織錦良家子，停梭淒然隔窗語。自言初嫁含嬌情，流蘇帳暖春風輕。鴛鴦忽解同心結，洞房飲淚中腸熱。兒夫尚自落紅塵，那向悠悠陌路人。

其十六

天驕亂邊殺氣横，壯夫乘障歌未平。投石超距刀斗鳴，羊腸歷盡客愁生。立馬徬徨鄉思盈，陰風號谷夢不成。燃鐺煮糜秋霰零，音塵阻絶淚欲傾。誰當一解離人情？

其十七

秋風瑟瑟秋夜凉，佳人擣素怨聲長，夫婿征遼路未央。明河皎皎遥相望，仰視牛女懸清光。鴻鴈雙翔雲錦裳，爾獨何爲限關梁？青海灣，白狼騎，寥廓還聽擣素語。

其十八

君看青陵臺，蝴蝶雙雙去復來。君聽《白頭吟》，中道乖錯愁人心，紅顏薄命長苦辛。良田敗邪徑，黄雀巢桂林，自古讒口銷黄金。君不見，伯奇掇蜂履中野，申生進胙何爲者？父子天親猶自移，結髮相違那可期？

其十九

瓜田不納履，李下不整冠。狷士遠嫌疑，曠夫決其藩。周公流言，共和秉權。孔子畏匡，向魋發狂。陳蔡當厄，由賜愠色。南子一見，矢之天厭。孟子去齊，尹士面譏。嗟嗟聖賢人，遭遇懷艱辛。世有黨人禁，妬婦常興吟。不疑盜嫂乃無兄，五倫蒙謗筶婦翁。驕人好好，勞人草草。今時不學結游好，洛洛危途誰可告？

其二十

有耳莫洗濁流水，有口莫食啄殘黍。有眼莫視道旁花，有手莫折風中葦。景公千駟民無稱，夷齊空存讓國名。顔淵早夭盜跖壽，志士吞聲鄙夫笑。蓬門帶索徒自者，結駟連騎誰美好？自非餐霞跨青鸞，那能長駐玉珠顔。大化瞬息無生滅，世上虚名嗟白髮。

其二十一

嗟彼農夫，服田力穡。東剪長稂，西鋤茂棘。胼手胝足無閒時，赤日汗流失顔色。一朝秋熟輸官租，倉箱不盈艱粒食。荐饑借復仍凶年，藜藿不飽褐不完。公家督賦私催逋，賣兒且緩門前諠。忽然道上逢商賈，雕鞍駿馬乘高坐，却怨農家終歲苦。

其二十二

俠客輕生睚眦裂，中裝腥落仇家血。怒髮上指衝冠纓，腰懸匣劍空長鳴。豫讓難勾報襄子，荆卿生刼燕城赭。嗟哉意氣傾人命，徒手欲搏終難逞。筑中鐵，魚中刀，區區不異兒女曹。丈夫赤膽擊賊笏，當場笑殺扶風豪。

其二十三

吾聞四豪好致客，雞鳴狗盜復何益。馮驩高義斶薛逋，侯生救趙畫殊策。毛遂合從驚平原〔一〕，朱英獻謀歇未識。古來奇士不處囊，縱有四豪難物色。今人相遇良悠悠，白日何由生羽翼？

〔一〕 遂，原作「逐」，據文意改。

其二十四

君不見，潭中蛟，一逢雲雨凌赤霄。又不見，泥中鯉，禹門浪煖龍乘水。丈夫龍蠖各有時，雄飛雌伏那可知？射鈎興霸渭莘王，傅巖築作一胥靡。商霖漢策代相耀，銅柱遐勳起健兒。隆中梁甫延炎祚，有志豈患無鎡基。義者可狥智者卷，遭時大業知音希。世土悠悠行路客〔一〕，莫欺貧賤人難識。

其二十五

寧作轅下駒，莫作社中鼠。轅駒効力食生芻，社鼠憑靈博膏髓。噫嘻社鼠日夜肥，轅駒不遇當何爲？

其二十六

彼者冠蓋朱顔酡，何不汩流揚其波？彼者賦性成脂韋，何不啜糟而餔醨？嗟嗟種桂不作棘，縱刈蘭草芻難匹。

〔一〕世土，疑當作「世上」。

其二十七

君莫愛，曲如鈎，談《玄》、《美新》閣上投。君莫忌，直如弦，淮南謀寢戇臣賢。人生窮達命當然，富貴豈必長攀緣。漢寵黄頭郎，銅山終餓死。司馬柔曼傾人意，君王割袖早没齒。元朔欲貴李將軍，命不封侯蹭樹動。惟辟作福尚如此，矧伊竊柄穴狐鼠。嗟嗟天道每好還，慶緣孽障指掌間。江瀧石峭何足彈，彼者虺蜮良無端。君不見，蘿自膠纏松自直，冰山奚暇借顔色！

其二十八

疾風摇柯，陰雲戴途。宸光晝障，雷震秉戈。含沙射人，江豚跳波。羣鳥噪鳳，蛇豕毒沫多。嗟嗟此曲良難歌。

其二十九

虞罟藏機，蜂蠆欲螫。飛蛾撲膏，自隕厥德。螳螂懷蟬，鼓鬛奮翼，雀潛捕之彈丸逼。嗟嗟物貪何知，汝何不思我適。鴻飛冥冥，弋人慕息。山高雷不鳴，水清石自出。

其三十

秋風知勁木，志士懷後凋。寥寥瀛海寰，寵利輕鴻毛。魯相齊卿未爲達，顔瓢孔桴學靡輟。卷之密退藏，放之彌六合。萬形有敝心無敝，夷狄患難同一轍。吾道行藏元有時，誰其行使止尼之。汲汲皇皇求在我，天人怨尤空爾爲。丈夫以宇宙爲範圍，以貉越爲衽席。胞與苟非疑，古今若旦夕。吁嗟天壤有達觀，且爲置歌《行路難》。君不見，洙泗求仁軻浩然，至今心存天地間。星曜峯淵碎復圓，誰爲不朽誰爲傳？世人渾作等閑看，此是吾家行路難。

結襪子

余慨節俠士之未聞道，徒逞意氣於無關名教之場，因感古題《結襪子》之篇，遂借其意以報恩正義規恢之云。

平生重然諾，千金輕鴻毛。器量狹滄海，道術析秋毫。白日胸藏百萬兵，負氣不數扶風豪。感君恩重逾丘山，許身報効誓久要。士爲知己死，君臣之義無所逃。君不見，朝歌屠叟載後車，孟津鷹揚麾白旄。張良報韓徂博浪，指揮羣策下成皐。又不見，伏波征蠻血洗箭，據鞍捷下翻烏號，忘身狗國抽戎韜。隆中諸葛吟梁甫，帝胄三顧雲龍遭。以兹慷慨表出師，戮力中原不憚勞。營中星隕走仲達，始終壯志靡屈撓。伏龍之名何其高，終不似談玄校史稱文雄，《劇秦》投閣賦《反騷》。又不効俠徒意氣傾人命，區區擊筑置魚刀。鷹搏大澤，鵬搏九霄。劒流星而掣電，力排南山之巨鼇。浩然之氣塞天地，配義成仁有大操。《結襪子》，小爾曹。

長短調雜篇 以其意近樂府而調爲歌行故別爲長短調雜篇

鳳來吟 有引

於時唐荆川先生應召北上，爰作《鳳來吟》，以私識感焉。

有鳳噦噦山林棲，明時久渴鳳來儀。一朝鳳來何太奇，坐覽德輝光陸離。四方快覩文明施，鳳來鳳來端爲誰？聖王在上百僚師，吁嗟鳳來今其時。《卷阿》願賡鳴岡什，無使楚狂歌《鳳兮》。

歌風臺

歌風臺上風蕭蕭，歌風臺上江滔滔。漢主英聲滿人耳，《大風之歌》何氣驕！大行於我誠何加，湯武還非利天下。不圖王業圖霸基，四方今是誰人者？漢時不解今人語，今人猶語漢時臺。吁嗟猛士還安在？千秋長使韓彭哀。

令母謡

子儀迎母舟中，余與惟修往拜，相期開母顔。母顧無幾，微見顔面，第云：「兒子合報國，諸君戍邊，幸善自愛。」余與惟修亟嘆母賢，作《令母謡》。

張生患難交情長，肅瞻令母啓悦康。聽母延客問行程，龐眉皓髮精神强。英爽無論女丈夫，危言了無兒女腸。但道生兒合報主，君曹努力事戎行。異哉令母識綱常，厥家有教匪子狂。世上鬚眉多婦人，誰似令母大慨慷！吁嗟乎！母爲陵母子爲陵，母爲滂母子爲滂。滂乎陵乎各有時，令母之風古有光！

江門别

《江門别》，道中思親作也。家君自錢塘北還，余從江門舍筏登岸，驅篮入富陽，溽暑逼人，煙雲在望，炊藜輟箸，愀焉動懷。

江門别千里，青山開二浙。驅車汗流苦炎熱，仰攀巉巖俯脅息，思親漸遠中腸結。嗟予少小孤矢射方名，余初生反□，曾大父繫弧矢射之四方，公□長無懷居。銜戾還驅萬里程。苦遭王役相牽繫，誰念烏烏方飛鳴？飛鳴烏烏聲淒淒，煙雲淡蕩摇山谿。征夫揮雨炊蒸藜，對食欲飡還自迷。側身天地生慨慷，青山白日心依依。吁嗟乎丈夫所苦寧路岐，徘徊顧望惟親闈。

蒼鷹篇

蒼鷹博天秋氣高，兔狐狂跳悲風號。老拳一放山精裂，驚看毛血灑平蒿。蒼鷹蒼鷹枝作殊，風塵側目愁邊胡。

颶風篇

颶風簸天括中野，怒決塵沙翻屋瓦。半空吹落流星奔，倏忽雨珠連陣灑。雨灑風吹旋四隅，中夜號呼鬼神啞。居者壁立行者啼，雄夫仰面生叱咤。晨霄一周天霽威，風恬雨息出騎馬。嗟此颶風何爲者？海南歲有颶母風。邕去欽、廉海界幾三四百里，然猶間二三歲一發。是歲己未秋，余適遇之云。

挽弓行

冬析幹，春液角，夏治筋，秋合三材運斧斤。寒奠體，冰錫爵，胡馬騰空奮相搏。蓮花出匣射晶光，飛兔流星走鵰鶚。舍拔罄控揚泥沙，刀斗戈戟横如麻。摧胡旄頭飲胡血，懸軍深入競摩牙。宗社神靈仗天子，將軍深恩士効死。古來有道守四夷，挽强滅胡偃封豕。退然振旅無施勞，山河带礪盟玉璽。

博浪沙

世咸少子房椎爲危，余意特占「失道者寡助」耳。博浪一擊，羣雄並起，秦事去矣。

博浪沙中椎一擊，沙丘震驁閏胤立。黔首伏怒伺禍機，山東並驅火函谷。赤帝子起白帝子殂，佐命興王早託辟穀。良也人龍世罕匹，誰謂少年人，一椎無卓識？自來摧暴法有先，明眸張膽褫其魄。羣雄首事迺罔終，應運芟除收後益。報韓殲羽祚炎劉，指授羣帥屈羣力。良已籌之無遺策，博浪之椎豈徒擊？君不見，執戟衛士從如雲，殪蛟射鯨驅海石。胡爲乎白晝操椎中副車，閴然索市竟無獲。良也明哲炳幾先，非關俠游藏秘術。嬴氏干紀威脅從，士心久離王氣熄。一擊占知秦寡助，人始奮呼逐其鹿。黄石有書良有畫，誰謂少年人，一椎無卓識？

風蕭蕭歌

《風蕭蕭》，弔荊卿也。易水之上有壯士焉，嘗欲手擊權姦，不果効，竟爲所陷。余爲借荊卿作歌。

朔風蕭蕭萬木秋，燕市悲歌水不流。卿乎卿乎氣食牛！座客擊筑生慨慷，白虹貫日感彼蒼。咸陽披圖挾匕首，嬴秦膽落擐柱走。六國雪耻丹報仇，反掌奇功卿何有？無且提囊嬴政負劍，卿乎坐廢燕城獻。燕不祚秦不滅，嗟哉失計欲生刼。桓也非政魯非燕，卿乎胡爲效曹沫？恃勇非闗劒術疎，卿不刼契誰能那？秋風易水人安在，咸陽廢闕成千載。督亢之圖迥不異，壯士臨風猶墜淚。

布被謡

平津侯，起布衣，一時遭際君臣知。天下蒼生汝宰執，脱粟布被誰相欺？君不見，淮南寢謀漢攸賴，千古英聲振冠蓋。汝輩脂韋似發蒙，曲學阿世今安在？

哀王孫

《哀王孫》，弔韓信也。余過淮陰漂母祠，讀其碑而傷之焉。

漂母哀王孫，一飯不忘報。報者輕千金，施者鄙市道，王孫奈何望漢報？自古功高常不賞，假王之疑豈自保？丈夫貴成萬世名，南面王樂誰長守？淮陰一飯堪療饑，錦衣玉食我何有？王孫苦作兒女資，哀哉竟陷兒女手。鳥盡藏良弓，兔死烹走狗。舍人告變莫須有，假王之樂今在否？君不見，信假王，良附耳。漢家帝業成，良從赤松子。

昌國君

昌國君，明出處，客卿禮絶倚心膂。堂堂光復師，赤衷堪自許。一朝定計涉濟□，摧折强齊走保莒。强齊摧，燕耻雪，五伯已來無前烈。君心良苦賞酬勞，屈身下士憤所切。臣心惟伏先王知，分茅附庸堪比竊。指揮已定七十城，蕞爾即墨莒未平。臣心惟伏先王知，王師肯復攖孤城？單反間，代騎刼，念欲歸燕恐渝盟。君子交絶，不出惡聲；忠臣去國，不潔其名。臣身雖處趙，臣心尚向燕。先王之義豈徒然，終不效邪巫臣、孝伍員。臣心惟伏先王知，時乎時乎誰可傳？

奇才嘆

軾奇才，軾奇才，文章妙手何處來？軾有文章朕有輔，廟謨還任王介甫。軾輩華而靡，光輩迂而腐。朕將一統大法古，誰可開邊光藝祖？軾乎抑爾少年時，他日登庸良未遲。噫吁嘻！軾雖不遇猶見奇，河南伯子曾未知。

鴈門行

李牧守鴈門，市租輸莫府。日饗騎士擊數牛，廣張烽諜戢所部。匈奴入盜急收保，吾已制勝目中虜。小入佯北大入驅，陳列左右夾翼呼！滅檐檻，降林胡。匈奴膽破穴鼠狐，嗚呼李牧絶代無！昔非怯，今非迂，慮在萬全握其樞。金繒滿載利速走，白日欺天愧爾徒。嗚呼李牧絶代無！

采薇集利册

歌行𥙊篇

秋湖引

君不見，宋家南渡臨安都，秋風桂子飄西湖。美人能歌士能賦，車船終夜傾歡娱。一朝吴山立胡馬，向日繁華掃地徂。我朝驅胡大一統，浙江分藩奉廟謨。西湖依舊桂花開，繁華不减遊人呼。近來島夷蹂内地，却憐秋景半荒蕪。吁嗟西湖幾隆替，今時全盛民力痡。修攘無計消隱憂，誰能弘濟寬征逋？我來西湖秋正好，感時不用開清酤。明朝征戍南荒去，雙眼煙波還有無。

劍江歌

豐城昔有雙龍劍，精氣沉埋古獄邊。神物出世應有時，靈光遥顯張茂先。爰令雷焕掘其獄，光芒照耀迷九天。焕也寶之佩其一，一者遥至張公前。雙龍乍離還復合，忽然飛去江風顛。江風大作龍正吼，雄者躍出雌者連。異哉靈劍韜其精，坐令五湖擾中原。吾聞鑄劍斬羣妖，劍乎劍乎胡不傳？吁嗟神物歸何處？劍江日夜江流泉。

洞庭歌爲張子儀賦

秋風摇颼摧殘暑，林蜩日午鳴踟躕，涉江桂楫揮征夫。揮征夫，鴻鴈嗷嗷，乃在路之隅。張子别我南渡楚，自言道出洞庭湖，使我心神飛越發吴歈。漫論别離苦，聽我洞庭歌：洞庭水折楚南陲，岳陽撼擊天下奇。瀰漫巨浸八百里，汪洋澎湃何逶迤。飛瀑晶熒瀉白日，懸崖潋灩射青螭。上吞瀟湘江漢九派之洪流，下衝雲夢大澤兮。清涵乾之太始，而濁散坤之四維。中有嶮絶蒼翠之君山，孤竹森森淩漾陂。晴曦點照山添色，江静沙澄影沉碧。煙靄依微恬浩波，飛廬穩臥風檣直。清宵鮫月澹瑶華，窈渺湘靈聞鼓瑟。恍如銀漢珠宫耀一區，又疑鮫人湛露擘玻璃。天光萬頃瑩無跡，平湖一幅掛陸離。青螺白練兹其時，仙槎上漢來何遲。俄然六合彤濛生冥霧，山氣蒸雲雨無數。祇見遥空中神精倏閃鬬魚龍，又聞轟轟然風霆搏石聲吼怒。虩乎震戢哉！滄嶼昏微迷咫尺，萬木蕭蕭掣江圃。鼋鼍跳踉翻白波，徂徠驚躅復嘯聚。日慘慘兮夜沉沉，孤鳥不敢下，水伯亦回顧。三苗據此禹班師，赭山猶蔭湘君樹。噫吁嘻危乎！洞庭之奇如此哉！洞庭日夜水東流，古今宇内空浮埃。君今欲渡何爲來，漁父不可作，弔湘有餘哀。吾曹歌此一徘徊，使君聽之朱顔頳，且爲置此各銜杯。憶昔黄鶴仙人過此人不識，黄鶴樓中吹玉笛。君今神遊八極之表兮飄飄然，握幽蘭，懷白璧。何不乘風馭氣一從之，令授回天地、袪風雲之妙術。君方長嘯危騫渡此湖，扶摇九萬生羽翼。覽遍湘南湘北之春色，歸來浩氣薄太虚，天馬猶嚼黄金勒。

粵西山水歌

粵西山水甲天下，蜀中險絶此其亞。瀧濤飛出水晶宫，龍齒潺湲舟底窄。仰視流光一竅通，衆石尖尖撑太空。煙嵐直罩星斗落，目中半是參天峯。峯勢參天江欲瀉，懸崖飄渺靈根射。削如玉笋秋不凋，突如長槍鋒倒掛。巖洞玲瓏何太奇，訇然中開峙兩儀。疑有神斧鑿其穴，牽連秘詭光陸離。飛雲孤絶控西楚，靈鷲盤旋鳥猿舞。遊覽縱横不記名，大者人傳可歷數。桂林城標風洞山，石壁巉巖大窟圜。七星巖帶龍淵起，隱山六洞洞開顔。江邊復有還珠洞，象鼻之山江勢湧。從此直下灘江來，兩涯山石彌江縫。江灘閃出鯨鯢踪，歷落灘聲石可舂。昭平南渡龍門險，蒼梧瘴没雲山重。潯陽水析藤江浦，烏蠻灘遥那可渡？諸灘捲出邕管平，崑崙西接柳慶路。聞道柳慶路崎嶇，峭然天險土荒蕪。奇山拔出洞常裂，江道半塞蠻張弧。行人操戈出城郭，雖有山川難自樂。兩江左右風不殊，炎蒸蛇豕誰運畫？憶昔秦漢開邊寰，宋家設鎮中險艱。伏波銅柱標南極，武襄勳在崑崙關。我朝韓公斷藤峽，桓桓中丞興廟畧。諸蠻竦息不敢譁，後來府江還著脚。思田倡亂姚公徂，新建撫定降盧蘇。還借兵威平八寨〔一〕，三十年來寇漸多。吁嗟粵山徒聳突，江流不轉山露骨。狼煙日夜起江波，誰云靈氣鍾厥物？我來遠戍作逐臣，全生仰沐天王恩。殊方豈怪風土惡，却憶高堂玄髮人。登臨悵然百感集，游子長帶風塵色。山自高高水自流，那堪慰解離人臆。披攌不辨馬牛呼，猶向江山强自娱。兹遊奇絶恐難記，我作斯歌當畫圖。

桄榔行

吾聞南中之産殊不俗，乍來此處看桄榔。孤根崛起大於抱，挺然中立摩天光。瘦如削壁不枝蔓，勁如精鐵突踉蹌。皎如玉樹摇銀海，青如琅玕千尺强。盤節蕭疎散角葉，清風吹作虬龍翔。厥包綜密木惟喬，厥實纍纍森相望。掀髯夾莖攀其實桄榔子赤如珊瑚，《本草》謂之馬檳榔，食之解瘴氣。珊瑚錯落瀉石梁。餐之坐令瘴煙消，仙人赤脚神飛揚。厥綜縛之韌不裂綜韌可作綆，廣人以縛巨舶。巨川行邁濟舟航。厥木采之刮弩幹，舍矢如破成穿楊。仰披廣厦承雨露，作箸借之堪籌王。約之稜尺燦鎮紙，卓然不倚稱端方。柄之戈矛激流電，斲之拄杖籍扶匡。矯矯蒼藤鞭巨石，飛星走兔紛裂裳。木堅可碎石。異哉骨鯁振風槩，斗爾難攀木形壁立，採者每緣竹而上。直以剛。高標炎海秋復春，梓人材之罕不臧。況乃澹然無染破脂韋，黄中通理有文章。其華不露其中虛，獨行雖峻無他

〔一〕還借兵威平八寨，《粵西詩載》卷八作「借兵威平八寨後」。

腸。復有蒼茫微妙不饑藥，中有黄粉，可作飯，噉之不饑。黄精之飯勝膏粱。曝日蒸之甘且馥，令人顏色美好壽而康。吁嗟此物何爲者？風流曾惱蘇大郎。東坡嘗以桄榔杖寄張文潛。折簡曳杖誰禁當？我來坐嘯桄榔旁。翛然擊節抽扶桑，手摩蒼壁睨天柱。放歌無乃瘦而狂，翻令柔曼失傾意。嗟爾桄榔生慨慷，嗟爾桄榔生慨慷！

青山歌

青山高，千峯石笋插層霄。青山下，江水平鋪村影射。青山小，卷石嶙峋竹啼鳥。青山大，五象星羅吹響籟。青山晴，波光萬頃盤蛇城。青山雨，煙靄微茫罩松樹。青山風，蛟龍吼怒凌長空。青山月，青螺一點銀盤突。青山暝，漁歌欸乃摇江鈴〔一〕。青山曉，玉露瀼瀼斷林杪。青山清，一股泉飛石上聲。青山四時常不老，遊子天涯覺春好。我携春色上山來，山花片片迎春開。仙人雲蓋飄亭子，泉水之清洵且美。我愛泉清濯我纓，白雲裊裊銜杯生。披雲直上崑崙頂，鞭龍一決翻滄溟。却洗塵氛破炎昊，路上行人怨芳草。

〔一〕欸，原作「款」，據《粵西詩載》卷八改。

響泉歌 有引

有仙客攜琴上青山，余因招致亭中，面泉而鼓之，厥聲冷然清也。聽之者飄飄有凌虛之想。爰爲作《響泉歌》，歌不擇韻，隨口而成。

春煙澹蕩江波平，山石扶摇亭子横。有客攜琴山上行，招致方外同登瀛。坐來轉愛春景明，二儀懸光白日晴。原泉混混毓山靈，客將振羽遊滄溟。臨亭和絃戛以鏗，春風一曲響泉琴。聽之使我心神清，忽然萬木皆春聲。落花游絲如有情，林間好鳥相和鳴。遊魚出聽大樂成，高山流水傳遺音。覺時觸處道心生，堪作羲皇世上人。

崑崙歌 送顧侍御一貫出巡

崑崙山高控西粤，飛蟠千丈何奇絶。青峯突出破大荒，赤螭夭矯森石骨。氣核横攢玉碎圓，巖泉灣瀉珠流沫。怪樹枯藤掛老崖，雲屏疊斷蚺蛇穴〔一〕。山精嘯風瘴作雨，篔篁颯沓嵐煙掣〔二〕。桄榔枝暗珊瑚拳，荔子花班鷓鴣舌。陽和偏落四時花，鬱蒸不夢三冬雪。凉燠俄驚變曉昏，亭午日高雲乍撥。羲景依微盪緑鬟，蠻疆一望迷丘垤。瀧練疑摩峭壁牙，竅天欲墮盤江髪。

〔一〕 蚺，原作「枏」，據《粤西詩載》卷八改。

〔二〕 篔，原作「菁」，據《粤西詩載》卷八改。

星躔翼軫古隘關，邕管西迤領方接。明都銅柱鎮華夷，汴宋醜儂猶宰割。經略曾標京觀雄，奇兵一夜關南奪。至今馬狄並高勳，八寨還嗣新建烈。滄嶼不改戎機銷，群狙跳梁誰式遏？彌原荒頓轉流移，生齒難繁聲教闊。使君行部踏春來，春光縹緲薰飈發。繡斧擎翻瘴嶺霞，花驄嘶控皇華節。霜姿只飽苜蓿餐，滿道清風洗炎熱。飄蕭萬里載馳驅，今古興懷猺吹徹。我戍徒慚白面生，君巡自憶丹穹闕。相逢且莫誇壯遊，好向明時樹宏業。振衣八極被九垓，俯視崑崙成一撮。

武夷歌 丙寅春同惟修遊武夷山作

春風吹上武夷山，山樹青蔥逕作盤。赤石矯矯亭琅玕，何許仙人留洞天？洞天咫尺渺難見，但見真爐活水點成巖。巖丹窟，大於拳，幔亭一撤仙人還。獅子吼落羣峯寒，月明清夜生哀怨。溪流九曲弄潺湲，九曲潺湲採芳杜。棹歌奇絕歸何處？昇真化作採真遊。層阿薜荔縈春渚，上有蒼煙紫氣漠漠遮長風，下有琪壇瑶圃香滃勃兮參差碧落零溪霧。溪霧霏微興不慳，扁舟搖颺隨風湍。瀧澌珠沫碎復圓，片片劈出屏風巖。觀音玉女遥相望，紅顔不染鏡臺懸。江天一線疑明滅，陡崖絶巘愁攀援。兩岸撐空樹抱灣，枝頭好鳥叫綿蠻。乍驚人語寂復喧，一曲一曲清且漣。松濤颯斷駕壑船，响聲遥接藏峯偏。有响聲巖，大藏、小藏峯。孤猿啼徹金輪曙，臥龍咽醒玉華涎。誰吹鐵笛隱屏巔？隱屏，峯名。天柱高標仙掌寬。忽然長嘯回頭看，仙童兩兩紫羅襴。問余何許來遊山，余時俛仰一笑指天關。天關玉帝宴大姥，虹橋駕空奏《韶》、《夏》。朱衣偷得半鑪香，面澤春容粉黛假。帝傍風雲生叱咤，靈貺屯膏膈中野。我欲驅雲雲不開，我欲鞭風風乍阻。呼朋叩關關吏嗔，雙雙擠向百越下。我本雲間跨鶴徒，翻作江潭釣鰲者。釣鰲鰲不來，跨鶴鶴飛去，噫嘻百越誰堪語？百越烽煙去未還，來游閩越暫開顏。九年不厭探奇絶，那得人間路幾千。武夷仙人中黄班，我欲尋之話夙緣。借問遠遊幾時還，仙童兩兩騎上天。袖中揮出珊瑚鞭，縹緲仙樂下雲端。武夷仙人摇珮環，恍如遺我九還丹。餐之頓令神清閒，逍遥忘却行路難。振余轡兮岌余冠，武夷仙人笑相看。笑相看，復相語，爲道天公憐愛汝。汝今目覩此何時，春光澹蕩和天倪。惠風披拂鳴天雞，道無荆棘遊人偕宜。髫童嬉向青雲去，蠻荒泉石無留奇。武夷仙人久相待，汝曹底事來何遲？君不見，武夷山水迴春姿，神霄在處生光輝。巍峩聖哲仙人陪，仙人一見面，聖哲長歸依。洞開閶闔高聽卑，有歌莫苦知音希。猗嗟乎！古人今人皆好奇，青春作伴真其時。我今振衣千仞兮，濯足萬里滄浪漪。左提籛鏗，右挾胡朱，一真寥廓忘九溪，贏得春遊到武夷。

憶昔行答范中吴寄咭

我年十七君廿五，棘闈北舍逢秋雨。君奇我文君領薦，我歸復出云何補？君今未遇我戍邊，尺書咭我君良苦。君家兄弟世業殊，文采聯翩照兩都。人生窮達貴適志，轉眼流光過隙駒。手君詩篇念往昔，他日逢時君豈徒。

鄭郭兩給事載酒藍溪山

鄭君蕭閒郭君老，青瑣相携碧山好。我行輟棹藍溪邊，杖策忽坐清風前。山光水色遥明滅，憐君醴酒爲我設。悠然秉酌任去留，君今高卧更何求？

聘君行 有引

余過鎮江時，侍御仰山尚君方按吴中，因過余舟，深相慰勞，且謂曰：「先侍御君嘗抗疏罹禍，家慈每撫走背，誡勿效也，然不能忘先侍御君志。今覿足下，良負心矣。」君故持風裁，不詭時好。業既别去，會家大人書來，復道君過式余舍，且欲以文侍詔故事薦家大人。家大人堅遜，謝不敏。君顧曰：「得無違雅志乎？」乃止，不薦。余既感君高誼，適過江西，瞻吴聘君之里，爰有懷焉，作《聘君行》。

高山流水風含煙，美人誰響伯牙絃？我思聘君握遺編，高卧忽出聲赫然。山中泉水碧於天，流向人間那似前？白沙老子坐談禪，浮名豈必驅幽燕。吴中待詔凌飛箋，歸來閉肆良自便。我家大人好清修，少年英氣淬吴鈎。下帷文學有源流，卓行不詭道可謀。赤瑛盤上珠光浮，嗚世還思振大猷。遭時不逢老桂秋，抗志物表傲林丘。紅塵肯落一羊裘，寵錫不願兒曹酬。使君高誼薄人寰，巖穴未暇青雲攀。憶昨征槎出鄉關，大江波浪高金山。君掇瑶草開朱顔，飄然爲語道路艱。

我今成隔青海灣，人生那得風塵閒。高堂回首雙鬢班，何許仙人摇珮環？

磨崖閲唐中興頌

唐家馬嵬腥妖血，漁陽鼓鼙震帝闕。明皇西幸靈武興，李郭功成胡運滅。社稷還收反掌間，一時恢復真奇絶。元郎有頌老文章，魯公大書巖石裂。至今蒼壁生輝光，殷鑒遥存遠褒妲。山靈呵護鬼神驚，漫郎遺宅秋煙平。鐵筆蕭蕭凛生氣，直臣長仰顔真卿。

遊朝陽巖同惟修

瀟江之滸朝陽巖，流香有洞磬石懸。鏗然怪聽玉作聲，神蛟疑出舞蒼淵。洞豁陽明在人境，流□一片鏡光連〔一〕。羲景迴旋薄林杪，孤亭窈渺搆其巔。仰攀青冥曠我襟，朋來露頂凉風前。頹然一醉忘機事，湘水湘山那可憐？

〔一〕「流」後當有脱字，故補缺字符。

湘山寺無量壽佛示寂龕

禪家洗心守空寂，寺藏猶銜不朽骨。衆人競逐法王身，誰知性去無靈均。大化不生亦不滅，陰陽變合真活潑。從來塵刼即菩提，莫向浮生空自迷。

全州大雨 有引

八月十六日過全州，將渡興安斗。時久不雨，斗苦涸。惟修遂議登陸，業戒人徒矣，余怯瘦骨艱行，且謂旱久當雨，堅艤舟以待。是夜，果大雨。明旦，發舟殊捷。惟修顧謂曰：「我夜禱雨隨應。」余笑曰：「君欲洗路塵耶？雨乃爲我濟舟耳！」漫援筆記之。

海陽山斷湘灘口，何年鑿引成巨斗？歷陟千級慎啟封，我欲渡之苦旱久。吳郎此際遽擔簦，獨怯病骨猶難守。纜結枯槎夜向分，風雷忽作龍大吼。俄頃靈澤翻天瓢，大江小江鮫石走。曉來江浪平秋煙，捩柁似飛歡舉酒。憶昔韓公開獄雲，精誠豈復干穹佑。雨乎雨乎端爲誰？應遺蒼生年大有。

殷石汀學憲邀遊風洞山

巖石高飛插南斗，中開大竅風雷吼。風雷吼作蒼煙橫，曲磴遥撑削壁平。使君携我躡霄步，飄發羣峯驚指顧。下瞰灕江湃石流，猺吹猿嘯客心愁〔一〕。桂林山水秋自好，臨觴那用傷懷抱。

舟甫泊岸乘輿便登青山

九月五日發灕江，十月五日來此邦。登臨率爾憩山木，遊覽飄然凌石瀧。赤幹扶疏禽聒聒，白巖蕭颯泉淙淙。揮舄走從蒼莽上，拔劒坐令鯨鯢降。時有清風散煙霧，人無雅賦開敦龐。白雲飛揚望可極，浩蕩春光祇滿腔。

戲題朱山人畫石菊

畫菊畫其標，誰能畫精神？朱生所畫頗奇絶，孤枝偃仰開嶙峋。翻手披襟不堪摘，風流空散煙霞春。古人愛菊有佳色，今人識假不識真。捲畫對菊堪自笑，清香無數摇秋旻。

〔一〕猺，原作「傜」，據《粤西詩載》卷八改。

南野歌贈周山人 有引

周君號南野，性朴茂，敦孝友，常代其兄戍遼陽，有隱德。與家大人交契，遂同家大人來粵中。不□間闊，于友誼猶可風云。

城社蕭疎薄南野，熙朝結搆臨其下。左披草樹春相鮮，右枕江濤秋欲瀉。倬彼人士好潛修，務本力農方隱者。家奉天經少遜弟，同居合爨情靡假。鴻鴈嗷嗷時忽戾，西風吹折紫荆樹。遘閔初傾輸逋囊，荷戈竟代遼陽戍。萬里烽煙良苦辛，黃雲慘淡胡塵蔽。骨肉真堪共死生，疆場豈負男兒志？天家肆眚烏夜啼，歸來蓬鬢半成絲。奄忽親朋幾凋謝，飄零家累怒調饑。蓬門不厭充藜藿，廉賈聊營俯仰資。北遊燕趙南楚蜀，天壤悠悠任所之。嗟君豈復忘家舍，生不逢時羨餘寡。俄從老父來粵中，交誼通家元自雅。秋風江上送君歸，滿眼朱門競趨捨。願君清白貽子孫，無志輕裘乘大馬。

李生行贈内弟李立卿

李生意氣不可量，豐頤聳骨真昂藏。代治《麟經》發鋭穎，傲倪人世無炎凉。蹇予狂繆造天役，銜恩荷戟殊井疆。畏途升沉異交態，爾獨萬里相隨何慨慷！憶昔先朝李獻吉，憂時代草韓公章。一朝閹禍傾人紀，詔獄逮擊路徬徨。賢哉姻弟左國玉，徒走從行義所將。憤然上書康太史，激之救李脱虎狼。吁嗟古誼不復作，萬事頹流良可傷。予才謝李志或過，方爾左氏宜相當。遭逢明聖寬轡策，寄懷吟諷時傾觴。李生意氣不可量，君恩友誼皆天常。道在人倫散庶物，古來神聖挈其綱。人心惟微道心微，操之則存舍則亡。李生養志汲幾康，分陰莫復負青陽。惟學遜志務時敏，緝熙無怠有明光。祖貽休烈行振揚，予談象器徒粃糠。

看山行

昨日看山熱沾汗，今日看山寒擁氈。世態炎凉知幾許，借問山靈胡亦然？山靈向人恍如語，從來天地有寒暑。非關天上生春寒，地氣蒸雲風作雨。江流滚滚漏波濤，山光閃電摇江皋。驚雷欲躍雙蛟出，坐客觀者何其豪！忽然霽景澄江練，蒼苔石壁霞成霰。向來雲霧失晦冥，頃刻江山暑雨變。吁嗟呼！熱一時，寒一時，熱可炙手寒離披。世眼靡靡睨寒熱，嗟爾寒熱何能爲。君不見，曠士真遊蔑幻迹，隨緣滄嶼生顔色。酒酣撫掌天地寬，安知炎凉寒暑在人間！

節婦謡爲朱母賦

嗟哉中冓古難哲，况也粤徼誰當旌。有偉碩人貞以静，吾采謡者揚其聲。鄧家處子朱家婦，相夫以禮無晨鳴。那期遘閔孀居早，誓不重膠鸞匹盟。厥孤呱呱方五歲，躬操績枲課學成。貧也堅持儉也適，足不履閾遺世情。即今秉節三十載，吾友其子朱明卿。闇然好修敦古道，絶迹闗白肩編氓。賢書高領遲仕版，菽水不厭攻韓檠。猗今令母往哲婦，吾聞鄧族推鄉評。亦有鄧室嫓一紀，庶幾追母並蜚英。印作褊衷欽婦烈，逝者白寀妻冰清。尚存斯母振閨範，擊節淚墮逐臣纓。斯歌或借警偷俗，嗟爾生不負天非求名，嗟爾生不負天非求名。舉人白寀妻亦貞節婦。

青山風雨同何李二生泛舟出横槎因成口號

春風吹破青山色，春雨茫茫江草碧。江濤湧出白蓮花，沙樹流雲走相射。雲中一榜蓬恢恢，中有仙人天上來。神遊八極那可識，榜聲摇曳天光開〔一〕。山中居民怪相語，只今江上多風雨。借問郎今渡何處？儂亦從之採蘭去。仙人大笑瞠雙瞳，採蘭爾若能相從。吾呼江上雨師爲爾掃江雨，吾呼山中風伯爲爾驅山風。

題雲泉宗室畫雪梅兼有白龍寺詠梅詩題其上

梅花有神誰寫真？陰何題破愁騷人。生憎好景堪帶雪，江山一點無纖塵。幻丘帝子神仙骨，白龍宴酣吟《七發》。憐芳却與梅傳神，畫作雪梅渾似活。瘦毫點出枯株叉，吟章瀟灑壓横楂。水練星星撑鐵幹，墨枝片片落冰花。我坐炎荒雪難值，梅花縱開失風格。雙手擎披《瓊樹圖》，夢

〔一〕天光，原作「大光」，據《粵西詩載》卷八改。

斷江南折春色。

花燈歌

邕管流風上元好，落剪花燈拂春草。客來逆旅春五逢，燈花片片摇晶籠。怪底香閨金錯竅，玲瓏恰掩裁成妙。佳人賽巧娱流光，才郎誰績雲錦章？逢時吐餤經綸手，雄風那向娥鬟偶。翻惜花燈空爾爲，抛取韶華剪作糜。丈夫染指闕聞道，俄頃能殊女紅巧。我有心燈覺日新，萬象回光四海春。

夏夜最高臺對月戲占一首

仙娥似嫌桂宫冷，走向瑶臺刷炎景。銀河初轉漏聲長，江光一片懸明鏡。仙郎無伴每相尋，對客揮杯灑孤影。酒面茶煙風起遲，芙蓉落浄人偏醒。

南安憶張東海先生

南安太守遺芳聲，吾松東海張先生。當時正逢全盛日，先生掘起負英稱。漫論詩翰凌時輩，作宦冰操人最清。先生尤自勵風節，卓然不詭宦情輕。至今人重東海筆，良以其人非藝成。逝者如斯不可作，我思前輩失儀刑。鯫生竊忝鄉後進，志大才疎無一成。偶過南安披郡志，先生名宦特峥嶸。流傳手蹟更珍惜，鐫墨籠紗半草行。翻憶良工心獨苦，動爲不朽薄世榮。名高時忌身先退，當塗往昔誰持衡？自古憐才元不易，乾坤浩笑成狂酲。登途掩卷一沾筆，風流千載有餘情。當時空忌先生進，難掩于今身後名。彼哉齷齪一瞬息，幻真莫辨胡蠅營。人生所貴修能好，傳世豈必皆公卿。吁嗟乎！東海先生亦不朽，南安太守遺芳聲。

尚友吟三首

其一

唐虞德遠夏功頹，商周慚德夷齊哀。霸術横流孔鐸響，斯文未喪賢哉回。簞瓢不改卓爾樂，富貴於我浮塵埃。參魯還傳一貫脉，四勿三省同胚胎。上天之載無聲臭，魚躍鳶飛委去來。伋誠無息軻義集，浩然氣塞天地開。廣居良貴匪在外，性善誰能盡其才？遡流欲尋洙泗源，四子安在我心摧。

其二

霸流王熄無窮期，世君代作同營私。聖遠言湮漢疏雜，正誼猶存董仲舒。敦行尚節士濟濟，漢室還是中興時。風斯降矣人鬼蜮，一膜胡越民作糜。主德不競臣道枉，大綱萬目咸澆漓。尚有王通韓愈氏，孳孳補綴剖藩籬。河汾中説半醇疵，吾愛原道無多岐。《咸》、《英》響絶聽《濩》、《武》，三子安在我心思。

其三

宋家老儒慕聖殷，繩趨尺步鳴人羣。《周官》法度元非本，夫子文章可得聞？范量韓猷司馬行，名臣輩出光世勳。有偉茂叔圖太極，伯淳定性良大醇。民吾同胞物吾與，關中文字有《西銘》。弄丸半洩先天秘，誰云數學非道真？諸儒競談理性妙，膠瑟恐異皇王墳。從此善類立門户，同道爲朋還自分。波流又落禪下乘，或啜糠粃作至珍。朱陸持論雖異派，陸虚朱實自相成。大道元無二體觀，人品還從一念分。猗嗟道學陋功利，却移功利垂空文。鄙哉傳統賈虚譽，雕龍刻鶩徒紛紜。躬行君子我未得，妙機不測樂我云。世態翻然换伎倆，數子安在我心慇。

猛省行兼示諸友

人皆可以爲堯舜，我獨何爲非丈夫。罔念作狂克念聖，雞鳴爲善良坦途。真機活活上下察，成性存存聲臭無。勿忘勿助安汝止，廓然順應與化徂。上達由來從下學，夾持敬義德不孤。嗟嗟寓形過隙駒，心爲形役迺大愚。哲夫坦坦鄙夫戚，紛華一蔽伎倆拘。寧識良心元未泯，浮雲於我何加諸？胡爲乎競珍燕石拋明珠？君不見，孔訓當仁顔不違，超然任道遊康衢。斯人千載真不没，彼哉物誘詎非迷。古今一息道長在，升堂入室由人趨。無然畔援無歆羡，斷斷先登復委誰？

孔顔之樂人皆有，堯舜以來心不殊。日月逾邁歲云老，生不聞道等羣狙。念之令人竦毛骨，拔劍一躍斬意魔。有志不立氣不帥，並生天地真頑懦。勸君知耻及時遷，日夕乾乾惕所圖。懋哉懋哉慎復初，無爲頻復頻離踵。故吾爲山九仞起一簣，範我賢範模聖模。好學汝爲君子儒，孳孳喻利豈吾徒。

慎獨放歌 顔山人過訪索題因與坐談慎獨遂括歌諷示之云

大道言筌世浪傳，誰認本來真面目？陰陽不測元有神，萬古乾坤同一獨。顯微隱見從斯生，獨往獨來七日復。世代隆汚更迭尋，皇王帝霸憑推轂。教籠賢智勢籠愚，簸盪生人頻换局。仲尼獨立春秋時，羣蒙開竅文在兹。回仁伋誠參至善，鄒軻浩氣非合離。大包宇宙小塵息，人具衆妙疇當知。淳麗氣散獨作怪，隨生伎倆真可嗤。影響無端還起滅，惟有神獨無窮期。獨斯爲主羣斯僕，古今轍迹空相逐。真吾何在竇幻形，妙機獨得堪歸宿。等視造化如小兒，廓之無外歛一掬。慎兮慎兮莫自迷，默識三三與六六。仙禪殊教一派分，莊語卮言由秘祝。江西老子遊八方，訪余一笑形兩忘。惟狂克念本作聖，惟聖罔念惟作狂。幾希一判成霄壤，傳語老獨休猖狂。民可由斯罔使知，皇綱聖教維天常。天地立心民立命，還驅豺虎護麟凰。

采薇集貞册

絶句五言

渡江三首

落日射江紅，隔岸没雲樹。四顧天蒼凉，客子渡何處？
江風揮不開，江花片片落。一榜駕長空，欲跨雙飛鶴。
山石枕江流，煙濤渺何許。中有凌波人，乘風自來去。

放帆二首

夏雨溜山濤，凉風洗炎熱。鳴榔掛一帆，那怕江潮濶。

片帆遞江風，江風留不住。樹裏有人家，問此是何處？

過仲路讀書堂戲占

聞義喜乘桴，有書何必讀。結纓義難精，書應讀未足。

渡濟寧

濟水來天上，洪流望不穿。不知神禹績，尤自憶堯年。

嚴子陵釣臺戲占

君辭諫義歸，我冒狂疏出。登臺怕見君，歸舟理蓑笠。

憶弟

春愁攪鄉思，春鴈鳴何許？雨洗故園花，風吹棣棠樹。

路柳

柳枝矯欲舞，春興不堪攀。我有琅玕竹，將無勝爾顔？

夢歸

宵夢歸去來，春光滿長陌。忽聽曉樓鍾，依然遠遊客。

五月江漲

炎飈噴山湍，江水高於郭。樹没雉煙平，地蛙鳴屋角。

穀旦陰

穀旦元占穀，那堪竟日陰。邊氓正艱食，况復荷戈心。

夏　月

皎月落炎宵，傾我離人臆。清光迥不磨，北照千山色。

聽杜鵑贈陸山人

妙明心印物，杜宇聽非冤。素宰元游衍，誰招古帝魂？

江　上

飛鳥没雲深，千峯不知處。渡頭忽生喧，客子乘潮語。

題白雲和尚扇二絶

太虛知幾許，妙際生白雲。本來非别物，我共汝爲羣。

寂即雲歸處，照即雲出山。迸成一片白，體掂錫杖鐶。

絶句六言

江　村

林塢日高蟬響，風江水落舟懸。漁人戴笠酣釣，牧子騎牛晏眠。

野　渡

煙横野渡迷曉，風急斜溪蔽天。遊子曲肱腥粟〔一〕，征夫側足操船。

絶句七言

諸曹長破涕爲别

漢署交朋愁曳裾，扶瘡聊復暫躊躇。休將别淚傷蘭佩，猶剩明時流涕書。

陳蘇山同年報編南寧戍

職方朋誼尚惓憐，編戍煩將尺籍傳。邕管自唐今萬里，可堪遊子瘴鄉煙。

〔一〕握，原作「腥」，據文意改。

發直沽

直沽襟海控京塵，北望青山隔暮春。幾許客遊迷渡處，到來猶自問行津。

漳河道上

瘦來耕壠麥星星，江墮林煙白亂青。漳御漕艘半零落，倭奴猶帶羯奴腥。

閘　上

閘翻江水急於彈，舟落驚風樹欲寒。客起忙呼牢把舵，岸邊漁叟坐盤桓。

阻　風

天吴飄發亂江花，蛟蜃虚窺五月槎。誰障層波偏閣淺，萍踪應自笑忘家。

王中丞過訪偶成

庶僚尚重嬰時忌，臺綱猶復顧流人。敢言社稷驅王役，應念全生荷帝仁。

清河懷古二首

天險頻驚出吕梁，年來河決正猖狂。不知禹畧今何似？却與洪衝塞簣囊。禹順水之性，今徒事築塞，抑末矣。昔人疏濬塞三法猶非本論，柰何俱出其下策哉？

邳石當年王氣深，古城雲樹自陰陰。赤松博出商山皓，那似清宵秉燭心。子房因人成事，其去雲長大節遠矣，世以成敗論人，惜哉！

廣陵懷古

隋苑凄凉思不勝，青螺五斛渡遼曾。江都幾代談興廢，猶有瓊花在廣陵。

舟發吴江同年吴仰峯載酒來訪吴時以比部郎奉使審録

詔使風流舊有名，芳樽江上喜君迎。劇談莫問中朝事，解網還寧失不經。時詔獄尚有楊給諫諸君。

題上竺山房

三竺登臨興不賒，凌空梯閣是僊家。道人濯足清泉下，疊障雲飛萬樹花。

諸故舊偶談下理事漫述解嘲十二首

非關負氣排黄閣，祇爲傾心向赤墀。世事披靡愁絶裏，備員元是詰刑司。

疎條諺語袖中焚，欲達宸聰詎假文？却剩殿災陳數事，當時草就未遑聞。殿災時草疏，會禁中止。

吏榜喧催王使供，誰將心事訴蒼穹？結交若也希干進，妙選應非案牘中。

漫論孤憤犯朝卿，肯怨清華靳職名。縱令西曹遲散局，不應愁似戍邊程。聞時宰語人，悔不入余清華選。

曹郎投分氣橫秋，法從懸衙豈並謀。自是憂時心偶協，却憐牽率困追搜。余疏與子儀約，惟修偶同爾。

旁掠無端坐越官，聖朝諸署許封彈。天工自愧難陳力，虛負明君撇漢冠。

陳勃元非媒遇途，箇中辛苦險忘吾。含香穩歷通衢在，衹戴皇恩報欲圖。問官指爲媒遇故云。

恬夷慣得累芳聲，誰道狂言博直名。底事犯難拋易箏，應知心不爲名榮。

吴癡偃蹇逗凉曹，更耐批丹寡譽髦。此日蕭騷驅絶徼，天壤端合似鴻毛。

仕道非勾鸞鳳符，親心肯愛轂丹朱？記將養志俄蹉跌，嫁女須嫌戀丈夫。時余老親尚未膺封典。

攬權英主更寬仁，薄疏誰疑判殞身。寄謝愿夫還老洫，全生猶幸未忘親。老洫，出《莊子》。

歐陽子云：「縱令得罪而死，不爲忘親，況未及死乎！」

心懸子翼豈晨昏，宦戍應期道并存。誓向艾修無悔色，休將往事更平論。

宋侍御緘貽升菴集

博洽非專藝者書，漫憑《爾雅》注蟲魚。窮愁太史拈奇筆，鐵柱遥煩慰謫居。

次子儀上清宫一絶

瘦笻乍向空山拄，蒼煙遍繞雲飛處。山中夜半吹紫簫，應有仙人共來去。

衡嶽偶成五首

南極崔嵬萬仞岡，秋風淅瀝破炎荒。山僧指點溟濛裏，世界茫茫似海洋。

仙人跨鶴乘雲去，兜率斜橋尚有名。老衲伴雲恣偃臥，松花飛落萬山清。

鶴馭飄飆曙色蒼，凌風遥住翠微旁。眼中法界清如許，那得浮生有底忙？

上方夜擁藤床坐，一氣清明星斗班。七十二峯看不到，獨敲幽磬響禪關。

羣峯秋帶關河轉，全楚天吞江漢浮。一望蒼梧南斗落，何時還擬斷清遊。

嶽下懷子儀惟修

雲濕芒蹊踏嶽回，亂峯疎靄若爲開。湘南自古容疎放，好共搴蘭去復來。

夢子儀

别去衡陽鴈唳秋，可能乘興作奇遊。故人昨夜來清夢，吹斷□風自客舟。

鴈飛不到衡陽渡，何事征人萬里來。銅柱玉關俱漠漠，秋深湘浦鷓鴣哀。

登迴鴈峯

峯頭修竹亭亭，殊清致可愛。夜坐烹茗，寺僧因持册索詩，漫次鶴樓一絶。

竹院泠泠茗供清，潮陽石鼎亦彌明。凉宵月出青峯出，何許風高唳鶴聲？

北望

秋高南楚桂枝殘，摇落青峯獨耐看。狂客支頤頻指顧，浮雲何處是長安？

再遊朝陽巖

朝陽有巖遊不足，風落泉聲響幽谷。巖頭忽有道人來，巖下依然湘水緑。

苦瘴

瘴落天低山氣昏，江迷白草斷雲根。午煙乍撥遲羲馭，又帶徭吹鎖暮村。

閲吴石湖公南寧二鳳歌因口占呈惟修

漫勞長者歌南鳳，却憶莊生喻木鷄。梧樹竹枝空好在，靈修應復任雲泥。

曉　梅

月落參横遇曉粧，鶴翻清露點霓裳。癯然冰玉凌烟出，借問春儲幾斛香？

題茉莉花

冰葩暗麝來天竺，削玉團酥淡不粧。儋耳憶簪黎女髻，清輝應復破炎荒。

採　蘭

紉佩昔聞騷客賦，握香今憶漢宮春。幽芳不向炎荒改，採掇還應薦美人。

移　寓

屋裹青城圃種瓜，薰風池面拂蕉花。他鄉幾度看羈旅，客思飄飄正憶家。

張少府惠箋漫走復簡

曾憶南人陟釐紙，張華博物更堪看。衍波蕭索風烟在，憑仗交藤賦曉寒。陟釐、衍波，俱箋名。

謝人送書尺

金溶楞角静朝暉，水漬寒光生鐵衣。耐可縱横披簡牒，墨奴偏解數行飛。

紀　聞

紫闥維新絳節開，龍楹螭角袖雲裁。砰訇可復驚禪竈，海宇蒼生半草萊。時聞内殿頻災。

旱災厲禁途值荷校者偶簡張少府二首

細氓罹禁堪垂泣，旱魃流金柰爾何？恠底穹慈閉玄澤，此曹汗血欲成河。

大佛慈悲方解厄，張故好佛。恒暘况復赤郊原。憑誰妙悟桑林禱？弛禁寬誅洗鬱煩。

庭栽素馨花偶憶楊太史絶句因反其意

凉靈翻堦怯曉粧，冰蕤珠瓣暗飄香。幽人簪合應憐汝，錯把風流惱陸郎。

劉山人償詩戲題一絶

賞花頻灑衝泥飲，輸債俄披落紙煙。明日春風還杖屨，詩筒應倒《白雲》篇。

睡　起

鶯啼清曉緑林班，客意蕭蕭只閉關。今日戍樓鼙鼓歇，夢消春色到家山。

春雨迴文

風簾半雨池摇白，鳥唤春花樹落紅。櫳繞竹衫寒影薄，夢侵煙海碧飛鴻。

望家書口占

客舘依依春晝長，江天漠漠自炎荒。東風若解思親意，吹却平安字數行。

吴將軍送玄猿

疎雨籠煙午不開，玄猿白日嘯風臺。越中處子今何在？只合由基矯矢來。

坐久二首

春塢茶煙夾霧傳，沉沉石竹鎖春寒。晝長門外忘喧語，滿架圖書讀半殘。

一榻香消石几閑，篆煙輕透水花班。堦前鹿過苔痕濕，雲影輝輝點白鷴。

喜　晴

春城煙景散和風，曙色依微曉樹紅。怪得羣陰都屏伏，火輪飛出正盤空。

歐兵憲貽葵扇端溪硯時適有寇警

金線稜然蒲角輕，秋風吹落墨煙平。東山元有淮淝捷，詩陣憑君好洗兵。端溪石文理黄者謂之金線文。

漁埠詞

楊柳青青燧火紅，石泉飄落百花風。孤舟亭午摇漁埠，津名。多少啼禽煙靄中。

清明江上

江天風雨又清明，客子乘槎聽水聲。坐捲蓬櫺迷野渡，青山畫出一雲屏。

牛軏灘

牛軏灘横瘴霧深，浪花飛出石森森。從來幾渡孤舟客，江水無情客有心。

内怨詞

余荆婦從余久客瘴鄉，居常有愁容，無懟色。余異而探焉，戲爲作《内怨詞》。

夫君自合報王家，瘴地無端守歲華。薄命隨緣親萬里，離愁幾許看秋花。

食苦瓜

東山戍憶敦瓜苦，南徼瓜嘗苦味嚴。涼頰頓回炎海夢，却憐遷客久忘甜。

訪客啜檳榔

急脚胡奴髻半斜，客來提榼手雙叉。檳榔擘出班斕片，灰白蔞青當獻茶。邕人以青蔞葉白灰和檳榔啜之，客至，盛榼以獻，謂之代茶。

啖王皮果

碧樹離離金彈垂，膏凝甘露嚼來奇。木奴秋色珍如許，那似香飄溽暑枝。

摘蓮房

練塘秋曉淡雲窩，折得波心翠卷荷。冰繭擘殘珠珥裹，清香消受病維摩。

寄橄欖

波斯薦翠味回甘，嶺樹秋高拂瘴嵐。記得吴都曾有賦，錫甑密緘到江南。崑橄欖最佳，名波斯種，法用錫甑包之，雖寄遠不損。

詠蕉子

蕉子垂垂結陣黄，緑枝風扇迴凝香。生憎膏膩甜於蜜，消得幽人在異鄉。

啖荔枝二首

鐵幹婆娑落子紅，方苞剥出水晶籠。炎荒正惹長卿渴，却啖瓊漿半洗空。

南風醺落出墻枝，丹渥羅囊玉露披。博得風流瘦吟骨，蘇郎曾寫黑猿詩。

剪春羅

芳叢輕灑玉顔酡，却惹東風笑欲傞。疑是洛陽花别種，南中唤出剪春羅。

觀音蕉

蕉樹從來葉扇青，却擎丹萼大於瓶。觀音禪性元貞静，那得猩猩染數層。

了　哥

籠裏清音奈若何？玄衣朱吻慧無過。秦樓鸚鵡休相妬，瘴煖聲聲叫了哥。

人面子

翠裏團囊顔帶酡，箇中甘味夾酸渦。只緣人面看來好，支膝秋風惻睡魔。

奶頭菓

流火輝輝樹欲垂，青林披落絳囊奇。趁虚擔却娘行瘦，好採枝頭哺乳兒。邕人謂市爲虚，諸村婦荷擔入市，謂之趁虚。

九層皮

栗怯香滋薯怯奇，蒸來皮裹裹層皮。饒君露底元無骨，怪得包藏肉太肥。

水泡菓

花放金絲香裊林，彈垂鬆穰核抛心。南人不識林檎味，却認池邊水泡侵。

枸櫞　枸櫞大柚也南中多此品迺獨無橙〔一〕

斗落南林香滿枝，釀成風致錯尖披。却消一味吴江夢，秋壓黄橙勝柚皮。

寄曝蕉

曝來紺顆瘦於腸，石蜜釀膏罍貯香。漫憶秋風半摇落，頳虬飛出傍江鄉。

竹風

瘦來青竹不勝枝，暑撲茶煙風半披。怪底鳳笙吹未得，啼禽猶復姤幽棲。

病起登樓自嘲一首

登樓每似愁王粲，倚榻真成病馬卿。怪爾瘦來堪到骨，天涯猶自作雷鳴。

〔一〕櫞，原作「椽」，據《粵西詩載》卷二四改。

郊遊望陳李二莊

門對青山竹繞隄，閒看秋水白雲齊。雙莊大隱堪高卧，多少幽禽向午啼。

望波貽詩有壺中坦坦之句隨筆走答

坦坦元來樂在中，壺天真見古人風。懸知洗耳清流處，雲白山青許我同。

月中懷陳舉人醉卧

玉燭秋光夜漏偏，廣寒仙子正高眠。枕圓假有相思夢，疑在瑶臺桂樹邊。

山巖月明有李舉人榻

半榻清風石屋中，冰輪幻出水晶宫。關心桂子今何處，猶有浮雲點太空。

陸山人榻上聞鶴

一鶴翛然唳曉寒，旅人清夢怯更殘。陸生慣有華亭恨，唤起齊食玉露盤。

陸氏園亭

君愛淵明《歸去來》，園林偏把菊松栽。熙時剩有南山望，不用荆軻詠客哀。

冬夜與陸山人臥舟中夜半逸去

高枕宵披半榻風，覺來清曉失龜蒙。懸知未買山陰棹，幾向延陵語法空。陸好談禪，兹往訪吳惟修云。

詠　桃

暖簇輕煙春晝長，東風吹破一林桃。艷陽自合憐芳客，却與幽人伴寂寥。

隔溪李

葦綃粧就一株穠，半映清溪惹笑容。假識九標宜月裏，肯將春恨訴東風？

閨　思

春風何事拂幽閨，恰聽流鶯任意啼。獨傍鏡臺渾不語，夜來清夢到遼西。

早春花雨

梅花綻子桃花落，底事炎荒弄早春。却笑花枝春作妬，夜來風雨一番新。

讀文文山集

英風自許匡時出，浩氣誰當配義成？好是丹心元不死，知公非博汗青名。

十三日夜客集

寒壓春光夜漏遲，沉沉燒燭鎖燈期。客來惹起懷鄉思，幾處星橋掛竹枝。

家君書來聞余避客有學明道勿學伊川之戒

明道春容正叔方，自嗟違俗攪親腸。好憑粹養陶褊獧，漫負狂愚懶自强。

顧侍御索醃菜走筆二絶

荒徼蝸廬太瘦生，簞瓢一味嚼來酲。也知西粤金虀鱠，不薄東吴玉糝羹。

繡衣乘傳屏蘼蕪，瘴霧澄清菜作脯。上界仙廚元自好，須知使者是冰壺。蘇易簡謂菜爲上界仙廚，欲作《冰壺先生傳》。

望家書

親懷客思兩茫然，極目征鴻已隔年。絶塞可堪頻臥痾，青天白日更誰憐？

謝人貽荔枝

火齊枝頭啖欲欺，肯分瓊液灑幽羈。借問頳虯珠得似，應翻新曲賽娥眉。

喜何妹壻至爲開酒戒 有引

余戍炎徼七載，音問寥絶。玉岑何丈適至，喜不自勝。丈素淳德，此行衝冒煙瘴幾萬里，于親誼良渥云。

獨抱離愁久鬱然，喜君來晤遠相憐。雙親報我長清健，漫引寧輸斗酒仙。

中秋夜雨勞中翰諸生見過因同何妹壻小酌漫占四首

幾度秋光掩客顔，廣寒今夜許誰攀？懸知怕照離人影，故遣浮雲閉玉關。

雨洗中秋芋作盤，瓜親猶喜罄交歡。玉輪冰鏡知何處？贏得凉宵鬧酒寒。

旅樽寥落客頻斟，醒眼何妨秉燭心。試問熙朝老中翰，幾看秋月换晴陰。

待月宵分河已傾，雨風蕭颯倍關情。人間誰解知微技，天柱峯頭好月明。用趙知微事。

夜雨不寐

客況蕭然簟欲寒，夢回炎海漏初殘。也知清世無覊旅，消受天家雨露寬。

經海棠書院有懷吴惟修

淮海秦觀瘴海祠，風流異代亦堪悲。故人幾别横槎去，客意凄其漫詠詩。

經伏波祠

赤心報國奇男子，黄髮籌邊老丈人。每向祠前彈戍鋏，遐征今日重沾膺。

渡烏蠻灘

又渡烏蠻溜峽湍，烽煙回首戍遊難。客心久已恬于水，肯作人間險路看？

遊鳳凰巖戲題

清時鳳鳥今何處？荒徼空留鳳鳥名。幾向帝廷儀上瑞，高山流水自雙清。

下南山有木若巖箕坐眺江偶成一絶

石巖化作木巖開，脉脉江流半印苔。箕踞一枝渾不語，清風吹徹渡喧來。

遊故李員外剡曲池亭

幽園點出數椽虚，剡曲風生水竹居。亭上狎鷗休綴語，遊心元已失鳶魚。亭名狎鷗。

唧唧蟲聲閣閣蛙，爲誰零落爲誰譁？黄楊厄閏無主主，猶遺薰風扇物華。

遊吴家莊有懷吴尚書公二首

絶塵孤介鐵肝腸，園自蒼凉水自香。塵刼苦磨心不死，清風偏得世流芳。

誰云瘴徼物鍾靈，人似先生照汗青。松柏歲寒應不改，任渠蒲柳望秋零。

夢陸山人生贅瘤覺而嘲之

一笑看君詠四休，贅瘤夢斷更優游。肖形假合元非有，應是虚中一贅瘤。

峽山題勝十二首

葛仙亭

風磴凌空萬仞開，孤亭屹立碧霄隈。葛洪何處烹丹鼎？剩水殘雲也有胎。

二禺祠　黄帝二庶子採崑崙竹協樂遂隱此山

帝子臺空清吹生，希音千古不勝情。試聽幽谷泉鳴處，猶帶崑崙斷竹聲。

達磨石

達磨直指非關石，參得禪宗石亦靈。葱嶺浄根元自在，臨流魔石臥看星。

歸猿洞

玄非迷物物迷玄，育箇嬰孩母棄捐。玉環亦是人間物，古洞玄歸妙不傳。

《峽志》：「猿化人妖，迷一士子，生兩孩。因過寺還僧玉環，遂歸洞去。」此仙流託幻妙喻，而蠢夫繆以爲真跡，顧其心當恍然有疑。漫爲就景提醒，恐非上根人猶難悟耳。

犀牛潭

崑崙珍貢水犀殘，金鎖抛潭落影寒。笑殺漁翁收拾去，犀亡那得作珍看。

崑崙國貢犀，縶以金鎖。犀至此潭，忽抛鎖亡去。後漁者周仲寀拾鎖以獻。

獅子石

狻猊幻出老僧容，怪狀何妨稟聖衷。休傍石邊尋此怪，泠然天籟響山空。

梁西域三藏法師過禺山，遇一老僧，貌甚怪，忽復不見。師曰：「此聖僧所居。」遂往東南，見一怪石，若狻猊，因名爲「獅子石」。

釣鯉臺石

趙胡會此釣江干，釣得神魚江水寒。龍種假饒餌不嗜，絲綸應不掛魚竿。

龍磨角石

枕江奇石起烟波，爲有龍來角作磨。靈漦怪今藏妙用，幾施玄澤洗炎痾。

和光洞

和光洞是拂塵禪，五色榴看二氣全。參透此宗無上乘，菩提元不離塵緣。相傳和光洞有五色榴花。

讀書坑

傳心非必假書明，書爲傳心立教盟。粤義微詞忘妙領，誤人文字豈殊坑。

縹幡嶺

唐師南討破哥舒，神夢縹幡遣將初。粤寇衹今愁旅怯，玄威應復借干旟。

凝碧灣

誰開南峽溜迴湍，雙掖青山石囓瘢。一嘴崚嶒流不斷，箇中應有窟龍蟠。

峽山閲陳文詩却寄

誰識泉心誰洞玄，詩中嘉話被人傳。歸來領得逍遥境，應似山遊抱佛眠。

方暉山别筵曾爲余道峽山之寄對景懷人漫成口號

别時曾道峽山奇，看到山奇憶别時。悵望古邕江水闊，當筵忘借峽山詩。

峽洞懷子儀惟脩偶感猿事戲占二首

張生亦是廣猿精，謫向羅施峽失鳴。猶記昔年談峽勝，獨遊愁隔二同聲。

伉儷塵心未解還，中原赤子正愁顔。山僧久已抛神物，幾對君王乞賜環？

曹溪見六祖真相

本來面目還應認，誰是凡形誰是真？休遣世人尋佛相，禪師元已悟三身。

六祖曰：「三身者，清浄法身，汝之性也。圓滿報身，汝之智也。千百億化身，汝之行也。」

輿夫笑余行李蕭然余笑而占焉

昔賢出牧隨琴鶴，羈旅誰燒七聖財。商吏憶摇蘇柳頰，可堪商戍效尤來。佛經有七聖財。

過贛州

嶺江樞鍵壓崆峒，開府今看牧鎮雄。古學濂溪忠信國，宦游誰復接流風？

贛有崆峒山，子周、子文、文山俱宦虔州。

雨餘江溜舟發殊捷

日淡風融輳夏凉，新波坐捲一葦航。浹晨穩臥逾雙站，翻怪過舟遡綷忙。世人耽順境昧逆境之苦海如此。

過吉安

名境螺川古擅奇，蒙岡牛嶺帶清規。水晶玉版非珍物，表郡還憑忠節祠。周益公詩：「金柑玉版筍，銀杏水晶葱。」

端午鸕鷀灣同惟修因懷子儀

昔年端午艤漕艑，追憶俄成七换年。此地成遊仍索莫，故人離晤各隨緣。

佳節扁舟何處開？鸕鷀灣裏漾青苔。江鄉角黍偏應好，獨採菖陽供酒杯。

贈老僧出關二絶

祖師提唱吼獅王，般若元憑幻識藏。自濯靈根還自悟，禪關出入總無妨。

聖諦禪詮亦教門，僧家衣鉢好歸根。本來定慧非殊品，一喝開關更莫論。

武夷金雞洞有仙蜕其下爲臥龍潭

金雞啼落半溪煙，客思蹁躚幾自憐。欲向仙郎問消息，怕來驚起洞龍眠。

接笋峯四首峯巓有劉汪二道人余病不欲躋絶險獨吴子挾余一价人往訪之明日余復招劉下磴與語汪亦贈余詩一絶

接笋峯高自有真，武夷平地亦生春。仙郎誤入桃源去，休向雲深更問津。

古松蒼翠不勝春，底事癡頣伴隱淪。一悟天遊忘陟險，玄機隨處有綸巾。劉號古松，汪號癡頣。

冥棲何事博遊人？詩句猶堪俗眼新。却笑當年翀舉伴，幾來息駕惹芳塵。汪解作詩，亦以仕紳訪惠爲重。

世上癡人幾識真，假緣猶得動儒紳。峯頭仙露清如許，肯換棋枰一局春？峯頭有亭名仙奕，行部使者題其石壁曰「仙掌露」。

伏羲洞畔一石名仙掌石

伏羲古洞秘真丹，仙掌空擎玉燭寒。春風秋水無人識，却向金莖問露盤。

玉女峯對鐵板嶂其前爲粧鏡臺偶題二首

玉女臨溪瘦整容，仙凡夢隔幾春風。可堪鐵嶂遮粧面，獨照丹心一鑑空。

玉立清標鏡自磨，孤稜仙子意□□。□誰媒作雙貞匹，免向人間惹棹歌。

白玉蟾坐禪巖用白玉蟾體二首

白玉蟾曾此坐禪，仙巖我亦抱禪眠。琅玕種出春無數，一竅横空萬仞圓。

萬仞圓成曲曲天，竹枝清吹落風泉。道人不識胎真祖，疑是當年白玉蟾。

分水嶺偶成

高嶺分藩二水雄，江閩今日自同風。客來領得山靈去，消受天家春意濃。

奉答族祖談禪二首

即心即佛非爲有，非佛非心不是無。悟得有無從此出，點頭摇手是真吾。簡中有「點頭摇手，俱是俱不是」之語。

無饑那用餅充饑，不渴隨他梅子肥。畫餅望梅休認假，世間梅餅是還非。簡中又有「畫餅充饑、望梅止渴」之語。

園亭遣興四首

柴門人静柳依依，風捲浮雲鳥倦飛。欲向江鄉賦《招隱》，到來秋色上荷衣。

半幅平湖數點山，園林纔卜暫應還。休言戍客知秋早，幾度風塵鬢欲斑。

小徑疎籬護落霞，園蔬新摘點瓶茶。也知清世容疏族，不具□□□□花。

客心何事轉夷猶，閣外停雲水不流。試向苧城還騁望，年來晴雨幾番秋。

幽贞集

幽貞集目録

幽貞集上册

幽貞集中册

幽貞集下册

幽貞集小叙

《幽貞集》者，幼海董公戍南中時所著也。方公之上書觸時諱，投身炎徼，歷瘴霧中厄所履矣。使情隨境遷，外至者有動于中，其託之聲詩，不出於憤怨不平，則抑鬱無聊，類之凡情有然者。迺今觀集中所著諸體，率詞旨沖遠，意超埃壒之表。及讀《述史》、《景獻》篇，遡其神游，在千載間矣。彼一時所遇區區者，曾是以介其胸腑耶？宜其處羈幽而以貞勝也，斯其爲名篇之意也歟？昔晁君以道讀東坡惠州諸作，謂此老直須過海。彼直以詞人抉露天巧，造物者忌之，以履遐荒，不知海南之行，固天所以助發坡老者，詞餘事耳。讀是集者，不當以斯言概之耶？

適園病夫陸樹聲著

幽貞集跋語〔一〕

察卿十年前嘗校公詩，公年未三十而造詣已臻至境，裒然稱作者矣。古詩鎔盡綺靡，潔淡，典則平正純雅，方軌漢魏，間用唐人家法，而立旨高曠，鑄辭嚴整過之，誠藝林之襄鍾紀甑，世莫能並其古。然立言者無關世教，雖工奚益？公被絀甚困，命懸一髮，而辭旨幽婉，無怨誹憤懣之言。彼被髮行吟澤畔、作賦湘水者，未得窺公之志，世必有能辨之於千載之下矣。如「想見高堂人，願子竭歡悅」、「忻承嚴父顔，悵離慈母側」、「願天赦臣歸，並脩人子職」等語，危不忘親，言根至性，公豈獨立忠臣風節者哉？律詩亦予所校，篇篇合作，置之大曆諸人中莫辨。世有法眼，當自得之。

上海朱察卿謹跋

〔一〕幽貞集跋語，《朱邦憲集》卷一一《雜文》作「董大理幽貞集評」。

幽貞集評

同郡中江莫如忠評校

五言古詩「古調體」三首，屬辭命意，純類西漢，宜不多得。「中代骨格體」，則雜出於魏晉來諸名家。「中代興致體」，又兼爲唐人之結搆縝密，法度森嚴，造述雖殊，種種入彀，志集大成，近世罕及。

誦《景獻》，知尚友之素；誦《述史》，知載筆之長，關世教矣。

附録雜閲小簡

樂清二谷侯一元

讀諸瓊琚之辭，魏晉風骨，李唐格調。而粹美沖和，則上追三百篇矣。詩固非有道者不能也，使屈子復生，賈生再出，覩兹之撰，能不爽然悔其褊乎？

又云：如蒼松獨立，嚴雪彌彰其節耳。

番禺定齋李价

五言古詩，有絶類西漢魏晉者，近世能言之士雖極力模擬，猶未易及，何禀賦造詣之兼致若此！

又云：中有神興澄清，無纖埃點烟，知非凡人語也。紀事詩亦自不苟作。

吴江魯齋顧曾唯

《景獻》詩雖彷士衡《擬古》、文通《雜體》而作，然諸命題既超卓，屬辭比事又往往有勵世磨鈍之意，非苟言之，實允蹈之，兹文可垂不朽矣。

又云：《述史》十首，數千百年興衰治忽之端，只用數語提掇，悉中肯綮〔一〕，匪直詩才，尤服史筆。

古閩丁戊傅汝舟

承示《瞻雲篇》，置之漢人十九首中莫辨；《京洛》、《全州》，晉人風度；《懷別》、《僦舍》，六朝詞裁；《快活吟》，又創體絶奇耳。想覩全集，體更全也。

漳浦肖若朱天球

讀示大雅諸作，諗丈温厚和平、充養大粹、忠君愛國之意溢於言外。夫放臣遷客，每每有憤忿不平之氣，不怨不悔，大賢難之。慷慨成名者，節義之士也；遯世無悶者，中庸之模也。豈直詩人已哉！

海南平菴廖士衡

披讀諸詩，詞嚴意古，譬之蒼松翠柏，一見而淺群芳；大雅希聲，一聞而陋俗調。

又云：追攀深愧。明遠脱贖，難逢子儀；幸覩音徽，徒厪仰止。

〔一〕綮，原作「棨」，據文意改。

番禺犀川曾貫

伏覩珍什，粲然豁目。雋調既鏘，吐辭尤繡。直與□作者争衡。又云：方今文苑宗工，風雅落莫，迺兹□恬百家，馳騁千古，清朝大雅，舍公其誰？

南海海村梁典

仰承詠唱数章，奚□騷墨陶情，慷慨餘韻。□主张大雅，韶英绝響，罕聆此音，人而有耳，寧不□□。□忘倦耶？又云：青秀山得遇□人品是行且□□□匪直商□，當春之清風已也。

幽貞集上册

古詩五言　古調體

瞻雲篇

晨征出畿甸，仰視雲西馳。游子愴中懷，四顧立踟躕。我生落風塵，念兹何憂危。豈不懷趨庭？王事苦羈縻。我今退自公，何能顧我私。帝鄉不可留，父母行當睽。山川緬悠邈，會面安可知？骨肉久參商，茫然繫我思。去者日以遠，行者日以離。江天起風波，倉皇竟何之？一爲道傍吟，聽者皆淒其。

客自京邑來投友生書

徘徊中林渚，仰視孤鴻飛。蒼梧鴈不到，爾來竟何爲？孤鴻向我鳴，口銜尺素書。書自薊門來，美人忽相思。中心結綢繆，貽我明月珠。游子阻飄蓬，離羣方索居。幽澗多芳草，秋露零華滋。薄採遺所好，道遠莫致之。喟焉傷懷抱，誰當慰羈思？

春雨道上 於時张心吾侍御以乞宥余輩被逮

東風吹綠草，零雨忽萋萋。睠言發江水，問客欲何之。江水流不息，浮雲無定期。好鳥鳴樹間，聲響相因依。嚶嚶若求友，幽谷棲無枝。傷彼道傍石，行人來何遲。誰爲遊冶子，悵望知音希。長嘆結中腸，良負青春時。

古詩五言　中代骨格體

恩遣戍邊命下

春霧薄幽扉，瞿瞿癉荷校。一念憑何知，愁來不可掃。捐軀諒非難，國恩慚未報。薄伐遠從戎，皇波何浩浩。壯心誓不磨，祇役承天造。詵詵征夫懷，皇皇纍臣抱。睠顧戀鴻私，晨光秉遺照。

發都門

束髪值明后，結綬尸王官。一朝感時會，狂言忤天顔。卑志甘縲絏，皇慈曠以覃。宥辟今從軍，晨征起長嘆。微衷苟上達，捐生義所安。微軀如可効，戎行尚桓桓。扶病出門去，路人爲心酸。不惜行者苦，伊兹傷肺肝。望闕肅陳辭，懷恩良獨難。英才滿京洛，抱戾合棄捐。永願祈天命，聖治安如磐。孤臣矢不渝，邇遐秉心丹。

蕭寺別友人 有引

余儕出，憩蕭寺，諸友朋私相馳唁同舍郎黄生可憲，爰留止宿焉。詰旦，監押官至中校，踵相伺也。曹長高伯宗氏獨慨然，立送發程，至攀衣，泣數行下。奄忽别去，緬懷誼友。

嚴程結離思，感惻故情深。中夜不能寐，起坐相悲吟。晨興就遠道，攀衣涕沾襟。敦義古所難〔一〕，久要徵在今。奄忽當長别，何時重盍簪。努力事明王，無爲懷苦心。

〔一〕古，原作「占」，據文意改。

酬伯宗贈行詩

嗟予罹憂患，博君贈行篇。屏營臨長河，風高榜不前。之子天一涯，回首白雲顛。奄忽黄塵暗，悵望迷九天。起坐彈我曲，一彈一黯然。我欲竟此曲，此曲心煩冤。置之弗復彈，危襟坐江邊。

家弟傳史來謁江門俄而還舍

征飄矯江干，奄忽難爲别。念爾篤懿親，悵然語聲輟。飄蓬散天衢，揮之淚不滅。我有一腔思，沉憂中自結。習習風南來，吹我心炎熱。想見高堂人，願子竭歡悦。我行幾時還？居夷矢方潔。翹首一相望，遐音慰寂蔑。

七夕泊富陽有懷

明月皎河漢，照我富春舟。淒凉炎海戍，蕭颯浙江秋。盈盈中流隔，欲濟無良謀。人生忽聚散，天地同浮漚〔一〕。感往緒不淺，憂來思難酬。顧望乘槎人，臨風發吴謳。

〔一〕漚，原作「謳」，據文意改。

啜松花

青青山中樹，質幹鬱婆娑。行人上山道，挹露掇其花。飡之心神清，島嶼生煙霞。萬物各有營，天地誰爲家？憩茲懷素心，吾生未有涯。

贈子儀四首

西風散郊草，秋露沾我裳。駕言遠行遊，各在天一方。征夫懷路岐，關河浩以長。豈不實苦辛，男兒志疆埸。天地常覆載，日月示周行。感茲君父恩，從軍亦何傷。忠信風所諳，蠻貊寧彷徨。棲鳥憩蘩林，潛魚泳湛洋。罕譬識人理，良賈宜深藏。

古人喜種菊，豈爲掇其花。百草隕繁霜，此物獨妍華。所以貞亮士，守静每無譁。卓彼東籬下，清操一何嘉。吾道無險夷，行路奚咨嗟。伯樂不一顧，良駟空鹽車。君諒採秋實，勿復懷春華。

矯矯鳳鳥姿，飛鳴思頡頏。苦乏適羣性，麾之投遐荒。扶摇豈無力，幽谷亦有光。一覽徧九州，山川鬱相望。羽毛罕所珍，逐物祇自戕。且飡青琅玕，孤桐任翺翔。達人貴自適，義士懷所安。況兹聲教區，憂患寧足嘆？

伯牙志山水，良爲鍾期彈。此曲久寂寥，知音誠獨難。狂者每玩世，狷士苦自殘。吾生本夢幻，聞道常愧汗。古人心相許，遠近皆所歡。願君遵明德，勉之肅秋翰。及兹方盛年，毋爲徒心酸。

家君至戍所志喜

羈思苦不怡，俄然豁中臆。親從故鄉來，慰我渴饑色。我戍貽親憂，迢迢涉遐域。念兹戾無涯，所娱路康懌。喜極淚迸流，感懷默自惻。往歲逖江門，繫我長相憶。肝肺結於瘤，愁來忘寢息。詎意過庭趨，晨昏侍旅食。欣承嚴父顔，悵離慈母側。願天赦臣歸，並修人子職。

送家君出蒼梧

遐方不遑處，秋暮戒征徒。離戍忽千里，送父晨馳驅。我羈粤西徼，父轉嶺東途。蒼天限南北，結腸臨路隅。炎藤上喬木，銜哺鳴慈烏。覽物中自熱，我生何多虞。踟躕復四顧，欲往詎非迷？君命良難逭，誰當慰我思？所祈天降監，長路應康娯。翹翹望南極，岧嶤向中吴。

哭内弟李立卿

人生無因依，飄如風中絮。風絮靡定期，人生忽長逝。嗟爾遠行遊，居夷相晤語。我戍胡久留，爾生良未遇。倏然棄相捐，冥漠歸何處？皇皇炎暑徂，蹙蹙征旐去。悲歌蒿里辭，行道偕隕涕。永惻遊魂旋，天命同朝露。延佇傷我心，迷塗蹇遭遇。

懷先外舅

我舅秉潛修，中道成永訣。猶存丈夫子，方顒振先烈。冢嗣遐荒殂，嗟哉天降割。孤雛豢弱齡，誰當興震裂？憶昔臬憲公，宦業貽方潔。臬憲公秋崖先生希顔，鄉前輩中最廉正者。孝武廟時名臣也。名高嗣不延，神造良難察。清濁競有營，淑慝同蕪没。念往情不迷，傷今思難輟。顧望發悲謳，秋風正騷屑。

往送惟修不及悵然有懷

祇役罔克俱，悠悠爾行邁。行邁有前期，胡然不相待？念我遠遊人，夾持安所賴？喟焉傷我心，颯颯松生籟。豈以同根株，臨岐倏殊概。行行諒不遺，相期采蘭蕙。

贈陸山人

我夙慕黄虞，斯心未易了。明時早棄捐，所思在遠道。胡事長奔波，坐愁朱顔老。茫茫大廓中，誰當共深討？還談最上乘，漫採金光草。採之欲何爲？永以結朋好。

古詩五言　中代興致體

中秋全州

月色何皎皎，客遊何草草。秋當爽氣分，舟出湘山道。溪光入夜明，林影互迴照。篷底語聲清〔一〕，一樽聊寄傲。坐久境逾恬，水月呈衆妙。我思古之人，澹然觀其竅。俄聽林風來，清猿山上叫。翻令客思摧，臨風發長嘯。闗篷向宵闌，天明夢一覺。

〔一〕篷，原作「蓬」，據《粤西詩載》卷五改。下「闗篷向宵闌」之「篷」原亦作「蓬」。

宴起肅客蕭然言懷

蕭閑寡經營，日宴欲酣寢。客來叩蓬門，披衣方夢醒。總髮欣將迎，晤言揮孤影。吾非斯人徒，誰與澄心境？客言任吾真，且共嘗新茗。自得即玄玄，豈必逃沉冥。出門顧相笑，澹然若深省。天風吹響籟，山雲靄輝景。因之懷所歡，徙倚瞻箕潁。

冬宵青山泉對月同友生

層阿秋已遠，泉水揚其清。悟彼無生妙，聞斯有本聲。泠泠逝不舍，玄宰儲精英。我來盟泉石，羣友相和鳴。所欣逢好景，良宵更清明。中天落皎月，一點江山平。非必悦超曠，澄然得我情。前有盈樽酒，高歌起自傾。

登青山白雲臺

我愛青山秀，茲境更超然。江天渺空闊，望望生雲煙。游子懷明發，登頓情彌牽。秋至白雲飛，轉盼客心懸。明時寡所抱，遐方甘棄捐。獨有嚴慈恩，愁來望益虔。望望不可極，且酌清泠泉。一眺白雲臺，一占《白雲篇》。

江月放舟同李氏兩生

江月皎在天，平波浄一掃。湛然相輝映，千山明不了。寥廓隨風翔，清談晤來好。今古收一腔，坐觀天地小。臨流索玄珠，象罔忽長嘯。與爾存虚明，明光以爲寶。

癸亥迎春

天運啓昭陽，承之大淵獻。念我擯居人，六載異鄉縣。炎方得春早，庭草青不斷。自從一陽復，物采齊彪絢。有美桃李姿，英英拂江霰。報道迎春來，春光彌灼爛。依然被和風，靈澤灑清盼。游子懷高堂，羈臣肅星漢。皇極播敷言，詔名止朝爲皇極，左右門、掖門爲會極、歸極。會歸從民願。三極泰階平，六合春風轉。我家青海灣，流光旦復旦。何當歸去來？飽喫長春飯。

人日勵志篇

今歲又逢人，歲好人亦好。淑氣潤青雲，春風吹碧草。欝彼芳樹枝，關關轉黄鳥。明君建皇極，羣陰屏如掃。伊余竄逐臣，春光同一照。憶自投荒來，幽棲寡文藻。心緣向日傾，愁隨望雲擣。矯首高堂人，誰當娱暮耋？我生常旅居，流年感懷抱。游子何時還？肆眚冀玄造。非必圖榮名，天親順相保。願君永祈天，願親長壽考。四海但無虞，遭逢任枯槁。君子素位行，鄙夫競機巧。嗟彼古聖賢，皇皇振風教。我亦何人斯，克念效先覺。一息造化機，真存長不老。時命委行藏，超然絶紛擾。君親負玉成，人日羞人道。

楊梅岡杭李秀才書房 杭名廷佐李名潤一名湛

楊梅渺何許，高岡亮無移。結廬深巷中，池樹相因依。慧彼好修士，薰風懷唐虞。我思獲我心，豈爲讀其書。抗志理素業，染翰良可娱。非必競縹緗[一]，流形有真機。俛仰堪會意，吾非斯人與？試問稽古人，誰與今人居？

結痾吟 有引

余自家君歸，每朝夕思不輟，中痾漸結。行游屢遷，顧瞻雲飛，代竹結亭池上，爰登而眺，以舒北顧之懷焉。

羈心悵懸旌，薄衷嬰疢患。客來餽珍餌，問我何馳戀。仰面不能言，揮杯淚成泫。蕭居思欲狂，出遊上山巘。山風飄無期，山鳥鳴相訕。歸旅著《潛夫》，銷神惻幽玩。鬱彼中林竹，青青摇茂

〔一〕 緗，原作「湘」，據文意改。

幹。伐竹搆池亭，白雲坐瞻盼。竹以固堅貞，亭以肅飛翰。籍之解行憂，風痾詎堪散？

夢遊篇 有引

予過横槎，辱二陸大夫邀遊園中，登穹玄閣。忽覺數日前夢遊一所，儼然閣中景也。吴兄惟修輾然而笑，談厥夢境良同，奇矣哉！假合神期，曷煩形往。匪託詩鳴，恐成二夢。

東飈揚廣衢，幽園蔭山郭。嘉樹靄春恬，敷陽印華閣。峩峩突一區，況乃塗丹雘。瞻彼佛日光，眷兹人境□。居然醒我心，神遊夢先覺。之子欣招携，有朋相娱樂。晤言夢亦同，指顧生揮霍。誰結夢中期，誰成寤來約？陶真諒有宰，燭象元非縛。徙倚一澄懷，天風送寥廓。

同惟修遊烏石嶺

我來烏石嶺，相對寶華峯。眷言登高丘，環之方池中。園林靄東郭，池面落殷紅。人徒欣銜杯，四坐生春風。悠然發歌嘯，真境將無同。遲君汗漫遊，閒來種青松。

青山搆白雲精舍

誰結白雲窩，誰作青山主？秋生江上風，人向山中語。邦君有好懷〔一〕，四牡肅至止〔二〕。而我雅好遊，結廬聊得此〔三〕。高岡抱平原，背峯面江渚〔四〕。臨眺豁景光，良維醒心處。前有混混泉，清若冰壺注。清泉注不舍，脈脈潤江樹。隔江帶羣峯〔五〕，煙霞換晴雨。堪輿自無垠，山水互流峙。中有遊山人，觀水領真趣。所貴適遊思，非必問我汝。明時天地寬，吾徒欣所遇。顧望白雲飛，何當賦《歸去》？

夜宿白雲精舍有懷悵然

青山層層起，白雲片片飛。借問山中客，胡然偃荊扉？青山豈無心，白雲良有依。飄飄天地間，遊子何時歸？孟冬木不落，驕陽收夕扉。炎煙盪蒼莽，登江藹餘暉。劃然山吐月，中宵湛清

〔一〕邦君，《古今圖書集成·方輿彙編·職方典》卷一四四六《南寧府部·藝文二》作「臬君」。

〔二〕四牡，《古今圖書集成·方輿彙編·職方典》卷一四四六《南寧府部·藝文二》作「郡侯」。

〔三〕得，《古今圖書集成·方輿彙編·職方典》卷一四四六《南寧府部·藝文二》作「憩」。

〔四〕背峯面江渚，《古今圖書集成·方輿彙編·職方典》卷一四四六《南寧府部·藝文二》下有「雙峯左右肩，江流環且聚」句。

〔五〕「羣」字不清晰，此據《粵西詩載》卷五補。

輝。江山掛一幅，雲樹相合圍。仰視星漢流，萬籟聲方希。茫茫一氣白，遠近非乖違。想見雲間人，悠悠隔山磯。山磯渺何許？曙色尚依微。頹然置一榻，且臥薜蘿衣。

月夜渡錢塘江

潮迴浙水東，月帶星河上。清風皺微波，流光挹虛爽。獨泛何悠悠，水月互蕩瀁。輪鏡升逾明，捉來盈一掌。夜静無纖塵，中懷明妙朗。想見古今人，陶然天地廣。未暇評霸圖，且復披心賞。不舍覺如斯，隨潮任一榜。

沈丈環溪燕集

名園展清讌，愛此溪上亭。初秋凉氣落，水竹互前楹。風來乍成響，魚鳥相流形。環溪蔭林木，四望敷重英。熙陽歛邑郭，冰鏡涵其清。隔溪有人家，盈疇稻正青。居然得其趣，豈謂薄世榮。丈者達士模，寄傲通圓靈。倏然謝朝獎，卜築凌鴻冥。咄嗟人間世，炎趨似狂酲。俄頃非有得，何事乖攖寧？願以環溪水，濯此風塵纓。長奉臨濠樂，彌敦式燕情。

憩自在蘧廬漫占 丙寅秋作

粵戍不可極，行役還故鄉。娱親有餘日，偶此卜林塘。世人愛佳麗，我獨愛荒凉。青山收一望，高下列村傍。白雲在其顛，清暉落我堂。會心非必遠，一水成濠梁。客來伴臨眺，客去濯滄浪。居然獲澹賞，魚鳥弄流光。伊昔曠逸人，撫世識行藏。借宅每種竹，欣兹挺篔簹。風從林際來，芰荷浄生香。怡神非玩物，聞睹皆真常。大廓自有宰，浮生本無方。明王寬轡策，游子亦得將。偷閒任所適，時來臥山莊。饑餐青精飯，渴飲玉壺漿。此中如解脱，奚暇夢黄粱〔一〕？因名自在園，優游荷彼蒼。蘧廬詎云樂？真愜幻可忘。清時波浩蕩，以我表虞唐。

韶石山有感 虞帝南巡奏樂處

帝道不可作，《韶》樂空遺名。斯境近南岳，虞帝曾來巡。當時奏樂石，至今留芳聲。石奇響逾絶，希音自和平。風動迄南荒，韶石疑象成。帝竟歸何處？蒼梧竹淚傾。王降霸不熄，人間瓦缶鳴。我來撫韶石，懷古獨含情。欣逢皇極建，大樂作休明。君皇本紹帝，玄德振《韶》、《英》。何當海不波？坐澄嶺表清。

〔一〕梁，原作「梁」，據文意改。

沈水部錢民部載酒平江園

覊悰鬱炎辰，游棹東王渡。緬藹沈休文，居然曠風度。名園招傲娱，錢起偕宴坐。吹笙響林中，飛蓋隨輕步。翼旦戒征橈，人聲隔江霧。

金焦篇

余從家君以六月五日渡江，遂同子儀、惟修登金山。厥明，復結纜焦山。

大江流不息，雙石突其中。小者金山秀，大者焦山雄。金山朝北固，四面何玲瓏！登頓環方丘，危榭鬱菁葱。金碧相照耀，恍疑仙人宫。上有中冷泉，凛冽開鴻蒙。清若冰晶瑩，甘若玉露融。咄嗟大奇妙，鑿竅疑天宫。出寺顧相笑，雲樹交龕櫳。詩鐫飛崖白，江興寶藏紅。一望金陵去，鐘阜蟠蒼龍。基卑六朝小，勳仰高皇隆。名山代不没，長江混無終。今古動人懷，遊興隨飛鴻。翼午解舟纜，玄栧大江東。焦山峙江洲，厥勢曠以崇。坦腹盤長蛇，倐然響林風。田疇廓平衍，遥睇迥難窮。幽崖臨絶壑，人境杳重逢。山花落天鏡，江月摇空濛。中霄懸牛斗，萬象歸神功。大都悦心賞，兩山異而同。山以静而勝，江以澄而空。陶陶適性靈，一真自相通。伊予振游計，欣兹侍家翁。二君美丈夫，況乃偕飛蓬。虚衷閲天壤，乘暇脱樊籠。高山與流水，南北任吾蹤。

初逾家鄉有懷送别諸親友

祇役赴官程，暌晤興離索。即彼山溪險，辭我家鄉樂。憶昨暫停舟，骨肉相歡諕。賓戚送道周，斗酒情不薄。黯然銷我襟，去矣失謀度。長路浩漫漫，炎蒸捲雲壑。歷歷灘聲起，莽莽巖氣落。孤舟忽飄蕩，石根猶繫縛。回頭望故鄉，舉目外邑郭。江水隔東西，轉盼生揮霍。沉吟越山秋，指顧華亭鶴。親朋渺何許，人猷胥竭作。我戍靡歸期，盛年甘落莫。長嘆復何言，時哉任龍蠖。

苦熱

暑熾苦不蘇，褰衣走檣上。涣汗拭離披，喘息癉搔癢。赤日翕温飈，熇蒸晝遑餉。宵深燠未醒，饑蚊貼炎帳。起佇天無雲，汲井渴所望。金石流火星，探湯縛隘榜。無由啖冰精，王程滯歸鞅。

渡十八灘

江水溜於懸，層灘不可掃。瀑矢挾石彈，鯨湍湧雲表。遡榜彌難前，驚飈瀕挺棹。淹晷涉連瀧，篙工時叫嘯。余方坐整襟，贏得觀瀾妙。

初抵朗寧

游踪倦行役，轉盼無留奇。眷言適戍境，少憩索所宜。始至稍涉覽，憮然惻瘖痍。郊原曠人徒，委巷編荆籬。聆音豈不然？人傳南寧爲小南京。將無疲繭絲。懸弧抱遐想，鞅掌夙支離。感時迷觸理，服采繆陳規。銜戾屏人紱，荷芰涉天涯。征途不遑處，萍泛流風移。俄介甌駱氓，乍逖幽并兒。高旻盪炎徼，落英斐幽姿。殊域匪思存，瞻景彌凄其。飄嵐散巖岫，啼鳩戾江湄。林靄變朝暮，物情良若斯。我戍靡歸聘，闇然銷襟期。飛蓬且棲滯，通觀漫鬱伊。玉成玄宰量，生全明辟慈。薄束矢貞獻，羲娥邈云馳。嚮道欣當汲〔一〕，懷親悵方岐〔二〕。明發秉斯心，寥寥賦居夷。

〔一〕嚮道，原作「響道」，據《粵西詩載》卷五改。

〔二〕悵，原作「帳」，據《粵西詩載》卷五改。

僦舍

熙明遘蹇會，譴謫披戎衣。揚帆泝林澤，停橈偃荆扉。山谿激飄霧，井邑散澄暉。厄志狎徒旅，懷人阻音徽。筏舍波已恬，戰勝癯將肥。撫化慰岑寂，覽性佩絃韋。幽顯物自隔，羈棲道無違。願以況蘭生，終然全璧歸〔一〕。

青山紀遊 有引

余以戊午歲晏來邕，時忽早春，遂泛小舟江上，因訪青山之勝。挾人徒，策足絶頂。披襟當風，坐汲清冷，爰濯我纓，神怡景會，賦成《紀遊》一首，貽諸好遊者共之。

飛遊絶寥廓，日月忽居諸。歲晏爽幽抱，藉兹春光初。條風薄林影，江水流清渠。暄氣微動摇，飄然置干旟。沿洄乘小艇，晴照鬱以紆。榜人逝煙濤，鳴鳥翻扶疎。俄頃維青山，攬衣起躊躇。舍筏遽登岸，經覯無乃虚。振迅恣瞻眺，乍歷山之砠。牧犢濕其耳，蘿徑遶畦蔬。紛敷榮卉木，騰驤擢莊橒〔二〕。盤旋憩叢渚，響瀨泳懸魚。林麓有魚潭，聚魚成聲。往聞鬱江濱，檀欒覆象胥。芳餌麗腴罶，垂釣飫群漁。相傳交趾人覆檀香于潭中，以故魚嗜芳餌而肥。歷棧羅夾岫，靈境集鵾鵜。石門罄

〔一〕 璧，原作「壁」，據文意改。

〔二〕 騰驤，原作「騰壤」，據《粵西詩載》卷五改。

青碧，雉堞盤浮屠。偶逢負薪者，避喧豈溺沮？因之思隱淪〔一〕，沉寂遁聲譽。劫灰竟何營？孤壠亭丘墟。山椒有羅秀塚。登茲發深省，俛仰一欷歔。大塊吹噫氣，微茫覺離疏。陰陽迭昏曉，今古成空廬。但令接佳勝，無負此巾練。躡蹐等蠓蠛，觀游信超攄。樸景閟希聲，遐矚差朗諝。欹脛躡雲蹻，澄睇挹廣除。崔巇臨蒼莽，平野恍青徐。攀□級而上，有平野一片，道人結茅其傍。嶮側徒爲爾，夷曠復自如。結構廠茅茨，懸崖罩几蘧。盪胸羅四溟，列座淩堪輿。青螺暴冰綃，玄靄錯璠璵。雨露之所潤，肥蕨甘可茹。漂滉浸莓苔，氛垢銷森墟。浮暉靜無垠，乳液融琪琚。巖頭石乳溶然，蓋泉源也。厥脉泠然注，精英諒茲儲。道人顧相笑，古有探靈且。珍詭馭鸞驂，履跡雕晶梳。峙石有仙人掌跡。元化若在掌，徙倚瞻比閭。煙爐傍丹岑，修篠覆菑畬。山中居民成村，青竹亭亭出疇陌上，宛若仙家。棲霞意自足，奚必仙人居？名流解冥搜，太清洗蟾蜍。習靜澹無爲，斯徒良可與。蹇予造天役，屏捐投嵚嶇。賦質厭機巧，稍喜脱紛拏。境以道爲際，心將時不徂。庶幾娛微賞，安能曳長裾。人徒歡追攀，披豁談詩書。中有虬髯者，風煙爲先祛。白也悦青山，醉鞭華陰驢。內弟李生故有狂癖，尤戀青山不置。撼觸羅神情，形影憐駏驉。飄蓬悠悠爾，吾道從卷舒。炎州驅豹霧，雲氣蒸龍噓。恒紀邁流電，茂育汝惟余。班荆偕童冠，蕭騷洽進醵。數酌聊沾醉，興適真有餘。汲泉修茗供，山左掖有泉滚滚，下□清□。沖襟漱寒滁〔二〕。長嘯天地寬，慷慨賦歸歟。欣悦悟名理，誰能更拘予？

〔一〕因，原作「囚」，據《粵西詩載》卷五改。

〔二〕沖，原作「冲」，據《粵西詩載》卷五改。

奎星岡紀遊 呂守黨丞招宴岡有六公伺

崇岡點奎壁，炎精散星堆。崑崙垂一翅，靈秀盤崔嵬。層巒掩霄靄，曲阜蒸煙垓。作客思難任，衹抱林丘懷。暑氣緩清夏〔一〕，之子欣追陪。涼風披煩襟，疎雨洗氛埃。籍之屏人囂，聊以傾山罍。丹霞簇岑鬱，繡障瀠莓苔。鳴鳩集灌木，鹿豕寢不猜。賓朋罄交歡，今古恣諧詼。抗舘儼哲匠，瞻眺一徘徊。流光轉衡紀，代明互相催。遺勛遡千載，河漢森昭回。精英諒兹在，嵯峩閶闔開。緊彼局炎熇，奔湍逐喧豗。荆榛委夾巷，赫奕腐草萊。沉浮歘超忽，天壤撥蘆灰。覽睇激孤嘯，掩抑商聲哀。蕭閒鮮經覯，我馬虺以隤。荒服軫中瘠，翹楚淹良材。傲吏罕所營，飛舄凌瑶臺。振振錯鞶劒，翩翩溢麝煤。追歡愜心賞，言旋思悠哉。虹梁翻倒景，清漢月華來。倐然響天籟，因之結聖胎。

憂旱篇 有引

有人從毘陵來，爲余道吴中苦旱。自夏迄秋，凡幾閱月不雨，民間殊艱食。江西復嚴閉糴令。余吴人也，蹙然桑梓之懷，因以諗夫憂國者云。庚申歲秋莫之日。

〔一〕 清，《粤西詩載》卷五作「消」。

驕陽愆歲候，灼彼金石流。肥遺墮星紀，消鑠彌炎州。堆沙枯衆草，禾苗仆田疇。農夫束筋骸，灌引汗成溝。戴笠偃停午，側足鞭犁牛。赫日喘焦土，饁餉扇遮頭。納凉翻鬱蒸，耕作苦未休。麥飯久難給，荐饑惄如調。公私困所急，服力當誰尤？天意豈乾封，旱魃慘已秋。舞雩驅巫覡，觴龍譟壇丘。皇矣矜人徒，膏澤佇沾瀀。晨雷摇電幟，山雲騰欲留。風伯吹散之，溽雨黯復收。憤然訴玉帝，重關道無由。匪銜東海冤，匪結敦煌仇。縱令封江湖，吸硯洗潭湫。嗟爾憑威靈，胡寧忍儂愁。自昔圖流民，邊城況貔貅。纍纍營藜藿，煢煢枕傴僂。遏糴可奈何？晉饑亦汎舟。王土皆赤子，誰復輸牙籌？木仙竟無神，桑林屢宵憂。在範恒暘若，無乃刑不修。安得緑衣郎？回天庶有瘳。

遊山篇 有引

夏月聞家君南來，余喜不自禁，預遲横槎江上，舟出青山，數友具酌，撫景言懷，羲和迭啓，棹轉而北，情見乎辭。

嚴君馳遠道，夙駕迎河津。出郭矚晴霞，晨裝束榜人。良朋集中逵，因之涉漪淪。沙鷺偃江介，蘭鷁盪蒿垠。晤言愜所期，乘興陟華嶟。惠風吹幽崖，炎光散高旻。嘉招羅野錯，歡然酒數巡。蹇步息煙巖，遐眺凌穹辰。捫蘿側其足，卷石開嶙峋。古刹横圮植，荆扉疏北鄰。翻思曠士懷，感兹物化淳。殊域差可覿，況乃悟谷神。虚中湛玄窟，彪外茁丹茵。不緣合併量，萬象誰陶鈞？佳者幽澗泉，清泠注江濱。挹之光鑒物〔一〕，濯之潔潤身。揮頰罄夷談，洗臆傾天真。吾徒既離垢，達觀無囂塵。撫景蔭林木，摩柯倚松筠。嗟伊秉所操，居易亦亨屯。抽緒肆條枚，披磴分玉珉。延覽不知疲，徂景覿宵闉。牛羊夕下來，樵牧歌繽紛。登舟發長嘯，落照浮朱輪。澄潭潑疎網，漉巾烹修鱗。敷襟倡微響，協奏諧群倫。醉來俄成寢，曙星耿寅賓。征夫忽方戒，獨往行佚佚。慇懃友生愛，瞻依父子親。顧望南北途，徘徊詎當陳。

陳大夫宅水閣對月二首

秋景日夕佳，宵襟更披豁。我來蓬閣中，偕君對明月。瑤華靜不流，波影隨明滅。林靄相盤旋，圓神自活潑。忽聽魚躍池，俄驚林響樾。澹然結幽期，語聲坐清徹。境以神理超，心將合并發。欣茲印真如，嘉會良難別。

秋月清於水，秋水光於月。水月互清光，清光隨處發。所欣蓬壺幽，況乃興飛越。清樽堪其娛，清談坐來歇。茗供澆詩腸，笋蕨美可啜。歌彼《淇澳》章，緩我金谷罰。啾啾候虫鳴，冉冉青林突。側聽柝響埤，仰披星墮髮。白露沾我裳，清風散炎熱。歸來醒不眠，庭月盈一撮。

〔一〕鑒，原作「覽」，據《粤西詩載》卷五改。

仲夏霽日徐兵憲最高臺讌集

梯雲古佳勝，剷迹没蒼苔。仙吏總臯轡，郡搆鬱崔嵬。孤岡插天碧，爰標最高臺。亭牖闢疏幌，羣峯面面開。青羅峙靈秀，青山、羅山相對在望，城堞背繞其中。龜堞蹲中台。仰斗翼軫象〔一〕，汗漫生九垓。近郊蔭繁囿，雙洲靄瀠洄。水鏡涵芳樹，熙陽散條枚。葱翠匝其郭，比屋成星堆。奇觀在人境，無煩我馬隤。兹維澄慮區，登陟靡嫌猜。使君曠風度，況乃軼羣材。每乘臨理暇，邀客共徘徊。修景列芳宴，冷然清風來。坐拂迎凉草，人傳解語杯。惜被芙蓉姿，傾此蒲萄醅。非必玉壺冰，賓朋有好懷。游子撫殊域，逸夫渺蓬萊。滄洲盈一掬，歌聲互敲推。揮伊白玉麈，翻出紫雲回。時令歌者翻新曲。夷猶更忘疲，竟日浄氛埃。落霞點宵曙，皎月溶瑶階。俄令銀海亂，傾覺玉山頽。起聽千巖静，木柝相排陊。良辰不易賞，美人安在哉？誰發蘇門嘯，誰賦《登樓》哀？翔泳各有適，俛仰任規恢。因之寄玄覽，天倪忘刼灰。勞生局轉蓬，達觀罄追陪。願收明月光，投君冰鑑胎。吾歡逃暑飲，終憐孤鶴裁。徐君手裁《孤鶴亭録》見示，恰與最高臺□□相關。

〔一〕斗，原作「千」，據文意改。

青山紀夢 有引

余習靜山中，徐兵憲夢青山幻出，石室諸峯改觀。余得一巨硯，取妙墨研之，忽有雲氣從石竇湧成瀑布，瀉入大江。徐因專使走達，余適坐洞虛亭，漫占此代簡，亦一段奇事。

我臥青山中，君惹青山夢。幻出青山宮，訇然豁空洞。陡絶琢陶弘，玄精落虹湅。一灑翻滄溟，千巖坐飛控。巨靈元不磨，神遊非幻弄。我亦夢魂清，覺來天似甕。俄攬夢中談，頓令羈心縱。君看天外山，誰非我遊供？

夏日游陳山人壺塘莊上同李舉人

顯夫競華靡，幽人慕林壑。物理互殊觀，誰能辨清濁？嗟君抱素心，園池蔭東郭。嘉樹藹丘樊，薰風鳴鳥雀。結搆圍琅玕，新篁裹青籜。森枝薄層雲，庭草紛沃若。盛夏暑不侵，滄浪纓可濯。醒然太古思，靜觀非索莫。伊余濩落材，尋真悟寥廓。亦有瓊樹姿，游談並揮霍。彈棊屏囂喧，一雨林如沐。澄霞映山卮，芰荷鮮綽約。緬邈凌波人，天壤任龍蠖。赳赳携榼來，時陶衛使繼至。洗盞還更酌。娱情亮有徒，乘興元寄託。日晏未忘疲，歸哉剩餘樂。

登滕王閣作 丙寅歲返戍道經

抗館臨江崖，洪都夙競爽。帝子渺遺踪，儒紳協嗣賞。雄搆今古齊，妙製王翰兩。偶來集中堂，居然文揭榜。眺嘯舒鬱阿，閣景尋梯上。兹辰挹薰風，晴曦諧騁望。青螺插岫高，華渚蒸霞敞。林皐隱半規，飛鳶落清響。廬峙毓神靈，蠡豬蕩蒼莽。鼎鼎當年人，鍾芳此含香。榻想高士懸，節蹙貞臣往。匪借勵天常，寰區同幻罔。我懶胸無奇，薄遊掉羈鞅。欣逢熙恰時，中原聲教廣。假憩拂塵顔，遐征非悒怏。南州此嘉招，素心堪抵掌。雖乏鯤鵬資，猶懷山斗仰。汗漫期九垓，蘊真誰吾□。

幽貞集中册

古詩五言　古今詠史雜體

述史十首

春秋戰國

周衰王迹熄，大道隨荆榛。公旦法斯壞，霸者力假仁。陵夷逮春秋，華夏日沉淪。宣尼東周夢，皇皇徒問津。楚狂作歌鳳，魯叟成悲麟。七雄勢飄蕩，四豪權繽紛。縱横亂國是，煨燼極亡秦。嗟哉古憲章，禮樂竟誰陳？唐虞揖讓班，孔孟作述林。誦詩讀其書，我思古之人。樂天與憂世，要在覺斯民。

秦

西戎干大紀，敝化矜豪奢。飛劍降六國，海宇盡爲家。鑄金銷鋒鏑，刻石登琅琊。青溪採真鉛，丹砂煉河車。坑焚蔑教典，黔首愚不譁。欲任一夫智，無惜兆人瘕。豈知民有欲，陵遏逾紛拏。楚甿起逐鹿，亡胡禍非遐。炎劉偶應運，驪山空自嗟。蠢彼思上蔡，誰其導淫哇？卓哉王子嬰，賢孽良不賒。英雄憤所圖，明斷燭羣邪。

西漢

漢約三章法，兔獲走狗烹。昭昭赤松子，見幾作鴻冥。四皓成羽翼，牝雞還晨鳴。安劉迎代邸，恭儉思富民。千載逢明辟，治安陳賈生。惜哉悦黄老，禮樂讓虚名。再傳捂國脈，峻罰務窮兵。廣川天人策，醇乎本六經。好龍好畫龍，秋露欺金莖。幾蹈亡秦轍，輪臺悔心萌。叔季察淵魚，頽靡釀元成。戚畹竟移祚，物腐蠹乃生。猗嗟海内耗，炎祚誰爲傾？

東漢

東京尚逸節，富春釣嚴陵。繼體右儒術，冠帶圜橋門。外戚中復熾，閹寺憑威靈。黨禁消善類，亂階召邊兵。卓誅操竊命，禪代貽紛紜。太阿倒淩遲，君側鑿姦萌。

三國

炎日落西川，桑榆延暮魄。臥龍出茅廬，四海成鼎足。天道無常親，國脈還斷續。王郎假有餘，諸葛留不足。蚩蚩火鬚兒，枕圓慘流毒。朵頤染人鼎，典午破厥腹。譬彼螳窺蟬，黄雀噉其肉。宛然踵故圖，周文空炙轂。彼哉黨賤徒，美髯誰傾覆？唇亡齒已寒，貞心傷秉燭。

東西晉

石馬負圖讖，狐媚竊邦家。吴蜀膏草野，七葉竟淫洼。城南迎小史，官私問鳴蛙。銅駝坐荆棘，禍萌自不賒。青衣洗胡爵，白日吹漢笳。貴人排墻立，羣羯亂中華。犧牛潛易馬，渡江興瑯琊。寥寥百六掾，中原淚成瘕。豫壘將星殞，神州坐沉窪。淮淝僥一捷，豪俊虱空爬。羊車渺何許，樗蒲窺日斜。非必清談禍，簒國定不遐。落莫柴桑士，荆軻詠自嗟。

六朝隋

跋扈劉寄奴，偷安嗣有造。元嘉江左風，胡馬嚼漢草。六代互相攙，南北塗肝腦。梁衍永金甌，臺城作餓殍。民彝既攸斁，御世何潦倒！元魏法《周官》，較視諸夏好。南瘠文錯靡，北肥士嬉飽。玉樹曲未終，天塹終難保。楊氏繼慆淫，逆順異攻守。博山香作糜，青螺斛如掃。遼水赤不流，妖姬亂驂裹。獨夫安在哉？江都晝啼鳥。

唐

唐運借隋資，創基寡秉德。道讓丹丘生，謀失徐弘客。渫血穢禁門，經天應太白。聚麀式燕謀，鳴牝改鳳曆。周紀亂唐經，復辟禍未息。宫震漁陽鼙，廷搏司農笏。藩鎮代相傾，孽鉏竟竊國。異哉孫供奉，奮呼作擊賊。清流投濁流，冠裳洗顔色。祖憲匪令終，宫闈胥作慝。闇然貞觀治，觀史空自飾。史莫擯沙沱，源流本夷狄。

五代

天胤鞠不辰，中華失其馭。五代起相吞，長夜突狐魅。綱常空一掃，冠屨成倒置。彼者何人斯？盜跖據高位。干戈日侵尋，覬覦奮攘臂。赤子亦何辜？傴僂奔倒屣。漠漠屯其膏，茫茫坐如刺。長驅猾夏夷，恬然臣委質。嚼火豈久然，嗟哉失幽薊。

宋

陳橋速禪詔，杯酒釋兵權。洞門罔猜忌，規模大可傳。聚奎兆星瑞，濟濟生才賢。臣恭恢治紀，聖學緝言筌。悠悠守成主，垂衣四十年。否泰旋來往，天津啼杜鵑。卓偉熙寧志，學術誤臨川。越貨蔽佞諛，誰能復幽燕？釀禍牧胡馬，靖康成播遷。南渡席未煖，和議已膠纏。虎臣班師詔，千載悲朱仙。國耻積難雪，邊患鈎相連。寥寥談道徒，僞禁何頗偏！權姦互躡踵，民怨亟公田。伊彼仁厚基，帝命不少延。憸夫傾厥國，烈士懷所天。三相危授命，淚墮崖山編。

詠漢逸十首

嚴君平

君平甘避世，賣卜隱成都。指迷揭忠孝，觀化開良圖。百錢飫饔餐，閉肆長自娱。益州辟從事，茫然坐不呼。嗤彼富人車，天壤少爾徒。試問乘槎客，清霄名有無？

向子平

朝歌尚子平，遯居辭累辟。讀《易》輕富貴，深省在損益。家貧饋取足，有餘還謝客。婚嫁畢塵累，五嶽徧游歷。同好禽子夏，仙蹤渺難識。

管幼安

管叟客遼海，嘉遯避攙搶。行以禮爲教，時方舍則藏。舒卷任浮雲，誰能闖藩墻？魏聘違塵枉，漢節凌高翔。有美荀文若，愧死須濡傍。

龐德公

誰爲壠上耕？南陽老隱者。鴻鵠飛高林，狼虎闘中野。遺安有名言，良深在得戒。刺史安足談，臥龍拜牀下。

逢子康

北海逢亭長，東都早掛冠。所嗟三綱絶，豈爲浮海安。守幣交不報，捕吏至勞山。深藏逢彼怒，誰謂天地寬？詔徵非迷路，噫嘻行路難。萌辭光武詔徵，自謂老迷路。

莊子陵

幽貞披羊裘，蕭然釣大澤。玄纁聘三反，高臥蔑炎赫。何許癡三公，召語驕騁客。狂奴有故態，跣足加帝腹。漁父忘貴人，但記劉文叔。南陽富卿相，故舊留何益？諫議職難羈，富春釣未足。客星自高懸，今古徒跼蹐。

梁伯鸞

曠夫喜任真，牧豕不辭賤。貞婦竭操作，深山同隱竄。耕織自悠然，博古傷時變。蕭蕭《五噫歌》，好適席不煖。遐征竟止吴，賃舂寡嬰患。爲傭尚秉禮，齊眉妻舉案。潛閉著書篇，時違志不顯。没附要離傍，還傷高世願。

徐孺子

南州有高士，遐息在巖阿。昌期自難遭，懷寶亮非過。躬耕食其力，鵬運網難羅。室懸仲舉榻，廬東有道芻。高情藹不薄，方潔良足多。世濁忌獨清，倏然樂天窩。寄謝林宗子，□□竟若何？

井大春

有偉扶風彦，五經語紛綸。澄清耻干謁，五王邈難親。陽信强要刼，桀車警驕臣。閉關謝榮禄，静居屏囂塵。逸駕渺何許？人傳井大春。

漢陰老

父老何許人？高風曠難齒。赫赫雲夢駕，觀者羣相聚。父視等浮塵，獨立耕不止。從官遣使問，熟視笑不語。下道叩所懷，纔言野人爾。借問天立君，理人還奉己。聖世茅茨階，子君逸無忌。尚忍欲人觀，揮手各歸去。終不告姓名，奇哉隱君子。巢父猶有傳，徒然洗牛耳。

詠魯仲連

魯連倜儻士，挾策遊滄溟。作客憤趙圍，邯鄲方震驚。嬴氏雄六國，虎狼日鬭争。王綱彌解紐，徂運憂衰傾。鄭武喻虎麋，孔子惜繁纓。凌遲倒太阿，惜哉擁虚名。垣衍一腐鼠，帝秦尚逢迎。平原唯聽命，失計困縱衡〔一〕。瞠目解紛糾，感慨意不平。嗟彼上首功，肆然欺編氓。挾器令

〔一〕困，原作「囷」，據文意改。

諸侯，烹醢勢將成。遂令懼而悟，談笑麾强兵。長揖千金餽，好爵辭聊城。千載慕芳潔，躍迹何峥嶸！翻嗤四豪徒，招致門空盈。誰知輕世者，塵網不可嬰。拂衣折卿相，高舉凌鴻冥。緬邈君臣義，古今有餘情。

詠楊子雲

楊雄好博古，薦者匹相如。一朝獻長楊，待詔承明廬。白頭官執戟，歲華宴居諸。貴游方附麗，冠蓋摇瓊琚。氣勢已三窟，澹泊空五車。規諷苦不投，閉門草《玄書》。寥寥稱絶倫，《美新》何狡狙。明哲良不辰，旁燭昧衣袽。嗟哉莽大夫，紫陽有遺書。介石不終日，千載標二疏。

詠狄梁公

岧嶤太行山，瞻親望雲止。蒙難對聖賢，靡暇俗吏語。鼎司薦奇才，隱然蓄桃李。五龍夾日飛，復辟動無比。却慚盧氏媪，偉哉丈夫志。一子寧挾彈，不忍事女主。

詠韓退之

惻惻感鳥賦，棲棲上相書。伊人希代傑，豈爲謀菑畬。所嗟勳未立，空文焉所如？一出沮宫市，再入排浮屠。蔡斷自慨慷，鎮亂何紓徐。非關浩然氣，安事隨卷舒。高材憎命達，相業偏舍諸。擒爲垂世文，山斗播高譽。卓哉《原道》篇，格致非空虚。古人不可作，世上淄塵袪。終然丐膏馥，吾志惜蘧廬。

長沙弔賈生

我來渡長沙，俄憶長沙傅。濟世《治安書》，達生《鵩鳥賦》。妙籌失中行，勝算遺主父。明辟黄老心，空煩前席遇。

愚溪弔柳子厚

柳生自奇才，狎邪何太黠。心將時不倫，志與朋爲奪。嗟彼煽相傾，誰興堯舜烈？一斥悟恬夷，好姱憐晚節。林壑當年遊，文章異代法。秋草没愚溪，沉思轉百越。

四豪篇

田文雅好客，代舍盈稻糧。魏生收邑入，三反致賢良。烈士重意氣，刎剄悟齊王。馮驩蒯緱鋏，彈歌意未央。感遇躅薛息，聲聞動四方。游士結軾軔，招致騰龍驤。笑躄斬美人，毛遂脱錐囊。驅車迎侯嬴，竊符折彊梁。虞卿操右券，請封殊不遑。毛薛辭趙城，巖穴揚輝光。信陵自奇特，平原何慨慷。春申棄朱英，投棘乃自戕。伊彼未聞道，豪俠信恢張。胡爲後來者，驕溢空昂藏。僕妾餘粱肉，士不厭糟糠。綺縠蔽几筵，短褐無完墻。吾愛佳公子，悵然思流芳。

管樂篇

客有談管樂者，顧今管樂猶罕睹焉。作《管樂篇》。

齊威興霸畧，仲父日周旋。昭王憤雪耻，樂卿東入燕。君臣妙孚契，去讒親英賢。苦志靡不酬，輝映光後光。伊彼功烈卑，來世猶可傳。風期邈以逖，夾袖蒸不蠲。赫赫振冠蓋，天工寧代宣。氣燄聿揮霍，當塗招市權。五侯手可炙，七貴門如填。盈室賚菉葹，海宇飄氛煙。龍馬失良媒，竄伏甘棄捐。申申詈女嬃，嬋媛彌煩□。誰築黄金臺，誰投珊瑚鞭？神聖誠莫及，推轝靡夤緣。古人貴心知，此道今寂然。

景獻詩三十首 有序跋

昔陸士衡作《擬古》詩，江文通繼之爲《雜體》。雖代出意匠，並託響前修，發舒淵藻，斯亦藝衢之超軌與。然而搆致良妙，罔勵世風，抑靡矣。余間攷我明獻實，輒復觸景興懷，爰效昔規，殊其命意，作《景獻詩》三十首。假厥謦欬，直述往故；揮我幽憂，畧彼忭愕，似於闕乘有闕焉。即膚僻遠謝風人，或亦紀記一體耳。厥故咸出先朝時，今則未暇著云。

劉青田翼運 誠意伯基

王者久不作，淪夷名世希。隆污時有遇，哲夫決從違。公識真主，知□□□□矣，其仕元殆未思與。赫赫皇眷命，潛龍在側微。天休聿滋至，景運兆神機。瑞同舟烏躍，祥異湖雲飛。王氣應淮甸，吾歸著《郁離》。客計鄙句踐，竊據空貽譏。真人下天符，括蒼震明威。躡蹻往靖獻，運籌敕時幾。成算授虎臣，秉鉞耀旌旂。祇伐靈承旅，億兆咸來歸。羣寇蹟如掃，帝命式九圍。霸基往易齒，王業今難期。公於贊王業猶有愧焉，顧非富貴者流耳。託身依日月，臣道生光輝。匪冀圖麟閣，願贊成功巍。華夷被聲教，臣授赤松衣。

陶當塗獻策 姑孰公安

龍飛渡江來，生民欣有主。杖策赶轅門，諮諏廑睿語。何道芟羣雄，王師有義舉。徯蘇簞食迎，大旱渴時雨。羣雄動違天，珍帛競子女。明君反厥道，不殺循至理。撫衆惡勿施，思艱欲與聚。譬彼淵驅魚，混一機在此。定鼎建家邦，六合掃狐鼠。堂堂湯武師，神謨肅道揆。日月宣重光，明良歌喜起。匪徒壽國脈，抑以繩孫子。

徐將軍驅胡 魏國公達

胡運無百年，有皇厭腥穢。英主赫斯興，爰命整厥旅。上帝日鑒臨，我征不遑處。桓桓擁貔猕，肅肅擣幽薊。天威夙震驚，胡兒宵遁去。漠北空王庭，玉門偃旗壘。帝德本好生，臣敢忌天語？班師戒秋毫，稽首瞻黼扆。羣帥遵□□，臣伐無他技。願言永天□〔一〕，王道不偏倚。一統萬斯秋，□夷辨冠履。

王待制奉使 忠文公禕

我明大一統，蕞爾存梁邦。黔中被荼毒，竊命據要荒。狂胡有遺孽，連謀禍未殃。宸衷厭黷武，遣使議招降。曰余忝侍從，操翰承明光。畢志矢貞獻，帝遣說遐方。驅車涉險道，振轡凌危岡。王事肅馳驅，征徒褰不遑。陳力任苦辛，嗟伊負豺狼。我行仗神靈，願言戢猖狂。陳譬借不投，誓死報君王。所懼損天威，沉憂結中腸。綿綿金陵道，忽别永徂望。國恩苦未酬，何暇顧家鄉？

宋學士視草 文憲公濂

余昔隱潛溪，操觚曠幽邈。鷦鷯偃一枝，繩樞肆探討。編絶九丘奇，辭窺五典奧。乘興染柔翰，矢心任枯槁。茫茫混區寰，玄玄悟黄老。英主俄遭逢，徵視木天草。入羨八甎過，出懷三昧小。天工人代宣，秉麻寡菁藻。鴻猷冒海隅，璣璇鞏天保。南伐北有征，銘勳紀洪造。思慚敬輿泉，筆謝德裕手。帝眷誤甄收，大官糜粱稻〔二〕。穹露酌金巵，宸騷醉玉斗。機務每咨詢，感恩傾

〔一〕「天」下應有脱字，今補空格符。
〔二〕粱，原作「梁」，據文意改。

懷抱。朋舊錯相問，請視温樹好。公爲人慎密，有問朝事者，扁「温樹」指示之。儒生苦下帷，致身恐難早。金我登瀛洲〔一〕，懼負恩波浩。鐘鼎列輝煌，飛鳴驚海鳥。伊兹結素心，何繇報穹昊。公一代文匠，嘗感遇竭心力，竟坐戍譴。

方正學述懷 遜志先生孝孺

褊衷少嗜癖，搆文遇高廟。教授淹蜀中，嗣君拔樞要。俗吏靡屑齒，皇皇修禮教。詎期時乖張，天枝改厥造。周公輔成王，孺子哀無後。震驚未即絶，顧已廢泥淖。怪哉和尚言，英王誤收召。人各有不能，强我登極詔。革除孤孽臣，何緣發光曜？誤國罪當誅，投硯良非傲。匪無赤族傷，國恩愧叨冒。匪無翼戴才，王魏難同道。吠犬顧主人，委質忠爲孝。貞女無二夫，丹心汗青照。食禄秉斯懷，捐軀肯忘報？

陳平江轉漕 恭襄公瑄

漢漕關中粟，一石三十鍾。元人浮海運，驚波没飄風。我皇御寰宇，鼎奠北京雄。董運服大僚，陳列贊天工。淺艘浚濟水，爰臨清河東。築沛刁陽湖，徐吕鑿二洪。南疏清江浦，淮流安不衝。開渠造舟梁，建閘慎啓封。白塔洩大江，水勢聿相通。途置常盈倉，庸紓輓力窮。伊兹畢經畧，纖毫皆帝功。願鞏金甌基，繩武繼時雍。無灼東南膏，無屯江淮烽。民寧固邦本，中外皆夔

〔一〕金，疑當作「今」。

龍。漕河長不改，庶幾慰協恭。

周司空撫吴 文襄公忱

三吴聲教區，丕冒海出日。賦甲八荒膏，文流六代脈。聖澤工敷宣，甸邦覃稱德。瀕年寢繹騷，民饑勞勿息。力瘁輸將繁，家殫禁防密。赤子半流離，催科峻罰辟。巫投西門豹，馬佚東野畢。皇慈篤惠鮮，保障敬申飭。嗟我轡如濡，詢瘼采輿識。父老召存問，咸苦征餉急。氓艱自俯綏，國課誰仰給？夙夜殫厥心，公私酌經畫。發號寬輕逋，奏請蠲重額。綱運防侵漁，降斗均出入。兩税無兼徵，三年有餘積。漕半兑軍艘，倉盈濟農粒。民本食爲天，厚下庶安宅。凡我同官箴，撫字慎淄墨。及時修海防，奠居列成績。既富教斯興，永言贊皇極。

薛大理讀易 文清公瑄

大易妙神機，陰陽測消長。剥復相循環，泰否互來往。君子明治忽，小人固朋黨。惕若日乾乾，王臣匪躬想。孚號夬有厲，震驚持匕鬯。蒙難困而亨，反修蹇所尚。艱貞利明夷，匪正戒無妄。我慚廷慰平，明罰懼人枉。傾覆多口憎，官常動生謗。清時肅紀綱，憂患阻前向。我思古聖賢，寔獲我心望。時往淵龍潛，時來墉隼上。易道包顯幽，當仁諒非讓。朝聞夕可死，致命元無觖〔一〕。一息慎尚存，懋哉隨時嚮。

〔一〕觖，字書未見此字，疑爲「觖」之誤。

王給事捽姦　莊毅公竑

姤六繫金柅，羸豕孚蹢躅。況也履堅冰，牛觸失童牿。天運今何時？降割慘流毒。帝狩虜長驅，攝王仗監國。播遷誰釀成？臣工舉頟顣。爰上詰姦章，留中恐反覆。伏闕僉言同，願王英斷速。變生九廟愁，聲震百官哭。大憝久稽誅，爪牙敢呵逐。攘臂却班寮，怙寵張威福。衆憤不遑辭，譁然捽桀畜。神人並操箠，頃刻碎其肉。匪奸堂陛儀，絃急知柱促。上命率元兇，党閹駢就戮。嗟彼焰方炎，朝野咸側目。遺難大投艱，蒼生憫無禄。明威竟夷鋤，禍權相倚伏。殷鑒警貴人，無效作蛇蝮。士庶亦何辜？皇恩思育鞠。赫赫帝鑒臨，胡乃亂人國？

于本兵憂時　肅愍公謙

中朝遘厄運，豎禍傾官常。狂胡肆寇掠，羣妖煽王章。天王俄北狩，六軍蕩無良。中外洶莫測，百僚涕沾裳。嗟予秉樞密，國事繫苞桑。嘗讀孟子書，社稷重君王。左載秦獲晉，懷立惠忘亡。飭爾防邊將，慎守固封疆。憑靈國有主，胡來奮驅攘。誰獻和戎策，誰發遷都狂？衆議尚靡靡，侘傺熱中腸。伊人仗弘濟，振迅掃攙搶。吾有一腔血，致身常慨慷。清宵坐待旦，精爽忽飛揚。丈夫奠邦志，誓成百鍊鋼。誰能亂國是？蒼生望一匡。

章儀部幽思　恭毅公綸

憂悰涉危塗，羈思淹歲候。圜扉寢不寧，荷校坐消瘦。炎令眩棘防，寒威窮響漏。側聽風摇林，斜睇月鑽竇。匪惻幽夏臺，孤懷懸帝驟。兩宫阻歡顔，皇儲廢天授。永願悟宸衷，孝養親黄耇。復儲光廟謨，並瞻姬曆茂。戇臣甘萬死，所嗟曠熙遘。奄忽逾八年，何當沐矜宥？

岳修撰投竄 文肅公正

臣本羈旅士，簡迪沐恩私。秘閣罔熙載，召對懷傾葵。曹石勢强盛，裁抑防陸夷。天語命往諭，俾自戢其儀。繇斯積猜怒，構陷竟乖睽。市虎成三人，投杼參母疑。纍纍裹戎服，詵詵赴邊陲。不辭行役苦，傷負明君知。憎愛逐時改，棄置良在兹。飄風號野外，歸鳥棲無枝。昔爲握中蘭，今爲道傍蘼。屏營展車輪，虎狼夾衡輗。仰視燭龍躍，皇矣敷明威。我往叫閶闔，天高肯聽卑？

葉侍郎修屯 文莊公盛

祖宗創法良，邊軍慮艱食。度隙置屯營，暇耕食其力。虜來出門戰，虜去藝分域。播穀寡驕淫，士飽生鬭色。積税充官儲，塞下各殷實。沿海法亦然，近時寖沮格。豪貴侵膏腴，瘠壤種無粒。影占累軍人，屯糧吏拘迫。登門科打使，論丁不論植。權門督差遣，鞭笞動不息。坐兹困飢寒，虜至無人敵。召募益調遣，轉輸匱供億。内帑濟不支，往法思振飭。臺史出勾稽，詭射罔測識。作慝胥捐捐，狼跳狐晝立。嗟予覽弊端，成憲繫衷臆。簡命撫邊關，坐視懼失職。爰計復官田，兼補官牛直。地墾蓄稍盈，買馬逾千匹。健兒氣半蘇，老蠹猶藏匿。攻之勢難拔，援之法終塞。投鼠忌傷器，懷哉罔自克。億漢湟中屯，老成賴充國。諸葛耕渭濱，輓芻良易給。自古貴屯邊，矧今餉告急。廟堂憤所圖，法行從近式。

羅狀元草疏　一峯先生倫

皇建其有極，端拱垂衣裳。憶昨大廷問，聖謨聽洋洋。陋彼漢唐宋，治道未輝煌。祖宗鑒成憲，綱舉萬目張。草茅際昌期，萬言忝對揚。簡在論思職，圖報繫中腸。感事懼風靡，臣願有封章。股肱贊元首，輔理燮陰陽。遭喪不去位，無乃非大綱。臣忠繇子孝，自古重天常。聖王牖人性，制禮爲民坊。彝倫罔攸斁，執範在朝堂。惟聖時憲天，欽若臣有光。弼違張四維，格心矢贊襄。疏陳亮非僻，萬姓瞻明良。

韓中丞征蠻　襄毅公雍

嶺表古夷陝，秦漢拓山河。中代更叛服，功收兩伏波。路博德、馬援。宋弱屢摇扇，狄青勝算多。我朝大一統，内款開牂牁。蠻醜近弗靖，戎壘鬱蹉跎。嵐岡吼兕象，瀧窟鳴黿鼉。皇命整厥部，卷甲提天戈。賊據大藤峽〔一〕，全師搗其窠。先入奪人氣，迅速凌浮艖。錯谷竄佚豕，叢篁上下坡。飭罰士用命，一鼓奮追呼。疾驅出荔浦，斷藤衝盤渦。陣似蟠蛇去，鋒如破竹過。烈火燎柔毛，撲滅無幾何。惟戰威勝愛，惟師克在和。掠氓無妄殺，殘孽堪撫摩。蠢兹蜂蟻屯，椎跣同么麽。匪邀萬里伐，赤子傷薦瘥。乘鋭振皇靈，宣慈起宿痾。坐鎮帖不譁，戡亂籍廟謨。且上平蠻畧，無徒

〔一〕藤，原作「螣」，據《粤西詩載》卷五改。

奏凱歌。安邊在擇吏，秉公罔偏頗。近習私不逞，服寀誡漁苛。推恩衆可結，申法令無佗〔一〕。將士氣自倍，虎豹在山阿。諸蠻懾且懷，攻偉守嵯峩。勦撫倘無術，調集誰能那？願終覃稱德，永清秩南訛。

馬都憲弭盜 端肅公文升

殘元遺部落，滿四雄西陲。平涼聚不逞，石城據嶮巇。猛響震京洛，爰從丈人師。時項襄毅公總制，而公謀寔居多。展我折衝畫，秉我旌旄麾。我軍左右出，合圍突崎嶇。轉戰東山口，奮勇縛渠魁。流賊正蠭起，才望繆相推。漢中李鬍子，潼關火蠍兒。滿城王彪輩，掃蕩靡孑遺。伊茲寇猖獗，亂階起細微。債帥失統御，賄吏釀瘡痍。召禍自無端，弭變良不貲。樹業各有遭，成勳匪獨奇。謀力將士勤，處置朝廷宜。文法寬轡策，誅賞罕嫌疑。官軍臂使指，策伏塤吹篪。庶能知彼我，無憂貴人移。王良誠善御，獲禽成嬖奚。閫外倘遥制，何由握勝機？

王太宰秉銓 端毅公恕

總轡騰九衢，熙明運衡紀。祖法革相權，政柄歸省寺。維宰長百僚，廢置馭羣吏。維公罔阿私，維正毋枉己。弘務采輿情，毅思持國是。匪清曷燭奸，蔽明失善類。古稱休休容，斷斷無他技。老臣歷四朝，初服慚起廢。報國人事君，甄陶虞寡昧。列聖久作人，周禎植豐芑。泰階拔彙

〔一〕申，原作「中」，據《粵西詩載》卷五改。

征，緬懷數君子。八閩鳳儀端，三吳舜咨毅。介重華亭張，敏推襄城李。廷秀振盱江，好問炳盧氏。陽曲周伯常，居然良臣器。引置圖協恭，小心弼弘治。公嘗薦引諸公□要地。復有劉華容，嚮用肅風致。願皇親英賢，明聰撤壅蔽。言路攬謀猷，直臣簡淹滯。公嘗請召林公後張公□。無啓僥倖門，無詘恬退志。陟罰鑒天明，官府成一體。明作政崇功，惇大俗成裕。祇承休烈光，對揚忝遭遇。夙聞道事君，不可奉身去。

鄒吉士謫居 立齋先生智

明君端道揆，進賢退小人。今皇嗣曆服，更化在兹辰。憸夫據中閣，六卿寡良臣。老成屏在野，何當佐維新。感兹上封事，擯置徒沉淪。小吏迷奔走，年華越昏晨。東風吹我夢，猶自入楓宸。漢檻不易折，魏裾良難塵。熙時陶萬品，孤臣渺一身。西蜀道云遠，南粤瘴方湮。人生無根蔕，託寓各有因。白頭終是盡，青史定誰真。公詩。患難阻前期，孰爲骨肉親？悵望彤雲合，詎當陳苦辛？

李主事上書 空同先生夢陽

束帶植端操，方册窮披想。謀士書範傳，詢芻詩雅尚。往聖迓天休，達聰成浩蕩。肅肅英明君，求言撤壅障。感遇攄夙懷，應詔書初上。方今政維新，梗化費陳講。一病三害兼，六漸不可長。元氣士風靡，腹心宦官黨。兵冗氓賦殫，吏黑畿場爽。浪費盜藏機，濫竽法漏網。左道懼眩惑，貴戚浸恣放。梁竇勢如灼，白晝奪□□。虎翼沐猴冠，閭閻色惆悵。排雲叫天閽，杞憂過□

望。《治安》誼書狂，《思漸》徵疏讜。遭逢罄箴規，匪覬興王賞。願皇荅羣心，明作慎所嚮。千載際熙時，赦臣語無狀。

劉太保赴戍 忠宣公大夏

明運累熙洽，敬皇堯舜資。鋭衷臻盛治，委任罔猜疑。嚮善若不及，近臣常進規。伊臣翼心膂，愧乏臯夔儀。羣賢滿冠蓋，翕受並敷施。顧問獨寵渥，晉錫厠鍾葵。矢忱每任怨，感遇不違私。鼎湖龍馭遠，蒼梧帝蠁遺。嗣君體皇極，獻綬歸閒居。羣小煽方虐，側目徵檻車。丹心從吏議，白髮履憂危。天王自明聖，赦臣戍邊夷。肅肅起宵征，星河耿晨熹。仰測皇天意，往復平常陂。盛年不重來，熙時難久期。已矣復何道，蹇驢策荒陲。

韓司徒伏闕 忠定公文

迪哲誡盤荒，防微詘閹宦。君側屏奸諛，往代存殷鑒。漢憒常侍横，唐警甘露變。内官供掃除，祖宗有成憲。先帝社稷憂，顧命□□懸。主器膺嗣皇，狎昵恣惑眩。淫巧蕩上心，嬉遊夜繼旦。角觝競錯陳，媟褻啓皇店。稔惡不蠲蒸，災異屢經見。煌煌列聖基，羣小敢稱亂。萬幾宸志隳，八虎輿情涣。臣輩厠鼎司，每虞負恩眷。匡救僭陳規，赤衷肅瞻盼。惟皇燭羣邪，乾剛秉英斷。

楊總制行邊　邃菴先生一清

蠻夷頻猾夏，寇賊起姦宄。沿邊馳羽檄，鎮防漸闕弛。祇命督全陝，經畧急時宜。省帑抑閹賂，明法黜將疲。戎練儲浸廣，固原虜來窺。機務不遑暇，單騎冒險危。虜退畫封守，修塹花馬池。河套古朔方，險要限西陲。仁愿築受降，有唐寇漸希。毅然興巨障，中貴決藩籬。厥黨側頗僻，宗室肆窺伺。寘鐇煽安化，驍將平一麾。公授仇鉞諸校中□成安化功。禍萌自逆瑾，驕横藩有詞。營建擬王者，侵奪民大懟。邊境屢弗靖，冠裳久陵遲。爰假内鎮力，乘兹面進規。英主奮乾斷，元兇誅不遺。中外率稱快，三軍氣倍馳。誰復亂干紀，遐邇瘳瘡痍。繼今奉帝則，宮府一體施。明威服萬里，有道守四夷。

胡臬使就吏　端敏公世寧

宗藩煽不靖，蒸黎久荼毒。近挾護衛資，肆然任躑躅。北道浸繹騷，東入空杼軸。豕牙失早僨，牛觗忘豫牿。强末本難支，尾大恐不掉。小臣積隱憂，飛章獻黄屋。悵彼跋扈雄，中黨結心腹。皇怒檻徵臣，狼心逞所欲。爪牙奮攘臂，羅致甘魚肉。臣死安足辭？淫威懼傾覆。念兹遁投明，繫頸就詔獄。明皇幸赦臣，姦謀佇轉燭。

許臬司罵賊　忠節公逵

皇運厄陽九，狂賊欻生發。迫脅污冠裳，矯命肆屠桀。板蕩識忠貞，赤心素敢決。白刃嚇小兒，丈夫氣難奪。下民無二王，上天無二日。恥作彦回生，甘嚼杲卿舌。生爲天王臣，死灑壯士血。嗟賊久睥睨，嘗願乘其絶。孫公大持重，恨不聽先發。賊殺天子臣，天子還賊滅。天道惡驕盈，神器難窺竊。不聞漢庶人，檻到殉車裂。蠢爾烏羊群，王師龍虎合。會當褫其魂，丘墟速夷渫。

孫撫臺詢瘼 忠烈公燧

天罰緩徂征，侯度蒸淫濁。虎視縱饕餮，梟鳴窮浚削。淵藪萃逋逃，徒黨肆侵掠。顛頤大拂經，厥勢難將作。膺命瘁拊循，輿誦艱謀度。哀我衆遺黎，騷然轉溝壑。屢奏天罔聞，先發懼藩觸。經畧苦焦思，愧無郢人斲。勞勞中自知，停車徧詢瘼。

王提督靖藩 陽明先生守仁

逆濠亂天紀，神器久覬覦。一朝禍機發，黨類成合阜。劉李夙從逆，孫許遽遭屠。狼吞蒙巨艦，鴟攫縱長驅。九江南不守，安慶城援孤。張皇寇建康，飄蕩飛輓芻。江藩樹賊幟，僞檄肆傳呼。伊予撫南贛，簡書奉廟謨。賊發遥有開，及時聽誅鋤。爰克糾義旅，擣巢奮西趨。鍾陵遂恢復，乘勝衛留都。賊聞覆厥室，倒戈遇當塗。攻瑕堅者瑕，氣驕自速辜。諸將張夾翼，三軍戰忘軀。鼓勇中大義，伍守立燃鬚。彼兵屢挫衄，振鋭火其艫。渠魁爰就縛，執馘繁有徒。江淮克底定，凱旋奏獻俘。明皇鑒多難，盤遊息宴娱。願下興元詔，君側逐姦諛。簡儲定國本，四方庶無虞。宗支永不摇，擊壤歌康衢。

喬司馬留鑰 白巖先生宇

王室近憂艱，逆藩震凌亢。天王赫親征，戎服御車鞅。虎賁突前驅，警蹕駐江上。鋈續中郎驃，靺韐將軍韔。憑靈導佚游，市肆急供帳。跳梁括金珍，席寵紛迭宕。樓櫓忽騷然，夜深騎擾攘。縱横撞闕門，嘯叫出遊蕩。蹇予備非常，鎖鑰誰妄想？天子詔尚違，將軍今何況。彼氣索然沮，歸營散鞭仗。嗟此驕貴兒，反覆誠難量。譬猶養飢鷹，一飽即飛颺。傷哉畿賦殫，《祈招》有遺響。聞道獻藩俘，將士仰靈貺。方喜平江西，尚愁戢邊將。誰能力回天，詰慝搤其吭。

林司寇憐才 見素先生俊

時王陽明以門人計元亨説宸濠事，李空同以文章往來，並於寧藩獄詞有連。衆忌，欲中傷之，賴公力護，得免。

往昔詰姦僧，逮榜幾不測。天王自寬仁，言官救亦力。籍兹保餘年，驅馳愧鞭策。歍歷莅法卿，師聽期明服。逆藩獄有連，讞議勃變色。王子奏膚功，機權萬人特。孽黨早知幾，詎計結心腹。朋徒一書生，往説游化域。嗟斯縱迂繆，難掩安社稷。衆夫忌成勳，媒孽真峭刻。當事誠獨難，規避良亡惑。李生抱奇才，節操欽在昔。篇章誤相購，青蠅玷白璧。跋扈自狂謀，株連何險迫。古稱人才難，吾曹當愛惜。明主況中興，百口爲代白。匪結良才知，庶勉司寇職。

章祭酒閒居 文懿公懋

公篤持高年，視諸講學家猶自實踐中來〔一〕。

笠服慕王風，疏陳養聖德。中更弼教官，靖共負勚歷。樗才罕適用，解組歸故域。物理乘化機，行藏慎消息。帝命虛成均，祗承勉一出。吾志在山林，乞骸□閼適。匪博高蹇名，習隱漸成癖。幽居遠市塵，坐久羣動息。開軒日中天，閉户虛白□〔二〕。賦質嗜典墳，春風鏗點瑟。畎畝敢忘君？經綸稽古式。吾嫛三巨擔，見公行述，謂道學、功業、文章。道學尤所急。往哲邈以逝，儒術轉乖僻。紛紛功利途，誰繼洛閩脉？公最尊信程朱。景修動有懷，遵行慎無惑。衛武耄將期，猶警威儀抑。公年逾九十，猶日規規尺寸中。仰鑽及暇時，悠然疑自得。

或曰：「獻備乎？」曰：「余著夫危而奇者爾。乃若雍容廊廟，陶鈞萬品，則傳紀載之矣。」「曷奇乎周司空？」曰：「余吴人也，瘠則思其故焉。」「曷危乎王太宰？」曰：「銓金異矣，斯往時鐵中錚錚者也。舉王，則彭、張、何、耿、倪、周諸君子，端介之朋，將槩之哉！陳之漕，韓之蠻，葉之屯，楊、馬之邊、之盜，蓋時急焉。彼三楊輩，易節爲勳；李荼陵諸流，願以固位，則吾無志云爾。」「陳漕異三楊與？」曰：「漕，大計也。吾急國務，幾忘其人矣。」「青田仕元，則曷以？」曰：「青田，佐命臣也。今之襄明辟、繩祖武者不遐遺，誰議就湯傑哉？夫余著斯兩臣者，殆傷人才難云。」「危而

〔一〕實，原作「寶」，據文意改。
〔二〕「白」下當有脱字，故補缺字符。

奇者，靡漏乎？且孰愈李忠文？」曰：「忠文，皎秋霜矣。雖然，法從近臣，成均教本也。屢辱而不亟去，吾惑甚。其他直過訐，潔過隘，猶非大關，曷故焉？即復不觸吾懷。」「奚其詠若近則將有須矣，然則著者咸中矩矱與？」曰：「不然。詠之於傳紀也，異夫詠有感而興者也。奚暇品厥倫哉！」「獻不武弁，獨獻中山何？」曰：「動偉而獨全。其偉也，危其全也，以不嗜殺。」「曷終乎章蘭溪？」曰：「章恬矣。夫巧荏互來往，烈夫多悲辛，能無恬乎？」嘉靖壬戌孟秋之日。

幽貞集下册

古詩五言　後代雜占體

吴水部秦民部席上

忽逢滄水使，兼覲司農卿。交歡罄杯酒，遲我三人行。相攜臨好景，非必簧鼓聲。席上薰風落，席下清江迎。但識酒中趣，那求去國名。

于肅愍公祠

往昔土木難，皇狩政無章。矯矯社稷臣，扶運翼郕王。北門戢鎖鑰，正色振朝綱。中原幸有主，胡乃歸英皇。嗣君密推戴，讒賊搆禍殃。公乎奮英爽，冥漠顯中腸。孝帝褒赤忠，建祠有輝光。嗟哉生不亨，既没永相望。蠢彼奪門徒，貪天徒自戕。顧瞻公祠在，千載長流芳。

酬伯宗寄懷

讀君寄懷詩，一讀堪一涕。所嗟交道難，如君良有幾？君有古人心，介然秉高義。獨行棄時好，將無來衆□。願君韜著述，潛修養時晦。君亮志不移，予懷視流水。

釣臺懷古三首

白日照空江，青峯出煙樹。行人登釣臺，嚴陵渺何處？古磴徒巉巖，幽棲亦聲譽。招隱翻百憂，歸來獨無語。

高人邈千載，壁立小塵寰。舉足豈玩世，羊裘臥空山。松花開萬樹，蘿洞浮雲間。憩兹懷清風，立儒復廉頑。

千山抱江水，蟬鳴楓樹林。登眺一懷古，蕭然爽幽襟。中興非避世，山水何高深！行藏安所期，莘野爲商霖。

飛來峯

何處特飛來，倐然峯作竅。空洞自無心，靈巖本天造。一朝更飛還，遊人失奇妙。

望滕王閣

帝子今何處？雄題自昔聞。閩閣中題王、韓二文。我行急王役，層煙曠相分。移舟渡江滸，閣隱江流雲。

發永新

炎程棹龍溪，鄉吏秉嘉誼。居民競來觀，歎息語相聚。亦有端居人，遐思傳尺愫。望望不可留，揮徒出江去。

永新，今爲姑蘇馮五芝君傳尺愫者。邑侍御李南屏公儼，正德間曾諫南巡云。

内弟李立卿仗義從行偕償登眺念伊有母言趣之歸

李生玩世徒，曰余蹇人步。遐恤奮從遊，獨往無内顧。壯哉誼夫懷，慨焉散襟度。行役靡暫停，隨風泊煙霧。倐然覽勝寰，偕償泉石慕。悠悠江水流，浮我西南路。西南險隘區，豺狐嘯相聚。我戍不辭難，雙親日懸注。君行胡不歸？慈闈煩指顧。

月　夜

林杪颼繊颸，夜深喧乍歇。澹然披幽襟，浮雲佇超忽。始覺無生妙，了吾元化發。端坐欲忘言，江空墮明月。

題浯溪鏡石

片石懸似鏡，湛然中虚明。江波浄於練，萬象涵其精。誰爲鑄天鑑？山靈護光瑩。願假照六合，群妖都屏營。

人惠黃白菊

嶺表暄氣候，孟冬菊破色。瞻彼金玉姿，揮此蕭疎臆。落英匪後時，物姤無終極。羞逐繁華開，幽香寧掩仰。彭澤千古風，采擷不遑息。翻憐艷陽者，瞬息誰當識？

感時篇次客韻

澄神懷攬轡，造父巧御馬。繁索寢囂然，曾驅佚東野。宵旰日疇咨，閶闔靡税駕。豈乏南金材，棫棘雜梧檟。挾策揚通津，晝夜逝不舍。達人爽襟期，談玄翼風雅。飄飄議石渠，雍容撫方夏。坐令金戈揮，征輪較多寡。負薪徒反裘，粉黛誰爲假？緊余不遑處，冥行風塵阻。念茲良怨尤，翻憐齊稷下。傾蓋欣所知，邈焉憂時者。幽閒絶紛擾，沉鬱振聲價。研經遡洙泗，搆思窺屈賈。頗感伐木音，我心良獲也。瓊報詎當歡，悠然以結社。

櫛　髮

客髮不盈把，曉櫛羞迂儒。容鬢换醜好，年華互馳驅。少壯不自樹，世途涉憂虞。覽鏡顧相笑，懷哉重踟躕。嗟彼士不遇，人間誰丈夫？一沐三握髮，風流今有無？

燕遊篇 有引

余侍家君遊邕也，蓋日覽滄嶼勝云。臯郡使君、衛將軍、鄉大夫、諸生時爲罄杯酒交歡，余侍而樂焉，樂且虞其睽也，作《燕遊篇》。

逖道曠行游，每苦結瞻戀。欣兹奉嚴顏，周覽愜歡晏。北出奎星岡，東陟青山巘。幽臨快活園〔一〕，静展敷文院。悠悠閲江樓，肅肅瞻雲漢。使者日交歡，侯桌屢良宴。將軍雅好客，古道敦邦獻。娱晤集朋徒，攀躋罄晨旰。景以悦心超，賞與怡情轉。鬱彼江水流，顧我殊鄉縣。嚴父有歸期，秋風悵遐盼。

荅懷苟大理

與君昔交歡，芳華及春早。峨嵋秀神鋒，川源澄物表。敷袵託金蘭，居然識英妙。晤言興乖睽，浮沉各窈渺。君今再入關，我已戍邊徼。憶君會面難，朱顏應美好。京洛多貴游，君還念幽邈。冉冉歲徂征，悠悠長安道。思君有達觀，風塵秉清照。

〔一〕 快，原作「怏」，後《快活吟題陳山人園》詩中提到快活園，故據改。

青鸞篇余同鄧何二舉人出青山有鸞鳴而下爰占之詩

青鸞何方來，翛然向我鳴。借問鳴爲誰？孤舟有兩生。我方挾之遊，春山結幽盟。爾鳴胡然至？良友豈同聲。在昔伐木歌，有鳥鳴嚶嚶。爾無銜生去，化作高岡鳴。吾隱竟安適，好懷共誰傾？

古詩五言　後代酬應體

酬南征贈言卷五首 有引

余出檇李，余從祖紫岡先生持鄉人贈行詩一卷來，辱題曰「南征贈言」。余覽而懷之，顧未能一一酬也。迺類而酬焉，述五首。

酬鄉先達諸公

矯矯鄉耆英，宦業振先步。蕭散傲林泉，徽音表風度。伊余迷令圖，銜恩赴遐戍。欣枉贈行篇，居然響《韶》、《頀》。我思獲古人，篇中槩其故。披覽程大猷，袛役遵王路。請附懷鄉言，表儀願長務。

酬宗長者

宗門久不競，人各有其心。所賴長者賢，表正無相侵。小子寡昧資，從王思難任。靡及振箕裘，獲戾傷我襟。長者誤垂顧，寵之遠遊吟。念並一體愛，在笥存規箴。遊子結中懷，離思日侵尋。孩提長知敬，父兄忽商參。水木戀本源，頹運憂陸沉。願修合宗歡，天道方難諶。銜恤赴修途，撫衷情自深。

酬諸親友

每傷殷生詠，貧賤親戚離。況也良朋嘆，中道常乖睽。今我讁戍邊，猶贈聯篇詩。姻戚念我去，朋舊展我思。謂我傾葵藿，奈何履憂危？情若鳥戀羣，聲若塤吹箎。我愧不能荅，但感別經時。望望不可見，行矣復何之？思君有篇章，我行多師資。願君秉斯心，明時振羽儀。

酬諸山人

余有丘壑尚，往被簪纓牽。山人振詩社，逸調追高賢。我戍不遑歸，貽我瓊瑶篇。悠然得真趣，頓忘道路偏。憶我吳淞産，文采照遺編。機雲良作者，六代彌麗駢。我朝袁海叟，掘起英皇年。儒流繼芳躅，代有詩人傳。年來恐寂寥，上乘誰悟禪？斯聲倘不熄，諸生慎其筌。

酬紫岡族叔祖

吾宗有長者，修文慕玄宴。結交盡豪英，好遊寡拘攣。簞瓢甘屢空，鴻翔卑斥鷃。抗志理素業，幽棲薄游宦。余昧言寡尤，風塵罹憂患。長者金石聲，貽我肅瞻戀。期我修名揚，勉我擴孤狷。詵誡戒忝徒，有懷良不眩。何當赦歸來？歡然依墨硯。

俞何二姻友話别

俞君女兄夫，何生女弟壻。横舍坐談經，虎闈行辨志。蹇予忝婚友，抱戾赴邊戍。眷爾不遺親，患難遥臨視。人運殊晤暌，江天分去住。我興色養懷，精誠發宵寐。瓜葛牽外宗，東渴金蘭契。

懷石湖吴公兼酬見贈之作

熙洽撫嘉運，人文賁輝光。躡蹻摩風煙，射策拔其良。結駟揚糠粃，列鼎競焜煌。縟靡狥所務，逐物祗自戕。浮雲翳蒼漭，大雅何微茫。巨儒爽玄悟，陶然適康莊。沖襟激頹波，皂帽蟠藜牀。散帙恣心賞，逸響振鏗鏘。研經遡千載，吾道開宫牆。彼哉晉楚富，超忽空昂藏。

懷羅惟德

嗟君往獻賦，還山十載棲。學道薄巧宦，一出振光儀。昨遊漢省中，英懷夙相知。風波起中道，我行何羈危！鬱彼青原秀，思君抱厥資。願凌西風翰，無勒《北山移》。

陳生篇贈陳秀才

陳生千里駒，夙昔振家範。王父狥祇役，嚴君薄巧宦。厥慶流苗裔，鋭穎染篇翰。汝也頎而哲，齠齡資金斷。後生良可畏，居諸忽歲晏。聖哲開宫牆，六籍昭雲漢。研經慎所往，遺編勖潛玩。好學汲時幾，昧爽坐待旦。心將天爲徒，行以道爲岸。古來賢俊者，樹伐秉清獻。周道方作人，英髦起鄉縣。欣兹美少年，無貧今遊泮。

顧魯齋巡按停驂之日遽爾過訪余辭不獲避因出見而與之約

君自觀風來，我乃流放士。顯幽各有遭，翔泳亦殊趣。君今念故交，星軺遽至止。我欲避青山，倥偬未遑去。感兹迫晤衷，出接相談聚。羈旅向甘貧，非必煩記注。憂患盟前期，敢布規恢語。君如絶外猜，請勿談境事。晏坐但論文，無得屏門子。

懷諸友

憶昨投炎海，優游荷主仁。況有盍簪友，芝蘭日相親。迂悰寡所好，古道濡其脣。矢志分孔跖，劇語失莊荀。尤欣久愈信，晨晡情何真。藝文亦士業，糟粕兼標陳。嚮方良未艾，麗澤行堪振。余懷歸聘切，群念款留頻。青山淹就宿，横槎更問津。别來雲樹隔，倏爾邁三旬。寥寥惠風至，戀舊一沾巾〔一〕。在遠心自近，相通各有神。好學願及時，無負熙明辰。圖南倘假翼，還期未了因。

别陸山人

逸夫薄塵鞅，飄蕭託良朋。駕言上河梁，孤舟任騰凌。天壤豈不遥，氣味相因仍。奄忽逾嶺表，晨宵載寢興。岐途發浩笑，贈子朱絲繩。

〔一〕 沾，原作「沽」，據文意改。

古詩五言　後代紀事體

酬陸大理道函 有引

陸君貽一詩扇，且爲扇賦一篇，喻行藏之義。厥有懷焉，爰酬之詩。陸故博洽有文，予同年友。

陸機淹宦業，文采揚其芳。我行驅王役，爰贈琳琅章。燁然登素箋，一賦情彌長。姚虞風已遠，姬武化猶昌。古今代相繼，隨時有烈光。比物識妙喻，吾道順陰陽。會當秉朱明，用行舍則藏。

懷吴桂軒於皖川二水部

伊予攖世網，投荒遠出疆。衆方避相戒，良友情何長！晨夕造旅舍，撫慰無倉皇。家人相告語，水部忘炎涼。瀕行導夫役，中衢裹餱糧。感君憐才念，慚我忤王章。君際雲龍遭，及時揚耿光。春風吹漢道，目斷雙鴻翔。

酬李吏部維藩 有引

李子遇余東昌也，蓋出贈行詩三章云。方李子臥病邸舍，余嘗過訪焉。迺顧憂諸貴人，欲抗疏。余謂病甚，宜且止。會余以言獲罪，李子適乞告歸。

李子立要津，每抱憂時態。士風倒狂瀾，寵賂彰中外。選曹無法守，積憂良不解。忽然謝簪纓，扁舟遠行邁。道中欣相逢，贈章猶自綴。嗟子方歸來，憂時病仍在。且采羅浮芝，無貽孤憤戒。握手臨路岐，揚帆不相待。

永新道中遇劉上舍希孔設飯且示其師羅念菴太史夏遊記慨然有懷

舍筏逾高嶺，秋風肅征途。俄逢一儒者，拱揖前相呼。嘉筵預張具，迎我臨中衢。自稱希孔氏，蹇蹇虞君痡。遂感傾蓋意，立馬啜其餔。借問子爲誰，云是太史徒。古誼元有傳，語信德不孤。起問太史安〔一〕，邃養近尤都。授我夏遊記，披覽皆訏謨。夙志仰先達，大道飫膏腴。行藏占世運，恬然著《潛夫》。良知自活潑，罔象得玄珠。我慚流放客，無緣晤斯須。延佇□不懌，矢心懷哲模。

〔一〕 太史，原作「大史」，此詩詩題及詩中另一處均作「太史」，故據改。

惺菴吟爲魯大行朝選 有序

魯子與余相善，數相過從。舍中語間及時故，輒皇皇憂形于色，至欲引避去也。余掀髯起曰：「誰當分明主憂者？」魯子頷之良久，曰：「小臣無事觸禍矣。」余既上疏，魯子日馳問余舍。余謫戍邊，魯子隨謝病免，道中聞而訝焉。魯子雅好學，其爲人殊有養。

衆醉忌獨醒，君有常惺法。道可卷而懷，學惟循聖轍。不詭亦不亢，天機自活潑。冥鴻萬里翔，矰繳誰能發？我愧發狂言，含情向天末。

舟中感事有懷唐孟玜侍御 有引

余獲譴時，唐子業奉使出關矣，猶遺書唁我，語殊惻惻不忍讀，且倡諸鄉人贈行。而余長髯僕則傳唐子語曰：「欲爲郎君上救章，恐無益也。」余益私心懷之云。舟中閱先朝事，臺中或以拯言者，並逮於我，心有戚戚焉。仰戴聖慈，紀之篇詠，且以無忘唐子之誼。

祖宗革諫院，諸曹許直言。先朝大糾獻，散局並侃然。逮者或不測，拯者更駢肩。我往惻憲戮，僭陳詰姦篇。有友矯風翮，星漢正騰騫。念我羈孤志，陳釋靡機緣。我戍不違處，中道閱遺編。感彼王臣蹇，懷今聖主憐。君恩自難忘，友誼亦相牽。掩卷長太息，傾心向堯天。

哭楊海源 給諫楊抑齋之子

楊生英妙資，飄忽遭家難。卓爾氣不群，挺身將父患。市劉慟幾絶，一死良難緩。傷哉孝子心，遊魂薄烟漢。

悼蹇篇唁吴子宅憂

蹇遭何太迫，幽憂信難堪。遜戍曠人患，愴子喪其嚴。君親願同効，公私罕所兼。念伊久行遊，慈父顧影單。躡蹻來撫慰，豈不沃辛甘。惟翁戀雛感，惟子將父銜。胡然不憖遺，竟殞蒼梧南。旅魂疇附麗，淹卹向春嵐。矯眸閲辰漢，中曙明鈎鈐。明皇孝治世，返櫬諒有沾。噫嘻世上事，慷慨身後談。大塊元自寄，人生貴者男。伊翁亦蕭灑，所望持直尖。諒非萬年徒，牀頭諂教咸。

古詩五言　儒人名理體〔一〕

吴石湖公南征卷外别有贈詩歷數諸先正相勉

先哲不可作，志節照當年。誰爲繼遐軌？丈者吾鄉賢。恬然理素業，古道頼有傳。嗟予負褊衷，寡諧處世緣。闇闇靡聞達，疎狂甘棄捐。夙願殫厥心，非必問憎憐。丈者繆憐才，枉我先哲篇。先哲務實修，豈被浮名牽。所貴求在我，善利判天淵。悠悠寰宇中，箇裏有真筌。窮通亮齊轍，夫道大路然。古今一瞬息，世故孰毁全。斯心良未虧，去去期勉旃。

答子儀

大道每乘除，滿損謙受益。困乃德之辨，無爲苦行役。養晦在潔身，匹夫空懷璧。一念分善利，雞鳴生舜跖。聖賢貴聞義，負氣安所適？操箠奮猛虎，變色乃蜥蜴。勇怯本無常，信道宜不惑。願君寬幽思，涵修底卓立。因之思自强，毋負遠行客。

〔一〕儒人名理體，原脱此五字，據《幽貞集目録》補。

談道篇荅王蘇州兼懷魯大行 有引

王子明輔書來，且致魯子朝，選數相念憶，因貽丹書，相期大道。余適有悟斯筌，殊欣二君聲相應也。二君雅好學，於予故□交驩，暌違五載，當有日新之益，漫述此訊之。

王子三晉英，牧愛樹嘉績。少小志不羣，歘歷聲方赫。蹇予渴美人，忽覯函中畫。慰我南遷思，期我傳道脉。大梁有魯生，幽居在空谷。念我平生歡，尺素時記憶。二子我所欽，嗜學希聖域。風煙各一方，日新當異昔。王出精鍜煉，玄機不離物。魯隱逹静觀，居常見天則。大道在目前，金丹應辨惑。世有靈不磨，無端亦無息。妙在握其機，學問乃有獲。余悟區中緣，端居若自得。千聖執一中，天人立心極。世人莫我知，形影徒恍惚。願君勑時幾，晨夕遵明德。良朋乍仳離，神交日在側。所貴登道岸，行藏任所適。方今道多岐，覺者慎無僻。動静各有滯，陰陽妙莫測。不談元不隱，請玩先天易。

贈賈生汝學仕其名

學而優則仕，仕而優則學。仕學本一貫，道在斯爲樂。古之學爲己，今之學爲人。爲己日昭昭，爲人終汶汶。古之仕爲人，今之仕爲己。爲人達其道，爲己良可鄙。吾性具衆妙，良心炯不磨。吾斯未能信，汝學謂仕何？

詠青山泉

泉水濯人纓，斯泉濯其志。濯纓去外塵，濯志安汝止。泉水洗人耳，斯泉洗其心。洗耳驅外響，洗心湛天真。有源委大廓，源清流不濁。本來非物染，無洗亦無濯。

元善篇示諸友生

汝爲君子儒，元乃善之長。復其見天心，一陽生萬象。惟皇實降衷，方寸同俯仰。胡寧蔽自拘，物我異宵壤。人心愛曰仁，千秋有遺響。四端本一貫，生色妙粹盎。廓之配天地，真機默流盪。乃知仁爲大，吾道坦蕩蕩。嗟爾士希賢，毋爲墮塵網。真知炯不昧，道心繫所養。勿謂其幾隱，由獨慎所往。懸鑑用照物，妙悟非幻想。勿謂其端微，得養物自長。出泉静而清，沛然用斯廣。集義勿助忘，一神化以兩。先立乎其大，妄復則無妄。爲仁信由己，入德期不爽。

古詩五言　方外放言體

快活吟題陳山人園

問君何快活？快活不在園。何名園快活？快活不離園。君有真快活，寄之快活園。問君何快活？終日竟無言。謂君有快活，快活浩無邊。謂君無快活，快活在眼前。世人快其欲，真人快其天。余非快活徒，俄然來君園。園花生不生，園門玄又玄。超然象外真，率爾區中緣。仰面忽大笑，請話金丹傳。

遊衆妙巖同陸山人何李二生

狂客何方來？臨江繫孤棹。振步討幽奇，快哉滕村道。有石突其間，天然開一竅。竅中三天門，石乳薄冰峭。人者立而裳，獸者蹲而吼。鳥者舞而旋，器者美而好。神工巧削作，厥像儼然肖。盈盈介一淵，舉目陳衆妙。仙人赤脚走，兩生共歡笑。余亦天爲徒，登兹忽大叫。一踏山障平，萬象都開了。

遊觀音巖口占

觀音何處去？留得觀音巖。巖若無觀音，胡然秀作龕。削出玉芙蓉，一竅透天關。妖猿鎖不譁，帖臥呪楞嚴。英州此奇境，留與遊人參。人皆愛英石，我愛觀音巖。巖若無觀音，石奇亦徒然。觀音何處住？觀音不住巖。觀音非好遊，有時來遊巖。人未識觀音，空覩觀音巖。巖亦假觀音，真者在眼前。世人耳當眼，塵根苦牽纏。觀音觀即聽，六通妙浄圓。浄觀皆姣妹，浄聽皆《韶》、《咸》。清風發孤嘯，響徹千古間。此是真觀音，來遊觀音巖。妖精何用鎖，有術不敢參。蚩者睡未醒，堂頂揮一拳。椎破假觀音，片片拈筆尖。

佛笑篇南華方丈口占

佛從何處生，佛從何處滅？生滅佛非真，真佛無生滅。無生還自生，假滅元非滅。領此無上宗，南北良齊轍。頓漸根非殊，悟修罔離合。真佛立悟宗，一棒還一喝。譬彼療沉痾，藥王爲洗雪。一悟不住修，痾甦妙持攝。佛指倘若斯，别非神詭説。群迷駭佛殊，佛相猜靡歇。豈知佛無相，有相佛隨滅。迷時佛法袐，悟來無片法。笑殺比丘徒，抱佛尋佛刹。我非假佛緣，諸佛由我發。久會南華心，證出南華法。偶從南華遊，我佛無差别。黄梅與曹溪，豈在傳衣鉢。卓錫一生泉，山水偷真訣。南華山何秀？有佛自巘嵲。佛來秀不了，佛去等丘垤。曹溪水何清？有佛自活潑。佛來清不斷，佛去流應竭。嗟嗟幻縈心，滅度憶千劫。我來挹曹溪，伊赴□□□。語荅竟云何？登岸休舍筏。我坐佛還坐，觀音現水月。笑指供佛龕，寂照同造業。佛笑我亦笑，笑嗔皆枝葉。便向佛作參，今古元非闕。佛送我出山，相將度吴越。

邕歈稿

邕歈稿目録

邕歈稿卷之一

邕歈稿卷之二

邕歈稿卷之三

邕歙稿卷之四

邕歈稿卷之五

邕歈稿卷之六

邕歈稿序

幼海董公仕世宗朝〔一〕，纔踰弱冠，諤諤著奇節，蒙譴南中〔二〕。當是時，海内以讜言聞〔三〕，而不知公固邃於學也〔四〕。即公與海内人士居，語次埶文雕刻之技，輒莞尔，如不足爲人。又以是窺公於學〔五〕，誠識其大者，不啻已矣〔六〕。迨居南中數年，感遇所發，間爲詩歌以遺同好，則修辭之士，莫不爲公歛袵。會今上嗣極，賜環登朝，其所撰著乃大出，即愈益佳，累數萬言，諸體犁然備矣。自余所覩近代作者，未有用志若斯之勤者也。總厥命編別爲四種，其一曰《邕歈稿》云。夫昔莊舄仕楚而越吟，聞者知其思越也。公邕居而吴歈，得無亦越吟之意乎？故雖放流播遷，不忘顧返，眷然於君父之懷，憂國憫時之念，有深致焉。誠不獨望鄉懷土，不忍其羈絏無聊，而姑有托焉者矣。予覽前載，蓋士負奇節而嫻於辭者，無論三閭大夫而上，即世所傳漢蘇子卿詩，寥寥斷簡，

〔一〕世宗朝，《崇蘭館集》卷一三作「世廟時」。

〔二〕蒙，《崇蘭館集》卷一三作「承」。

〔三〕讜言，《崇蘭館集》卷一三作「讜直」。

〔四〕而不知公固邃於學也，《崇蘭館集》卷一三「而」作「乃」，「邃」作「志」。

〔五〕公於學，《崇蘭館集》卷一三作「公之學」。

〔六〕不啻已矣，《崇蘭館集》卷一三作「不若是戔戔然與文士較雕刻者」。

猶爲談執者宗要，以身在異域而述興於思者也。後數百年，若杜甫少陵之寓蜀，跡幾近之。故其爲作，離憂懷惋，有屈之致；而矯健慨慷，有子卿之風。今誦公之詩者，或疑其矩矱，蓋祖於此。而余竊以爲公非祖少陵，而祖其所從出者，志深遠矣，第不屑以一家之言自命也。不然，則公詩有曰談經、曰自號、曰僊禪二家、曰遊鵝湖武夷諸作，指義雜陳。及質以他編所載《述史》、《景獻》云者，隱然措經綸、明道術，櫽括古今，標駁儒墨之稱，多詞人所未發，又將誰祖耶？余故知公之邃于學而誦其詩者〔一〕，亦不以文辭槩焉，可也。

隆慶辛未秋九月望郡人中江莫如忠撰

後學楊汝麟元振父書

〔一〕 邃，《崇蘭館集》卷一三作「志」。

邕歈稿卷之一

律詩七言　行役稿

登太白樓 莫云音響泠然

太白飛樓生野煙，春風吹破薜蘿天。王孫芳草遊何處，客子浮槎賦自憐。宫錦憶翻巫峽雨，酒星驚落大江船。祇今猶有樓頭月，夜夜清光北斗邊。

游焦山

浩浩江流澤國寬，孤峯突兀障狂瀾。何云：起得豪壯。海門東折龍疑躍，古寺中欹露欲寒。六代河山秋外落，三吴風景客中看。追遊此際堪招隱，何處吹簫度紫鸞。時鎮江都太守蘇州王節推載酒追訪。

虎丘同子儀惟修錢德卿原晉弟夜坐

古刹名丘傍市寰，江鄉離思一追攀。龍池深護雲凝水，虎石高縣劍劈山。沉寂霸圖苔印月，蕭騷禪塵坐醒顔。機緣處處游無盡，清夜鐘聲送客還。

雷司訓攜酒泛光湖次韻

湖光山色倍堪憐，草樹平開兩岸縣。何云：情景俱入玅境。雲擁片帆輕度鳥，風摇萬壑遠連天。偶逢儒雅攜嘉醞，漫許清狂擬謫仙。惟修有謫仙句。自是波濤驚壯觀，坐來春色總依然。

浄慈寺眺湖留題

秋浄湖光鎖翠微，梵雲林籟故依依。青山領畧堪憑我，滄海飄零未拂衣。吴云：風致宛然。桂子離離千樹落，沙鷗點點六橋飛。漫乘遊興收清景，好向漁人問釣磯。

靈隱寺小憩疊前韻

杖屨深林秋氣微，倦拔靈鷲景依依。一枝好鳥關游興，半榻微風吹容衣。張云：騷人之幽思，詩人之婉調。竹院涼生青嶂矗，松花香惹白雲飛。空明不礙逃禪境，世路無端嶮石磯。

白雲堂夜酌口占時同諸親友止宿

白雲深處一徘徊，瑶磴星梯接上台。暝樹俯從千澗合，寒樽遥對萬山開。半空鐘梵聞天籟，下界風濤鼓地雷。漫把禪心分去住，詩成還爲遠公裁。莫云：壯浪。

從祖贈詩用韻奉懷 莫云情致婉悼

秋風游子乍仳離，關戍遥聽鼓角悲。此去烽煙真濶絶，年來宗黨太陵遲。莫云：用字有根據。却憐長者論文暇，猶憶孤臣灑淚時。家澤好憑清範在，竹岡回首重吾思。竹岡，余祖居。

章憲副邀遊湖上别業偕同年袁給事許正郎暨子儀惟修

西湖清帶輞川幽，林樹陰森接勝游。兩浙混成金粟界，千峰亂插白鷗洲。邦賢有酒傾蓮社，戍客無心戀桂秋。摇筆自看諸友捷，醉來吾欲下扁舟。

登敵樓眺錢唐江 莫云律細有慷慨

今古興懷江自流，乾坤俯仰一登樓。飄零浪石鮫人淚，蕭颯砧聲戍婦愁。雲樹暝浮千嶂雨，天風寒散半帆秋。何云：佳句。射潮霸畧還安在？笑帶吴鉤氣不收。

登常山塔

浮屠層級駕長空，越嶠吴山一望中。虹斷石梁翻樹靄，風盤秋磴帶江濛。諸天縹緲離塵界，萬有依稀浄法宫。振羽却疑淩物表，虚襟惟復倚崆峒。

常山得子儀江西詩次韻

秋水茫茫各一天，眼中時序忽推遷。那堪烏鵲南飛越，又見蒼鷹北向燕。千里滄洲誰獨往？百年山嶽此多賢。壯心漂泊成何事？且共清風一灑然。

艸萍雨

竹肩登頓午風輕，山徑羊腸歷艸萍。夾谷鳥從雲外度，斜邨人向樹中行。乍迷煙霧盈郊白，旋點潺溪滿眼清。塵路漫漫堪解悟，區寰何處學長生？

玉山風雨時憩旅閣中

秋來楓樹起涼颸，曙色依微重所思。白日乍霾雲作陣，蒼蛟俄起雨翻池。山陰古木摇柯斷，江漲新波拍岸欹。底事旅人多感慨，三農何處慰須臾？

張子儀話所游龍虎山之奇因畫一圖見示

一袖名山掃筆芒，真符元自協靈昌。雲深石窟龍疑伏，月冷松枝鶴亦翔。想像爐煙揮臥嘯，蒼茫秋靄變玄黃。神游怪得遲仙侶，幾許清風笑語涼。張云：秋靄、玄黃，自是仙語。

衡嶽紀游六首

五嶽初尋南嶽程，孤槎遥駐踏雲横。羲娥秋轉羣峯霽，翼軫星分九野平。何云：句甚奇偉。湘竹沅蘺人落莫，堯封禹跡世熙明。虚襟渾欲探奇絶，好上層霄對玉清。

杖履靈巖秋氣來，青峯拋斷白雲堆。天晴日抱龍宫邃，谷静風傳猿嘯哀。開闔兩儀洪水碣，高明千仞上封臺。漫憑旅興誇孤捷，今古真游定幾迴。

嶙峋疊巘削芙容，萬樹葳蕤鳥道通。衡嶽晝晴懸水石，洞庭秋浪混魚龍。九疑漠漠層煙裏，六合飄飄宿靄中。帝德重華何處是？蒼茫雲日倚崆峒。

蘿磴風湍曙色開，諸峯羅立一徘徊。自看南極雄三界，誰識西游半九垓。雲氣騰騰從地出，泉源混混自天來。娥鬟遥隔滄溟外，錯落秋聲客思催。

混濛初闢奠山時，衡紀峯高炎德垂。緱嶺依微朱鳥下，鸞驂縹緲赤城低。千巖日色天爲障，萬壑松聲海作池。徙倚不勝懷古意，玉書金簡共誰思？

祝融峯插絳霄開，腰走星峯入望迴。海内恣游頻覽勝，天涯扶病獨登臺。楚疆鳥道瞻辰極，郢邸龍光燭上台。日觀更堪南至近，向昜葵藿重栽培。

水簾洞觀瀑布

古洞垂垂紫蓋撑，倐然靈壁洗天泓。仰攀蘿竇吹風響，旋聽松泉帶雨鳴。瓊樹半翻玄練浄，蓬壺長捲碧山清。從知氣核元含澤，脈脈蒸□好濯纓。

兜率峯談玄

兜率縣崖飛瀑零，澄霞不染湛青冥。諸天漫掃寰中劫，孤客偏當物外醒。鳥語竹枝明佛性，僧敲松子落秋馨。開雲那用彌明鼎，流水高山總自靈。

南臺寺諸賢書院

振舄南臺玉斗横，高秋露冷不勝情。半空清磬禪關曉，幾樹涼風江浪生。鰲背截雲開淨界，風吹遏日奏希聲。哲人已往遺松壑，千古荒烟落照中。

上方丈聽笙

孤嘯傳空接太清，崚嶒巘跡有人聲。虚疑天上青龍窟，竊聽雲間白玉笙。松塢鶴巢仙掌動，石岑猿度午風輕。烽煙悵隔吳淞望，韓玟還持十戍程。韓昌黎詩：「手持盃玟導我擲。」

遊石鼓書院

書屋何年結搆成，岣嶁峰帶合江澄。峯撐楚嶽天當户，江淨秋雲練繞成。莫云：氣雄句工。何云：雄壯。聖學祇應宗正脈，山靈端不負餘生。達觀却有玄機在，先覺還堪問大程。

觀浯溪鏡石偶題兩首人傳往代傳詣行在光晦發還山

墨石清涵明鏡霞，琪壇秋日散天花。共憐碧海靈光現，誰道楓宸色相遮？龍蠖暫須收寶氣，瓊瑶終不減英華。韜精似有超玄悟，猶向明時洞百邪。

選勝浯溪一扣關，石光飛動碧雲寰。烟霞倒影天邊樹，冰鑑虚浮象外山。蒼壁自憐清世寶，紫霓猶映薜衣斑。寧知皎皎難爲污，佛日依然有舊顔。

渡　湘

江清岸樹影中流，疑是湘靈慣出遊。漫憶賈生空弔楚，誰憐宋玉更悲秋？洗心已悟天澄練，鼓棹行看月挂鈎。莫遣靈均傷蕙畹，乾坤雙眼一虚舟。吴云：湘江逸調。

月夜放舟

秋宵清露洗雲隈，圓折湘流浄印苔。兩岸青山天外落，一帆明月鏡中開。渡烟漠漠家何在？江木蕭蕭鴈不來。司馬好遊應萬里，揮毫猶愧古人才。

興安渡萬里橋去京師萬里

憶昨含香侍聖朝，風烟回首隔迢遥。客遊忽到三江峽，世路今過萬里橋。籠内乾坤人獨醒，舟中日月賦堪消。戍樓那更炎荒遠，横笛秋天爽氣飄。陳云：氣壯興逸。

興安斗夜泊

湍斗烟嵐海岳愁，江天暝色苦淹留。關開虎豹秋生棘，雲閃旌旗客倦遊。隔岸夷獠喧夾谷，四山風雨到孤舟。十年獻賦今戎伍，尚有丹心照敵樓。張云：慷慨。

遊七星巖巖下有洞甚奇

七星巖聳烟霄起，簪帶亭縣暝嶠開。簪帶，亭名。石徑忽看盤窈嬝，篝燈初入度縈迴。神工斧出金天界，仙乳溶成玉露臺。物象宛然真詭境，龍潭一躍見三台。出龍淵有三台石。

遊隱山六洞

衆峯合沓撑嶙峋，六洞迂折蟠江濱。逸夫税駕留此境，桂樹摩霄知幾春？峭壁劃開壯士劍，幽厓挂出仙人巾。塵寰倘不涉萬里，安得壯觀凌穹辰！

伏波巖有試劍石跨還珠洞

烟崖削壁落青蒼，洞口江濤泊大荒。疑有神來揮玉斧，却看縣處插牙璋。伏波不辨明珠載，劍石誰憐干將光？錯把疑珍惱明主，丹心只合照横岡。

渡還珠洞有懷馬將軍

老壯頻驚出漢關，天留洞石在人寰。明皇不負遨遊志，豎孺何煩萋菲顔。西域賈胡空聒聒，南蠻遺蹟自班班。當年心事知誰許？千載元傳薏苢還。

灘　江

遠遊苦憶灘江險，今到灘江冒險看。萬疊波濤舂石齒，千盤豺虎嘯瀧灘。霧迷峭壁飛鳶細，雲斷荒椒落日寒。傳語靈胥休怕客，孤臣元仗赤心安。

灘江九日同惟修酌吴少參舟中

客路重陽思惘然，羊腸遥歷滯江邊。黄弧拍岸筵雙戍，白浪翻天酒一船。雲掠石淙春絶壁，風提猿嘯幕蒼烟。菊花何處鄉園好？秋到蒼梧鴈不傳。

渡烏蠻灘

巨峽奔騰倒石根，嘯猿啼鳥失山邨。飛湍欲躍雙蛟出，疊壑俄驚萬馬掀。江客孤航風夾浪，篙師十月汗翻盆。莫云：杜少陵自句。明時漫復愁荒徼，夷險從知吾道存。

伏波祠三首祠在烏蠻灘上

祠宇峩然鎮水湄，勳名千載亦乘時。驚濤似鬬蒼龍劍，疊浪疑翻赤羽旗。絶塞秋風吹畫角，荒山榕木老炎枝。壯遊那更逾江峽，悵望烽烟有所思。

矍鑠猶傳定遠謨，白頭心事半馳驅。瀧流飄發投鞭斷，島嶼依微發嘯孤。志託風雲堪躍馬，身依日月尚還珠。吴云：無限感慨。百年論定君何在？庭木蕭蕭客自呼。

英主規恢開遠績，丈人韜畧見雄才。却看銅柱標南極，似有龍光燭上台。江上烟波秋駐馬，吟邊遷客晝登臺。明時未報銷金甲，山鳥林猿更可哀。

過横上下諸灘

苦竹黄泥矜噴壑，鼠牙磨角溜迴湍。銜恩不計夷方險，報主誰言行路難？落日玄猿啼暝嶠，戍樓清角下寒灘。側身萬里瞻雲漢，江鳥山花總自看。苦竹、黄泥、鼠牙、磨角，俱灘名。

近　戍〔一〕　莫云是篇了美勍敵

鬱江盤折注炎壤，邕管蒼涼樹藝荒。邨女趁虚簪茉莉，市檜包箬載檳榔。日消池霧蔓沾碧，風撥山雲柚染黄。何云：佳句。達舍彎弧空好在，偏驚猺騎柝聲長。諸報勍兵屯騷邕境，顧惟坐視諸獠劫庫，郡邑中夜戒嚴，城柝達旦不止。何云：以杜陵句法而寫廣西景物，宛如畫出，近代無此手也。

〔一〕近戍，《古今圖書集成·方輿彙編·職方典》卷一四四六《南寧府部·藝文二》作「南寧」。

邕歈稿卷之二

律詩七言

冬　懷

忽憶中州稟冬令，炎方猶復滯絺衫。紛披况覩千林簇，摇曳仍看百鳥銜。幽抱向人非我土，倦遊何日放歸帆？春釀行倚桄榔樹，介壽遥憐兩阿咸。

長至客集

去年濫竽含香吏，此日催班聽曉鐘。北極自瞻星漢在，南交何意客樽同？却憐冬暖傳梅蕋，旋喜春光漏化工。回首白雲應作賦，愁懷無處覓飛鴻。

酬鄭博士貽詩用韻

客舘清陰罩緑漪，春光又轉上林枝。飄蕭爾樂絃歌席，潦倒予慚明盛時。雲擁草堂停白鶴，雨過槐市濕青蘺。交游此日堪詞賦，南國風烟重所思。

朔風乍颯鄭博士留酌齋中因撫琴爲陽關梅花之曲轉之客牕猗蘭音調淒婉予懷悵然有詩紀興

萬樹扶疎曉籟鳴，煙霞千里白雲平。賢關草色經風細，玉宇琴聲向午清。孤客自牽鄉國夢，一杯同有歲華情。别絃又轉風流調，彈落梅花春興生。鄭云：清興逼人。

蕭颯松風響樹林，清徽欣此滌煩襟。雍門合下因生淚，南土虛操鍾氏音。白雪幽蘭成浪跡，高山流水任傳心。憑君爲散幽憂疾，漠漠天光雲水深。鄭云：真是無絃琴。

追次泛湖韻答蘇左州

逸侶追隨愜世緣，古今烟景總虛船。孤懷祇慕人千載，斗酒寧輸賦百篇。嶺外風光誰主客？

寰中雲物自天淵。游情尚憶探珠處，雲在青山水在川。

雨後觀梅

雨滴疎枝澹浄容，泠然瘦骨烔青瞳。芳心自占催春賞，瘴海誰戉調鼐功？雲裊香魂銷月白，風翻仙萼點霞紅。何郎夢斷無消息，贏得沖襟對轉蓬。

迎　春

曉風輕吹暖烟新，底事炎荒報早春？仙子翩翩衫作隊，土孺子沿街作佳人舞。遊人簇簇市颾塵。雲拖柳葉看逾媚，鳥蹴梅花舞太頻。物色可堪鄉國異，陽和猶復煦孤臣。

除夜守歲有姻友從予戍中

三吴簫鼓鬨除夕，萬里烽烟繁戍身。朋舊共沾分歲酒，乾坤誰識異鄉人？物華眼漏瓊英滿，宵漢心縣玉燭新。借問賣癡堪作伴？故園應憶竹枝春。余鄉是夜家燃竹枝鑪，又吴人以除夕賣癡。

己未元旦雨余是年三十歲

獻歲乍沾春雨露，朝元初隔漢山川。天涯悵對迎新景，人世慚逢向立年。但令三陽還氣象，不妨百粤尚風烟。高堂摇憶椒卮祝，曉夢依微一惘然。

人日 何云通篇婉暢

殊方獨酌逢人日，世路飄蓬感歲華。雨洗盤餐生菜簇，風摇屏障縷金斜。籠中日月堪疎放，身外勳名豈嘆嗟！遥憶三江春草緑，烟波何處是吾家？陳云：老杜格律。

元夜有懷

春衢星燭露烟飄，月滿輪光疊絳霄。海内風塵偏逆旅，天涯燈火正元宵。何云：情真語至。玉葩巧鬬闉人市，邕俗，諸女子剪市白花燈，殊巧。仙仗喧翻稚子標。土孺子插標持彩仗，群喧街巷中，徹夜不寐。百粤自來堪用武，崑崙今夜憶嫖姚。

陳大夫招飲快活園索題

水光山色射晴烟，沙樹青青點石田。背郭虛亭春習静，遶溪幽徑夜談玄。莫云：此等清適語不可少。浮雲不向漁竿落，與物從教燕羽翩。怪得達生陳伯玉，端居應復悟仙傳。

送殷石汀學憲赴調時程台山兵憲招飲白沙渡

南國文衡賴爾存，無端征旅出郊□。□摇匣劍波光動，霞落船牆樹影翻。海内風塵堪對酒，天涯離合總銷魂。白沙翠竹還詞賦，此日交情未易論。

夏日敷文書院

虚堂夏日敞幽襟，坐看淩霄雙杏林。院有銀杏二株，陽明公手植。長鋏不堪頻倚賦，多才何意復投簪。風翻雲樹天花落，雨拂烟霞草色侵。清世壯猷誰比竊？敷文今已愧傳心。

陽明王先生祠像

儒門心脈久多岐，大慧慈湖一派師。拈出良知真指竅，向來實證得居夷。雄風自昔開山嶽，臞像于今肅羽儀。閲世可禁留應跡，誰寻真相破群疑？莫云：此等詩不必論世代，自是名言。

東泉書院姚公祠

江海英聲早擅奇，縣符振鐸亦乘時。兩朝鎮篆推經畧，八桂夷封仗保釐。狂寇漫驚雲鳥陣，孽奴終煽羽干儀。瞻承廟貌空懷古，炎徼烽烟倚阿誰？平思田誅岑猛姚功，殆不可泯。及田目煽亂，王新建不誅首惡，槩託敷文德撫定，識者有遺論焉。

蒼梧馮大夫簡貽吴尚書傳并端溪研石漫述二首 尚書即东湖公廷舉蒼梧人也

汗簡遥傳緑野堂，匡時先達仰遺芳。清操直飲三江水，雄畧真成百鍊鋼。位達白麻無兔窟，名高青竹有龍光。兩間正氣今何在？悵望蒼梧一慨慷。

端石温然發生彩，陶泓琢出何玲瓏！有時雲霧騰衣上，幾處蛟螭翻掌中。鴝眼平摇滄海白，龍星斜拂烟濤紅。君看玉潤冰清者，洗墨那堪客鬢蓬。

夏日党三衢招登奎星岡限韻

曉逐山光避暑來，清幽欣復浄氛埃。樹圍疊巘連雲匝，祠枕盤江帶雨開。瘴海交朋瞻日月，明時意氣感風雷。狂歌更覺心無繫，萬里烟霞首重回。

陳節推置酒城樓同客飲至夜分

夏日江城落照開，登樓簫鼓一徘徊。樽醪喜赴陳琳檄，詞賦慚稱王粲才。柱插扶桑翔鸛鶴，牕摇突兀散風雷。玻璃似復擎仙掌，浮白那堪畫角催。

平南邨對竹同友生

艤棹江干乘興來，竹竿裊裊插層隈。誰將勁節摩霄出，自愛清陰避暑開。雲落石梁圍翠靄，風摇邨塢響晴雷。飄蓬此日攜朋輩，兀坐空林倒羽杯。

與吴惟修登鉢山限韻口占

曙色依微海霧昏，千盤蘿磴疊孤邨。雲屯樹影漁磯斷，風散巖烟鳥羽翻。玩世自應瞻佛日，耽遊誰解問真源？登臨況有同盟者，今古升沉漫復論。

江樓眺月用前韻

屏山籠日點霄昏，烟樹蒼茫簇遠邨。野曠層城連霧合，江空石壁帶雲翻。人間浪跡成千徑，吾道真機有一源。坐來已覺深深息，天地浮漚總莫論。

夏日登青山口占

石磴翛然蟠巨壑，古松偃仰摇虚明。火雲射日已三伏，山鳥含風時一鳴。何云：二句非杜老不能道。司馬疎狂元嗜癖，步兵沈宴亦逃名。振衣千仞排空碧，白羽低翻天地清。

月夜訪鄭博士聽琴

海月晴空上翠微，落霞孤鶩散冰徽。銀河倒影天低樹，玉露生寒秋滿衣。古匣松風催鶴唳，中宵清角琴名。斷鴻飛。倏然坐嘯蒼烟暝，寥廓襟期幾借揮。

出遊閱武營赴胡經幕之宴 莫云此篇詩絶似杜甫而無後人蹈襲氣

高秋霧氣襲江城，客騎騑騑閱武營。絲竹聲翻今古興，牧樵人動水雲情。挽强喜識嫖姚武，落指疑傳中散清。□□揮使射矢，鄭學□□□各極真態。我亦追游剩詩興，歸來風月倍光明。

陳諸友至夜分因得催字

月色沉沉曉漏催，無端幽興一徘徊。年來世事空杯酒，秋去風烟自艸萊。千里岫雲摇暝樹，數聲譙角動寒灰。詩籌況復交游在，遮莫樽前起自裁。

秋曉酌客 陳云杜陵得意之作

蓬牕秋曉披松風，琅玕颯沓摇青龍。雙茅低傍響溪石，百雉高插淩雲峯。浴鷗皛鷺閒自狎，濁醪蔬食貧堪供。坐來欲發蘇門嘯，吾意猶慚阮嗣宗。

望家書

萬里庭幃思不窮，風烟迢遞轉雙瞳。往年戎馬興南國，今日音書滯塞鴻。青鬢捲牕愁倚鏡，白雲回首悵飛蓬。曉來玉宇頻凝望，似有鸞銜慰渴衷。

謝人惠墨

游藝忽傳烏玉玦，揮毫翻謝白雲堂。草玄漫復團龍劑，守黑真堪襲豹囊。瑞靄飄翻松露瑩，去聲。晴虹飛染麝煤香。瑜糜那更塵隨眼？秋興空煩倒筆牀。何云：詠物句句□□□□酒下□滯此亦□□□□也。

九日同客登高

重陽憶放灘江舸，今日登臨江作罍。秋色不緣青鬢改，壯懷猶向白雲開。□□□添□切□順。風流未數滕王閣，人世應慚戲馬臺。黄菊飄翻何處好？炎方此際尚無菊。朋游空此玉山頽。

紫岡從祖代答諸鄉友贈行詩見寄因次韻奉酬

丈者憐予曳緑沉，孤征遥憶載鄉吟。賦酬白社蛟鳴水，書護青囊鶴下林。世路悠悠千感集，宗枝落落一潢深。秋高庚嶺蒼烟隔，悵望關河獨此心。

送南城周山人北歸

榜繫江干此送君，路迷吴越瘴烟分。可憐炎樹亭黄橘，又見秋旻飛白雲。憶爾鴻冥逾嶺表，嗟予蠖伏在人群。相逢岐路一樽酒，明日雞聲何處聞？

僑寓

草堂卜築塵氛空，背郭烟樹揺青葱。沙瀨半灑莓苔雨，竹籬斜扇芭蕉風。飄雲欲搗溪練白，晴日忽放枝霞紅。久繫蘧廬家作夢，秋霄何處鳴飛鴻？

次袁謝湖見寄之作

邊胡往苦控春弦，明主宵衣詔屢宣。金闕有人攀鳳翼，玉門無計散狼烟。狂草忤國身成戍，逆旅懷鄉屋作船。珍重名家詩慰藉，炎荒惟復戴堯天。

聞京師大水憶自鞅掌以來水患凡三見壬子乙卯徧淮泗今歲吴中旱災而徐沛以北復大水豈旱潦消息之恒運與予銜恩荒徼尚懷宫闕之憂慨然有詠

江南愁旱北愁水，玄造茫然何耳耳。諺云：「生女耳耳。」謂愁聲也。頻年河伯太倡狂，此日天吴亦端委。旱潦自縣宵旰憂，燮和誰悟衾易理。玉闕應憑宗社靈，古來胼胝嗟神禹。陳云：杜律。

冬至

天涯喜覩昜來復，萬象春回淑景遲。筴日乍隨宮線長，室緹旋動管葭吹。郊丘尚憶詞臣賦，履襪仍縣獻婦思。欲向梅花問消息，洪鈞初轉幾高枝。

冬日青山送客

高峯玉立擘璘珣，爽氣蕭疎拂路塵。烟郭浪摇青雀舫，晴嵐風散白綸巾。向云：佳句。四時造化渾無跡，萬古山川合有人。登眺可堪迷望處，揮杯況復動征輪。

送梁生還賓州因訊梁博士

炎徼風塵障赤沙，《太玄》誰擬授侯巴？葛巾漉酒真堪共，華髮論文枉自嗟。雲暗池塘生夢艸，乃兄在賓州。春深烟雨落梅花。上林定訪梁丘《易》，詞賦還應疊絳紗。梁云：情景婉致。

梁生訪友平南道中墜馬因憶予在京師時亦罹此厄悵然有懷遂成口號

憶昨紅塵鞅掌來，春衢瀼滑墜駑駘。爾今竹耳雙披下，誰信霜蹄一蹶開？去日龍媒須絡腦，茲時駿骨尚登臺。風波滿眼人憔瘦，造父王良亦可哀。陳云：感慨頓挫。

周山人中途訃至　有引

周君號南城，性磊落，不問生業，不涉勢利。嚴分宜慕其善琴，以百金招之，却不往。與南野爲兄弟，稱「兩逸士」。予被逮時，禍且叵測，君周旋備至，因從予戍所六年，偶病辭歸，竟獲訃報，實慟予心。別有傳。

故舊俄悲已刼灰，暝雲啼鳥獨徘徊。傷心南北隨風轉，到處江湖共爾來。人世虆烟兒尚在，家門生計弟方回。間關十載今黃土，落木蕭蕭動客哀。

胡生謁歸省親有感

曉色催人月影希，離經此日賦歸依。春生牂牁摇行旆，雲出崑崙點去騑。消渴馬卿方戲彩，乃翁病渴，尚奉大母。孝廉胡廣未斑衣。南陔回首頻牽臆，千里烟波□鴈飛。

庚申元旦逢春

又向他鄉逢歲旦，却從此日接春光。百年奇遇家何在？三載飄蓬客未央。風臯瘴烟浮海氣，天開霽景到山堂。朝元肯憶陪鵷列，獻壽應憐隔鴈行。

黄上舍惠花爲素馨芍藥海棠石榴茉莉五種

藥闌寂寂媚春臺，恰喜仙葩簇錦堆。遶砌清香堪比數，翻堦紅葉重栽培。佳人空谷芳心在，漢使浮槎安石來。耐可冰蕤散標韻，塵襟一洗欲銜杯。

飲黄上舍花園

何云近代罕有此作

春雨籠烟罩赤霄，園林初霽簇仙標。微吟苦待花神發，勝會忻逢地主招。豈爲逢時偏灼灼，肯緣留客故飄飄。殊方亦有娱情者，漫許幽人賦寂寥。

林邦陽農部書自京來兼寄近作

人寰玉立復冰清，僊骨真看太瘦生。别後懷君憑夢感，書來慰我見交情。宦游落莫風雲色，逸鄉依微金石聲。珍重握蘭憂國計，烽烟回首憶神京。

上元前一夕諸生攜酒見過時適有雷雨

泰宇宵籠瑞氣清，東風吹暖瘴烟輕。燈花欲綻朋簪盍，春雨新沾雷鼓鳴。漫道池蛟堪出隱，却聽谷鳥正嚶聲。蕉枝竹筍南中味，擊劒高歌酒數行。陳云：結語悲壯。

元夜酌諸生適鄭宋二學博見過

天涯烟景又燈花，却憶流年自感嗟。草具半張人送酒，劇談初歇夜鳴笳。春風何處頻催雨？客夢無憑幾到家。博士風流朋好在，坐敲詩版啜清茶。陳云：王岑佳調。

陳大夫水亭放烟火有感

誰把流機噴竹叉，邕人貯火藥竹筒中。俄看庭燎撒菁華。銀臺半落高低影，火樹齊明遠近霞。烟舘星翻南斗落，蜃樓春拍莫雲斜。火中物色。眼中物色須臾景，炎赫馮人作勝誇。莫云：□□賦事藻麗□□□刺時。

登城樓

麗譙巘嵲散層霞，檻拂輕風萬樹花。隔岸盤江浮島嶼，當窻古堞臥龍蛇。千邨烟柳饒春色，獨客登吟倦歲華。悵望海波頻極目，嶠南戎馬况紛拏。

謝人惠茶 陳云□會

東吴瑞草愁予臆，象嶺春芽喜爾頒。烟鼎浪翻黄雀舌，冰壺兩滴鷓鴣斑。煩襟合灑盧仝液，懶性應羞陸羽顔。此日幽牕眠欲醒，絶憐風味一追攀。

與諸子登青山

青山突兀府江邨，江樹蒼茫點石門。鳥帶玉虬銜月窟，天横銀海截雲根。炎蒸漫拾迎涼草，樗散堪傾避暑尊。還向山前濯清冷，追游無復問寒温。

海棠書院弔秦少游

烽烟淮海鬱迢遥，千古書堂鎖寂寥。炎徼自傷流寓客，清江猶跨海棠橋。春深花鳥梅風細，秋老山川瘴氣高。憶爾佛書真汗漫，醉鄉天地只飄蕭。少游坐佛書謫横。其詩云：醉鄉廣大人間小。

游崆峒巖同惟修

孤巖蕞爾團清障，七洞依然見化工。似有儵魚來鑿竅，即看風磴坐淩空。盤旋直敞青蛟窟，夾疊横開白雀宫。高眺忽摩仙掌出，天門霞氣欲成虹。

楊記室示和署邑膺獎詩隨韻走簡

鑾府參軍繫馬時，奉風移檄肅官儀。牧成豈假輿人誦，吏逸猶煩部使知。自古乘黄堪躍跡，祇今蒼鶻尚傳碑。憐君歲晚披方册，奮翼猶堪洗墨池。

游鳳皇巖同惟修

江島昔年傳鳳鳥，雲巖今日到蓬萊。摩崖陡覺青霄迴，夾岫俄驚白石開。花撲諸天摇綺樹，風翻一壑動殷雷。騫騰漫向同遊者，海闊天高任去來。

再遊崆峒巖

僊窟玲瓏又一看，百鑾風景罄交歡。星翻樓閣波光動，劍倚崆峒夏日寒。削壁巧穿巖徑立，層林虚捲岫雲盤。冥躋笑指餐霞客，象外還成九轉丹。

同惟修出烏蠻灘

共憶三年經絶險，翻然蕩槳復尋源。風摇暝霧江吞浪，雨溜飛瀧石劃門。吴云：警語。匣劍橐弓隨去往，孤舟雙客任乾坤。沿洄忽復乘雲氣，夏日波濤出化鯤。

江　上

林沙汀甲罩溟濛，曉霧騰空隔望中。小舸頻看南去鷁，老親猶阻北來鴻。山間吟眺朋呼酒，江上烟濤暑有風。數日淹留應暫轉，白雲回首坐飛蓬。

三游海棠書院贈吴惟修

客旅三遊出海棠，風烟端的度年芳。清樽不斷山川色，逆旅還依日月光。蝴蝶夢中江草碧，鷓鴣啼處嶺雲黄。憐君亦是逃禪客，今古人間有醉鄉。

端午舟中

去年午日倒客樽，今年午日摇江濱。客尊澹澹朋炊黍，江濱漠漠余懷人。澤畔舟楫猶競渡，世間醒醉何相顰。乘風無限採蘭思，芳華種種開佳辰。陳云：逼杜。

重經邕墅伏波祠得時字

漢家恢復正明時，老將征南此駐師。邕管尚沾陂水澤，邨民能建伏波祠。江中雲裊旌旗色，臺上禋開伏臘期。最是客遊驚物候，古今天地一懷思。

南司空笠江潘公簡貽近集因述此志懷

玄超澹適享遐名，前輩風流是法程。西省往年瞻八座，北曹當日負諸生。公少司寇時，予爲曹郎。戇麾戍伍投簪色，矇發鄉函振玉聲。秉國自看輿望在，幽羈何以副陶成？

蒼梧遇何賓巖曹長往守潮郡伊有贈章率爾酬贈

飄蓬萬里別楓宸，省署分香憶比鄰。竹馬忽看乘驛傳，梧江何意接騷人？感懷已見詩如畫，到郡應知政是春。南國兵戈更搔首，知君能遣鱷魚馴。

懷寄陸伯高兼訊張貞一諸腮友

儒雅常懷陸九淵，別來心跡兩茫然。家庭問學曾金斷，□□從家君游，余與同研席。人世功名肯瓦全？聚散幾年傷往事，升沉何日問真傳？因君寄謝同袍友，神駿乘時好着鞭。

王少府約遊南山屬方送家君還無心登陟舟中遐眺倏然有懷

坐向名山成劇興，行逢地主未追遊。離筵不住孤舟思，遷客那禁兩地愁。江轉石峯當面落，路迷雲樹帶烟浮。王喬飛舃還應賦，好寄瑶篇解癙憂。

登伏波祠時方送家君北還

古祠臨水依然在，又向風烟數漢才。老已壯君頻出塞，窮當堅我幾登臺。天涯漠漠人千里，世路飄飄酒一杯。愁極不堪縣北望，征夫何事苦相催？

蘇守邀同鄭博酌舟中因憶去冬羅守之游賦此志感

憶昨羅仝曾放艇，追游詩興亦堪憐。祇今鄭厚還氊席，何意蘇頲復綺筵。水纜牽風摇鷁翅，暝霞浮樹落江烟。年華又覩寒梅綻，興到蘭釭一惘然。

哭楊抑齋

鄉里衣冠久有譽，平聲。風烟回首渺愁予。漢庭楊惲俄成訣，梁獄鄒陽歲上書。雙眼明時人涕淚，千秋壯氣夜欷歔。只今惟有長安道，皓月還應滿太虛。

聞李維藩之訃

吏部憂時怪爾過，天亡之子奈愁何？海珠落月蛟鳴石，匣劍飄風豹渡河。憶自東昌移白日，嗟伊南徼憩青蘿。贈章猶枉憐才念，讀罷沾襟不可歌。

旅夜

旅夜高城畫角哀，江天暝色動寒灰。九秋物候催南至，十月音書阻北來。炎徼獨看文學傳，崑崙誰識武襄才？請纓更欲尋終孺，滿眼烽烟日幾回。

邕歈稿卷之三

律詩七言　羈旅稿

秋歌八首效拗句體

莫云秋歌八首感時賦事指義雜出難以盡窺而氣格渾融音節悲壯並臻巨麗何云初非用意學杜無一字模擬而氣骨遒迅詞復俊偉何意秋興之後復有此八首

禁漏吹徹明光門，中天絳節遥玉臺。僊人秋落露盤掌，學士宵染薇垣煤。瑶石依微響雲漢，霓旌颯沓翻蓬萊。六龍駐蹕賜清問，獻賦汾陰誰上才？

西北群才雄上都，掖垣近抱驪龍珠。詞壇並騁大曆賦，酒肆誰收高陽徒？青鬢寒牕夜不寐，白雲明月人長孤。洛陽少年虚近幸，寂莫文園祇自呼。

旅人卜築林塘幽，偃臥真成麋鹿遊。玉露洗斷蒼梧暑，金風吹落崑崙秋。兵戈不掩九關淚，天地惟生孤鶩愁。蕭颯那堪詞賦客，君聽寒角動高樓。

萬里山川擁客居，風烟滿眼天愁予。青燈壯歲忽飄泊，白晝荒徼空躊躇。千古人文起憂患，三年生計隨琴書。苦遭殊役不相放，安得周流覽六虛？

炎荒白日生野烟，渚鷗沙鷺秋相鮮。山花片片紅不落，江草煇煇青可憐。幽抱晝續《長門賦》，閒情夜賡明河篇。鱸魚蓴菜漫消息，起望鄉關只醉眠。

落日高天飛羽翰，漢庭空負書生冠。匣中雙劒掣星曙，几上一尊生莫寒。蒼莽蠻烟路尚黑，飄蕭戍客心仍丹。中原矢書急何處？秋色催人忍自看。

旅泊吴生未有涯，乾坤蕭索空年華。風塵塞上幾時客，鴻鴈天邊何處家？招隱淮南昔桂樹，採芝句漏今丹砂。吴鈎漫復談夷島，閶闔城高正莫笳。

古者壯志生不磨，天時人事今如何？江南白草散金柝，薊北黄沙吹玉珂。去國孤臣忍瘴癘，望雲雙眼愁關河。丈夫慷慨一彈鋏，俯仰宇宙惟高歌。莫云：八首首述遭遇盛明，仕處散曹，繼敘幽臥逋遷之跡而未歸。憂國憂時欲自見之志，少陵《秋興》不得專美矣。

懷省寮高伯宗諸君

客計蕭疎采蕨薇，歲華又憶雁南飛。燕臺一去誰消息？漢署三年今是非。朔雪秋風心獨苦，白雲黃菊人相輝。爾曹名世尚詞賦，吾滯天涯悵未歸。

庭菊爛開儵然倚賦託之物色展也懷歸

黃菊花開香滿襟，歲寒不受繁霜侵。獨將正色後天地，誰把清明先古今？愛汝丹心披勝種，憐予黑髮寄幽尋。歸來尚憶淵明賦，竹徑茅堂幾盍簪。

冬日對菊有懷京洛友朋余西曹時曾以菊放作詩會

飄零生計渺天涯，冬菊那披浥露芽。西省往時淹白簡，東籬今日負黃花。風塵抱病縣鄉井，篇翰懷人感歲華。獨對清尊應是伴，掇英猶復重咨嗟。

辛酉元旦遥祝

重光歲轉又青昜，豫卜豐亨在大梁。歲在大梁。占法：主有年。六合勳華開正旦，萬方冠冕拜明堂。東郊夜識迎春氣，南極朝看獻壽祥。殊域尚牽遊子念，嵩呼遥望白雲鄉。

春日經文廟有述

聖道中天日大明，諸家影響漫持衡。鳳衰未醒周公夢，麟獲猶存魯史名。海嶽千年開景運，文章十翼闕希聲。仰成聆出鈞清奏，竊愧春風舍瑟鏗。

聞景王就封嘉定建儲之策恭頌聖斷一首

聖謨弘遠分藩服，宗社神靈利建侯。獨斷不煩師保議，輿情真慰廟堂憂。振麟久渴元良頌，貽燕初開花萼樓。好向正朝歌萬壽，鑪烟長傍衮龍浮。陳云：三篇具端莊富麗，有臺閣氣象。

聞高伯宗出相景府

僊郎寂莫雙藩輔，時李祠部同出相。明世誰當運國籌？易傳威儀追古道，梁園風雅冠時流。懷人尚憶蕭湘賦，報主堪分社稷憂。莫向王門嘆留滯，白頭抽筆正優游。

懷　友

春日懷朋午夢殘，草堂幽處怯春寒。人間逋客青藜杖，天上郎官白玉鞍。此日聖朝新雨露，少年僊署舊鵷鸞。邊城臥病愁回首，黄鳥關關興未闌。劉云：王摩詰雅調。

城樓春望

春色煇煇臨古堞，客遊漠漠滯飛蓬。層臺景落風雲外，半野烟生滄嶼中。江轉百彎瀧拍石，牕分八面樹交峰。馮闌漫賡休文詠，萬里波濤隔塞鴻。沈休文有八詠樓。

元夜友生輩攜酒過舍

元夕三逢尚逐臣，燭花冉冉又迎新。去年詩記尊前草，今日燈看席上春。明月關河青海戍，壯遊楚越白綸巾。劉云：壯逸。天南天北誰非客，獨向烟光憶老親。

春日江邨酬劉山人見貽之作兼爲陳韶州索詩

江上烟波思不禁，汀花潑潑岸花深。舟摇山郭人呼酒，路轉村莊鳥叫林。物色關情催旅況，春風到處盍朋簪。元龍徙倚還應賦，文學劉楨已好音。陳云：詩中有畫。劉云：絶無斧鑿痕。

古城遺懷同友生

宋代江山春寂寂，日南風景自炎蒸。古城有路誰樵牧？往事無馬幾廢興。象踞五峰天外落，豹盤卷石霧中騰。望中有豹石、五象峰。壯猷莫話余經畧，余靖經畧時還城。投筆吾今愧友朋。

題古城書社爲李舉人何秀才

古城面面盤村塢，書社蕭蕭隔市廛。幾樹木綿亭岸口，誰家龍眼罩溪邊？江流活潑春生雨，山霧飄颺晝散烟。客到不堪懷古意，書生應復思華年。

窑村野眺同鄧生昆仲

緑野追游興不賒，春風今日到天涯。風摇江上蛟翻窟，春入城邊樹放花。二妙英聲騰塞國，孤村烟柳傍漁家。坐來亦有臨濠樂，漫向他鄉憶歲華。

贈李生閏湛昆弟因懷原晉母弟

院覆城陰竹影翩，二難愉色正悠然。燒燈夜展姜肱被，采藿朝開楊播筵。春夢漫裁池草詠，客愁幾費棣華篇。趨庭此日真憐女，悵望東風歲屢遷。

書齋走簡陳丈因訊劉山人

曲肱俄醒希夷夢，雙眼年華對轉蓬。江海飄零春又到，乾坤生計賦堪攻。白魚躍躍看明雨，緑竹漪漪聽午風。吾愧窺園君下榻，賓朋詩興幾翻同。

答劉山人賦貽蓬閣山茶疊前韻

山人揮翰翻流水，天地飄蕭旅鬢蓬。短鋏豈堪三詠發，長城未許一師攻。劉長卿五言長城，秦系曰：「吾以偏師攻之。」共憐池閣藏春色，獨喜山茶散筆風。賦就爛紅東坡詩「爛紅如火雪中開」。誰是伴？幽棲真與百花同。

陳大夫邀賞蓬閣山茶席間賦得二首

綺樹風摇絳葉單，落紅成陣未教殘。雙蟠石砌枝交緑，千瓣珠籠萼頂丹。地主有情乘興熱，花神無語任春寒。臨觴總識關心處，蓬閣從知禮數寬。

仙窟丹砂渾染樹，寶珠朵朵散林丘。花開花落自天地，春去春來幾倡酬。白日冶情堪共遣，青門烟景定誰留？即看桃杏姣成妬，莫倚紅妝汗漫游。

前詩闕點宵景忘索和章疊韻二首

風戹露酒客吟單，銀燭烟燒夜漏殘。溪雨細摇鱗甲白，林霞低散鶴頭丹。山光入座千層靄，花氣侵人二月寒。左象右獅翻閣影，蓬壺忻覩碩人寬。象、獅皆樹影。

少室三花傳詭境，游閒今喜到方丘。林摇赤甲煇煇獻，閣瀉黄醑滚滚酬。古洞仙人春不老，他鄉游子興難留。賡歌别聽風流調，却憶花前爛熳游。陳云：四首詠物清麗，而玄逸之思、悠婉之調，直可淩掩摩詰，詩家絶倡也。光生蓬閣，奚啻錫我十朋。

夜猿 劉云讀之凄愴幾欲哽咽

往聞三峽啼清曉，今聽孤猿叫落暉。幾處征夫迷故里，誰家别淚溼新衣？春光不禁烟頻鎖，夜雨那堪客未歸。四壁蕭然心寸折，向人懷抱正依依。

春寒竟日簡劉山人

幽齋曉起怯春寒，春雨霏微溼露盤。七貴競燃紅獸炭，五陵交蹴白花鞍。騰騰薄霧團山翠，剪剪輕風漏樹丹。祇許幽人酌春酒，春雲帶月上闌干。

春園花旦爲陳山人

春花裊裊出園林，春色娟娟動客襟。佳氣籠烟渾欲舞，暖風吹樹不勝簪。漫從姿態看生意，肯爲清幽負賞心。好向一元探造化，春晶翻愛薜蘿深。

春　夢

春夢悠悠睡欲醒，春風吹雨過山亭。林霞弄色人供翫，谷鳥嚶聲客倦聽。楚北幾偷梅蕊白，淮南初放柳條青。却憐炎徼春如許，怪底游人鬢乍星。

即事

花滿庭前水滿池，小牕寂寂坐來遲。鳥聲忽帶人聲起，雲影俄隨竹影移。烹茗石罏風沸響，掃烟苔徑雨侵蘺。繩牀半飽渾無事，讀罷《春秋》詠雅詩。劉云：結有憫時思治意。

望夜楊記室張博士訪集二首

明月團團霽景新，炎烟乍洗坐生春。天連樹色摇銀海，酒帶星文散紫宸。池面玉盤翻曙影，城邊金柝動宵人。佳辰漫復裁離思，授簡還誇賦有鄰。

江舘棲棲頻望月，嶺雲漠漠半傷春。蟾光恰喜迎雙客，水影俄驚轉一輪。象外花辰成月夕，是日爲花辰，客云可當月夕。吟邊月夕當花辰。君看萬里天如洗，那用清輝照旅人。

郭廉州緘貽海錯江蘺聞有南海之行漫走復簡

莫云語中情境俱會而聲律鏗然

青泥珍重護殊羞，尺素頻懷郭細侯。海錯自甘炎海客，江蘺翻苦瘴江遊。行旌近聽騰蛟室，望氣摇看結蜃樓。瓊島由來多壯觀，清風應復散南洲。

青山待月 莫云詩篇至此語何工嚴氣何渾融

江沱風走山湍白，四野蒼茫何處邊？獨客千峯炎海戍，孤舟三月瘴鄉烟。鮫人夜語春生浪，劍氣星翻月在天。我欲乘槎問牛斗，浮雲容易妬嬋娟。何云：微而婉。

登青山絶頂

石壁摩霄古寺横，嶺雲裊裊樹烟平。層巒野合天無際，松塢春深鳥有聲。江帶數峰朝翼軫，山連百雉斷滄溟。振衣陡覺淩蒼莽，長嘯還驚阮步兵。

山巔古額

蒼蘚依微露石斑，佛光何代此開顔。風塵滿眼雲山際，花柳催人天地間。江轉白沙春浩浩，樹翻黄鳥午關關。却從物外看陳跡，且倒詩筒莫放慳。

半山巖晚眺同霽川立卿

又涉山腰二妙同，烟霞縹緲散晴空。江流活活浮雲外，漁網恢恢落照中。故國年華消客夢，殊方物色動春風。何云：有思致。坐來雙眼波光合，何處征人隔燕鴻？

風雨登山同劉山人朱舉人口占

江上風烟晝不開，江邊春雨落莓苔。山雲片片披林出，岸霧騰騰抱石來。海内飄蓬同作賦，天涯病客幾登臺。君看神物乘時氣，怪底潭蛟奮地雷。

山中風雨用拗體放歌

風雨看山乘興來，縱觀萬象何雄哉！雨卷龍甲翻江出，風吹豹陣排雲開。孤巖烟落仙人掌，三月寒傾遊子杯。我輩放歌天地窄，無令鷗鷺驚相猜。劉云：壯游豪興。

賦得青山遐眺

青山壁立破炎荒，萬里烟波正渺茫。暝樹斷雲盤石磴，春風吹雨颭牙檣。三江襟帶迷人跡，百粤追游動客腸。關塞極天頻轉眼，白雲何處是吾鄉？陳云：柳州敵手。

山中酌客

海内交游此聚顔，江風颭颭散人寰。壯心漂泊還彈鋏，春事蕭條且看山。吴云：語自凄凉。草樹半天家獨遠，烽烟雙眼世誰閒？莫將逆旅成惆悵，詩興時時露一斑。

贈梁博士之官南京次韻

聖代賢關六舘清，儒官結綬重儀刑。江山對酒三春興，風雅逢人百代情。匹馬倦游看夾帳，諸生側席聽横經。秣陵王氣由來勝，懷古還應賦石城。

答高谷南侍御走訊青山

抱病頻傳杜史書，征驂猶復問蘧廬。清時正仗雲霄客，野性真便木石居。銅柱觀風春攬轡，柏臺憂國夜裁疏。飄蕭爲報乘驄使，惟有丹心向屬車。

遥憐使者拂行旌，萬里霜威瘴癘清。冀北捧符縣白簡，天南乘傳繫蒼生。三江雲起蛟螭色，百粤風嘶騕褭聲。寂莫滄洲勞問訊，令人翻愧蔑譭明。余時未晤侍御。高云：格調俊雅，遠逼盛唐。

詠庭中棠棣花 何云自是高唱

庭中棠棣何芳菲，庭上書生遲綵衣。憐汝數枝披正色，愁予雙眼對斜暉。緑攢交蒂晝韡韡，黄散層葉春煇煇。仲民蕭疎各何在？人今萬里惟思歸。劉云：儼然少陵。

黎學憲貽詩次韻走答

五嶺風烟摇梟桀，九天星斗散文帷。襟期自接騷人賦，模範誰稱學士師？弭節枉於僊駕合，避居疑與世情違。病懷猶喜君相照，清問遥瞻琴鶴隨。

黎詩問訊青山搆亭漫述一首

結茅青壁漫棲遲，漢使何煩寄遠思。謝眺三山行望勝，劉弘雙鯉坐傳詩。流泉脈脈松雲合，飛磴蕭蕭蘿洞垂。林壑自來騷客尚，新篇還擬慰幽期。黎云：盛唐名家不數。

行部諸公頻枉過訪屬病走避青山因述此代謁

星軺乘傳罄交歡，引避甘從木石安。敢向明時逃赤舄，祇緣幽病愛青巒。邊城孤客烽烟迴，晝日諸公禮數寬。莫訝野人無報稱，戍樓還結寸心丹。徐云：温厚和平，覿德者心醉。

張少府貽詩約訪青山隨使次韻

殊域蕭然此有山，春來載客去忘還。僊飈正憶青鸞迴，飛舄遥憐白石閑。逆旅寄踪花鳥外，甘棠遺愛水雲間。馮君指點靈光在，傲吏從知早結壇。張云：仙家風味。

酬寄黎學憲二首

憶昨高城爽氣催，馮君風度一裵徊。披筵邇接三秋賦，攬轡遥掄八桂才。劍氣夜翻南斗合，蟾光秋照北山開。清塵何處還堪對？愁聽邊關畫角哀。

黎幹風流古有聞，鴻冥今日正風雲。木天授簡春揮翰，冰篆乘軒晝品文。清鑒幾遴騏驥種，閒情兼憶鷺鷗群。幽棲慚乏瓊瑶報，醉折松枝擬贈君。

午日江樓限韻同劉山人朱舉人

芳辰競渡羽旗翻，綵鷁摇飀金鼓喧。鶴渚雲屯高樹斷，鼉梁風帶大江吞。樓開昧谷傳蒲黍，客向明都泛獨樽。恰喜煙霞亭岫色，月華俄起射人門。

蘭佩飄蕭此盍簪，登高猶喜散塵襟。殊方幽客空杯酒，落日浮雲自古今。劉云：遠思雅調。芳草幾人看蕙畹，靈均何處聽騷吟？却思江上盤龍鑑，歲旱應知借作霖。時正苦旱，故云。

是日坐及宵分疊前翻字一首

霽宵鈎月帶簷翻，城柝盤旋點漏喧。夜静星河天外轉，江深樓閣霧中呑。衝霓坐拂腰雙劍，洗瘴人傾酒一尊。明世邊籌誰兆捷，用宋征大原，午日兆捷事。羽書今正急轅門。

旱簡郭太府

火雲盤曙旱霓葺，炎徼流金走赤龍。漫聽三湘愁潦劫，却看五嶺苦乾封。香消吏篆人專牧，春靄罏烟晝協恭。莫遣焦思成貌瘦，佇沾膏澤慰三農。

方走簡俄雨滂注喜再沾筆

殷雷陣陣電翻車，甘雨驚看注兩涯。江上白波俄滿眼，野中黄卷幾抽芽。迎龍布鼓宵聲静，驅癘蒲鞭晝牒賒。靈貺却從人望轉，天瓢今喜徧農家。

江樓臯宴用韻

霖雨高城散海寰，濫從清宴俯江山。年華幾對行臺酒，世路頻開游子顔。流水潺潺青鳥外，亭林靄靄白雲閒。道心獨處天機在，靈籟遥聽響百蠻。陳云：光霽之襟，清逸之調。

疊韻酬歐僉憲貽贈

新建平南聳嶺寰，淵源猶喜坐瞻山。歐爲陽明門人。烏臺晝展風雲思，絳帳人生桃李顔。五月江聲晴雨外，兩儀春色有無間。文韜忻覩陽和散，却斂征鑾問撫蠻。

夏日出游江上詰旦登山

薰飈吹雨散炎暉，雀舫翩翩渡石磯。江色自看人北望，笛聲那聽鶴南飛。時值□降有感，因借蘇子瞻赤壁事。桑弧天地朋情合，蓬鬢風烟心事違。信宿却隨晨霽上，高山流水一瞻依。

夏集快活園再疊前韻

雲亭卜築傍江寰，面面清流挹遠山。拂檻松風春滿坐，宜人竹葉酒名。午熏顔。邵園瓜熟青門外，蔣徑苔生緑野間。暑氣已看消習静，林端惟聽鳥綿蠻。

閏月重午郭華溪郡守招客同游青山是日爲余搆亭

炎景載標縣艾序，清遊乍起築山盟。笙歌坐轉雲巖出，冠蓋行隨竹馬迎。亭敞石泉天外落，峯盤林洞日邊生。芳華喜沐棠陰在，漫指幽人戀赤城。吴云：盛唐格調。

邕歈稿卷之四

律詩七言

羅山紀遊限韻

藍輿迢遞躡雲林〔一〕，碧落霏微散午陰。蘿竇拂衣開鳥道，松風披雨動龍吟。丹崖青壁寰中景，竹杖芒鞋物外心。烟竈不堪迷古刹，誰憑山谷問升沉？

炎岡岑鬱俯塵寰，梵宇松青羅秀山。怪我好游頻對景，憑人濟勝一開顔。雲飛石棧千峯裏，風散林煙萬壑間。懷古却看迷望處，遥憐銅柱聳南蠻。

〔一〕藍，《古今圖書集成·方輿彙編·山川典》卷一九四《羅秀山部·藝文二》作「籃」。

雨餘烟翠溼空林，萬樹扶疎斷夕陰。野曠居人迷豹跡，風高游子亂猿吟。上方寥廓摩鍾蠡，下界微茫辨佛心。歸路恍疑光霽在，相看天際月沉沉。

夏夜蓮池雨酌用客限韻

池面擎蓮枉巨觀，炎氛俄洗一交歡。娟娟翠蓋迎風出，簇簇紅妝帶雨盤。病減文園人避暑，秋摇淇澳坐生寒。清塵此夜真堪對，明發還看向日丹。

辱客攜酒賞蓮疊前韻一首

菡萏亭亭好遠觀，林塘幽賞共君歡。洗腸暫假郫筒酒，滌暑頻傾玉露盤。水竹斷雲虹影亂，蛟螭翻掌劍光寒。却憐醒眼看醺眼，漫説唐人愛牡丹。陳云：結有浮雲富貴意，而語更婉致。

蓮池雨酌聞雷客偶誦唐人他詩漫次其韻

蓮塘長夏雨霏微，裊裊鮮葩净落暉。溽暑半披雲水陣，輕風斜拂芰荷衣。納涼有意花堪賞，戲綵無端人未歸。天際殷雷聽漸轉，君看池外赤虬飛。

朱舉人庭中紫薇盛開疊前賞蓮韻二首引曰中庭秀産彼美燁然上苑榮柯厥祥沃若雖静姝不假行遊之寵而儷子猶延坐對之歡揮其蕪吟溷斯綺席爰綈賞心之好庸兆華國之章

紫薇庭發競傳觀，鐘鼓樓西夜寄歡。露蘂近披紅藥檻，風茸高散赤瑛盤。人摇鋒潁林霞薄，花帶珠絲筆陣寒。漫道敷榮看嶺徼，菁華應染鳳城丹。

虚白堂前憶紫薇，江城炎日迴凝暉。瓊林雨色澄紺霽，草閣風烟護緋衣。客興飄翻渾共舞，花神婀娜定誰歸？知君自是丹霄侣，清禁行隨玉管飛。劉云：賦句似此，乃凝于神矣。

蓮池晨眺有懷蓮峰居士

瀟灑風標出水涯，清香飄發艶分葩。姣人冠玉顔俄染，騷客披熏扇幾遮。林靄煇煇摇白社，鑑池冉冉冒朱華。相思欲問東流水，試折波心解語花。徐云：風流遷客，直是惱人。

陳明府招飲壺塘莊上席間限韻

東郊忻轉鹿門幽，曲曲林塘枕郭流。陶令歸來辭白社，劉郎到處訪丹丘。雲摇竹影渾忘暑，風帶松聲半似秋。修景祇便河朔飲，相過清宴漫遲留。莫云：清逸絶無斧鑿痕，尤集中一種佳處。

壺塘次杜韻陳令兄弟偶誦之因依韻口占

卜幽君喜開三徑，訪勝予憐對二難。茶竈筆牀迎水檻，蒼松翠竹罥雲干。遊魚白白江翻練，採蔌青青野供餐。林僻未嫌棲大隱，僊家雞犬鬧雕欄。

池亭夜集次客韻 余時疊作茅竹亭于蓮池事具雲飛疊亭記

結茅池面疊幽亭，雲染蕉花映竹青。僊子淩波擎曲檻，騷人披雨倚疎櫺。南交地僻迷千嶂，北闕天高隱衆星。清夜三三聽嚮籟，嘉實兩兩覯寧馨。何云：韻險而奇，句疊出世，孰有能攖其鋒者？

城枕漁磯覆草亭，紅蓮灼灼數枝青。催詩雨喜澆花陣，滌暑風驚散竹櫺。何云：警句。謾道北鯤翻水窟，真看南斗避文星。游談轉憶清光處，時風雨晦冥，客偶談及太液池。太液依然有國馨。

朱舉人攜酒池亭同劉山人疊韻四首 莫云諸作往往不避險韻不着陳言而取才雜出唐宋來諸名家至法度則一歸於杜實有上下千古該總百氏之心詩家正訣也

燕喜瑶盤簇小亭，僊郎才似海東青。吟邊扛鼎鈔雲飯，花底傳杯洗露櫺。蜃氣幾騰離畢雨，虹光俄點聚奎星。檳榔又喜潮紅頰，酒既清兮殽既馨。

花裏看花亭上亭，花枝照眼樹枝青。天開水檻茅成蓋，風捲蓬簷竹作櫺。賦就喜無司馬渴，客來驚有傍牛星。白雲清暑人何處？且共憑欄一採馨。何云：匠意既高，曠而後聯，詞復俊雅。

蓮漪香裊莖亭亭，江草煇煇點岸青。積氣浮嵐園嶺嶠，游龍野馬散蓬櫺。筵開水際渾消暑，客滯天涯甘戴星。徙倚更堪松作籟，乘雲應有去留馨。用漢膠木異人事。

幽亭遐眺憶華亭，物色年光處處青。鄉思日摇迷草樹，朋簪宵盍鎖風櫺。詩招猿鶴頻題竹，袖帶龍蛇幾拂星。坐倚繩牀敲石響，天教閒散共吟馨。吟馨出《韓詩》。

池亭遣懷再疊前韻

長嘯人寰一野亭，竹牕遥轉數峰青。風烟正隔黄龍浦，余家黄龍浦上。花氣渾披白鷺檽。楚戍飄飄吟聽雨，吴江漠漠坐瞻星。旅懷每切趨庭望，獨立蒼茫嗅遠馨。

又疊池亭韻貽梁秀才時將赴解試

長夏薰風拂草亭，天邊光霽捲雲青。囊中脱穎翻虹劍〔一〕，檻外揮毫灑芰檽。道在滄洲溪響石，經傳山舘夜披星。共談吾《易》將東去，梁故治《易》。華國還應有德馨。

詠蜜黄皮菓

黄皮嶺外珍名在，白蜜盤中異品傳。金粟千林驚爛漫，驪珠數顆訝匀圓。摘時膠核凝炎樹，嚼處糖霜溜渴涎。餘馥頓飄紅頰裏，幽遐風味亦堪憐。劉云：着題而句工麗。

〔一〕穎，原作「潁」，據文意改。

郭守張丞夜宴城樓

轄僚幾簇淩虚宴，關戍猶懸眺遠情。江樹染霞揺赤郭，海天浮閣倚青城。雙旌近拂瓊臺色，五夜高傳木柝聲。那更飛蓬頻對酒，步檐遥望白雲平。張云：富瞻有氣勢。

諸生攜酒夜集

雲外層霞點樹青，諸朋羅饌迴汾亭。蕉黄竹緑心無繫，月霽風光性有靈。明世譽髦誰鳳舉？清宵招隱自鴻冥。坐酬好景堪披對，談《易》還應覺酒醒。山谷詩「讀易一遍如酒醒」。

月下諸生泛舟江上因登南嶽樓亭限韻一首

纖阿弭轡倒江流，萬里風光一葉舟。庾亮曠襟逢曠士，劉琨清嘯感清秋。青銅鏡裹波生霽，白玉盤中樹帶鉤。漫道謫仙用吴剛事。堪伐桂，好教群潁斲枝頭〔一〕。

〔一〕 潁，疑當作「穎」。

江面瑶華静不流，澄林縹緲繫扁舟。亭烟漠漠翻層練，娥影煇煇點素秋。雲水半披雙岸影，樓臺斜捲一簷鉤。清煇此際渾無跡，神護應知到上頭。何云：清詞雅致。

樓亭聽琴疊前韻

亭枕烟江抱月流，琴聲蕭颯響孤舟。炎霄電戟星翻曙，清夜絃歌鶴唳秋。玉樹遥披青翰海，金徽斜拂紫瓊鉤。穆如轉出薰風在，香靄霏微散閣頭。

鄧鄭二學博攜酒過訪池亭又疊前韻

飛舄雙看到竹亭，花邊小景插層青。揮杯坐灑芙容水，染翰行披淇澳櫺。三伏風雲騰海蜃，二儀光霽散林星。憑君攜得清芬在，怪底漣漪冉冉馨。

初秋郭郡守攜酒同張少府集池亭十疊前韻

蓐收弭節露沾亭，旋喜雙旌拂路青。赤舄遥淩風鶚翼，白雲低傍水鷗櫺。八牕草色披瑶席，一路人聲戴福星。僚采更堪張季在，詩鉤應自憶蓴馨。

秋日鄧叟鄭博集池亭十一疊前韻

西顥煇煇點水亭，耆賓猶愛竹林青。井梧翻葉雲屯樹，秋鳥催聲露洗櫺。霞落九天浮水靄，客敲雙局亂牕星。坐來喜展新篇在，家學應飄八桂馨。鄧之子方舉進士。

是日雷雨殷作十二疊前韻

殷雷催雨潤幽亭，花洗紅顔樹洗青。簾捲竹牕盤曲渚，風生茅塢颯飛櫺。詞鋒近倒三江峽，劍氣遥干六月星。欣奉清襟閑對詠，天光雲影散秋馨。

早秋涼雨陳韶州劉山人攜酒同朱舉人王衛尉集池亭十三疊前韻

飄蕭秋氣襲茅亭，頻枉賓筵簇渚青。風雨雙蛟翻走檻，乾坤萬里倚飛櫺。圖南自識扶摇子，陳希夷號。拱北誰瞻太乙星？借劉向事。顓頊朱祖。琅琊王氏。俱在望，好從仙粒乞餘馨。

月夜梁生兄弟集池亭兼送赴試

世事誰看引帝裾？壯行今日自茅廬。家傳《十翼》真憐汝，學向《三墳》正起予。人坐竹林溪暑靜，月摇池閣夜牕虚。逢時漫折高秋桂，鳴世還陳賈誼書。梁仲同賈生年。

送諸秀才赴試

棘院森森摇桂樹，儒冠翼翼際賓興。英髦熙洽看頻出，清世雲霄夢幾層。天霽霓干鳴匣劍，秋高風轉脱韝鷹。懸知不作屠龍技，莫向人間放五陵。

送黄上舍謁選便道同乃郎赴試

名駒方展騰霄志，老驥猶懸伏櫪思。選牒未從鞅掌吏，賢書先聽鼓簧詩。人間圖索千金俊，席上珍留七聘奇。漫道儒紳好青紫，明經應不負今時。

送郭郡守入覲兼有事棘院

六龍北御朝元日，五馬南郵入覲時。作牧自看微吏績，掄才兼聽饗賓詩。冠裳萬國瞻明主，竹帛千春仰令儀。獨有懷棠人在望，青山誰復寄遐思？君嘗搆亭青山，余因假以登眺。

猺寇夜劫宣化庫

秋高明月斷笳聲，猺寇無端薄漢城。戈突四郊人闔壘，梯衝千雉夜吹笙。鐵衣未奮鷹鸇氣，玉帳堪籌樽俎兵。怪我羈棲無可效，請纓空羡棄繻生。

中秋對月諸友攜酒談經

秋夜蟾光喜正圓，瑶盤簇簇枉英賢。觀濤未展枚乘《發》，枚乘《七發》將以八月之望觀濤廣陵之野。把酒堪歌李白篇。九域中天瞻《假樂》，六經先覺聽真傳。凌風尚憶高寒處，怕有霓裳奏廣筵。陈云：結兼愛君憂□之意藹然言外。

病起自號廓然 莫云見道之言

聖學從前苦望洋，悟來隨處得真方。七情自愧非中節，六疾誰嫌是過防。久以道心爲戒懼，纔將天則見平康。廓然恰有幾時在，何事浮生底許忙？

聞吴中夏秋大水悵然有懷

三吴驚報雨滂沱，洪水滔天鬱薦瘥。堯主垂衣方側席，鯀徒摇頰尚懸河。千壤夏潦邨無麥，萬頃秋霖市有波。艱食可堪征餉急，一腔羈思奈親何？

十六夜宴張少府官亭同陳山人

官舍尚留華燭宴，天涯又過上元宵。亭林靄靄團青曙，竹雨疎疎點碧霄。望鄉懷逐彤雲結，感世愁憑醴酒消。僊吏放翁忻對詠，不禁歌舞動春韶。

陶憲副招同陳韶州夜飲敷文書院偶談時寇有感

華筵俄敞敷文舘，野戍猶歆適越冠。五嶺瘴烟天外落，百蠻梅雨坐中寒。憂時陶侃春停轡，樂道陳摶夜吐丹。陳故□□。獨作濫肩談世難，風塵回首憶臯蘭。霍嫖姚合兵臯蘭山。

黄生邀賞園花同二三子

孤叢剪剪摇雲白，千萼霏霏裛露丹。春色不禁花底坐，風期都在客中看。世情寥廓消杯酒，游興飄翻託蕙蘭。知爾端居渾與物，名園應復共盤桓。

黄園海棠摇落漫爲傷春之詠 何云時有雅思

殘妝睡起日沉沉，用太真事。消得君王顧盼深。老去春愁渾欲語，閒來游子澹忘襟。落英片片闞幽興，舞蝶翩翩趁好心。借折一枝年少在，天涯客鬢不勝簪。劉云：風騷雅致。

游青山混浩兩亭

雙亭下上游襍豁，卷石縱横地勢雄。巖踞九天烟落樹，江腰五象寺藏風。原泉混混浮雲外，世事悠悠春色中。坐汲清泠孤嘯異，行披蒼翠幾人同？

青山次陳明府韻

山色波光翠欲重，亭烟縹緲接雲中。瀑泉活活龍澄脈，飛澗淙淙石響風。岸榜鳴榔疑吕釣，村壤敲竹彷堯封。結游蚤有陳陶在，轉憶陽春調獨雄。

詠佛桑花粤人謂之牡丹

牡丹小作南華種，花比牡丹殊小，却是木種。灼灼叢枝惹碧陰。花落四時春不老，裝翻五色樹交簪。祗憐竟日顔婀娜，《花經》曰：□□□□出其開□□□家種。謾許孤蹤賦冶淫。好是客愁消未得，舞英飄瓣一沾襟。

偶成

帝降民彝氣混茫，即看元善此中藏。覺來自泯人吾相，用處真同日月光。好以虛襟窺實際，無將適莫滯幾康。從知舜跖懸何處？一念由人作聖狂。

四游海棠書院陳州守置酒

野橋流水斷城隈，碧落霏微帶雨來。春色幾隨啼鳥换，客懷猶向海棠開。溪雲漠漠人千載，路草青青酒一杯。坐起更堪林籟響，天涯歸思渺難裁。

雙龍洞天爲陸山人 莫云語奇思奇

雙龍山下龍欲飛，仙人騎龍何處歸？龍摇天上生江水，人在雲中開石扉。雲白山青有真宰，花開木落無停機。迴看瀛海靈光合，萬竅依然聲正希。陳云：仙胎仙骨。何云：思奇而句工。

雲泉宗室畫池亭圖和予詩韻見寄因疊附酬通前爲十四疊

麗藻懸□□野亭，瓊枝疑拂半天青。仙人樓閣濛香霧，漢苑山川入畫櫺。寶笈近聞離法相，瑯函遥憶散辰星。王孫久已忘塵境，猶念幽居薦國馨。

蒼梧花 并序〔一〕

蒼梧即刺桐花，《異物志》云：「嶺南多此物，因以名郡。」升菴楊太史有《刺桐花行》，謂惟嶺南及滇中有之。然觀唐劉昌言《下第》詩云：「惟有夜來蝴蝶夢，翩翩飛入刺桐花。」昌言，泉州人。豈閩中往亦有之，抑泉固嶺南境耶？今潯邕一帶最繁，人家至插籬落。每春夏之交始開，臨水作淺紅色，夾之粉痕，千林競放，殊妍致可愛。

炎靄迎嵐溪水潺，蒼梧花發破林慳。絳痕啄出鸚鵡色，粉撲翻成蝴蝶斑。巧自芳菲醺碧落，妍誰婀娜鬭朱顏？風流太史滇中賦，嶺表慚予語作蠻。

〔一〕并序，據《粤西詩載》卷一八補。

邕歈稿卷之五

律詩七言　羈旅稿

憶江南二首次朱邦憲貽韻余感閩廣之寇方張因憶往年倭亂云

皇闔提戈掃寇氛，倭奴往事不堪聞。白狼烽燧屯江島，青海樓船結陣雲。禋祀却看滄水使，督察趙司空祭海。捷音曾聽尚書文。江南十載猶凋落，閩越于今霧正氲。

寇孽猖獗共感嗟，將軍雲鳥陣何賒。金飈自製旌霓斷，玉帳空臨堞日斜。士飽幾投驃騎石，瘴深誰中伏波蛇？却憐征餉蒼鷹急，消得狼家似摶沙。

憂寇

南海波翻兩省氛，轅門檄矢正紛紜。雲連犀劄趫成隊，霧擁狐梁嘯作群。陣法共排唐李靖，關繻誰棄漢終軍？廓清應仗玄威在，遥想中天香氣氲。徐云：結有規諷。

懷原晉弟時方自秋闈下第還舍

南荒作客幾經時，每向同胞感别離。家學自占鴻翼在，鄉書猶誤桂花期。天高萬里羈臣臆，秋冷三江游子思。總爲綵衣堪愛日，燕臺遲汝上林枝。

自覽勝樓登最高臺徐臺石兵憲置酒

城閣憑江覽勝來，清風吹上最高臺。鑾烟自憶《登樓賦》，漢使人推攬轡才。六合星河天外轉，千山雲樹坐中開。共披光霽凌秋爽，起望鄉關客思催。

陳長君自壺塘簡貽山茶溪筍隨使走筆

壺塘幽興鹿麋群，茶筍籠來洗俗氛。雲脚露芽還醒我，鳳毛虬甲正輸君。瘦看詩骨清堪供，老覺秋懷澹可分。北苑東吴俱異境，杜穿黄束亦同芬。

送張學正謝政還廣東兼懷曾刺史

儒官十載拂衣歸，張季扁舟世獨希。席卷青氊孤劍在，秋零白露一鴻飛。自來駱越無長物，此去羊城有少微。聞道犀川詩骨健，海珠幽興幾同揮。

懷寄曾大夫兼次生男之什

青泥晝護彩毫新，久息塵機釣海濱。秋老籬花頻挹露，春晴門柳幾迎賓。人間鴛鴦文成夢，天上麒麟石鑄人。怪尔風流詩思逸，燕貽應自樂天真。

徐兵憲招游青山時八月十四日徐將出潯陽

高天一榜逐江雲，有客追游帶午醺。白露正調南呂令，青山又識武夷君。谷神穆穆林生響，泉脈泠泠石洗氛。明日星軺更何處？月華應自傍秋分。

中秋對月同豹谷丈諸君

天横滄海一輪秋，萬里晴空夜正幽。清惹僊人銀漢落，澹生涼氣鏡湖流。靈光點出逍遥界，逸興傾成汗漫游。欲向廣寒披露冷，惺惺應共湛真修。

十六夜豹谷水亭對月

纔過中秋月未斜，清光今夜正堪誇。人臨鏡裏秋生霽，天在杯中院落華。逝者如斯渾不舍，浮雲於我亦何加？莫云：二句初不着意，而天作之合。仰思忽漫游昭曠，靈閟真堪弄九霞。

月夜談仙禪二家得因字 陳云勘破仙禪紫閣處

水中金作僊家種，慧裏光生禪乘因。陰魄滿盤團玉質，陽精一點散冰輪。饒君偃象還形響，只此真心是鬼神。圓悟本來無幻境，更於何地破根塵？

次徐兵憲寄懷之作

天涯作客喜逢君，雄署應寬柱惠文。世路艱危孤劍在，人情寥廓百蠻分。尺書頻灑淩烟筆，匹馬時衝出岫雲。瑶草更應相掇贈，跫然空谷正堪聞。

兵憲夏敬所同年貽訊隨使代簡

寥落同袍思惘然，尺書來慰渴君賢。臯臺謫宦偏應好，粵徼提戈太可憐。青瑣夢分秋夜月，蒼梧雲斷劍江天。憂時漫攬澄清轡，帝席行看賈誼前。

青山亭次答諸公留題

山青雲白點雙亭，秋興初看好景成。嶂疊六虚零玉潤。泉飛一脈漱冰清。勝游正得烟霞侶，僊吏偏隨丘壑情。寰内采真元有宰，漫將遷客挂虚名。

題張少府六虚亭疊前青山韻

忻聞官舍六虚亭，結葺玲瓏傍沼成。坐爇罏香庭草翠，案披圖籍吏人清。蘭襟自協方卿篆，亭在郡齋，因及方守。藻思應追張季情。徙倚滄洲吟可極，醉翁元不爲浮名。

寄答徐兵憲亭前見懷韻

曉色披緘宛對君，好奇誰與共論文？青山剛得朋簪合，白日還將客袂分。秋惹詩懷磨似鏡，瘴消游興懶於雲。却憐徐幹乘郵去，多少民艱轂下聞。

悟齋書來約歸余時適對竹因疊前韻

閒倚蓬牕對此君，遥思執戟草玄文。歸期喜向雙眸合，秋色愁爲一水分。明世自牽江左夢，清風誰掃嶺南雲？琅玕栗栗貞心在，妙悟還談不睹聞。余去秋病發思歸甚，悟齋爲談不覩不聞。

贈人度崑崙疊前韻

百粤冠裳捧帝君，璣旋翼軫應星文。中朝經畧韓王並，前代勳名馬狄分。秋老瘴江瀧斷石，日高銅柱岫停雲。驅馳漫憶憂時賦，風急離弦那可聞？

次陳復陽丈見懷之作再疊前韻

異人南訪復陽君，坐弄烟霞檢閟文。玄脈自應從帝降，教流元不逐時分。金莖瑞拂千秋露，玉笈光摇三素雲。佛骨僊胎儒妙語，慚予空復滯前聞。

贈維楊雷鄉友歸江西又疊前韻

逆旅飄蕭偶得君，端居終日慰論文。儒風舊自維楊出，鄉脈今從建業分。天闊九江鼉立石，秋高百粤瘴生雲。故園更有尋真興，莫遣驪駒客裏聞。

陳長君招游壺塘

竹林去夏乘幽日，瑶席今秋遣興時。風景不隨涼燠换，觀游堪向水雲披。天浮樹靄欹青障，酒落村烟斷碧漪。清野欲尋《高士傳》，十鄰應復訂前期。

寄答何潮州振卿貽韻

神鋒出牧際糾紛，尺素猶懷左戍群。銕甕近憑戡亂略，玉麟遥握濟時文。九霄日麗淩秋爽，時聞朝事更局。五嶺風清洗瘴氛。蹇我吴鉤還可贈，廟謨宵旰正須君。

閲何潮州游羅浮諸詩却寄時聞潮寇已平

羅浮夢斷鰐江烟，有美琅玕握一編。海晏喜傳朱鳥翼，官清驚覩白雲篇。中朝詞賦還今日，南徼滄浪異昔年。登覽却看經畧在，遲君流澤百蠻傳。

寄懷原晉弟兼訊俞何兩姻丈

高堂回首日瞻馳，我戍靡歸抱鬱伊。人去慣生池草夢，書來偏得棣華詩。外宗圖籍披襟久，上國衣冠獻賦遲。北闕南陔俱在望，客懷寥落共誰思？

答懷紫岡叔祖

坐展青箱滯壯猷，西風摇落鷫鷞裘。荐饑自合詩人瘦，逆旅誰分長者愁？秋老籬花繁倡和，日高墳席富居游。從來陋巷堪賢樂，清白吾宗有祖修。

閱鹽鐵論註有懷張玄超兼訊朱邦憲

尺函披對洽前聞，秋色摇颺恍晤君。近刻漢家《鹽鐵論》，遥傳江左註箋文。書藏杜庫花生筆，物博張車紙落雲。詩社更堪文季在，瘴鄉應自惜離群。

九月望日方守張丞招登覽勝樓次韻兩首

浄静青山帶郭來，江光倒影落霞開。側身嶺嶠簪投矣，放眼滄洲興適哉！芳宴自憑樓榭好，清吟誰遣鶴猿哀？步檐剩有中秋賞，霽景應憐得月臺。

古堞飄蕭把酒來，天涯戍客又登臺。憐君正借籌邊策，念我能忘濟勝才？雲轉關河秋霽落，峰連楚越雉烟開。憑誰好挽天河派？一洗炎氛脱瘴胎。莫云：灑然。

飲二陸大夫宅

寶華峰落鹿門深，忻遇機雲每盍簪。好景幾看花徑色，芳樽又向艸堂陰。客懷自薄長卿賦，世態應多季子金。獨羨二難安素業，寥寥天地一清吟。

江上懷惟修三巖

徙倚横槎隔翠岑，江風吹霰轉蕭森。天涯作客憐同病，人事經秋苦獨吟。壽者自看温凊好，棣華誰寄歲時心？惟修尊人自鄉中來，三巖有乃弟之戚。中流更憶逃禪者，三巖，禪居士也。摇落長空對夕陰。

陳韶州攜酒分歲

春風吹滿臘桃醺，粤徼流光歲又分。好事得君迎舊侣，芳樽過我聽新聞。行藏自覺無機事，鄉國應憐有逸群。陳原籍江南。起向庭花還索笑，憑將詩陣灑青雲。

恭聞正朝殿成有詔名皇極殿謹占小詩一首

金甌近喜成天闕，丹詔遥驚定帝名。元后又新周禮樂，正朝依舊漢公卿。五方赤子歸皇極，九葉玄樞仰大明。願祝聖人長斂福，孤臣猶沐泰階平。陳云：冠□。

春懷簡友人

青皇布暖瑞烟濛，好鳥枝頭叫曉空。春色自隨高柳緑，客心猶負小桃紅。起看門外源源水，坐對牕前習習風。吟罷不禁求友思，欲將幽興寄飛鴻。

書齋獨坐漫簡談禪者

獨坐澄然箇裏明，却來印證自相成。我家擾擾牛山木，人世規規駒隙名。陳云：自是名言。大廓本應離萬劫，真空元已露群生。神游一竅渾無極，吹作春風滿太清。

移居陶寓二陳攜酒見過

僦屋無嫌戴主慈，屢遷遷客又棲遲。門迎流水城當掖，坐拂浮雲屋遶堤。幽興正憐春唤鳥，芳鄰偏喜塤吹篪。明時棄物堪吾蹇，獨有瞻親重所思。

顧魯齋侍御過訪索詩漫占一首

殊方每渴故人思，却喜征騑俄逶遲。按部自看清議在，論文偏慰赤衷知。邊籌好仗青驄使，鄉語堪歌白苧詞。蹇我幽憂君濟世，聖朝今日正風移。

魯齋隨和予韻見贈因疊走答

曾憶吴都賦左思，雄才何事苦搆遲？君今落筆隨生響，我乍題詩得所知。陶令杜陵悲浪跡，南山北極愧名詞。幽羈敢復誇孤節，明主恩神歲六移。顧詩有陶令宅，杜陵詞孤節雲霄。原自移□□。

送尹生歸東嘉悟齋内弟

躡嶠飄蕭訪謫居，離經三載詠歸歟。正憐黄鳥春求友，忽悵青驪曉駕車。西粤瘴高愁對酒，東嘉人遠憶傳書。萱堂到日應相慰，爲道懿親只晏如。

和魯齋韻走答

法從乘時好樹勳，天涯誰擬挹蘭芬？客懷寮落今逢我，使節迢遥此對君。瘴靄千重雲裏過，花驄五色日邊分。采風詢瘴諸寮在，底事論文附逸群？

憲長侯二谷丈訪貽雅集兼示途中詠史詩

木華久已振明時，傾蓋忻瞻麟鳳儀。西粤好憑清瘴霧，中原方仗起瘡痍。著書自擅鉤玄筆，訪戍誰賡詠史詞？當宁虚衷公輩在，懸知大雅合鍾彝。

送率菴吴翁歸天台

烏蠻遥渡片帆遲，萬里翛然海鶴姿。矍叟壯游堪仗劍，孤臣荒徼漫傳巵。雲深庾嶺猿啼早，春老天台雁到遲。我亦飄蓬愁倚賦，高堂回首重淒其。

魯齋訪集池亭次韻 顧云婉雅不減王右丞

落莫池亭繫客驄，坐移明月聽高鍾。仙官興逸停牙仗，游子春閒賦草蟲。竹徑水侵疎影薄，木奴花拂淡烟重。炎方物色殊鄉土，好借清風灑轉蓬。

青山遇吕同鄉寄家書因同友人夜泊悵然有懷再疊前韻一首

六載投荒重客思，烽烟回首雁來遲。懷鄉自逐鄉人語，去國誰憑國士知？游子坐迷青嶂色，揮杯行寫白雲詞。緘題悵對春山伴，風落江聲一棹移。

與何舉人夜酌舟中限韻

游子天涯怨折梅，春風披拂又驚雷。千山落莫詞人在，一榜飄蕭客思頽。雲没樹腰檣外鳥，潮平江柁坐中杯。可堪殊域成留滯，愁聽關城畫角催。

與友人遊山中

孤岫岧嶢行路難，春風猶上逐臣冠。蒼梧片葉愁無賴，青鬢流年懶自看。蛤蚧螯殘晴磴濕，鷓鴣啼落暮雲寒。朋游只合班荆坐，莫厭頻餐苜蓿盤。

東征凱旋爲王總戎作

射鵰飛將策勳成，獻馘驚傳粵徼名。暑落雙雛狥海瘴，王征廣寇，方盛暑。其二子亦于軍。秋抛片甲殪山鯨。幕賓近獻《長楊賦》，凱仗今歸細柳營。南閩衹愁氛未净，戎韜誰復濟時平？

答劉山人寄訊用轆轤格劉時寓王總戎所

白露袂分清暑氣，青山夢隔逸游情。漫憑世難依嚴武，又向風恬想杜陵。八桂雁傳春尺素，五羊名在魯諸生。懸知飛舄迎秋社，良晤還談最上乘。

魯齋城樓宴集次韻

春霽城樓簇暖隈，星軺載酒豫遊來。遐方祇合延清宴，逆旅何妨倒素杯。孤樹丹憑臨眺落，千峯翠帶薜蘿開。故人自是蘭臺侶，莫遣高吟動客哀。

清明日顧侍御招飲天寧寺疊次前韻時預約奎星岡之遊以雨不果

梵宫濛曙鎖雲隈，又是清明漢使來。瘴地歲華看過鳥，粵南春色坐傳杯。玄天飛閣寺有玄天閣。峩峩突，碧樹盤渦點點開。却憶奎岡賒勝覽，古祠荒落重堪哀。奎岡有六公□□□火度。顧云：有家岡。

顧侍御酌别城樓且示再和池亭舊韻因疊答一首通舊爲十五疊

雅句頻歡賞小亭，别筵尤愛踏城青。峯蟠樹杪樓開霽，雲落江腰練繞欞。殊域漫應思故域，法星兼好作文星。窮堅我已忘機事，青轡君還播德馨。

江上臥痾

莫云一字不襲杜而音調合轍何云句意俱工老杜於千載之後有此英對

春陰拖雨風常顛，江石春濤更可憐。黑林窈窈去貼嶂，白霧英英來趁船。何云：妙語。櫓花千曲波蕩響，客子一榻晝穩眠。浮生但閒便自好，臥痾忽起神醒然。

和平粵寇詩奉答張督院見寄

征南雄伐寇氛蠲，聖主垂衣紫極躔。推轂好憑文武憲，拊髀應畧牧頗賢。捷馳兩粵抛營甲，馘獻三秋浄海烟。重鎮尚煩經制在，却需麟閣論功年。

潢池波晏將韜弓，玉節遥驅萬里風。勳築京觀膺簡重，師殲渠帥決機雄。廟謨自際中朝穆，閫畧誰籌外徼窮。宵旰至尊圖永泰[一]，金甌應仗保障功。

[一] 「宵」字祇存殘筆，據《粵西詩載》卷一八補。

□□□□有感

傳聞瑶臺懷談□，□師復來激弄兵。海北檄飛金鼓震，邕南師下鼠狐驚。孤臣憂國心逾結，諸將論功氣未平。獨訝臬司才自捷，可堪鵰勦重含情。

送詔使鄧進士還朝

射策承明破大荒，詔傳遐域使旌揚。中天露冕王綸重，南徼風烟客思長。過里星軺遲漢節，寧親彩服羡仙郎。燕臺此去移忠日，好向明時愛景光。

鄧進士過別留話因訊鄧武選

一辭神武戍烽屯，載挹賢良聽好論。駱越人才今兩鄧，壺陽師席舊同門。省郎久抱籌邊策，使者俄回捧詔轅。到日縉雲相問訊，爲談遼海學鋤園。

孤鶴亭燕集時徐兵憲以余不入公署因開别徑相邀

柏臺偏得小林丘，仙子披襟鶴唳秋。滿坐雲山清作供，孤亭圖籍勝堪搜。徑開笑對支離客，心遠疑追汗漫遊。好地羡君留好景，他年誰更接風流？徐云：合是清時大雅。

□徐兵憲留陰幔亭

幔亭□憶武夷靈，炎徼留陰復此亭。花護石臺攢瑣翠，藤連竹徑醮空青。鶴林深處雲移塢，鹿苑闗時月滿庭。傲吏篆烟休點綴，醒心應自聽風鈴。

生朝有感 五月二十七日

又值生朝尚異鄉，那堪游子戀高堂。射弧已誤初期緣，余初期時曾大父以弧矢射之四方。夢鷲猶辜久客觴。報主逐臣虚歲月，憂時壯志負行藏。漫論小成并雌甲，學道無成世路忙。

寄朱肖若提學朱時書訊我

僊郎清邵早傳芳，道脈南來自紫陽。學憲況當初駐馬，儒流元屬久亡羊。貞心肯愛栽桃李，冰鑒應推識乘黄。漫道粤西難得士，憑君揚鐸振炎荒。

秋日諸友泛舟出青山

流光轉眼又驚秋，好友閒來得勝游。玄語有時堪醒俗，青山無處不關幽。騷人賦裏花饒笑，漁父江邊釣欲休。夜月更聽征鴈響，乘潮一柁亦安流。時賞蓮釣魚而還，適得平安家報。

九日同何子登最高臺

重陽又上最高臺，游子他鄉幾度來。萬里未逢秋菊放，一尊聊對午雲開。青峰陣裏孤亭矗，白鷺洲前二水迴。漫倚西風懷百感，故人今日暫追陪。

游白雲精舍四首

青秀山中青秀好，白雲臺上白雲遥。乾坤萬里南陲折〔一〕，滄嶼三秋北望勞。自笑羈棲過狄轍，誰憐濩落類莊瓢。達觀好攬瀛寰勝，漫向風烟悵寂寥。

江光林靄亂城隈，萬疊蒼然入望來。銅柱瘴生炎海戍，銀潢秋斷白雲臺。思親望逐關河隔，報主恩從雨露培。落落此山幾七載，壯心漂泊重徘徊。

幽懷兀兀憑西粤，精舍岧岧拱北辰。傲吏幾分青玉案，羈人空負白綸巾。天横銀海雲生岫，松落金飈石響津。清世游閒隨處適，休從殊域怨沉淪。

層臺縹緲鬱青葱，大廓浮生又此中。嶺外秋光元自好〔二〕，天涯心事許誰同？峯文晝鎖江臯雨，泉響宵分松塢風。游子好游偏繫縛，幾回虚聽客城鍾。

〔一〕南陲，《古今圖書集成·方輿彙編·職方典》卷一四四六《南寧府部·藝文二》作「東海」。

〔二〕元，《古今圖書集成·方輿彙編·職方典》卷一四四六《南寧府部·藝文二》作「還」。

飲李舉人園

傍郭柴門慣不扃，郭雲白白樹雲青。青歸天外春生屋，白散寰中籟作鈴。曲徑抱池堪印月，幽齋攤案好談經。妙齡況復清如洗，夢筆還應賽夢星。

莫中江丈貽示閒居之作次韻奉酬

故鄉峰泖思依依，大雅鍾靈悵獨違。身幻好憑心不朽，道通寧較俗皆非。莫詩「水月觀空身是幻，風波閲世事多非」。閒中妙際超塵劫，惺處浮雲捲落暉。願奉沖襟還湛一，神巫空復詫衡機。

酬梁中翰緘貽詩册畫圖梁爲南海梁文康公之子時方奉使吴中

名卿長仰粤文康，尺愫仙郎喜遠將。筆掃羊城峰滿座，歌殘雞樹劄凝香。清時京洛頻回首，素業鄉園獨轉腸。使者采謡還作賦，好承家學獻靈光。王文考作《靈光殿賦》，其父曰：「我無以加也。」時朝廷方新三殿。

范望淇比部以恤刑至邀余爲敷文書院之宴

殊勳往哲院臺空，漢使星軺暫此中。日莫晴烟雙樹合，天涯羈戍一尊同。舜干舊識敷文化，湯網今開布澤功。帝德好憑蘭省吏，應知瘴海待春風。

十四日范恤刑招登覽勝樓迎春隨赴陳山人宅觀燈疊前韻一首

高城峯鎖戍樓空，萬里烟波落照中。野樹帶雲當檻合，客懷逢酒向人同。冰輪乍洗青陽曙，玉燭頻催蒼灝功。轉酌更看燈夕好，使旌兼采武襄風。

送何玉岑妹壻出青山

江烟漠漠鎖潺湲，客况凄其送客還。故舊幾回逢逆旅，别筵今日又青山。雲移棹影灘灘溜，雨逗郊枝葉葉斑。吴云：依然粤中景。暫向他鄉悵分袂，臨觴且莫唱陽關。

太沖江夜與何妹壻話別

太沖江上夜追攀，去住明朝各愴顔。春雨不禁鶯語澁，鄉心猶負柳花斑。風塵滿眼雙蓬鬢，滄嶼隨緣一戍關。煩語高堂思暫遣，清時應放逐臣還。

別何妹壻是日雨霽

飄蕭萬里自情長，送別遥憐一葦航。嶺外雲山偏闊絶，天涯兄弟正參商。蒼生此日愁多難，青鬢流年怨自忙。好向晴曦頻策馭，可堪游子倚桃榔。

邕歈稿卷之六

律詩七言　返戍稿

過羅滂似陸山人滂嶺有陸太中祠

輕舠出没樹因依，愁向炎烟渡石磯。雲没嶺腰胡蔓緑，瘴迷瀧峽候蟲飛。優曇鉢帶藤遮徑，錦裹山連榛作圍。舊是陸生游歷地，霸圖玄訣並忘機。陸云：不涉羅滂，不知此詩之妙。

漲江即事

新波茫沓幔輕陰，青點駝峰緑點林。搗練雲屯舲臼潤，逗帆風掣櫓花森。敲棋仙客春生局，閲世幽人景會心。牢落可堪歸思迫，轉蓬何日是投簪？

遊峽山

江峽流澌岸劈山，我來乘興一躋攀。禺祠山有大禺祠。側峙泉生響，飛寺高撑角挂班。坐挹熏風消瘴眚，行披名蹟破詩慳。奇觀自是元來物，肯作人間游子顔。

飛來寺同陸三玄

飛來寺上松風生，飛來寺下江水迎。空明不礙三玄境，寥廓相期千古情。寰内鼎鑪丹自活，吟邊滄嶼眼偏清。幻游莫浪猜靈跡，飛去飛來總借名。

緑雲亭聽泉泉名定心

坐愛清泉響石隈，陡崖飛斷緑雲堆。看來似噴琳宫雪，聽處疑生松壑雷。涼氣自隨炎氣落，净心誰作定心猜？從知混混難窮詰，虚白真堪印佛胎。

韶州憶唐張文獻公宋余襄公

韶獻追稽憶兩公，名卿賢相粤群空。唐家宗社安危異，宋代衣冠蹇諤同。金鑑千秋遺令業，銅符五嶺播英風。可堪淪落經湞水，欲挽清波洗阿蒙。

英州懷古 英志唐介余靖梅堯臣俱謫别駕鄭俠編管莫云懷古作之極佳者

宋代多賢主護全，英江聊暫閲遺編。譴纔别駕官三黜，薦已交章歲九遷。國是有人披蹇諤，皇圖無計復幽燕。渡南苦犯冰聖鑒，怪底崖祠恨不湔。

遊通天塔陳豹谷郡守所建

雙江迴抱嶼分堆，層級浮圖面面開。幻境好憑天作偈，真游應借佛爲胎。流形自接曹溪脈，結築誰憐太守才？鈴響坐聽風起歇，惺然參出鏡非臺。

韶守吕湘泉邀遊芙容巖巖有醉雲亭洗心泉厥名芙容謂從衡峯分脈

衡嶽芙容峯昔躋，韶巖幽勝詎應齊。江當曲處林成幕，岡入層邊磴作梯。坐供流雲心自醉，行披飛派景堪題。暫憑地主淩遊屐，擬向僊都一借棲。

過大庾嶺 四月十九日

頻年羈旅思依依，萬里今堪游子歸。瘴黴風烟心獨苦，明時流落鬢應稀。暫憑庾嶺分征色，漫向炎天拂午暉。唐相通衢緣底役，浮生隨處已忘機。

庾嶺張文獻公祠有述余過韶時夢公往北宣教甚奇

名相祠開庾嶺岑，高勳不遣瘴烟侵。中原文獻公誰往？邊戍蕭騷我自臨。夢境依微千古近，風期縹緲五雲深。熙朝愧負青陽景，猶有丹誠寄獨吟。

渡鄱陽湖

茫茫古澤渡輕船，堪笑萍蹤未息肩。帆影壓湖波掠柁，雲枝籠日岸圍天。□云□□奇。烟迷京國三吴繞，路轉江鄉一鏡懸。虚負壯圖行萬里，飛蓬偏得去來篇。

冬日臥疴幽齋承柏山伯兄攜酒同紫岡從祖望海仲兄見過有感

久客歸來病更侵，行廚忻盍父兄簪。酒當玄令迎飛錫，人向清談作斷金。文運自應忘顯晦，禪機元不在高深。吾家世澤憑尊者，好爲扶衰矢赤心。

疊韻

惺然非必厭塵侵，箇裏拈成白玉簪。妙應肯遲揮堊斲，靈修休羡辟寒金。□緣漠漠三身浄，世事悠悠萬劫深。提取本來真面目，須知無佛也無心。

喬文學北上途中有詩見懷次韻走贈

梅花破臘報芳年，游子征帆好自憐。説劍技高人適楚，築臺風遠士趨燕。青山到處供行色，玄草逢時拂禁烟。蹇我幽憂懷舊侶，圖南還博大鵬篇。

遊顧氏園亭賞花次衛文學扇韻

春老名園景不慚，石窩竹徑舊曾諳。花王勝種歸江左，學子高標作指南。魏紫姚黄俱幻跡，雪桃玉版亦清談。會心已自諧真賞，興到詩成定幾堪。

將往武林會惟修舟中遲兩王生未至

吴越烟波一棹催，好懷偏向出遊開。瑶林憶接連枝會，春景愁遲二妙來。樹影掠雲天外落，江花拋柁岸邊迴。虚舟已識塵成幻，獨往醒然闇酒杯。

嘉善雨泊

白郭雨拈林鳥集，青村雲逗岸花翩。春光澹澹天籠水，客況淒淒浪拍船。半榻坐移斜渡影，一尊行拂遠山烟。扣舷子夜餘音嫋，鶴夢漁游何處仙？吴云：工緻。

舟次懷惟修

高朋離思故難酬，怪爾皤然一葉舟。白日依微迷遠望，青春落莫付閒愁。滄洲吾道成初約，風物當年是舊游。浩蕩乾坤期汗漫，征人何事絆先憂？

入南屏山暫憩藕花居遲惟修因憶往年淨慈閣中閲諸詩家鐫額余亦有留題今俱火燼矣惟居然亭獨存感而賦此

湖山深處藕花居，又是春游駐舸初。逸侶漫尋孤梵徑，慈緣曾結十年餘。木鐫憶覽詩人勝，火閣驚臨亭子虚。塵劫自來空即色，留題當日渺愁予。

游天馬山次王龍溪丈見示天目山韻

天馬春深一振衣，雲間烟景着應非。江山不礙游人滿，今古無明道息微。活際拈來成象罔，真幾超處得歸依。悠然心印齊堪了，長嘯清風聲正希。王云：了悟。

雨餘樓眺

澍雨流膏黯復收，倦遊何事獨登樓？片雲摇落江城曙，六月蒼涼海樹秋。漠漠陰晴翻幻景，星星流峙點浮漚。石郎玉女都休問，一笑清風坐更幽。吴云：清興逼人。

積雨懷人

綿綿梅雨浹芳辰，幽眺偏憐閣景新。白郭浄拖千雉練，緑陰低鎖萬家春。澆疇已破江鄉渴，洗甲還清海島塵。獨有作霖人在望，青藜玄草幾相親。

書堂聽雨館賓衛弟限韻漫占一首

虚齋長夏濩甘霖，靈貺應齊教澤臨。暑氣清消欹枕夢，午聲幽落響泉琴。青衿端合擁氈坐，白日真堪抱膝吟。底事優游翻汗簡，關心休較世浮沉。

招晴疊前韻

屏翳休更作愁霖，蜈躍羊跳厭久臨。玄潦已堪驚楚夢，熏飆那得奏虞琴。傾瓶漫倒黄梅令，俗云小暑有雨名倒黄梅。鞭石應揮白苧吟。羲馭會看迎旭旦，洪鈞元自换升沉。

初晴友生過訪齋中漫贈一首

羲馭忻披夏景明，雨痕新拭午陰輕。病懷自覺渾無賴，幽事偏憐太瘦生。芸閣暑微堪遣興，石麟年少最關情。筆花揮落拈奇問，贏得清風半榻傾。

秋日泛舟何柘湖丈石湖村莊分韻得清字二首時余有卜築之興

野橋烟雨澹秋清，一榜飄飖載客行。緑水遠隨村徑繞，白雲深護竹籬横。峰巒隱隱穿林出，菱荇依依拍岸生。古渡更看漁釣在，結廬今擬託幽盟。

蕭蕭村塢枕流清，叢橘垂楊酒數行。坐裏扶疎諸澗合，望中縹緲半山横。從來已有高人集，到處還堪逸興生。詞社禪緣俱寂莫，棲真好向結新盟。

秋日游馬嵴寺次宮諭林平泉丈避暑之作

城隈古梵白雲深，門匯江潭洗客襟。衹樹徧開清浄界，涅槃常證妙明心。逃禪學士詩成偈，飛錫秋林籟當琴。蔥嶺帶來元自在，聞香消得謝幽沉。

西遊泉福寺詩僧法雲來參禪疊前馬嵴寺韻

水嶼中浮蘭若深，偶乘秋泛一披衿。幽棲漫對僧非我，浄印真成佛即心。捨法衹今同喻筏，安禪休自別調琴。翛然會得西來意，漪竹蒼涼月影沉。

夜宿雲僧吟窩再疊前韻一首

梵室逍遥一榻深，酒闌無語澹忘衿。人間幻夢知誰覺，物外靈參見此心。月透小牕秋落枕，風敲修竹夜鳴琴。可堪漏永消吟塢，徙倚江流紫翠沉。

遊雲隱菴登其小閣瞰澱湖寺僧爲余言往苦水溢因又疊前韻一首

蕭寺秋風落葉深，小橋流水亦清衿。雲窩漫復揮禪麈，村隱猶堪破俗心。閣俯澱湖涼入座，溪通蓴渚静宜琴。閒將近事憑僧話，人世無端悵陸沉。

憩雲隱菴與宗秀才手談宗爲同窗故人之子其父曾同游此菴今亡矣悵然憶往事焉又疊前韻一首

偶憶當年爾汝深，追隨曾此共開衿。青尊味淡孤村侶，白鴈聲淒故國心。已判閒愁逃墅奕，不將幽恨寄囊琴。觀空況復消諸相，雲自飄揚水自沉。

遊金澤寺又疊前韻

招提秋敞澤塘寺前水名。深，五老峯奇好散衿。不斷雲黏初度屐，殿前石闌名不斷雲。無邊湖湛本來心。寺據瀫湖上游，從石假山望之殊勝，有碣曰長湖萬頃。流風自拂尚書榻，寺有尚書榻，爲□忠靖公嘗游。絶響誰傳太史琴？專則□□□游，此曾有詩。陳跡已頹僧欲盡，寺多古蹟，惜今甚頹塌，諸僧漸零落矣。真如應不並銷沉。

釣臺同惟修

釣臺江樹鬱沉沉，山自高幡水自深。游子幾回探勝跡，春光今日伴閒吟。孤亭雲冪征帆色，古瀨潮生捩柁音。最是客星心共遠，歸期應不廢招尋。

武夷登紫陽先生祠閣轉出一曲有王湛鄒唐四公祠

九曲歌殘聲正希，偶於真賞得歸依。巖花曉帶千峯落，溪響春提一壑飛。宇宙何人分妙際？古今空自領圓機。振衣高閣聞天籟，到處滄浪有釣磯。

憶武夷寄鄧令

塵緣偏結好山溪，芒屐初看踏武夷。地主喜君清宴日，僊靈愁我浪游時。虹橋架壑元無跡，春樹停雲别有思。欲向後游重訂約，天涯回首夢魂遲。

武夷尋吴明卿詩不得漫占此訊之吴時守邵武

一别京華各久淪，漫游閩徼獨懷人。高山流水空留景，傲吏行春幾問津。朋好自傷蘭蕙遠，詩狂誰逼武夷真？新篇若更招猿鶴，莫惜郵筒惱逐臣。

何鳳野所有便鴻立占代簡

赤鳳翩翩下帝鄉，幾看烟雨换斜陽。宦游轉燭君應好，戍路飄蓬我自忙。江左泖峯曾借勝，武夷山水爲誰香？汀蘭採就還堪寄，悵望春風客思長。

鵞湖次陸象山原韻

真心原不屬哀欽，世上哀欽是影心。龍蟄九淵忘海窟，鵬摶萬表失山岑。達觀在處人爲我，礙景由來升亦沉。朱陸共宗休更辯，鵞湖流響到于今。

武夷從陽明祠歸夜夢訪余論學殊以空談爲憂若屬余規之云者寤而賦此以識二首

大道無言自古今，良知一訣更浮沉。試評此日空談客，誰辯當年不昧心？機到熟來偏作障，風於流處罕知音。救時先覺神長在，真晤何煩夢裏尋。

東教徒憐宋學荒，真源提出導康莊。知從物蔽應須致，人不天游豈是良。世法未堪謁活潑，時心難把混通方。先生尚抱皇皇念，好向元來別聖狂。

黄家渡阻風他岸次惟修

雙艇維橈一岸通，江濤飄發接天舂。蒼龍吼水春澆嘆，赤電翻霆夜破蒙。淑節幾催花信雨，時將届春分節。清游偏阻石尤風。即看玉燭披晴照，依舊青山好景同。

得莫中江丈書有懷 莫云有慨嘆有法度

鄉關憶别意偏真，尺素頻煩慰病身。近代文章推大雅，中江風景屬高人。清時遠臬停師轡，玄鬢流年老釣綸。春樹莫雲愁可極，端居應復念沉淪。

途次懷夏陽衢

流運逢人幾眼青，懷朋偏自感晨星。劉禹錫云：同年落落，如晨星相望。江南學社憐頻聚，羲上心傳羡獨醒。我向遠游方湛寂，君從恬悟已圓靈。合簪曾證無迷境，遥想春風送道馨。

豫章感事用袁履善贈行韻四首其三寫懷其四以酬履善

人世衰榮一息催，浮雲閲變漫驚猜。鶴癯幾隔鈐岡唳，猿狖還傳庾嶺哀。玉柱廿年憑寵絶，銕冠雙疏障瀾迴。可憐珍鏹偏狼藉，怪得蒼生半草萊。

皇穹何意轉陂平，端拱宸旒自洛京。黄閣往年無上宰，嚴門□夏因辭上相国。玄壇今日有神明。

王門孽種三生異，人傳世蕃本劉養正之子，有相者謂其前身爲邪妖。遼海遊魂一羽輕。嚴曾陷沈戍父子俱死。天網已看難舐犢，丹誠應不悵埋名。

遊子天涯幾別離，漫憐行役滯歸期。雙親老去祈洪造，肆眚年來待哲黎。玉枕豫章山名。春風堪落莫，珠崖炎瘴已逶遲。暫迴病轍愁無賴，北望輕陰欲霽時。

鄉朋悵別夢初驚，荒徼真堪慰遠行。省社悠悠人尚壯，世緣漠漠歲方平。愁看向日孤生竹，喜聽鳴春幾樹鶯。同是逐臣君作宦，戍遊懷抱爲誰傾？

藍陰山次惟修韻

重上藍陰天作圍，靈源疑與市情違。風翻樹杪雙峰出，雲點波心一棹飛。客子岸邊春對語，人家沙上晝開扉。從知爾我遊緣在，幾許歸成衡氣機。

蘭溪夜泊夢與友人張貞一話舊疊前韻

海嶠風烟未解圍，蘭溪重泊壯心違。望迷苧野家還近，夢轉龍江思欲飛。舊侶墨池誰作伴？故園春色幾開扉。天涯又聽城吹角，永夜懷鄉願息機。莫云：逸爽抑揚。

遊天池山逢講僧松上人

花鹿山過中途有花鹿山。松徑遲，籃輿登頓到天池。雲依孤梵催春暮，法渡諸僧聚講時。古木蒼茫祠掩秀，流泉轉折石分奇。澹緣祇合烹新茗，漫向游人問阿誰。

探幽烟郭此偏宜，況復琳宫有講師。佛法隨緣元自在，經聲滿座詎忘疑。浄中真際春無跡，覺後生機客有詩。笑向遠公堪印證，不將行住礙摩尼。

夏日何又玄朱象和彭欽甫莫雲卿徐時行諸文學邀游佘山得雲字時同游袁比部履善卜築八筆亭其上

長夏輕橈渡野雲，招攜忻得共論文。到來高嶺臨江秀，行處清陰覆竹芬。泉落一泓僊梵列，亭開八筆泖湖分。羈懷鄉思隨緣適，悵望巖阿有逸群。

閒來丘壑半笻雲，幽賞偏多蘭蕙芬。緑野屐殘淩木杪，黄梅雨歇漾峯文。望窮五澤龍湫現，天入三山海氣聞。蓮社總堪宣妙偈，優曇香鉢護氤氲。

郊園偶成

故鄉茅結水雲隈，藝圃荒涼手自栽。天轉九峰當背立，林迴一港帶潮來。青蓮座拂香風滿，綠竹漪分野徑開。遊子適緣渾是寄，獨吟江閣重徘徊。

附排律七言　羈旅稿

送曾大夫還山口占

萬樹陰濃夏日幽，無端風雨動離愁。鉤玄擬結曾槃社，解組翻颺張翰舟。冠蓋紛披簪兔窟，才華落莫滯羊裘。蛾眉豈悔深宮妬，虹劍堪分壯士憂。萬里風塵頻去住，百年天地幾交游。江間波浪騰蛟室，海上烟濤結蜃樓。吴越尚懸戎馬涕，山林空展稻粱謀〔一〕。樽前意氣憑誰語？世路升沉共爾籌。造化本應離色相，行藏真不異浮漚。覺來儂已排魔障，别去君須洗濁流。吾道卷舒從自得，人情番覆更奚求？披衿且築桃花塢，懷古還題鸚鵡洲。何處抱膝破吟嘯？有時祖裼睨王侯。仲看宇宙恣變態，長令方寸空悠悠。

〔一〕粱，原作「梁」，據文意改。

奇游漫紀

奇游漫紀目録

奇游漫紀卷之一

奇游漫紀卷之二

奇游漫紀卷之三

奇游漫紀卷之四

奇游漫紀卷之五

奇游漫紀卷之六

奇游漫紀卷之七

奇游漫記卷之八

附録

奇遊五述序

昔人謂通天地人曰儒。余讀《廓然子五述》，心誠好之，以爲今世之儒，廓然子端其人哉。夫《天地譚》，深明造化之機、陰陽之義，良發前人所未發。《傳道統辨》，蓋憂道之失傳而反言，以翼正闢邪，顯真黜僞，彼有騖空談、博虛名者覩之，且茫然自失矣。《孔樂發》，尤於今世講學家玩弄景光一種，爲對症之藥，文思奇偉，得之《莊》、《騷》，馬遷而下弗論也。《聞韶發》，洞識宣尼本志，且於世道升降之幾，皇帝王霸幽微難闡之旨，真有心領而神會之者，使得大受斯世，豈直偏才小補云哉？《曹溪禪發》，不襲佛語而善會佛意。蘇子瞻謂范景仁平生不奉佛，却真是學佛作家。如廓然子之發禪歸儒，尤非景仁所及識者。余誠有味乎其言之也。廓然子清修立節，志存經世，《五述》乃戍游時所著。今爲南光禄卿，未竟其用。余因漫書此以俟知者云。

隆慶庚午夏六月之吉南京吏部尚書汶上吴嶽撰

甬句楊當時重書

奇遊漫紀序

環宇内稱山川之奇者不爲少也，然奇不在山川，而所恃以爲奇者，豈不以人哉？今夫好遊者，遇有名勝，輒掞詞摛藻，非不人人能。然以余所覩記，率多留連光景，凌虚駕空，而侈言無當。此其遊，即日在巖壑中與泉石爲侶，而萬無所裨益。人固病其達且放矣，余竊傷之。幼海董先生〔一〕，少負奇偉，日記萬有餘言，爲古今文，並造玄乘，已卓然稱名家矣，尤烈烈以風節自將。初官比部，見時事無可人意，顧獨爲國慮，輒犯怨凌危直，抗節抵之。中或有尼之者〔二〕，多所震撼，嶽嶽若南山當前，一不爲動。當是時，人固以天下士奇之矣。無何，旋蒙貶謫，遠戍粤中。雖身在萬里外，翩然自適。自燕齊吴楚以至百粤，足跡幾半天下。而所涉名山大川，往往發胸中之藏，以洩天地之秘。余嘗舉其《奇遊漫紀》讀之，乃知先生之遊，無論經緯庶品，錯綜萬變，雄篇粹製，能發前人所未言。以謫仙之抗而知其意不在酒，以魯公之烈而知其正不溺邪，以子陵之高而知其遁不沉隱，以伏波之勇而知其任非狗時。甚則憐才於柳州，招隱於焦嶺，寓夢於朱張，而宵旦動有貞人之思。要之懷賢吊古，信非浪遊，而一言一義，肫肫闡微標準，章往勸來，當與名山大川並垂千

〔一〕沈愷《環溪集》卷三「幼海」前有「銓卿」二字。

〔二〕尼，原作「危」，據《環溪集》卷三改。

古。其視留連光景、侈言無當者，奚啻千里？昔人謂德業、氣節、文章，三者有一於斯，皆足以名宇宙、垂不朽。余則以爲德業、氣節其主也，而文章特其輔焉耳。主立而輔具，交相成也。若徒以其文而漫無所主，雖有雄詞藻句，猶之載土舟以飾華標，人其謂何？今先生有且兼之。此先生之遊所以爲奇，是先生若無假于山川之奇，而山川則固賴先生以爲之奇矣。是故驪龗有文而衡山奇，舟遊有賦而赤壁奇，非文能自爲奇也〔一〕。有文公、坡翁其人，人固奇之矣。愷辱知於先生，偶出所紀，不敢以不文辭，漫爲之序。

賜進士出身大中大夫前湖廣布政使司參政致仕郡人沈愷撰

萬曆辛丑小春三日後學楊汝麟書

〔一〕非文能自爲奇也，《環溪集》卷三作「非衡山赤壁能自爲奇也」。

奇游漫紀自引

余本胸臆無奇，又素性多癖。少年誤落塵網，簡結世緣。每俗務紛靡，便自慨然厭倦。以故居常閉關却帚，頗類鄉人自好者焉。屬者業坐獲譴，薄竄遐荒，迺幸與友人眺游山水，半收吴楚、百粵之奇，燕齊而下勿論也。曏時負氣褊衷，漸亦恬歸真境，顧益從要自信，外膠罔渝。雖迫殊險，抱積疴，方更悠悠行役，無悔志云。嘗愛昔人「兹游奇絶」之語，謂今清時寬馭，俯軫孤危，諸覯值薦紳誼，人頗多意氣相憐。重計所得游奇山水，咸足稱奇。維余文不奇，宜不可言奇游，竟没之也。抑嶺海故自多奇，余輩無奇人當之，似應詑以爲奇。苟遂冥心物表，凝志寰中，即諸滄嶼峙流，罔罣虚明本界，其又何奇之有焉？命之《奇游漫紀》，庶以表余忽漫之私悰云爾。或曰：「記者，記其事。子間出議論，謂體何？」曰：「古者記事記言，體由人作。雖然，余所謂漫云漫云，又豈敢規規乎文人家哉？」

嘉靖甲子孟夏上壬日廓然子題於征飄泊次

奇游漫紀卷之一

記文　出戍道經

發天津記

余儕小臣，當壯歲遭逢明聖，迺遽繆矢赤衷，欲肩唐虞咈象恭、難壬人之義。過計私憂，自負熙皞，方春徂夏，逮譴獲休。

君父恩波浩溢，莫罄名狀。屬已纍纍登道，舍陸而舟，猶苦疲憊未醒，卧瘵罔輟。乃四月十五日，渡出天津之南。澍雨初霽，温風徐披，蓬底蕭然，水光透入。余稍稍起伏榻上，與家人語。因指天津之流，興嗟喟焉。或唁余曰：「子胡不玄同嘿嘿，自匹水德？彼且滔滔東逝，知白守黑。子胡乃思結幽憂，迹涉悻直，動與蹇俱，言隨患出？」余憑檣長嘯而不答。既而自詑曰：「噫嘻乎！巧拙懸機，淵雲殊趣。夫人臣者進思效忠，退思補過。吾方戴皇慈之曠覃，履夷游而式渡，又奚暇臨津羨流，校方員于改錯哉？」於時有天津丈人者，棹而過前曰：「子行矣！不覩津岸漁人乎？夫魚以貪餌入釣，然小者易與耳，若巨鰲，餌大患遲，雖東海任公猶不得易而醢云。且此冀方水也。在昔鯀治水，九載弗成，堯始殛之。子今慕陳唐虞之治，何迫遽乎？」余迺北向匍伏，仰而祝曰：「願皇祇德罔渝，願諸河伯協恭罔攸私，庸以鞏金湯于永世。」述《發天津記》。

太白樓遊談記

濟寧蓋有太白樓云。相傳唐賀知章作令時，李白嘗客遊醉歌其處，沈光記所云酒樓者也。樓故當高阜，一望泰、嶧諸山，宛若屏障；俯而瞰南旺諸湖水，烟雲蕩射，風檣去來掠其面，蓋遊之觀畢具焉。白嘗書「壯觀」二字，蕭灑遒勁，今存樓中。余往復游京師，即過是未嘗不登，然登亦未之奇也。今年戊午夏，業以罪廢而南，屬病創初復，因更與兩戍友肩負而登。樓不加壯，山湖不加高深，望不加遠，而余三人者，顧相與慨嘆白之才豪不一遇，即余胸中游興勃勃然，奇矣。

世無知李白者，徒以爲詩家最放達者云爾。乃余究觀其卓偉奇崛之氣，當其時，天子愛幸其才，唾手致津要無難。白且出入禁掖，渥被寵顧，然未嘗一動其衷臆。稍自振，摇之筆端也。使後之詞人處此，方將志滿意暢，揚揚誇榮遇不絶喙矣。至其奴視高力士，又絶不與當時執政如林甫、國忠輩俛首抑心而奪之氣，視世之穴倖門、覬速化者，良萬萬也。及余讀其《清平調》中飛燕、昭陽之語，欲令人主垂鑒女禍，殆猶有風人譎諫之體焉。以彼其才，徒且傲浪篇章中，無能少自表見。故即其憂憤悲歌之志，一變而爲縱横放逸之辭，往往又詭興于游仙弔古、征夫閨婦，以微露其侘傺鬱伊而不可得紓之愁思。王金陵迺以白耽于酒、婦人而薄其爲人，世遂謂白詩徒豪舉，不關規諷，劣于杜少陵之忠君愛國。非惟不知人，抑不知詩矣。

彼所爲沉酣麯蘖，寂莫賢聖，亡亦甚乎其時與？何誕之深也！及已棄官而歸，遭時不造，猶自以宗臣，欲有所樹立。而適會永王璘之起，慨然應招而出，意將少贊其弘濟之謀，乃不幸一跌以敗。雖託身非所，其志有足悲焉。當白起江南，應璘之招，於時明皇正西幸，賊據關中，又未聞靈武之立也。白所嚮意規恢，恐亦未爲過計。心事不白，竟流夜郎，然其識郭令公于窮時，終成再造勳，謂白爲不知人，不可也。凡此，豈皆醉人事？乃今所傳于世，猶以酒樓著稱。嗟！白有靈，當不一顧此矣。

余所談白事于樓中，至反覆槩其生平，私自負得此語爲奇游。而余兩友人顧各持巨觥向余曰：「子醉人語也，請更益醉焉。」余不辭而飲之，果益醉。而余三人者，下樓而登舟，則月盈盈白矣。時五月十有一日也。明旦起，坐舟中，有從余者語余昨所語，而余回視游處，已渺隔一程，不可覩已。因筆之，以無忘酒樓之醉云。

渡寶應湖記

寶應湖故稱險，俗有銅高郵、鐵寶應之號。然余比歲數從北游渡湖，湖即險〔一〕，余未嘗遭也。

〔一〕險，原作「儉」，據文意改。

於時中夏，水溢，風又撼其洪流，湖勢險且甚，舟之人相顧徬徨，恐不可卒渡。即需水退，又卒未可期。余嘻而咤曰：「湖之靈寧過苦諸逐臣？」乃揚馭湖面，矯然掀柁而飛，水光接天，一望無際，風獵獵拍檣傍，驚濤怒號，浪噴如壓。衆方虢虢然虞其觸乎石也，而前行者一巨賈舶遽觸石碎矣，接而濟者又覆焉。於是衆駭愕，罔攸措。余第譬曉之曰：「寧爾神，定爾氣，務必濟，無恐。」時余小子第侍家大人自淮南而來，家大人亦戒舟人謹握柁勿失，而張、吴兩友人適攜觴過舟中酌家大人，余舟人氣益壯云。張子持觴酹湖神，因誦唐子方「平生仗忠信，今日任風波」之句。余與吴子鳴榔而歌之，家大人歡然適也。已而湖風亦少戢，舟將濟，俄見湖之南有操舟而過余者，至則賓應學訓雷君載酒來訪云。余三人睨視良久，迎謂之曰：「風波猛惡若此，君奈何犯險唁逐臣？」雷君應曰：「嘻！三君不畏風波，余習此湖，寧畏諸？」遂乃忻然相與飲啜而賦詩焉。時風定，舟已克濟，迺更有澄霞照耀酒樽中。余詩落語云：「自是波濤驚壯觀，坐來春色總依然。」紀實也。

雷既別去，復有老媼持麥飯來餉。而前賈舶覆者，其人裸而乞食，余三人稍推食食之。夜登湖傍廟上，北望淮口，因憶渡淮憩平江園，倉部錢君、水部沈君既各載酒來。而今渡湖，湖水險，乃又有雷君載酒來，益奇；至老媼飯，又益奇。於以見風波雖險，而穹慈曠放之感，亡論士流，好義不爲巨險所撓遏，即村嫗一飯，固亦明主惠也。抑視往代竄謫窮逐、惴惴避親知者大殊，其可無記。然余又憶渡濟時，水部陳氏少與吴子同研席，聞其來，即惘然避，不事事。而治河中丞王公者，南岷人也，余輩素不識其面，顧獨戒津吏徯河滸，已而過舟相勞問，且僕僕亟拜，至云某敢忘社稷與蔽君父之仁明？前渡淮，而治漕中丞傅公亦良然。

嗟乎！若公輩，仰承洪造，不畏風伯水師者，蓋無幾矣。即誠多有之，余輩風波人，固益可恃以無恐哉！

遊金焦兩山記

余渡淮而南，爰以六月五日渡江。於時江流浩浩，大風俄起，江中浪高于山，蓋余又得奇詭觀焉。既而風收浪恬，日照江面，舟子語余當渡。余小子策從家大人，偕兩友人渡，而甚夷也。無何，望見金山，家大人暨兩友人欣然欲登。余蓋已兩度登云。

既結纜，甫登江岸，遽有黿上而仰食。入寺縱觀，復循廊瞰江外鍾山諸勝，宛如在目。余卑六朝之偏安，頌高皇之大烈，慨然有覩河洛而培豐芑之思焉。已而越毘盧閣，入憩觀音殿。遂由舊逕出寺，摩閲古今人詩刻。尋中泠泉，吸之，復汲以烹茗，甚清甘。日晡，放舟泊北固山下，家大人先還家。

明旦，巡院尚仰山君過訪，語奮然有奇氣，且云明時浩蕩，遷客多得奇游。余三人遊興方鋭，又監押官未戒行，仰視日方中，迺遂復放舟焦山，余蓋未嘗遊云。山視金山殊大，其上僧寺幽閑旁布，田疇更平曠，憑闌而瞰江洲，令人飄飄然有物外之適。山以焦光名，於是張生爲作《招隱辭》，而余與吴生和而題之壁。俄有騶從來，乃鎮江郡守都君、蘇郡節推王君知余三人者當遊，因以巡院意攜酒殽相隨云。既見，歡笑，口誦壁間詩。復徧遊歷碧桃灣、青玉塢諸僻絶處。薄暮，還渡江，兩君從陸去。余三人乘月泝流，江澄于練，鼓柁鳴榔，豪興輒發。而余與兩友人評兩山之勝，則謂金小而麗，其望遠；焦曠而幽，其棲息妙，惟人所愛好焉。然潤當大江下流，水勢入海甚近，而兩山相對束隘口，寔有砥柱洪流、撑峙江海之勢。屬者島夷竊發，沃土爲墟，江南民力竭矣。聖明軫念元元，數督過諸守吏，誰能假兩山之靈爲我畿輔拯淪溺也？兩友人曰：「余輩忽漫游耳，君慎無多語。」乃記而藏之笥中。

釣臺遊談記

余至武林，憩西湖之上，稍稍尋訪舊遊，若浄慈、飛來峯、靈隱、天竺諸勝，然不能縱覽觀，又所闕游殊多，以故其所及游，畧而不記。而余辭家大人，渡錢塘江，於時懷家鄉之漸遠，憤霸圖之屢更，蓋貪遊惜勝之思益不能置焉。

及泝桐廬，過嚴陵灘，登其所謂「釣臺」者，而歌名賢之詩歌以弔嚴先生。招其守祠宗人而來，相與話嚴先生時事，蓋余貪游惜勝之思始淡然自失矣，然又獨有譚議云。今人但謂嚴先生高逸士，迺余嘗味其懷仁輔義、阿諛順旨之語，似非無意于世者。應聘而起，謂帝差强于往，已又不屈而歸，誠未知其指趣所在，世人遂疑帝非先生知己。又諫議官殊輔相，先生年高德卲，固難栖栖爲小官屈。余以爲既爲人臣，亡論尊顯，苟得行其道，即諫議、輔相奚殊焉？使先生較量官資高下而後仕，抑去世人不遠矣。夫巢由、卞隨、務光、伯夷之倫，先生或有意其爲人乎？乃其所表勵，抑又急云。當秦坑儒焚《詩》、《書》，蔑棄先王禮樂，仕者以刀筆吏爲師，上虐下叛，反戈相屠，穹然喪其廉耻而不一顧也。漢承馬上之風，因陋就簡，未臻興教實效，陵夷至乎新室之簒，諸儒獻頌功德，惟恐不暇。蓋秦漢中衰，風節闊絶，先生殆傷之焉，思以其身而易天下，俾區區鬭智角力階尺寸之士赧然羞自負也。東漢之季，節義輩出，黨錮諸賢，甘心糜斧鑕而不悔。姦人睥睨漢鼎，至積數十年莫敢動，斯其風，謂非先生寔感倡之不可矣。或迺高先生而過黨錮諸賢，豈誠旨於教哉？

嗟乎！先生所爲，維天常，立人紀，弭亂消姦萌，其大若此。余故高先生之風而貪游惜勝之思，真淡然自失焉。即所譚議不中先生，然先生固知余非世人矣。於是其宗人聞余語而起拜曰：「誠不意遊先生釣臺者，迺遂曠世而相遭，請爲子釣而沽酒焉。」以附《釣臺遊談記》。時七月十有一日。

遊青原山記

閏七月一日，過洪都。余三人欣然滕王閣之勝，迺以相公里第，余曹忤相公，人不欲泊，遽棹而南數里。學憲王君追訪，貽之閣中王、韓序記刻。讀其文，如登閣中坐也。已而藩參陸君、臬副趙君、臬僉馮孫二君載酒追餞，而馮於予同年友也，則貽余青原山中黄魯直詩刻，謂余輩前而渡，當出是山。於是遊滕閣之興轉而思遊青原山矣。余諸生時督學宗主胡先生，時以都憲憂居，聞余來，預艤舟江滸。既至，相勞問，因勉余堅志守道，而別語中亦語游青原山事。先生蓋講學家云。

是月九日，舟次吉安，郡守黄君過而談青原山之勝，欲輟郡事同遊，余三人堅辭焉。已而私覓肩輿渡河，行數里，抵山下。山甚高峻，前有劃壁一片，跨深澗而立，若翠屏然。諸峯環拱，老樹插其左右，泉潺潺灌林中，景象殊爽塏。余輩渡石橋入寺，有七祖堂。堂傍一龕，供七祖真相，其左爲宋長者祠，余輩坐而談。思公開山，禪教大闡，及乎陽明子王子講學是山，提唱「致良知」三字，今其門人、高第弟子踵而會講者不輟也。然禪宗、儒派漸混爲途，聚議遊談，或鮮實効，子王子意指不無少出入焉。既而尋訪羅太史、鄒祭酒兩公，適兩公數日前下山去矣，無緣一晤語，殊爲悵然。

日晡還舟，從山掖而下。時月澹林梢，僧歸鳥外，青原幽致，爰收一囊。明旦起，訪忠節祠，復登城樓，眺白露洲〔一〕。衆水匯縈一渚，仰抱東南諸山峯，亦真奇秀境。余輩倚柱鼓歌喉，有學子過而疑其爲仙云。是日午，發吉安，由黄岡潭下永新十八灘。而潭中適遭大風雹，舟斜欹至露底。乃余坦然歌游青原山詩，舟亦遂定。既渡永新，永新令馮君過訪，居民至罷市聚覯。而道中遇劉上舍，設飯相待，則貽余三人《夏游記》各一焉。讀之，知爲羅太史語。迺益嘆青原講學之風，能令其士若民咸知嚮方，無亦忠節祠流風餘韻，子王子寔鼓動之與？若羅太史者，可無怍語已。

〔一〕白露洲，《青原志畧》卷六作「白鷺洲」。

奇游漫紀卷之二

記文　楚南結纜

病游衡嶽記

余嘗有游五嶽之興，兹歲以戍事出，獲與友人張、吳二子偕。當其去國懷鄉，神與意積，已而相過，勞問道中所苦。生平壯志，棄捐明時，凝睇徘徊，爽然自佚。遂迺順亨屯，齊夷險，覩堪輿之浩渺，等萬物于鴻毛。於時游嶽之興彌劇焉，屬當道衡湘以南，計去衡嶽不百里而近，因預與二子謀必往。無何張子奉其母從便道歸，而余與吳子顧猶迂棹，從雷埠鎮入衡山邑界。然余以別張子時夜談良久，病涔涔發矣。時閏七月二十五日也。

明旦庚午，舟泊衡江。吳子以乃内病不欲往。余私自念萬里遐涉，崎嶇間道，本爲游嶽而來，復恪痁作不果。人生安危有數，寧緣兒女子態作障耶？爰偕周山人挈二山僕，雇肩輿裹巾扶行。

吴子猶哂其癖興也。業既行，風色甚勁，松陰蔽日，病頗不支。余對周山人言：「此殆山靈砥礪我耶？」强獲真氣，行松間三十里，申抵嶽下，入憩穀道士房，引觀房後流泉，從山巖滚滚下，已令人游心灑然。晚沐，宿潔所。於時病倦，山幽，松風馳驟如甲馬，頓覺夜凉，永倍塵榻。

二十七日辛未，晨起焚香，謁嶽神，因徧閲中外諸勝。殿中氣象峩然，旁有頹扁，書「天下南嶽」四大字。道士云：「此即宋徽宗御書扁嶽市者也。」中庭碑亭蒼蘚，文剥落不可辨，殿後爲寢殿，就峯石刻塑嶽神與夫人像，甚奇偉。又過一室，爲南極注生宫，湛甘泉書。道士云：「民間祈嗣者詣此輒應，魚水畜亦隊游至此散子云。」余笑曰：「嶽神日不暇給矣。」

時余病稍瘥，周山人猶阻余上登，余不應。輒更乘竹兜子行嶺上，穀道士率其徒從焉。頃之，漸覺天氣清朗，日融風和。余病亦瘥大半，遂攀峻道而登，危峯峭立，絶壁倒掛，滿眼皆山色也。行三四里許，望見衆峯中一峯巍然，道士指曰：「此赤帝峯也。」其垂若團蓋，斜對赤帝而高者，則名紫蓋峯。又懸崖而上五里許，望見右峯撑立，宛如羽葆。道士云：「此香爐峯也。」左有二峯尖出，視諸峯尤高，雲隱隱騰腰間。道士云：「此天柱峯也。」天柱之掖，有峯名金簡峯，禹治水時獲金簡玉書處。又仰而望，一峯縹緲特尊，獨余見之，意即祝融峯云。時峯巒突沓不可狀，道士亦不能盡名，蓋已在赤霄間矣。周山人素誇健踵，亦倦，坐喘息，顧余云：「茅山絶頂不過此耳。」從人皆苦路峻，而余風中歷嶮級，了無病容，周山人以爲神奇云。又懸崖而上，有瀑布泉，飛出數十丈，山石愈峻，流愈駛，瀏絡空明，瑩成幅練，響淙淙徹林壑。下視山中空泊處，村落已點如蟻蛭，而其上復有耕夫樵竪乘風唱歌，茅舍竹籬宛傍石壁，真仙家也。

又三四里，忽見老僧攜茶出肅，飄飄然從峻嶺下，指其居曰：「半山亭去此三里，願少憩焉。」

余不省何來，第從之行，捫蘿側足而上。甫至亭下，遽起立，四顧寰中，但見烟雲繚繞層巒間，世界溟濛，漫漫若海霧狀，萬山疊出，小若螺盃，江湖渺引一線，真不異浮漚也。老僧肅余曰：「請。」有間，遂入室。坐定，僧爲余語云：「夜半夢朱、張二公持數函經，與韓公同下肅客。俄有癯然一夫來自東北，三公引之，仰觀星象。已而憑闌瞰大海中，萬鳥嚶鳴，蛟龍翻翻驚起。三公謂其人曰：『子異時有分到此山絶頂，可且歸矣。』朱、張二公遂以數函經授之，韓公亦於袖中出授文字一卷。倏然驚寤，私卜度今日誰當來印其占，迺覩大德貌，宛然夢中人也。」因戒余毋遂登絶頂，留爲後日重來，遂贈以萬年松數枝而去。余顧所從游道士曰：「彼僧爲誰？」道士曰：「山中不識此人，意近日游方來耳。」余甚異之，因憶韓退之《彌明道士傳》，殆紀實也。念不可拗僧指語，遂於亭中具齋飯畢，幡然從山左而下。

行三里，抵會仙橋。萬竹森然，響泉湧出，巖石夾道而立，深壑長松，又一景界。有道人揖至祝仙巖啜茶，復行松逕間，石上有「松間掩月」四大字。又從澗邊入，有「兜石峯」三大字，遂小憩兜率菴。菴面皆山，菴背皆泉，竹引而汲，了無喧世態也。山有鐘磬簫管聲。山僧持手册索書，漫賦四律貽之。又賦二絶貽巖道人云。

復下二里許，嶺嶮巇如天階。望見一大寺，赴之，則南臺寺也。寺中頗有大觀。亭刻諸公題詠，了無空壁，因賦二律，書片紙貽山僧云。憩久之，下山，歷石級數十百級抵岳麓，訪胡文定公祠，三像儼然，肅拜而出。復訪白沙甘泉書院。時日尚未晡，乃更令輿人肩七里，至朱陵洞。水泉飛瀑，若珠簾垂垂狀。前有醉石，即仙人沖退石也。道家以此中爲洞天，亦真奇境，然其境奇而狹。回視危峯壯觀，海天空闊，較此清冷朗秀又別矣。步回道房，懷景朗吟，復得四律、三絶。夜深始就寢，有夢。

二十八日壬申，晨起，謁辭嶽神而歸。出至雲開堂，堂以韓公開雲得名，因徧觀詩刻。道士爲設小酌。已遂復乘肩輿，沿山行四十餘里，至一村間，削壁茂林，俯瞰幽澗，若虎丘劒石狀，要亦嶽麓餘景耳。時吴子已挈余舟人由霞陵入衡州郡界，迺遂從西南路行五十餘里抵郡，燈明時方登舟云。

是役雖扶病登嶽，尚稽絶頂之游。然有兩大奇事：病以游瘥，一奇也；僧夢，又一大奇也。若夫群峯錯出，遠近殊態，令人應接不暇。水泠泠，瀑不舍，迂折山腰，湛無痕累，匪惟凡襟洗滌，兼得象外至文焉。及乎凌高望遠，憑虚御空，身世一塵，我真安在？於時又無假泛蓬瀛、搜溟渤而醒，然脱縛解膠矣。吴子、周山人以爲不可無記，爰記之，以須後游，且録一篇貽張子云。嘉靖戊午秋雲間董傳策記。

游回鴈峯記

閏七月二十九日晦，舟次衡陽之蒸江。郡少府與其倅羅、郭兩君訪，貽《衡嶽志》，且謝緣薄，不能從衡嶽之游。兩君因相顧語余曰：「在昔胡邦衡過衡山不登，以避人故。而韓退之、朱張二先生，顧不憚凌雲雪游焉。公今病而游，游而不使邑宰知，殆兼之矣。」余笑曰：「游適興耳，奚必古今人？」兩君去，余翻《嶽志》，即所游景猶宛然在目。顧獨以闕登祝融峯，爲障僧夢也。復私自念，當游峻嶺時，俯瞰塵寰，漫若煙霧，迺今浮生又涉此耶？

隨與吴子、周山人、李生登岸，訪石鼓書院，院爲唐隱士李寬讀書處。宋淳熙間始建先師燕居堂，蓋即七十二峯中岣嶁峯也。既入，謁先師像。復從左而入，有祠三楹，中供晦菴、南軒二先生，左右供黄勉齋、李寬及宋隱士李士真諸像，就其中拜而出。復從左而入，有合江亭，當蒸、湘兩水合流處。亭祠韓昌黎，其上爲仰高閣，面刻韓題《合江亭》詩，南軒書。余遽令摹得一本，藏之舟中。因對韓公及朱張兩先生像，恍然悟僧夢之非凡，抑三先生神靈固礱琢我也。援筆題壁而韜其名，已乃移舟回鴈峯下〔一〕。登峯入寺，次張子壁間韻，蓋已先渡五六日云。寺僧安正邀憩竹房，殊清致，因持册索詩，詩之。而劉縣令復來訪，致兵憲程君書，亦獨以三先生期我也。雖一時致語，猶不旁引及，異哉！異哉！

夜與吴子醉卧僧房中，周山人、李生各爲歌詩一章。時秋色皎然，風颯颯響竹際，聽之，忽有鳴鴈聲。余起坐顧諸君曰：「回鴈峯前聞鴈，亦奇事，抑今鴈回而征人猶萬里也。宇宙無窮，古今若旦莫，迢渺天涯，所玉成何事？」吴子爲之憮然。因披衣歷山級而下。於時一望衡境，咸收入顧盼中，吴子遽以爲勝觀，而余顧渺然隘小之，豈嶽峯景界猶未忘胸臆耶？抑仙凡遠近即真眸子亦自不同視也？余以爲可喻道乘，漫并記之游記，庶幾三先生其稽我焉。

〔一〕回鴈峯，原作「迴鴈峯」，《古今圖書集成·方輿彙編·山川典》卷一六五《衡山部·藝文一》作「回鴈峯」，詩題及下「回鴈峯前聞鴈」句均作「回」，故據改。

游浯溪記

浯溪，古奇境也。孤標一峯，迴然臨瀟湘而枕祁陽之上。唐元次山卜築其中，屬靈武中興，光復兩京，功最大。元因撰頌，顔魯公爲書，鐫石，乃後人高魯公風節，且古漫郎文，而浯溪之奇益表著。余輩以八月七日泊祁陽，劉令祉偕閻、李、陳三博士過訪，遽折簡邀游浯溪，余得與惟修縱覽觀焉。

既登崖，閲頌文，摩其字畫，巨石嵯峨，與文字俱絶，世稱三絶者也。旁有片石嵌壁間，玄瑩可鑑，了了辨山川色。詢之，厥名鏡石。相傳往代傳詣行在，光晦，發還山，乃復瑩如舊云。左逾渡香橋，步出漫郎宅遺跡，前臨一臺，聳然層起。劉令設樽醪置席焉，上有窊尊，古製，因就而酌酒。既酌，相與坐談唐事。追思魯公守平原時，已甚偉特，後竟不屈賊而死，真奇男子也。假令唐無國難，如魯公輩，終不老死翰墨間耳。然曾南豐爲作祠記，顧猶徒取其堅貞撼頓之節，百折不回，而怪其學問文章間雜于神仙浮屠之説，不皆合于理。余以爲南豐之語癡矣。夫仙佛家所稱引白日飛昇，歷萬劫而不壞者，豈盡莊語哉？直寓指云爾。彼所謂傳道，必得世間忠孝之士者有以也，如魯公舍生取義，要於此中得力。即其幻形雖死，而英聲義烈至於今猶耿耿不磨，蓋真勘破其教，非雜之也。於時令及三博士，聆余斯語，猶未醒然會意，獨惟修起曰：「魯公之神，憑兄而語也，以是知魯公不死矣。」語畢而賦詩貽主人以別。夜將就寢，月射船窗，復與惟修起，登溪上。李生爲具酌，余三人圍而坐，因各談其鄉之人物醜好，用寓思齊内省指云，亦仰止魯公餘興也。是爲《游浯溪記》。

游永朝陽巖因泛瀟湘記

余讀唐柳子永州諸山水記，未嘗不嘆其文之奇詭卓絶也。既以罪竄斥，道由兹境，益愀然願訪其故所游處而游焉。乃記所稱法華、愚溪、南澗者，即蕪没不可得游，獨朝陽巖故在也。而余與吴子以監押官之暇，蓋連日夜往游云。當其弔古興懷，尋幽命酌，流羽觴而發詠，招衲子以談禪，已復乘月班荆，凉風乍爽，漣漪水色，秋氣逼人，咸屬吴子記之矣。余不能更疊作記游語，顧獨於柳子事有概乎中。而余從巖前訪十賢祠，則往昔名人官永者咸得祠，惟柳子者不逮焉。

余指謂吴曰：「柳子可惜，祠不逮者，可恨。夫柳子，奇才乎！奇才乎！徒以少年英博之氣狎游兩王生，謂可藉手興堯舜烈，忠在不知人。以彼其才，令稍知問學、悟理道，豈至其身名委頓撼抑，迄今千百年猶不獲伸也？乃余獨悲。其一斥之後，遽歸恬夷，羈永數年，蕭然不擾，有古寓賢之遺風焉。其所爲游覽山川諸撰次，奇詭卓絶之文，猶足命于世而不朽也。彼其祠不逮云者，直規規時俗見耳。夫司馬遷、韓愈，人之豪者也。遷救李陵，愈友柳宗元，爲文。古之人憐才不詭時好，今視之有餘愧矣。夫士有幸有不幸，余游朝陽巖，覩記賢祠不逮柳子，殆傷之焉。」吴子曰：「每病足下方而介，迺其持論寬若此，誠不意游岩得新語矣。」

於時放舟瀟湘，水清徹底，而余懷屈平之艱貞，憶湘靈之哀怨，迺顧益誦柳子「去國魂已游，懷人泪空垂」之句，舟之人咸喟然興嗟不置也。夜夢韓退之氏偕柳子詣余，謝曰：「得子，可稱千載知己矣。」余痞而笑曰：「柳子宜快也，乃韓子憐才之意，顧今猶未泯泯耶？又安知其不憑余而語云？余輩幸不墮柳愆，而今明時浩蕩，又無假憐才者而釋縛焉，即余所指記者，繆耳！繆耳！」命之《游永朝陽巖因泛瀟湘記》，蓋余有二指云。

夜游沉香巖記

楚中自茶陵以南，長沙、衡、永三郡綿亘，諸山奇峯怪洞，層見絡出，水清澈，尤稱其山之奇。余耳目所厭，殆幾不能狀記。

自永而出，謂必無奇。迺十四日丁亥晨，發石級，渡諸灘。午，從船窗隙望見一峯，壁殊詭絶，舟子云「諸葛兵書山」，恨削立不能登焉。夜泊陸埠，游興甚痒，强拉岸邊人而問奇處。有父老笑曰：「此境爲沉香塘。迤邐數里，入深山中，有沉香巖，奇甚。顧此仙靈所棲，道多猿猱虎兕，非數十人秉炬操戈戟不易可游。今莫矣，郎君且休矣。」余與吴子相顧呀然。

時月皎如晝，清風徐來。余踴躍曰：「天假我游，諸君游無恐。」余二人乃與周山人、李生飫酒糜，命諸僕人飽飯，執巨杖，提竹燈籠而前。余二人各持一劍，周山人、李生各持一弓矢，信步往游。不覺逾數里，至一高岡，岡上層峯挺秀，旁有老木垂藤。下瞰清江，一灣水月，四面曠野蕭然，殆非塵境也。進而登巖，巖甚敞。余輩方坐命酌，吴子遽倦而假寐。余覩巖前有一小庵，左覆漁磯，右插青竹數竿，景象幽閒，乃獨往而憩焉。菴内一石函，有書，遽取視之，丹書也，意若游客所遺。顧此人跡罕到，安知非有詭秘人藏之名山以遺好事者？余得收而珍惜之，因爲賦詩一首。

已而周山人、李生從岡掖來，云彼中猿猱虎兕交印跡于道，知父老之言非我欺也，促余還舟。過而撼吴子，猶未醒。余復與二人徧踏中外大都，其境幽，其石峻，其篁木邃茂，其壑澄而深，其村落大曠，非余輩劇興不能游，游且不能適。余故以斯游爲甚壯，而吴子既醒，起而偕三人者歸，則讓余筆記之，余不得辭。

奇游漫紀卷之三

記文　粤黴征次

游桂林諸巖洞記

余閲宋范穆公成大《桂海虞衡志》，見其評桂山之奇，以爲千峯崛然特立，旁無延緣，而玉笋瑶篸森列，其怪且多若此〔一〕，當爲天下第一，私竊意其爲過言。乃今來游桂林，覩諸峯巒巉巖，從平地削出數百千丈，不假纖培，而骨相嶄然，玉立劍峙，衆態畢呈。或半空開竅，冥搜詎測；或挺拔天表，登頓無階。其奇怪奪目驚心，殆不可具狀。昔人所論列，猶爲不及云。余得稍游覽其最著者，采合傳志，因爲撰次于左，畧諸瑣瑣不記。

〔一〕玉笋瑶篸森列其怪且多若此，原作「玉笋瑶篸其森列怪且多若此」，據范成大《桂海虞衡志·志巖洞》改。

八月二十有四日，余與吴子泊舟桂江西臯，復會張子子儀。是日，學憲殷石汀君邀余三人游風洞巖。巖在疊綵山後，石門硿砑，峭壁劃裂，下瞰平野，千峯競奇，雲樹滃勃。洞中陰風襲人，毛灑灑起立。張子謂即當盛夏無暑，而殷君遽持觴起飲，復爲指點桂山三峯，巃嵸宛轉，悉入矚界，蓋竟日酣眺焉。賦得古體一首。

明日，張子去，余二人結纜伏波巖。巖突起殊高，石懸如柱，去地纔罅一線，俗云馬伏波試劒石。入而有洞豁然，約可容數十榻。户牖穿透，俯瞰灘水。洞中踞石有巨人跡，宛如刻紋。又紫白二蛟蜿蜒相向，有浮暈絡其頂，大似老龍戲珠，洞因得名還珠。或云馬伏波傾所載薏苡于此，因賦近體詩。折而游眺水月洞，洞門踞江，圓如滿月，《一統志》稱濱江洞惟水月最佳，然不能過還珠洞也。已又登崖望獨秀峯，孤標直聳，頂平如蒼玉。正面凝然秀整，側視果如卓筆，校諸峯獨雄，唐張固詩所稱南州擎天柱者也。其北虞山，臨江有韶音洞，宋張南軒先生有記刻崖間。

又明日，游隱山六洞。余憶《寰宇記》，唐李渤出鎮桂管，見石門大開，有水泓澈，迺疏鑿巖穴、石林、磴道，若天造靈府，不可窮詰，因名隱山，蓋即其地也。山上六洞，爲朝陽、夕陽、南華、北牖、嘉蓮、白雀，洞各一天，朗敞如廈屋。雲門逶迤，亘薄野外，俯跨田疇，絶幽雅，真寰中勝槩也。唐吴武陵、韋宗卿俱有記。

由隱山轉出，去七星巖甚近。余二人復挈周山人、李生往游焉。巖有七峯，列如北斗，旁垂小峯如輔星。緣磴而上，山半有亭，曰「簪帶亭」。其下爲曾公巖。山根石户中有澗水伏流，宋曾布帥桂，跨澗爲石橋，因以名巖。橋下水聲泠泠，寒氣侵肌。橋側有石乳雙縣，如垂蓮頽雲，危欲下壓。度橋有石池，往昔鱗游其中，今水稍涸。復過野田數十步，路偪窄不甚可通。頫視有石罅尺許，匍匐而進，忽更高廣，其側逕可詣棲霞洞。洞旁水清淺不流，岸塹如削。余二人從石門而入，頓覺坦夷爽塏，約可列坐數十人。其上石乳凝結，下復有洞，名「玄風」。初視洞口甚低，游者秉炬捫壁以進。天門三層，層各三耳，前阻大壑不可渡。有路北行，頫僂而前數步，復寬衍。兩旁十餘丈，石柱下垂如玉簪珠旒。曲折躋攀，所覽覩彌奇。高牙斷霓，從空欹落；斗室陰崖，森幽徹髓。從者慄慄，持酒榼爲各酌一巨觥。復行食頃，珍窩怪石，交撐層峙，殊形詭狀，盤巇窈頓其中。詩者難工，畫者難巧，即游人猶錯迕相望。稍認識漁網、燈檠、無量佛、逍遥牀、獅、象、駱駝，神工斧出，宛肖人間世所有。又踞老君像，甚古，唐人因號爲「仙李洞」。張成子詩「刀圭影觸金丸彈」，謂洞中景也。洞倚層巖，極玄遠，扣其響石，如鐘鼓鳴。余輩數人語笑聲如大甕中聞雷，窅隔塵世。而崖棧間澄水一泓，匯成深淵。路滑蒸崎嶇，側行絕險，凡三里許，始從頂上出。世傳穴通九疑山，以故其秘奇特甚。余意天壤間仙靈所棲，或未必勝此。即桂山多奇，然如風嵓之陡然擘出，六洞之朗朗相屬跨，已益奇。至如七星巖，轉折獻勝，重以玄風洞，幽邃不易究竟，又其最益奇者也。劉牧詩：「陰崖走別洞，陽嶺帶迴溪。」信然！信然！歸舟各賦近體詩，夜深方就寢。

明旦起眺江涯，將復游他所。適巡院藩臬諸司出貢院來訪，於是諸舉子亦來。而秦生者，道其父發解時，遽棄去游仙，不復返，今其母尚在也。余笑曰：「粵山好奇，乃其人豈亦好奇若此？」午後往東北，游屏風巖。斷山高聳，中有平地，亦甚敞。鍾乳倒垂，透石穴而出，山川城郭，恍然如在壺中。范成大建壺天觀，空明巖刻銘于石。又東游觀龍隱巖，灕水分繞其旁，下有洞，深奥莫測，龍跡夭矯然印其上。於時桂林諸巖洞之奇，大畧已得游，惟華景洞在城中，逼近王公府，遂不復入。而堯山有堯田，特以桂山多石，惟此獨積土，蓋無他奇焉。日晡，放舟象鼻山。山在訾家洲之西，突起水濱，厥形類象。余輩方箕踞眺嘯，適藩參洪方洲君、臬僉向懷葛君載酒來尋，遂歡飲至夜分而別。

明旦，發舟下西南境，入戍所。道中山水猶奇，迺更瘴靄迤縻，四望荒落，猺吹猿嘯〔一〕，聽之凄凄。然余顧益猛，有躊躇愧戍，靡非其柄也。因憶姑蘇袁永之氏《游桂山記》，謂其山石險峭，宜生蠻獠狫獞之類爲民蠹〔二〕。又意淑詭奇偉之氣不鍾之人而鍾之物，余以爲不然。夫人寰風氣寖開拓，荆蠻於越曩亦榛彊〔三〕，八桂雖遥，良非殊域。且石巖巖等耳，失之邪或歸險峭，得其正堪秉孤貞，彼其人靈心故在也。抑天王統壹區，覃牧黔黎，詎應鄙夷絶徼中，謂必難振禮教？古今俗移須政，植政維人，特患分彊宰割者，未暇經籌云爾。夫山川草木，夷裔之主，非其人誰當焉？又安知八桂諸巖洞之間，異時不有賢豪士出，而剪除荒穢，興起斯文，與天壤相終始也？漫并附麗之記中，庸諗後人之好游者。因復得《粵西山水歌》一篇云。

〔一〕猺，原作「徭」，据《粵西文載》卷二一、《古今圖書集成·方輿彙編·職方典》卷一四〇五《桂林府部·藝文二》及《山川典》卷一九三《桂林山部·藝文》改。

〔二〕狫，原作「⿰犭考」，《古今圖書集成·方輿彙編·職方典》卷一四〇五《桂林府部·藝文二》作「狫」，狫即狫狫，又稱犵狫，據改。

〔三〕彊，《粵西文載》卷二一、《古今圖書集成·方輿彙編·職方典》卷一四〇五《桂林府部·藝文二》及《山川典》卷一九三《桂林山部·藝文》作「疆」，「彊」爲「疆」之古字。

渡灕江記

湘水經興安海陽山，斷爲灕水，流而泝靈川。其渠甚偪仄，本秦史禄所鑿。今寘斗，慎啓封云。斗畔悉蒼莽區，曠無居人，時時有蠻獠數輩持梃倚巖谷間，幸其蠢蚩，無大害，然客游者自此非夷境矣。獨桂林當最高處，控制數千里，披山帶江，裒然西南要會。世謂桂嶺摩天，灕波經地，水環湘桂，山類蓬瀛。迺猶離郭伊邇，遽嘯諸獠，屬邑古田、永福間，大爲占據。朝除宰貳至不敢入界，孑孑從省司候差遣，余蓋覩而憤焉。

自桂以南，迤而接虖陽朔〔一〕、昭平，旁及左右兩江、藤峽八寨，大都諸獠深阻，今惟府江爲尤甚。府江即灕江也，以迫平樂府，名府江。又以灕水流至此益疏迅，名灕江。余素聞其險，爰與吴子留連桂林數晷，須諸藩守出棘院，挈之行。

至是，九月五日發桂林，越七日渡陽朔。道中巖石尤奇崛，就其羊皮、元寶諸峯，突兀空透，飛挂疊數節，下瞰牛欒、匙鑰、天河、纏脛諸灘，大非常目所經覯。陽朔人蘇御史术追訪舟次〔二〕，語

〔一〕《古今圖書集成·方輿彙編·山川典》卷三〇二《灕江部·藝文一》「迤」下有「邐」字。

〔二〕术，《粤西文載》卷二一作「水」，《古今圖書集成·方輿彙編·職方典》卷一四〇五《桂林府部·藝文二》及《山川典》卷三〇二《灕江部·藝文一》作「木」。查［民國］《陽朔縣志》卷四《列傳》有「蘇茺」，嘉靖丙戌科進士，曾任四川道監察御史，當即此所言「蘇御史」。「茺」即「朮」，「朮」也寫作「术」。作「水」、「木」者皆「术」之誤。

中更及灘江，苦險阻。余輩兩舟人有戒心云。是日，逾燕子巖、白面、雷公諸山徭人村〔一〕。

八日，渡龍頭磯，出灘江，兵憲林君載酒餞江滸。已而兩舟人與藩參吴君、梧邕守何郭二君，並放中流。日晡，泊長灘。

九日，晨發，吴君舟觸石，幾破。舟中帶有人匠，粘罅，至旁午復發。於時瘴霧彌野，山川咸不可辨，旁午猶無日光。吴君設桑寄生酒，邀余與吴子酌之，云敵瘴氣。復出鴈蕩山茶，烹以解酲。吴君，鴈蕩人也，語中誇鴈蕩之奇，余笑曰：「若不覩此灘江景乎？夫灘江水波層絡，下舂石齒，兩岸皆高山峻谷。然吾儕身渡之不得游，抑不可一瞬目焉。即若所談中土奇游，不且重有感恬方覆澤哉！不且重有感恬方覆澤哉！」〔二〕吴子遽障余喙曰：「子又酒發矣。」俄而窗縫稍豁，因捲簾矚兩岸山。迺有獰惡獠人數百，群挾戈戟，伺險灘上。余輩幸舟順流，其遡而上者，篙稍緩，輒被逗逼鹽米。吴君蓋坐而目擊之，與余輩咨嗟良久，因憶田少參汝成《藤峽府江議》，謂剿藤峽寇宜速，剿府江宜緩，又有《疑剿撫二議誰適從者》，余覽覩其槩，大都江峽勢相連繹，未應異治。諸獠志索鹽米，非有遠圖。彼中峒丁招主，往往釁狀相通。今昭平建設土巡司，亦畧扼其咽吭，謂宜聽諸土官報効，兵自齎糗餉勦逐，苟得尺寸地，即以立其支子爲巡司官，仍於要害處隨在設巡司，

〔一〕徭，《粤西文載》卷一一、《古今圖書集成・方輿彙編・職方典》卷一四〇五《桂林府部・藝文二》及《山川典》卷三〇二《灘江部・藝文一》作「猺」。

〔二〕不且重有感恬方覆澤哉不且重有感恬方覆澤哉，《粤西文載》卷一一同，《古今圖書集成・方輿彙編・山川典》卷三〇二《灘江部・藝文一》本作「不且重有感恬方覆澤哉而人生之遇又唯所遘之矣」，又《職方典》卷一四〇五《桂林府部・藝文二》作「不且重有感哉人生之遇又唯所遘之矣」。

令通峒丁鹽米，禁其侵暴，久而化誘諸獠爲良民，因可潛消土官諸子弟相讎殺事，或亦一籌策耳。日晡，泊大龍灘。

十日，晨發，午抵昭平，復逾馬難、唐釣、上曲、下曲、石龍諸灘，至上洋堡泊。

十一日，發上洋堡，逾上洋、下洋、蜆殼、龍口、月口、爛板諸灘。自出灘江，諸灘俱險，而馬難尤甚。水當灘處，湍洶若飛，矢石尖尖，錯兀其底。遡流者篙竟日難上，順流尤虞觸石。灘旁復多匯深潭，其上嵐氣重遮，鼻中聞之，至不可忍。四野箐篁邃蔽〔一〕，鳥棲絶少。時有二三水鳶墮而前，昔人所稱「仰視飛鳶，跕跕墮水中」〔二〕，蓋實景也。柳詩「千山鳥飛絶，萬徑人踪滅」〔三〕，又添嵐瀧傜三苦云〔四〕。

十二日，舟抵蒼梧，漸覺岸有人跡。間見一二小舟蕩槳而過，然猶數十百里無村烟，江灘亦尚多險。回憶江左風流，不啻縣霄壤云爾。日晡，何、郭兩郡守置酒馮大夫園中，邀余兩人話别。二君余同年友，方有事入覲。夜泊蒼梧，明晨南發。作《行路難辭》三十首。

〔一〕箐篁，原作「菁篁」，據《粵西文載》卷二一、《古今圖書集成·方輿彙編·職方典》卷一四〇五《桂林府部·藝文二》及《山川典》卷三〇二《灘江部·藝文一》改。

〔二〕跕跕，原作「沾沾」，此句語出《後漢書·馬援列傳》：「當吾在浪泊、西里間，虜未滅之時，下潦上霧，毒氣重蒸，仰視飛鳶跕跕墮水中。」據《粵西文載》卷二一、《古今圖書集成·方輿彙編·職方典》卷一四〇五《桂林府部·藝文二》改。

〔三〕《古今圖書集成·方輿彙編·山川典》卷三〇二《灘江部·藝文一》「柳詩」下有「所謂」二字。

〔四〕傜，《古今圖書集成·方輿彙編·職方典》卷一四〇五《桂林府部·藝文二》作「猺」。

渡左江諸瀧記

九月十三日，出蒼梧，登閲白鶴觀，暮泊羅洲灘。

十四日，渡藤縣萱州。縣産蚺蛇〔一〕，釀蛇酒。隔江數里爲洲，洲有孤村，其氓採熬黄藤膏，點火眼。暮泊大灣。自此入大藤峽，韓襄毅公征蠻時斷藤處也。

十五日，渡白馬十二磯，暮泊白馬堡。

十六日，渡黄婆、五龍諸灘。午抵平南，復渡大、小黄岡諸灘，暮泊牛石堡。

十七日，渡銅鼓灘。自出蒼梧，通海潮，其瀧水多濁，不類湘、桂清流。至是水分兩大支，一入左江，一入右江云。午抵潯州，王參戎、夏尹諸官入〔二〕，訪談銅鼓之險。暮泊前村。

十八日，風，泊。

十九日，渡浪灘。吴子選日到横槎〔三〕，遽并力先刺船去。暮泊石門。自蒼梧來，鬱蒸不異盛暑，至不可衣單衣，而摇櫓人裸裎袒裼，猶汗流浹背。至是忽雷聲震烈，雨大作如注，頓覺瘴氣疎爽，人至穿夾襖子云。

〔一〕蚺，原作「柟」，據《粤西文載》卷二一改。

〔二〕入，原作「人」，據《粤西文載》卷二一改。

〔三〕吴子，原作「吴日」，《粤西文載》卷二一作「吴子」，吴子當指吴時來，他被貶横州，横州有横槎江，又称横槎，故據以改。

二十日，雨，泊。

二十一日，渡大壬灘。時風雨猶颯颯不止，秋氣蕭然。江中悄無行船〔一〕，岸多叢篙，其路通諸蠻洞。雖逆流不可挽纜，惟以篙櫓施中流焉。暮泊石龍岡，猿聲清凄，孤舟雨夜，不能不攪離人臆也。

二十二日，渡貴縣、馬騮諸灘，暮泊六村埠。

二十三日，渡大急水、小急水、四層諸灘。舟子云其境多剽寇。暮泊鄉江。

二十四日，渡大銅鼓、馬槽、烏蠻、龍門、泥壁諸灘，而烏蠻尤險。灘流駛處，噴如匹練，中突巉巖亂石，作澎湃旋舞狀，迤邐幾三十里。是日風順，舟子猶努力撑鐵頭篙，雖陰霧中，至汗透其衣。自辰至申，始克達云。灘上有漢伏波將軍廟，舟過者必謹謁祀。余作詩弔之，其云：「志託風雲堪躍馬，身依日月尚還珠。」蓋難其遭也。於時鷓鴣倒挂，諸異鳥啼聲徹耳，老榕蟠腫祠畔，令人益增悲歌感慨之思焉。

二十五日，渡黄泥、苦竹諸灘，因憶鄉人贈行詩云：「落日玄猿啼苦竹，秋風黄葉下烏蠻。」實境語也。午抵横州，晤吴子，相與話横槎風景，因入訪其旅舍。署州陳節推君攜酒過飲。暮泊横江。

二十六日，天始霽，辰發横江，渡上、下三十里灘。暮泊蕭李埠。

二十七日，渡磨㽕諸灘，野泊。

〔一〕悄，原作「峭」，據《粤西文載》卷二一改。

二十八日，發數里，抵火焰，有雷埠磯。風勁甚，不可渡，遂泊。

二十九日，風，泊。

三十日晦，晨發，渡老鼠洞諸灘，泊。

十月一日朔，渡永淳。其令朱君挾鄭博士追送。自此而上，水稍平。

二日，風，泊。

三日，渡伶俐水，入宣化界。起視其境，殊荒落，多出異竹木數十種，至桄榔，木本，類竹，尤奇。野有胡蔓、悶陀羅草，能毒人。村墟市果菜及擔負行者，皆婦人，蓋其俗如此。

四日，泊長沙。

五日，渡黄范，午抵南寧。余便登其青秀山，兵憲程君，郡邑長帥廖、吴諸君咸勞余于郊。越九日，始入戍舍，迺於是輟瀧游而棲遲逆旅焉。

奇游漫紀卷之四

記文　行役載途

烏蠻瀧夜談記

世稱蜀中峽、粤中瀧。余未游蜀，未獲睹峽狀。迺今游粤，渡諸瀧，真誠江道巨險，即亡論府江險最甚，其在左江諸瀧，若烏蠻灘，其著者也。歲戊午冬，余時以入戍遡流而渡。越庚申秋，余從戍所出，送家嚴君至蒼梧。出而順流，入而遡流，合往還爲一渡焉。又越甲子春，轅門檄余探海徼倭寇事，迺又從戍所出渡。蓋七歲中，三渡險瀧，幸無他患苦，良嘆奇遭哉！良嘆奇遭哉！

於時余挾横槎仙子陸生者登謁伏波祠，夜泊烏蠻灘上，談漢事，笑指岸祠謂曰：「若覩此公作何狀？夫逸夫之與豪傑士，未易同日語矣。彼所爲窮堅老壯，斷斷赤心報國，真漢奇男子。若屬玄修逸適，無意人世事，迺亦過式斯祠乎？」陸君曰：「嘻！蠖伏鴻翔，誠當其時可矣。風流遷客，何遽惱人如是？」余又笑謂曰：「若胡乃殊時論耶？夫嚴子陵、馬文淵，斯二人蓋同光武時，然子陵委志高尚，就徵不屈，思以其身挽世靡競之風。而文淵垂老功名，屢請出塞，至不憚衝炎涉瘴，以身殉國。夫斯二人雖殊趣，迺其致非繇一轍者與。子陵當仕而處以矯貪，文淵當休而出以矯猾，世之儌寵避難者，視二人宜媿死焉。夫談理性者，類擯其人爲未學，然彼豪傑士，顧又莫能效嚬拾瀋、依樣畫葫蘆云。」陸君者，王陽明子之徒也，聆至此而蹙額改容。余復曰：「王先生自比伏波，既建社稷功，猶不辭思田之役。雖委曲招就諸黠酋，尚稽正法。獨其憂國奉公效節不顧私，良無異伏波武溪事云。屬者安南不廷，皇赫斯怒。三將軍臨關按兵，承望相指，無能當上任使者。然無事後謗忌，迺於是益信王先生所爲，非顧毁譽、計利害者，即其學非空譚比矣。」陸君曰：「足下不聞灘聲乎？夫今淙淙奔湍，聽之若激，而覽覩之若飛舞者，彼其中有不能平也。然而巨險迫人焉，自古功名之際，蓋難處矣。故爲嚴陵則易，爲伏波、王先生則難。走故烏蠻人，敢忘烏蠻巨險哉？子休矣！談無所用之矣。」迺相與假寐舟中。明晨北發，與之舍而談逸游事。

游南山記

余夙聞貴邑南山之奇，初入戍渡貴，雨，不克游。庚申，送家君出渡，行遽，不克游。還而再渡，王少府預設酒招游，有主人矣，迺余心緒愴然，又不克游。及是始獲與陸山人同往游云。既渡江登岸，輿行可六七里，望見野疇，上有青嶂數撮，至則其撮高者，有窟如大甕。窟中有竅如門，入而景象軒敞，約可列坐數十人，亦奇巖洞也。巖上鏤佛像，俗子更覆屋椽焉。其左復有一竅空透，石傍鐫「流雲洞」三大字，洞之絶頂又復有洞，甚奇。天窗晶晶然，石乳初零，棧壁如劃，較視横槎空洞巖差小，其層邃複折畧相似，因口占一詩而還。復與陸山人箕坐江邊老木上，木中空，穴宛肖巖狀，遂名之爲「木巖」。余顧陸山人曰：「假令蜂蟻攢游其中，寧不類吾輩游南山誇奇乎？」相顧一噱，登舟北發。

渡羅滂記

蒼梧以東爲粤東境，余所未嘗涉覿，至是行役始渡云。三月二十三日發梧川，避暑吴尚書園亭。尚書即東湖公廷舉，粤西先正中最廉直者，桂梧靈秀殆鍾焉。

二十四日，辰發。於時嵐煙蔽江上，溽暑逼人，舟子裸衣摇櫓，余輩偃息蓬底，如甑中坐也。蟲飛緡緡撲鼻面，尤可憎。莫泊封川，竟夜不能寢。

二十五日，出羅滂江。羅滂，故寇境。兩岸重山迴谷，緑陰繁茂，望之，有和尚峯甚奇。江道苦不甚闊，諸蠻子時時乘輕舠出没其間，鈎行舟，剽人衣貨，近更猖獗。舟子云：「深山産漆樹，諸蠻子採以漆楮皮爲船，及作楮甲，殊輕捷。每剽得人衣貨，即連舟背負去。」地多胡蔓、毒藥草、菁茥，雜刺跬步，聞其穴，逕窈遠，至通大羅山藤峽八寨，迤接雲貴諸洞口，以故未易剿絶。官設打手邏警，往往計通互市，此殆守者責也。是日，余渡中流，忽遥見蓬跣數十群，披甲露刃。已而果扛小輕舠下江，若向余舟。余遽令舟子輩放銃鳴鑼鼓，急射矢，著山上樹，傳呼江面官打手防護。諸蓬跣者艤舟莫敢動。無何，抵德慶。其嶺有陸太中祠，蓋漢陸賈使南粤時過此。又宋李綱「玉乳巖」三大字見存，莫泊江灘，不寐。

二十六日，辰發，日晡抵肇慶。其江爲古端溪，郭外隔江，已據寇窟，瘴氣亦不減。經途宋之新恩春，即其屬州邑，真險惡區也。仕紳或以爲佳郡，意嶺外法紀闊疎，當得便所適耳。因憶包孝肅知端之政，且感胡澹菴流寓，鮮遺跡焉。肇慶守鄒奎山，余西曹時舊寮也，過訪舟次，尋載酒款余，至夜分去。

明晨，北發，鄒君追送江滸，因與余步游堤菴，更約往探七星巖，會雨，不果往。已而鄒忽挾其貳倅諸君各餽余金，余悉堅辭之。鄒君復贈余端溪石兩片，且云：「聞君旅居清苦，今又辭故人，金石當充壓船耳。」余斂容曰：「苟志得金，奚殊隔江人？」鄒君輩竦然起曰：「足下一言，媿墨吏敢忘加勉？」遂相與大笑，留其二石而別。

游峽山飛來寺記

自出肇慶，江稍平，氣稍朗，頓令人游興飛動。既轉清遠江，忽憶張子儀及方郡守曾爲余語峽山飛來寺之勝，亟趣舟往探焉。

俄見兩岸青峯插出，南北壁峙，匯其江流，束隘如帶，世稱兹境爲福地。余登其寺，果雅絶。有二禺祠、讀書坑，相傳黄帝二庶子大禺、仲陽隱居處。從祠左渡橋而上，有泉名定心泉，因坐挹泉亭，汲而嘗之，甚清甘。泉上爲觀音閣，諸僧云：「昔有高僧掘泉不得，忽觀音現，語曰：『汝禪心未定。』僧益定心超修，已遂掘得清甘泉焉。」余笑曰：「汝輩各各有泉，亦患未定心耳。」又轉歷石級而上。清陰礙日，涼飈爽然。有半雲亭，眺視曠處水石，覺已高，僧云：「此半山也。」於時扳磴捫蘿，直淩絶頂，果有古寺，名「飛來」云。寺從飛棧上挂出，穹懸欲墮，危雲幻界，縹渺一覽，垢消神竦，儵如清都。迺與同游客酌酒前亭，謂諸僧曰：「寺既飛來，會應飛去，何者爲客？何者爲主？」諸僧愕不能答。余與客同作「游飛來寺」詩。憩頃之，拂衣下山。諸僧烹泉水茶來供，坐峽寺方丈吸之。已乃從寺右躋探葛壇石，有葛仙亭，相傳葛洪煉丹處，嶺外葛洪遺跡不一而足。其所歆勾漏丹砂，今在粵西鬱林境，已爲傜寇占棲，亦無丹砂可採。古人寓指點化人，率此類也。近江有龍磨角，石甚堅澤，磨痕宛然。其左上爲達磨石，謂達磨西來時禪坐處。又下爲釣鯉臺石，趙胡釣鯉貢秦皇處。江畔有犀牛潭，晉咸康中崑崙國貢犀至此亡入水。余一一就視各勝，復從寺右上山，繞出絶頂後，探所謂孫恪遇猿妖，有歸猿洞，安昌期題詩棲隱。有和光洞，五色榴花及跋多羅三藏法師所見僧化狻猊石，咸窈没不可得。乃悟此亦寓指耳，即前所覽覩諸勝蹟，要不可膠柱猜云。

下峽寺，出門立，望其前峯聳然，對如屏障。僧云即縹幡嶺，唐將討哥舒晃，夢峽神縹幡助勝，遂名焉。又江灣一嘴迴環處，名凝碧灣，蘇坡老詩云：「天開清遠峽，地轉凝碧灣。」余因和其全首韻，仍於諸勝蹟各題一絶句。

夜泊峽江。明旦發，既發而聞大羅山寇是夜出峽山近畔剽掠，余尤喜奇游中脱一厄云。

游英德觀音巖記

英州，故多奇秀境。余從瀧水北渡，舟子云：「此名彈子磯。」遽起視之，奇瀧石也，又類小瀑布。已渡而泊觀音巖，石峯壁立，下有小洞甚低，入而梯滑。磴以上，復有透窗可瞰江水，結搆觀音閣，頗整。余與同游客小酌，録其閣上詩一首云：「青峯挂半壁，石洞縣方壺。玲瓏嵌寒壁，滉漾生虚無。凌風躡雲梯，靈光灼肌膚。青苔繡人衣，白雲凝香爐。老笠立而語，翩翩丹雀癯。久坐聞風泉，灑然沃醍醐。人世苦縶累，使我顔面劬。暫得眠石牀，其樂如清都。」我明吴廷翰作也，不知何許時人。已而下磴，遇一道人，指示洞逕窈暗處云：「此觀音鎖妖猿處。」余笑曰：「世間妖猿何限？恨不遇真觀音悉鎖之耳。」因作游巖詩，以真假觀音命筆，不復寫景，蓋已有前人佳題也。更聞邑郭數里外碧落洞奇甚，時日已下舂，不及游。聞其洞名「到難」，真到難哉！

英石玲瓏嵌空，有數十種，大都産巖洞，百粤瘴烟至此亦幾净云。廓然子曰：「余渡湞江，覩記英州巖石之奇，蓋懷唐子方之流風未有遺焉。」

及轉曲江，披閲《曲江集》韶石諸山詩，追稽張丞相、余經畧兩公，迺益嘆山川萃秀，産彼良材，將相雙超，裒然名獻，信「嶽降生申」之語非虚也。重以慧佛出世，大闡《壇經》宿刼，積迷破洗，殆盡彼所謂真觀音者非耶？然海内迂儒狡士，拾其涎緒，蔽我貞修，猶自高談闊視，託附理學，可慨已。余獨怪地靈人傑，氣機化遷，自兩公迄今數百年，彼其人安在？余蓋徘徊其間，竟日不能去。

游曹溪南華寺記

佛氏之離障近正者，莫如曹溪。方其説法度衆，曾依寶林，厥後更號南華。自唐迄今幾千餘載，爰聞山澤鍾靈，諸梵刹猶然浄爽，不類嶺外境。余夙欲結游而未有會，迺歲甲子初夏，余行役過韶，於時有陸山人偕。陸山人者，善參禪宗者也，因與欣約爲曹溪之游。

是月七日己卯，渡濛瀼〔一〕，始覩曹溪。流殊清駛，將循厥道而登，苦闞肩兜子。越九日庚辰，抵韶，少憩隔江之通天塔，行有刻矣。韶守吕湘泉君渡江來訪，邀游芙蓉巖，還復設宴塔寺。竟日且止。

明旦辛巳，余與陸山人戒途凌策諸峯，而南逾五十餘里至曹溪，始覩卓錫泉及滐溪，經流大清迅。既入寺，見六祖真相，遂至方丈，占《佛笑篇》，且語陸君曰：「曹溪真訣，不離自姓，一切法相，悉名幻妄。今兹肖形建刹，其謂之何？」陸山人曰：「相亦非相，法未着法。」余笑曰：「子六祖後身矣。」衆僧聞而愕然，因乞解《楞嚴經》。隨出，步諸境，登大鑒靈照塔，憑其頂，眺諸峯，南華形勝，悉具隻眼。便翻寺志，獲識象嶺、爐峯邐蹲前後，迴擐疊嶂，襟帶曹、滐兩溪，似兹占奇宜挺異。衲方相與話曹溪本指，須透生死關，方成徹悟。

俄而風烟四合，雷殷殷起，雨且飄塔中矣。余亟欲下，陸山人未有行色，姑挾之下第二層，復

〔一〕濛瀼，《字彙補・水部》「瀼」字下云：「瀼，瀼濛，驛名。在曲江縣。」

話《易》「震驚不喪匕鬯」，沉吟作詩。無何，雷適自塔中起，陡聞猛震一聲，從高覆搏，大似金峯酷裂狀。顧見火迸閃塔中，恍類撒星抛毬。諸從者已暴然僵仆，如風折枯株，噤無奄息。余神色自若，徐呼陸山人避牖外。於時赫赫真如，浄根頓徹，令人罔可容纖私，誠本來面目也。已而火遏石頂不散，塔傾可虞。余復高聲呼諸從者，其一人稍甦，猶瞑眩不成步，余迺拉陸君從火煙中先尋徑而下。遇二僧僵始甦，其瞑眩不成步如從者。又下一層，則二僧僵不起，或方舁之去矣。余兩人端坐相顧曰：「今番證明真果，洞徹生殺圜機，去來自由，如如不動，良若斯乎！良若斯乎！」

尋令寺僧登瞰從人，余所從四人者，其一人亦甦，手持寺志及余《佛笑篇》片紙，雖經火中無恙，然與前甦者皆不省何故；又燎眉、足、衣袖，衣幾危；其二竟僵不起，如僧數云。塔頂角及其下剥石皆霹裂，而僵者一人霹角傍，更楚僧一人霹剥石。諸寺僧遥見火烟罩塔，雷聲震撼辟易，聽者輒股栗走，度塔中人必難脱。而余二人獲無毫髮損，咸以爲有神護云。余顧心憐諸僵者，愀然發惻隱之容，既乃唤僧徒收而封之曠原。

余爲唏嘘，起曰：「嗟乎！蠢爾暴折，倏驚魂離。夫造物者誠堅淬，余儕詎意猝迫此蠢氓乎？余蓋傷胞與懷云。」又曰：「凡夫褫神哲者辟險，鴻毛泰山，理齊用别，余儕宜戒游矣。」陸山人曰：「《易》象天雷無妄，《書》載納麓弗迷。故時有儻來，機無必測。在昔富鄭公經霹靂而悟入，劉元城養浩氣以没寧，王真子洩《易》蘊而召攝其諸雄。夫偶值類異凡流，載籍所傳，良非幻界。且今一震而褫神，以往與其復還者幾相等焉。吾二人顧同參證之，如夷境也，奇孰有逾此者乎？夫神者爲主而不爲客者也，造物小兒，神樞化轍，匪關損益疇變，玄黄芻狗，庸愚足下無過怛矣。」余斂容曰：「果哉！適且神乎哉！吾將廓而徹之乎形骸之外，而愈固密之乎形骸之内。吾目中已失南華，其孰謂斯非真我與？」是夜，假寐南華寺，於時精神聳發，夢魂更清。余夜半起，撫同游者曰：「此真子時大活。」

明旦，壬午，詣禪堂索曹溪衣鉢觀之，向所留傳已焚，今其湊泊成者。僧復出唐宮中所捨繡羅漢及正統時捨繪觀音像，絶佳。遂與陸君前步曹溪，仍策諸峯而還。詔守隨訪舟次，因相與話茲異，詔守竦然起語曰：「貞夫秉衷，逸流證果，妙賦超突，斡此殊艱，邛畏兩夫，君神定哉！」便自及洞庭遭風不亂事。余私矢心曰：「余儕好奇以眺岡，宦人履恒而渡澤，猶經不測事。若斯史家所稱引，豈獨嶺瘴傾人？誠有味乎，其語之也。士當彌自鍊修，必成偉丈夫志。寧復趦趄顧忌，沾沾作兒女子態耶？且今亡暇佛喻，即學聖學，要惟貴我養吾常，我以有常應無常，方將役物而不爲物役，又奚問其不測矣。」《易》曰：「先天天不違，後天奉天時。」敬念哉！記之《游南華記》，永以自觀省云。

奇游漫紀卷之五

記文　編管寄適

游鉢山記

鉢山據横槎上游，以其山形似鉢名。或曰：「仙家以傳衣鉢。」余既適戍朗寧，而吴子戍横槎，因約余爲鉢山之游。己未夏五月，余乘休暇，挾一山人、兩秀才駕扁舟往訪，遂以是月十五日並吴子游焉。嶺表氣候靡常，雨暘倏换。諺云「四時都是夏，一雨便成秋」，又云「一日備四時之氣」是已。是日，曙色依微，浮雲旋合。僕夫方索雨具，忽捲雲露日光，炎風飄颺，瘴煙乍爽。余輩騎者、舁者、笠而負持者，冉冉出林塘上，大爲荒裔添景槩云。

越數里，抵山麓，躡塹而登，小憩半山亭畔。徘徊下瞰，大都村墅蒼凉，而嵐靄中篠簜交覆，村民伾伾似野鹿。同游客復召而與談蚺蛇吞象〔一〕、箭猪射人及影蜮藥樹諸怪狀，余輩爲之呀然。已迺各啜荔子茶一盃，復扳峻級踵其顛，四顧羣峯背立層峙，或撑出其左右掖，宛若屏障焉。山腰霧氣騰騰，漫成團蓋，環以鬱江，流注不舍。余望秦少游海棠祠，因指謂吴子曰：「嗟乎！斯非有宋才人士耶？當其編管瘴鄉，傲倪人世，海棠醉吟，隨緣寄適。其詩云：『醉鄉廣大人間小。』殆幾乎任心放誕焉，今其風流猶繫人祠也。而彼窘擠督過人者，彼其人銷沉久矣。吾與若寓形大廓，其又誰爲逆旅乎？」吴子曰：「噫嘻乎！夫棼忮之習，世鮮避席焉。闊希有遭，抑或不朽。昔晁無咎自賓陽來訪秦少游，眇忽事耳，至今猶鐫像海棠祠以爲奇。矧吾與若，今者所游，又安知其遂泯泯云？」余笑曰：「泯不泯，於人無與也，顧吾自有真不泯者焉。夫今村民所談諸怪狀，方且鄙夷其荒裔。然彼有宋才人士者，其中土不能容，而此荒裔人顧獨知愛好之也。吾與若苟遂率厥真游，即荒裔人自苦矣。」迺爲擊石而歌，歌曰：「白雲飛兮水泱泱，海天一瞬兮余胡爲大荒？」吴子愀然改容，已而和之曰：「俯高岡兮樹蒼茫，嗟我懷人兮天一方。」於時客同游者歌曰：「天地爲廬兮濯滄浪，伊人大夢兮莫適我狂。」歌未竟，俄望麓林中有客飛騎攜榼而來，衆歡甚，舉酒邀客共歌之。客曰：「酌樽罍兮奚所望，河海宴兮陶唐。」余起，徧觴客曰：「善哉歌乎！夫居者歌以適，遷者歌以懷，玆舍生者，自靈之竅感乎物而動者與？奚暇工拙論矣。夫山，物也，而游者觸乎其竅焉。竅觸而爲響，響萌其衷而徹乎外，其相感而通也。有幾焉？幾所丕應，謂之風。彼客者，非聞其風而興者與？夫山，物也，人亦物也，物之幾感乎物，蓋皆假象，以動而不知其有真焉

〔一〕 蚺，原作「柟」，據文意改。

以宰之，兹所謂人心物境一真流徹，而造化在游人者與？夫吾所爲不朽與？今荒裔人所愛好，意在斯乎！意在斯乎！」吴子曰：「旨哉！渢渢乎！夫仙家所傳衣鉢，殆無逾此矣。余方弔古尋幽，籌岐路之升沉，别異代之清濁，微子其能忘言乎？諸君且休矣。」

於時衆攝衣下山，尋由舊徑而歸。道上蛙閣閣鳴水蒲，聽之若狗吠。土人云：「有巨蛙如鷄。」而池蔭邊茘子方丹，因復坐樹下摘啖之，衆各恣其飽飫去。而余與吴子更登江樓，洗酒杯，并邀流寓人一中翰、一御醫偕，列楹而飲，歌停杯問月之章，追秉燭夜游之興，傾壺吸之。俄聞雞聲喔喔，僕夫謂漏下二鼓矣。蓋粤中雞叫無常期，類若此。衆散露坐，則月華方滿前墀，漪竹參横，萬籟俱寂，望之銀河朗朗相絡照，因憶蘇子瞻云「嶺外風氣月，明時是中秋」，良謂瘴煙擁迷，殊未易可得月耳。而今余二人者得之，爲勝游，述游記以附宋遷客風流事。

羅秀山游談記

邕巨麗蓋稱青、羅二山，青山在郡東南，濱江而介通衢；羅山獨窈然峙其西北，其名秀，蓋以道人羅秀曾居山中煉攝。故余得數數出青山游，顧獨羅山闕游焉。

乃歲辛酉夏五月維閏，赤符届時，羲和弭節。客有岕然冠廓然衿者，群造謂曰：「若胡乃蕭蕭杜門作旅人〔一〕，盍往寄勝情？諸衆請肅徒戒觴，傒若羅秀之墟。」余笑而應曰：「時哉！《記》稱

〔一〕蕭蕭，原作「蕭簫」，重言象聲詞兩字相同，後一「簫」字應是艹、⺮混用所致，據《古今圖書集成·方輿彙編·山川典》卷一九四《羅秀山部·藝文一》改。

居高明，遠眺望，升山陵，謂兹時哉！」迺約浹辰，辛丑維期。

及期，余晨乘竹兜子出城西門，偕客閱演武亭，和壁間詩，隨踰横塘而北。時修景方陰，歊暑暫滌，霞明江岸，霧起山嵋。乘凉行數里，越心虚村。熏風徐來，忽日晃晃赤林際。遥聽馬蕭蕭鳴，望之人簇簇立。至則客峩然冠、廓然衿者，榼觴待久矣，遂相攜策而進。無何抵山麓，麓有方塘，名天池。循麓而登，古廢寺基在焉，有鏞塌卧草間。又循而登，爰覩一寺，輪奂新飭，彤髹宛然，佛儼顔坐上坐。其面臨陽，殊爽塏。前抱一亭，青松森夾馳道，白雲飛揚，鳥蹌蹌鳴不止，殊有幽致焉。乃推弈秋之枰，飫廉頗之飯，啜茗而登。俄見翠微中突一青塢，旁植柚、柰、橄欖諸果木，長林豐草，爰清載幽。復有鏞塌蘚苔間，丹竈微茫，羅生安在？時則今古交懷，而槃娱彌劇興矣。

於是客善弈者方更角弈，而余獨與客善登者登其顛，覽陸離之光，蒐滄嶼之槩，樹曖霏微，物色靡辨。客且左右顧，具爲指點，大都青山當其面，奎岡挾其掖，衆山環立其旁，而郡城郭雄據中界，厥勢面青而背羅，襟帶鬱江爲池，隱然成雄觀云〔一〕。余迺南瞻銅柱，則高伏波之勳；西眺崑崙，則大武襄之畧。倐然拊髀起曰：「嗟乎！『自非曠士懷，登兹翻百憂』，然哉！然哉！」衆嘻而下。少憩緑陰中，更啜清茗一盃，席地布几筵，摘林顛橄欖餐之，人懷一枚。

已而客角弈者從崎徑上，遂設酒核〔二〕，傳盃交歡。酒三行，起，復入前寺，縱觀郊坰。時大風飄發，松颯颯響谷外，客顧余笑曰：「朝來密雲不雨，今風動哉！」於是爲黄鵠之歌。而余與客故善歌者，復倚歌而和之，其辭曰：「黄鵠一舉兮絶層林。」又曰：「山高兮水深，松風吹雨兮龍吟。」俄

〔一〕觀，原作「管」，據《古今圖書集成·方輿彙編·山川典》卷一九四《羅秀山部·藝文一》改。

〔二〕遂，《古今圖書集成·方輿彙編·山川典》卷一九四《羅秀山部·藝文一》作「道」。

雨滂注，田疇霑足，村甿走羅拜曰：「久苦旱不雨，今幸奇人士帶雨來，村甿有造矣。」已而雲收雨歇，顧望烟翠騰林，炎蒸浄洗，風前互詠，光霽悠然。衆相顧謂余曰：「游樂乎？」余應曰：「陶性靈，宣幽滯，聚而不恌，邇而不偪，樂乎哉！乃若覩雲物而興思，撫羲娥而稽志，將其懷矣，奚暇樂？夫樂不罣山，懷不依山，山乎！山乎！若又安所得樂乎？」客問青、羅疇勝，曰：「青曠而雅，厥眺維江；羅岑而幽，厥眺維陸。夫羅山者，松森森青梵宇耳。青山有巖若泉，面江而帶郭，勝青山者人情乎〔一〕？雖然，勝不在山水，在游山水人。故山非能勝也，人好游山者勝之。故峻標行者，勝其高碩；量者，勝其寬；虚者，勝谷清。而静者勝泉，幽者勝林木，仰勝霽，俯勝景，故樂者感樂，懷者感懷。夫山非能樂且懷也，人感而天動焉。故物生而有神，神寤斯覺，覺斯有嗜好，有嗜好而靡察，將復迷厥神矣。且夫窮搜覽之乘，探奇絶之椒，游之恒跡也。含毫飛管，高眺而遐思，騷流文詞匠所爲寄適也，辨方攷壤，采形勢之要，握樞而運籌，勞人志士之規也。無我無物無遠邇，幽深超玄機而見天，則達者觸應之悟也。夫奚啻流連光景，校青羅於形肖間哉？」又曰：「山有色有象。青標色，羅標象，山之較致也。故山不擇壤，爰就其高；水不擇流，爰造其深。夫人有包羅萬象之懷，以覽覩山之青青者，又奚小乎？」

青羅同游客爲：韶郡守陳公，善談玄。羅浮山人劉君，善詩。鄉進士朱子、陳子，俱善歌弈。衛將軍王侯，善飯。記之者，遷客董生也，蓋無一善狀焉。

〔一〕勝，《古今圖書集成·方輿彙編·山川典》卷一九四《羅秀山部·藝文一》作「愛」。

雷埠石壁記

雷埠磯，在永淳之南，去火焰可里許。厥石聳突成山，廣袤數十丈，戢而森森者、龜背者、駝而負者、鳳舞而豹蹲者，環旋其左右。兩崖相對，夾之湍流。厥壁峻立如巨障，復突一尖者於江心，互其崖石，宛成二門。粵自横槎而上諸瀧，惟此爲險。諸瀧之石，惟此壁爲勝。余初入戍渡此，方搜奇時，未暇搜及也。至是，挾友朋出游，既得之，喜甚。爰告歐陽巡道鐫石顛，而歐陽君欲鐫余名。余笑謂：「名石不名余。」迺相與假重王陽明子鐫之云。

董子云：余記雷埠石壁，良怪物有遇不遇焉。夫斯石壁者，余即不出游，雖經一再渡之，猶詈而過。矧諸未得渡者與？然則奇巖石之泯泯荒僻者，又可知已。雖然，石無奇不奇，人奇之即奇；苟不奇之，亦不奇。夫石塊然，無問奇不奇，其又奚假余輩名哉？

衆妙巖記

永淳縣之北幾三十里，有村曰滕村，去江幾三里。村突衆山環而拱，其一有二尖石插左耳，各聳丫髻，宛若仙人。厥山面乾而背坤，中開大竅，朗然一室。室高二丈許〔一〕，縱之深於横寬，可坐

〔一〕高，原作「亭」，據《粵西文載》卷二一、《古今圖書集成·博物彙編·神異典》卷三一四《異境部·藝文一》改。

百數十人，是爲廣莫室。室中有石，仰而若吸，厥狀類蟾蜍，名之曰玉蟾。其蹲而坐者，曰獅子。坐背石削如屏，曰石屏。石尖而懸，厥文若裳，曰石裳。室之左有隘竅，游者燃炬而入。行數步寖廣，有門訇然，夾以石柱，名之曰一天門。中有石臺平而邃，若龜，是曰石龜，其上有石鸚鵡。循龜而行，復有一門，門之奇逾初門，名之曰二天門。入而厥道彌寬〔一〕，有石踞且昂其首，其上有月形，俗呼爲犀牛眺月。背有二石室，一室有竅通天，名之曰天窗。循室而左復有門，門之奇尤逾二門，名之曰三天門。其右有窟，徑而長，游踪率置不入。爰入三天門，門列三石室，厥道彌寬且平，轉履石級緣之，方臺不斲而坦。厥石立者、斜倚者、臥者、垂耳者、肩而摩若負持者、曲肱者、背而坐者、蒙衣者、妍者、舞者、肖衆形者、鏤文者、空而鳴者，錯而森其中也，是爲衆妙洞天。

於時逾一小橋，橋濛煙苔，側足而渡，下有清淵泠然，注不舍。石頂有大佛，神工斧出，宛成貌象。厥乳滴而成柱，名之曰佛柱。有閣曰佛閣。循淵而入，其左有窟，甚長。右一窟有響石，厥聲鏗然，俗呼爲銅鼓。隔淵有石，合而中開，削成龍象，俗呼爲臥龍石。其傍有窟，不可渡，沿厥故道出二天門，左有徑窟，可達廣莫室。

歲壬戌春，廓然子從三僊客游兹巖也。僊客者謂「玄之又玄，衆妙之門」。於時括而名之曰衆妙巖。

〔一〕彌，原作「瀰」，據《粵西文載》卷二一、《古今圖書集成·博物彙編·神異典》卷三一四《異境部·藝文一》改。

青秀山記

粤西奇山水，大都在桂、柳諸境，而邕、潯罕著稱焉。意其湮没瘴徼，諸民人茂樸不好游，無從搜剔荒穢。即有奇，安所得覽覩？若邕之青、羅二秀，雖已昭昭人耳目，然羅山峙僻村，無甚奇。青山即跨鬱江，可常游。其中石泉清甘，絶頂洞朗朗如天窟，悉皆翳棘莽、礙欹徑，石又亂出障其竅。即邕老人不一步而知，矧諸寓紳忽漫游。余得淹卹兹山，數出探諸勝絶處，稍稍爲棲息計，迺亦居久之，始得石泉于叢草中。遂剪其蔽，爲石龍口盛之，以便汲吸。又久之，因挈友人避暑山巔，箕嘯連日夕，始從絶頂上望見巖際有數隙，相視罅中塞土，意其爲古洞，遂掘而得天窟焉。以余得之艱，於是邦侯、鄉大夫各各爲余結搆其上，亭榭臺池，宛成勝境。余既屢從諸人士游賞，不能徧憶記，爰記其山中景，各爲命名，以須後來人。

記曰：青秀山，故當郡右，去郭可十里。高不下數十百丈，有上、中、下三層。廣袤幾數里，厥背負陰，厥面迎陽，厥陰介陸，厥陽臨江。客游舟而馬者良便云。山勢自東南來，連亘西北，迤若蛟蟠，矯若鳳翔，一名鳳頭山。其左有蛟潭，今聚大魚，噴潭水有聲。離潭里許爲山麓。游者從中而上，有石級，歷級數仞，一門累石而成，是曰石門。門之上有大巖，里父老緣而屋焉。屋凡三楹，四面皆石楹，可容數十人，巖氣從屋中騰騰上，命之曰煙崖石屋。屋右道狹而峻，有石壁濛煙蘿，俯眺鬱江，殊清曠，是爲滄嶼蓬瀛。壁傍循級而登，有巖層而窟者，連絡如兩斗，命之曰雙斗巖。其頂平疇一幅，蓋鋪出二里許云。屋左道甚坦，厥石削如屏者稍聳峻，道上行可三十步，有泉從石中出，清若冰晶，甘若露凝，泠泠然晝夜注不舍。村民汲以烹炊，視汲鬱江水便數倍，游客尤藉之解醒濟暍渴云，即余所尋得盛石龍口者也。歲辛酉夏，郡守郭君、守貳張君以余故，爲亭其上。余以原泉混混可喻學有本，命之曰混混亭。未幾，分巡兵憲徐君行部至境，謂余雅好斯泉，鐫泉畔石曰董泉，遂更名亭爲董泉亭，刻詩其上。余益得專泉亭之幽勝云。亭下有臺，臺外有池種蓮，是曰青蓮池。出亭緣土級而登，厥道亦坦，又可頫視諸空闊處。余因自築臺一區，命之曰白雲臺。而徐君復檄郡守方君輩於臺上搆室三楹，命之爲白雲精舍，鐫其左高石曰青山白雲，右曰海天一覽。余復於精舍中題榜子云：「天空海闊中原界，雲白山青萬里心。」寄思也。巡君因爲《白雲精舍記》，碑之舍中。而守君《青山記》復以茲山歸重余，余殆莫能當焉。舍左有片石如劃，爲余試劍石，其孤聳可眺鬱江者，名釣石。從兩石中道上爰達平疇，平疇者，謂山平衍若田疇然。蓋積石中獨包曠土，亦一奇也。疇上塊石疊出，中夾青松數百株，旁插蒼梧花，覆之方池。爰有村民數家巢其腋，宛若仙家。左卧仙人沖退石，仰控履跡，俗呼爲仙人履。其方而蹲者，介莓苔間，題曰松風水月。循疇而登，有古佛寺，寺鐫元人碑記，厥名青山寺，文蘚剥不可讀。寺右有巖甚奇，命之曰遲仙巖。巖上石乳滴成池，是曰天池，蓋泉脉也。巖頂有洞曰天窟，洞有門曰玄玄門，即余鑿塞土命名。緣門側足而上，有石壁一片，厥形平，厥色赤，命之曰天南赤壁。壁鋪平臺，寺出其下。爰臨而眺，其面五象峯朝焉。天覆如蓋，江環如帶。

余每坐而心賞其中，郡因爲作小亭，通四面，余復命之曰浩浩亭，蓋援「浩浩其天」之義，庸戴明時浩蕩恩云。而巡君更題其洞爲洞虛，刻詩扁亭上。亭之下有小巖峙其左，是曰卷石巖。巖左復有坦途，行人繞出其背，即所謂負陰介陸者也。其東沿途而上，大塊聳然，遥挾岡脊，有古石佛在焉，是爲山額。蓋赤壁爲鼻，寺爲頂，平疇爲大腹，而原泉、斗巖夾其雙腰，鬱江圍其四面，厥脉連如貫珠然。以故山不高而秀，水不深而清。較視西北之險峭爲善云。舊名青秀山，今仍其本象。

廓然子曰：余記青秀山之奇，蓋不敢以余譴辱山靈焉。雖然，余得澹澹然游兹山，假之逍遥成鞅，即兹山不應舍我作主人矣，謂余記之爲宜。嘉靖甲子春正月上元日記。

奇游漫紀卷之六

記文　羈旅棲遲

飛廬記

余家水國，習水行舟，即雇小舟從巨浪中行，其疾如駕馬，更穩卧，無他虞。史稱吴人使船如使馬，蓋記實也。既戍粤中，恠其江道多瀧灘，粤人又不慣操舟，客舟至殊少，即興發思出江游，輒苦無雇舟便。歲己未秋，余始買一小舟，爲稍廣其腹，令可坐七八人，中設小榻，僅盈席，其上作軒篷，旁開小窗，垂以短簾，兩頜各置雙槳，命家僮自操之。每當日融風恬，雲輝雨浄，若層霞並山光綴采，或皓月與江練澄空，於時觸景闢心，興言鼓枻，迺更縣不繫之颿，攜不速之客，飄飄然與波上下。登峯以遨，臨磯而酌，間自吟其意興所到，從者和而歌之，無論協窾，咸適也。醉則駢卧篷底，放之中流，任其所泊而徜徉焉。興窮輒返，故所以爲常。

夫物苟適興，靡校洪纖，余兹一葦航，豈劣千楹廣厦哉？庚申夏，余乘之出横槎，下烏蠻灘，遲家君南來。是歲秋，余送家君北歸，復乘之出蒼梧，留連舟次逾月，往還歡晤，離愁并牽衷臆，於時隱然生侘傺焉。當晝皇皇，獨與風舲篷窗爲互，或抱膝而吟，或挾書以卧。中宵夢醒，起坐拊髀鳴榔，顧瞻明河亘薄牛斗，私又依依不能置也。詩家所留傳「大江流日夜」、「孤舟無四鄰」，每一朗誦，輒令羈士憂心如酲。人代靡恒，曠懷非繆，而余匏繫炎荒，水鄉在望。雖假兹舟作吾廬，猶思插翅故國，直瀉數千里爲快云。《詩》不云乎：「我戍未定，靡使歸聘。」「静言思之，不能奮飛。」爰因説文，名之曰飛廬。

夫人生寄遇天壤，良無異芥舟之漂巨海。而健者且攖恪華屋，務競奢麗相雄長。乃今飄蓬蹇遘，兀自栖栖雲水間，無問險夷，一棹累日，若常穩卧者。然鷦枝鷃蒿，固分宜爾。然余明發不寐之懷，每厭結維而慕遐舉，殆猶以飛廬爲滯行踪也。而世既艷然名閥，役志疲神，方復畢力規恢，日爲嗣昆計，千億尚苦，歲晏莫支，營營罔息。一朝晷運推遷，滄桑數變，視余假棲息之安，充俄頃之用，將又誰久而誰暫哉？抑昔人有從省官住舟中者，余戍也而得飛廬所覆庇，明時匪鮮淺矣。會有羅浮山人者貽余詩曰：「出往船如屋，歸來屋作船。」豈得飛廬趣者歟？述《飛廬記》。時辛酉暮春之日。

雲飛疊亭記

余自家君北還，心悒然不樂。幽情滯思，靡假宣洩，精爽發育，瘖數積矣。乃時時挾賓朋出游，水於舟，山於馬，花竹於林塢。諸流覽從吾所好，冀以敖盪舒鬱陶焉。然力不能數出，又出輒疲，即暫遣衷臆，歸而興倦彌膠結也。因念旅舍之東偏有小池，可亭，亭且便適興，余私心懷之而未就。季夏四日，余以家慈誕辰，晨興爲二親祝，方更踟躕立池畔，顧瞻雲飛，脈然會意。乃遂伐青竹數十竿，於明旦插池中心，爲搆方亭一區。其上層更結圓塢，若小樓狀。四面爽塏，圍以篷村櫺，編荆爲舖，揭茅爲蓋。越五日，亭成，盎然臨水而不蕩，翛然迎風而不摇，欣獲周旋不舍焉。余迺下設竹几，上置蒲榻，倚淪鏡以涵輝，披林薫而舞藻。升高北望，緬藹停雲，心遠神醒，兀如假卧，了不記天壤之寥廓也。屬池面紅蓮盛發，芳馥襲人，仙子凌波，顔華如洗。蓮外漪竹挺青，巴且扇緑，都爲幽景添奇。

於時臯郡使君、鄉大夫、學博士諸生若諸游客好事人，咸携罇醪過賞，徘徊亭渚，手摘蓮子生剥之，嗅菡萏之清芬，擘露房之永藕，雖無金縷，猶勸碧筒。余時益增戲彩思云。然而亭未命名，客或謂余曰：「池蓮有戲彩之思，亭雲有飛篷之感，子所寄適良苦矣。抑子亭感雲飛而成，又疊亭奇甚，盍景唐狄氏名『雲飛』諸？」余惟瑣搆雲殊太行薄夫志謝名獻乃其羈旅遼索之懷，惄然懸清温而抱饑渴，固將倍徙昔人焉。客善忖心，敢不名客所命？或又曰：「浮雲游子，未若太虚無成。」雖然，余於赤衷殆不能自已云爾。亭成于辛酉六月之十日，至七月朔日作記。

素寓譚記

余羈戍邕管，僦民間舍，屢易矣，及是僦陶舍舍焉。愛其屋不雕繢、路不築、墻不黝堊，名之曰素寓。客未喻余指也，或過而詰曰：「子寓數遷矣，抑斯非子有也，子僦寓耳，奚其素？奚其素？」余笑而不應。

他日，揭素位章于堂。客曰：「子謂斯素哉？素自子行，曷庸名寓，名寓不已迹乎？」

曰：「素義云何？」

曰：「其諸子孟子所稱，若固有之者與？」

曰：「然則，奚爲其不可名寓？」

曰：「吾以寓爲蘧廬，以身所處富貴、貧賤、夷狄、患難爲實境。素於實境，斯自得。素於蘧廬，斯狗象。」

曰：「旨哉！有味乎，其言之也。抑孰知富貴、貧賤、夷狄、患難之爲蘧廬，而吾之素行乎其間，斯爲實境乎？若然，雖身所處不齊，自吾素視之，皆寓也。夫人役役外物而欣戚于得喪不少休，彼殆狗而有之爾，誠即以寓視富貴、貧賤、夷狄、患難，斯處之靡不齊云，子又安知吾寓之屢易者，將自有不易者存哉？且吾舍人之舍，即吾舍也，吾與人咸無得而有焉。雖不雕繢，不築、不黝堊，非素；即更雕繢焉、築焉、黝堊焉，非華。華素在人，不在我。吾知自得吾素耳，奚問其爲僦不僦？夫吾暫僦之爲寓人，縱恒居之亦爲寓，又豈謂吾之素名辱人之華屋哉？然則斯名雖長存焉可也。」

於是素主人榜之爲素寓，而列其譚爲記。

居易齋記

素寓之西偏爲書齋，齋凡三楹，隘僅可容几席。余坐而游息其中，覩浮雲之四馳，攬庭草之交翠。居嘗閉關却掃，湡湡然憑几側席，間蒐故實詠歌焉，頓忘其齋之隘也，而顧以爲適，於是命之爲居易齋。

或曰：「子履憂患投艱矣，名易，左哉？」

曰：「而不聞《易》乎？乾之健，君子蓋法之，自强不息焉，乃聖人顧《繫》之曰『德行恒易以知險』。故非易莫知險，非居易莫濟險。《坎》之有孚、心亨，《蹇》之反、修，《明夷》之利艱貞，《蒙》之正、志，《屯》之盤桓、居貞，《否》之儉德，《睽》之同而異，《困》之遂志，《履》之幽人貞，《艮》之思不出其位，《旅》之貞吉，《節》之議德行，《震》之恐懼修省，《需》之有孚光亨，《損》、《益》之與時偕之，數者咸順變以成乾者也，其斯爲居易乎？夫乾雖以易知，實以克艱成。故君子嘗易其心焉，及乎臨事應變則又其難，其慎而罔敢自暇逸者，凡以成其易也。語稱『動心忍性』，凡以成其不動心忍性也。故聖人垂素行之訓，猶諄復誡之曰：『君子居易以俟命。』易即吾素也，居斯行不息矣；命即吾外也，罔安命，斯行險矣。夫人窮通，異時也；順逆，殊勢也；常變，各務也。苟惟順理而應斯，隨所處得其道，曷非易焉？將徒狥物而求斯，隨所處失其道，曷非險焉？故居易者，人雖能險其迹，而未必能險其心。行險者，彼已自險其心，而又未必不險其迹。然則君子宜何居焉？余之名吾齋也，特有志於君子之自强不息，而未之逮云爾。豈謂適厥易而忘戒懼哉？」

齋之左偏小室設榻焉，命曰反身室。夫反身者，必于室焉，斯幽顯一矣。蓋君子不怨天，不尤人，反求諸其身。其惟居易乎！其惟居易乎！余將思其艱以圖其易，方日惕而厲焉。庸記之，以附銘盤、書紳之義。

自得亭記

素寓之東偏有池云，陶囊轉僦何氏矣。乃何氏子舉人天德，故從予游，游且雅。爰空其池，屬予寓，而陶嘗搆小竹亭，臨池邊，予因得晨夕眺游焉。每登亭凝睇，時見禽魚下上，竹樹參横。池外瓦舍荆籬，宛若澤國，雖城市中不減幽致云。間留客彈碁賦詩，或挾朋徒傾談論，臨流釣魚，未嘗不黯然有吴淞江之思也。因誦老杜「水流心不競，雲在意俱遲」之句，愈又躍然思焉。

一日，何生過余，坐亭上，請余名斯亭。余曰：「亭非吾亭也，吾徒得而眺游云，其名『自得』乎？」何生曰：「先生登且黯然思已，又躍然不置思也。某懼水雲添愁矣，奚自得之有？」余時俛仰顧而長嘯。有寄寄子者語生曰：「若泥象乎？吾語若自得，夫亭，人亭也；池，人池也。吾寓不期池而池隨池，不期亭而亭隨吾，且寄吾適焉。世之物，曷非亭池類哉？蘇子之江風山月，狹矣！狹矣！抑水雲於我有觸焉，若記憶河東語乎？『淵然而静者與心謀，悠然而虚者與神謀』。夫夫君之黯然思躍，然不置思者，意在斯與！意在斯與！然則歡愁無異指，思適有同懷，即令游心吴淞江，要非位外之願，奚而非自得哉？夫君之志，自得也。志其大，俛仰顧而長嘯，其又曷泥亭矣？」何生醒然起曰：「吾聞諸孟子輿氏，自得之，則居之安；居之安，則資之深；資之深，則取之左右逢其原。先生匪惟命亭，其兼命池哉！抑匪惟先生志自得，其命某共深造哉！」於時寄寄子大笑去，而余竟俛仰顧而長嘯。

奇游漫紀卷之七

雜文　滄嶼寓指

游山説

廓然子之游粤中青山，以寄況也。迺於是獨游、與衆游，或適而游、舍而游，或靡所嗜好而漫游，蓋時時不厭游，抑不礙游。或曰：「游大哉？」廓然子曰：「汝即大厥游，試爲子語大矣。夫人有形游，有神游。形游者，其游小；神游者，其游大。何以故？形游者，我形也山形，其形又形也，如是則山之洵且都、泉之清、石之峙、日月星辰風雨露雷烟雲之變現、江河之流、草木之零茂、禽魚之下上飛躍、樵牧之倏往來與其游儕之笑語起坐，並於我靡關涉。我形甚小，山甚大。山且游我，我其奚游山？夫惟神游，則我神可爲山，山之神又莫非我。我有真山，山，我影也；我有真游，游，吾託也。如是則山之洵且都、泉之清、石之峙、日月星辰風雨露雷烟雲之變現、江河之流、草木之零茂、禽魚之下上飛躍、樵牧之倏往來與其游儕之笑語起坐，皆我化機之隨在靡窮息者也。我神甚大，山甚小。游非游，不游亦游。故謂之我游山，山其曷能游我？」

嗟嗟乎！山我也，人亦我也。世之人好山不好人，何者？人有勝心，山無心；人有欲惡之情，山無情。故世人之於人，其分爾我，隔形骸，邈若燕與越，其諸未識神游乎哉！夫惟至人能游人，故其神常流通。今即未能游人，試問人游山適乎否？於山則訢訢然適之，於人則不知適，顧兀兀然務思贏己瘠人而後快其心。此之人人障。嗟嗟乎！善游山者，去山障；善游人者，去人障。即余神游之指，可與語也夫！

伶俐水説

鬱江之濱，蓋有水名伶俐云。余嘗詣而覽覯之，俛而思曰：「嗟乎！世恒言智者爲伶俐，謂其愚者爲憨，今兹水殆非智者與？夫水以濟筏楫、潤稼澤物爲勞勛，若其智者，宜居通邑鉅都諸冠紳賈舶接踵之區，或注沃壤，敏灌洩，籍以滋利品彙，滔滔乎矜衒其所長。而今乃甘茹孤寂，偃然自處乎僻陬遐壤，方且夷猶於荒夷揉雜之鄉，淹頓乎瘴烟屯沓之所，殆幾乎罔能自表著。吾意物之大愚者，宜莫如兹水也。

夫懷僕僕之跡者，每富昭昭之名；苟務冥冥之實者，必鮮赫赫之效。今以伶俐名兹水，其毋乃非匹倫矣乎？雖然，余當謂智愚無定在，惟物所歸。大都物之嗜恬泊者，恒喜静；而其眩暴紛華者，恒喜動。故彼喜動者，即以眩暴紛華爲智；而其喜静者，顧又即以嗜恬泊爲智。智此愚彼，要物所見則然耳。彼其通邑鉅都注沃壤之水，人兢而趨之，或有奔潰没溺之患，怨讟譊譊然。而諸冠紳賈舶接踵之區，則又藏垢納汙，役役乎日馳逐于人而忘其爲我也。

今兹水獨嗜恬泊、茹孤寂，養其潔清之源而自脱于濁穢之外，雖謂之智亦宜。且夫黔、鬱二江之水，通于大江，放乎四海，蓋世之濟筏楫與其潤稼澤物者，必利賴焉。而兹水居鬱江之濱，其流注之匯爲洪波，其翕聚之有源，而其灌而洩之，有經混混乎逝宵晝而莫能舍，斯其本静而其發用，抑未嘗不動也。其處僻陋遐壤，而其精神流徹乎通邑鉅都與沃壤之區也。夫外自託于恬泊孤寂，而内養其潔清之源，以流徹洪波敦行而不息，讓盛美而不居其名，廉其實偉。然則兹水將無稱智乎哉？古之智人，蓋知遠之由近，風之有自，微之必顯，故其道闇然而日章。今之以智名者，其下獵綺靡、賈狡黠，覬覦一時之利，即或慕彼通方，矯如自負，然且睢盱乎規局之美好，飾其外而忘其中也，汲汲然狥人贊毁而趣捨之。

嗟乎！若而人者，亦異乎兹水矣。故伶俐人以兹水爲憨，迺兹水又以伶俐人爲憨。彼伶俐則此憨，彼憨則此伶俐。其伶俐同，其所以伶俐異。余謂伶俐水可以喻學，因游而爲之説。

混混兩亭問答〔一〕

青山爲亭者二，其名以泉者曰混混，名以天者曰浩浩。廓然子時時從客游焉，顧曰：「混混

〔一〕混混，文中言「青山爲亭者二，其名以泉者曰混混，名以天者曰浩浩」，疑應作「混浩」。

哉，泉乎！」又曰：「浩浩哉，天乎！」客曰：「何謂也？」廓然子曰：「嘻！孰混混是？孰浩浩是？子觀其象，曷悟其所以象？」客曰：「有是哉！子謂之何？」曰：「我不能名其所以象，雖天與泉，亦不能自名其所以象。」客曰：「子不能名，曷能知？」曰：「子不能知，曷能問？」於是客茫然視己，恍然立已，復悠然坐也。廓然子撫客曰：「子名乎？」客曰：「子不能名子，我又曷能名我？」廓然子起曰：「嘻！有是哉！雖然，愚夫婦可與知焉，抑可與能焉。斯所謂莫見乎隱，莫顯乎微者歟？」客又曰：「天同泉乎？」曰：「泉，物也。吾與若所見昭昭之天，亦物也。然匪物物，則物安能物哉？且子安知天之非泉，泉之非天？又安知泉之非我，我之非泉？安知天之非我，我之非天？然則善觀泉者在我不在泉，善觀天者在我不在天。」客嘻而笑，爰瞻蒼天，厥象惟懸；爰酌清泉，厥味惟甘。乃歌曰：「莫高匪天，莫浚匪泉，君子無易由言。」又歌曰：「上天之載，無聲無臭。瞻之在前，忽然在後。」遂往觀于魚潭，則歌曰：「潛雖伏矣，亦孔之昭。心之憂矣，我歌且謡。不知我者，謂我士也驕。」已乃泛舟歸焉，則歌曰：「無然畔援，無然欣羨，誕先登于岸。」厥既登陸，則又歌曰：「無偏無黨，王道蕩蕩。無黨無偏，王道平平。」於是邕人士聞者，咸造廓然子問説焉，廓然子曰：「我不能名混混浩浩説，請視我與客之行歌互答。」

石瀧説

粵西之水多瀧焉，厥石巉巉然睨其旁，或錯而阸其底，榜人過而虩虩然，或泝而登，或循而導，咸虞其觸乎石也。於是人謂水險，或曰石險。廓然子過而詫曰：「嗟乎！水之激於石也，其險固若斯哉？」夫水之滔滔然流也，石之栗栗然峙也，二者不相遇焉，即流者流，峙者峙，奚於險之有？惟夫水激於石，而其險斯成。彼世之激而險者，奚啻水石哉？以故君子之慎乎激也。雖然，余蓋嘗究觀其初焉，今夫化機之運而靡息也，融斯爲水，結斯爲石，其真體固未必相離耳矣，乃其流形即不能不殊云。蓋水以動爲用，石以靜爲用，動靜之相形，流峙之相搏，兹其勢有固然者與？人自觸厥榜焉，而後謂之險，彼水與石何有哉？嗟乎！水石之無情也，人即以有情觸之，猶成其險，矧諸有情者與久矣？凡物之紛然出乎情也，又安知有情者之與無情者非由一體哉？夫如是，則水石可以一視，而夷險將無異指。奚其瀧！奚其瀧！

山中問易譚

董子好山居，於是諸生從董子游者咸往探奇勝云。董子顧諸生曰：「山曷游而息乎？諸君其揣予託寄之衷。」或對曰：「往聞諸《魯語》『知人樂水，仁人樂山』，斯所謂動靜之真機假象以宣者與？」董子曰：「美哉乎！余愧無能當焉。」或曰：「塵超者必離囂，澹悟者恒耽寂。夫山其有逸適乎？」董子曰：「斯貞士之高蹈，匪羈旅所敢與聞也。」或曰：「適名山者達大觀，蓋有以匡廬白鹿名者，匪徒流連光景云爾，寔主斯道柄焉。」董子曰：「生休矣。道貴履實，安務徽名。余業違人，曷庸託物？」或曰：「陟岵屺者，瞻雲興懷；處江湖者，望闕增喟。先生其有思乎？」董子曰：「唯唯，否否。方今明主握符，英工服采。余樗材也，即有狗馬志，其復奚爲？《詩》曰：『陟彼北山，憂我父母。』生善忖予心哉！生善忖予心哉！雖然，古之養志者務成身，若其與物者貴聚義。

居，請語學。」

於時諸生有持《周易》者，董子喜曰：「《易》備哉，其隨所覩記質焉。」乃攜諸生往眺于泉。或請曰：「某聞山下出泉之『蒙』，蓋象之以果行育德。夫將率其清而靜者成聖功乎，又奚果且育之有？」董子曰：「生不聞乎？人生而靜，天性也。乃其欲因感物而動矣，性常也，欲靡常也。故默而存之，存乎德行。匪果焉則靡，匪育焉，則果者懈矣。」

僉至山之雙池，則請曰：「麗澤之説，謂以友朋講習。夫爲仁由己，我欲仁，斯仁至。奚其習？又奚其人？」董子曰：「超解哉！不曰時時習之斯説乎，不曰友輔仁乎？夫澤遇澤，則説均澤也；心會心，則説均心也。其又何人非我？何我非人？」

至山之巖若洞，爰有天竅焉。或請曰：「山，天之畜，蓋以多識前言往行。然則子貢之多識非與？」曰：「多識何病？非畜德，則病矣。」

山之上有天池，或請曰：「澤山爲咸，其象以虛受人。夫天地一感焉，而物咸化生；聖人感人心，而天下和平。將其謂虛中有物乎？亡其物自感而應乎？」董子曰：「非物也，物物者也。夫咸從心焉，爲感聖人先得我心之所同然耳。」爰遂策而歸焉。

至山之麓，又請曰：「地中有山，謙。其繇云：『裒益多寡，稱物平施。』〔一〕將復奚稱而奚施焉？」曰：「稱在我，施亦在我。我以我之真宰，汝以汝之真宰。」

於時董子翛然長嘯而謂諸生曰：「人以《易》視《易》，不以我視《易》。夫我有真《易》焉，即諸

〔一〕裒多寡益，原作「裒益多寡」，據《周易·謙卦》改。

君所稱述古今人語與所目覩而耳聞者皆《易》也，抑皆我也？ 我將爲我平其山、達其泉，而相與坦然游乎真《易》之天，則我君與我親之生成我者，皆我隨遇而通者也，其又奚必拘方焉？ 夫知者見斯爲知，仁者見斯爲仁。 吾將混混乎忘其見，而浩浩乎歌帝力之何有，而湛明發于中心，若曹能從彼悟人者游乎？」諸生起謝曰：「先生所爲思而適者，果非恒游人也。 走輩侍先生游山，且幸悟真《易》焉。 請筆之，以圖不忘。」董子曰：「談偶爾，其與諸君日惕若哉，蹇余則思反身矣。」

奇游漫記卷之八

雜文　韶江五述

五述小引

天者，羣物之命也；地者，承天之載者也。人或以爲物焉，物外求神，神離物矣；倚神于物，物礙神矣。神爲氣宰，氣爲物樞。夫知神之所爲者，其知天地之道乎？述《天地譚》。

天地之道備于人，夫人於道，貴自成焉。乃儒者憂道之岐而裂也，於是爲傳道統之説以教之趨，顧今則又以傳道統爲談柄矣。夫舍其有而附麗乎人之有，以爲名高，道於何有？矧又羣而兢者，道不道交相詆也。嗟乎！道煽人矣，不揣蒙世之譏，斷自乃衷，以爲道無統而人有統不統云。夫曰有統，在傳，憂道也；曰無統，不在傳，亦憂道也。其爲説異，其憂同。後之覽觀者，毋徒勒其説而夷考其時焉，其幸察其衷可也。述《傳道統辨》。

人能弘道，道宰物者也，非宰于物也。故知真宰，斯知妙應。孔樂孟憂，其極一也。世儒獨指樂爲本體，雖庸矯世之營營罔適，抑偏之乎訓矣。乃顧于今之偷者立幟焉，誠懼其靡靡罔攸覺也。述《孔樂發》。

子曰：「道其不行矣夫。」蓋未嘗不傷之焉。夫風會嬗靡，厥變彌巧，厥化彌難，匪獨羣聖王之治跡籍爲僞階，即古高人哲士之所繇以起敝維風者，迺適其便。夫盜者也，嗟嗟乎抑又奚底極矣？余獨有慨乎尼父之幽憂焉。述《聞韶釋》。

道之於教異，道繇於自然，而教特制其敝；道運而不息，而教則以時遷。故善教者猶良醫然，彼徒膠方以爲砭灼者，彌滋痡矣。若云委運乎大化而適其適焉，則禪固否時之安樂窩與？要不可膠之而爲教，俾夫愚者惑以信，智者狂於迷云。述《曹溪禪發》。

天地譚

廓然子喻乎天地也，客或過而譚焉，且舉邵子語曰：「天地自相依附，天依形，地附氣。其形也有涯，其氣也無涯。」廓然子曰：「然則天有氣而無形，地有形而無氣乎？」客曰：「吾聞天地之氣有升降，天非無形也，語從其氣；地非無氣也，語從其形，其諸陽清陰濁之義與？」廓然子曰：「子以天之形爲高高赫赫者乎？抑以地之形爲塊然一物者乎？」客曰：「然。」曰：「然則天大而地小乎？」客曰：「吾聞天地以形體言，乾坤以性情言。且蓋天之説，天如圓蓋，地如卵黃，故天包乎地之外，地囿于天之中。誠然天大而地小哉。」廓然子曰：「謂天包乎地，則地不承天矣。謂地囿于天，則天不匹地矣。《語》云：『天地之大也。』曷爲以天地並稱大哉？夫《易》有太極，是生兩儀。天地者，兩儀之謂也，非並大，曷謂之兩？若曰大從其氣，厥形勿論也，惡用是形體者爲哉？且天地曰尊卑、曰高下矣，未嘗曰天大而地小也。苟天之大信包乎地焉，則上下皆天也。而地在其中，殆成子母之義矣，曰妻道，曰臣道，厥義何居？」

客曰：「異乎吾所聞天地謂之何？」廓然子曰：「夫天地無形而有氣。天地者，陰陽之氣之謂也。氣有象而無形，凡可象皆氣也，皆天地也。若夫物之有形者，蓋天地之氣爲之也。故乾坤以德言，天地以氣言，非謂形體也。夫太極分而爲陰陽，陰陽分而五行。凡成形者皆五行也，然而陰陽之氣即寓焉，故二氣運于五行之中而充塞乎五行之外。氣包乎形，形囿于氣，故曰天地之大也，語其氣也。曰天地之所以爲大也，語氣之有真宰也。今徒曰天地自相依附，幾于離真宰矣，豈謂太極在陰陽中與？然謂天爲氣，謂地爲形，夫形又安能配乎氣哉？」

客曰：「然則其高高赫赫與塊然一物者，何哉？」廓然子曰：「人謂其高高赫赫者，即氣也。人見其高，非高也。夫氣，無高不徹、無深不入者也。其遠之不禦，其近之不遺，故燭之萬表而絡之目前也。人見其赫赫者，氣之光也。氣有精則有光，故日月者天地之光也。然其所不見者，皆氣也，氣之絪緼盤薄乎兩間而無容隙焉。人見其高高赫赫者爲天，而不知暗室、屋漏皆天也，亦皆地也。《詩》稱『毋曰高高在上，陟降厥土』是也〔一〕。夫天地之氣不相離，析而言之則二，合之則一而已。立天之道曰陰與陽，立地之道曰柔與剛。剛柔者，陰陽之别名也。又見其氣不相離也，故曰

〔一〕陟降厥土，《詩·周頌·敬之》原作「陟降厥士」，此作「土」，是爲了符合「天地譚」之題而改。

天尊地卑，曰天高地下，曰天清地濁，曰天覆地載，皆從陰陽之義言之也。而陽則爲大，陰則爲小焉，何也？陽主而陰承，陽施而陰受，陽生而陰成，其義則然也。曰妻道者，夫婦之唱隨也。曰臣道者，君臣之喜起也。其大與小，非若母子之抱而嗣也，斯皆謂其義也，乃其氣實未嘗相離也。故曰天道下濟而光明，地道卑而上行，故《易》天下交而地上承則爲泰，反之則爲否。蓋陰陽之氣合而生物，苟離之焉，物或幾乎息矣。若曰天高高赫赫而地塊然一物也，則上下有定位者，其常也，何否之有？」

客曰：「善哉！請名其塊然一物者。」廓然子曰：「夫塊然一物者，土也，非地也。蓋天家所稱如卵黄者，彼特見其土之形耳。天地爲兩儀[一]，土爲五行，今既曰塊然一物也，謂之五行之土，又謂之兩儀之地，可乎？余蓋聞諸祀禮矣，冬至一陽生也，故祀天于圜丘。夏至一陰生也，故祀地于方澤。其祀后土也，未嘗混于地也。然則天地非陰陽之氣乎？彼塊然一物者非后土乎？故天地包乎土之外，非天包乎地也。土囿于天地之中，非地囿于天之中也。人見其形如卵黄者，土也；圓而蓋焉包焉且貫之者，天與地也。」

客曰：「天地之外，若何？」曰：「二氣摩盪而太極運其幾，又安有内外哉？」客曰：「天地之大也，人猶有所憾，則何稱焉？」廓然子曰：「天地之大也，道察乎其間矣，故曰『及其至也，察乎天地』。夫人本與天地同大，然惟聖人萬物一體，爲能參天地而無憾。學聖人者，未能與天地相似而不違，其猶有所憾也，而況庸衆人之局于一物者乎？夫萬物不離乎五行，五行一陰陽也，陰陽一

[一] 天，原誤作「夫」，據上文「天地者，兩儀之謂也」句及《廓然子五述》改。

太極也。人者，物之靈者也。然則天地在人身中矣，故曰人身一天地也。彼『小人閒居爲不善』者，雖欲自掩其天，庸將能乎？聖人之教人也，曰畏天，曰順天，曰知天、事天，曰樂天。蓋言天而不言地者，陽明陰濁之義也。故兼言天地，則陰陽二氣交焉。專言天，則其氣之靈而明者，即太極也。太極者，天之所以爲天者也，即人之所以爲人者也。故吾身之天與，其無高不徹、無深不入、遠不禦而近不遺者，蓋一氣貫通而無少間焉，無内外，無物我，以直養而無害，則塞乎天地之間，其斯之謂與！」

傳道統辨

或問：「道有統乎？」曰：「無統。夫道者，天地人之真宰。而天地由之爲天地，人由之爲人。豈惟人，雖萬物由之爲萬物。故察乎天地人焉與萬物焉，而莫非道也。故迎之無首，隨之無尾，廓之無際，歛之無朕，執之無物。無古今，無聖愚，無物我，故統之則不可得而統也。」「然則，人無統于道哉？」曰：「道者，人之所以爲人者也。人之肖形于天地也，蓋得其神而明者爲真體焉。故人心之神而明者，即所謂宰天地、宰人、宰萬物者也。人誠率厥真體而時措之爲妙用焉，無胥蔽，無胥枉，無胥蕩而流，斯人成其所以爲人而與道爲一矣。人，物也，囿于道者也。人成其所以爲人而與道爲一焉，斯不囿于道矣，蓋人與道渾合而無間焉。雖謂之得統于道可也，謂人以道相傳爲統不可也。夫世儒傳統之説率稱子孟子。孟子曰：『由堯舜至于湯，至于文王，至于孔子，或見而知之，或聞而知之。』夫曰『見而知之者』，知此道也；曰『聞而知之者』，知此道也。未嘗曰某傳之、某受之也。由今觀之，堯成其爲堯，舜成其爲舜，禹、湯、文王成其爲禹、湯、文王，孔子成其爲孔子，即欲傳之，其孰從而傳之？惟韓愈氏乃曰：「堯以是傳之舜，舜以是傳之禹，禹以是傳之湯、文武、周公，周公以是傳之孔子，孔子以是傳之孟軻，軻之死不得其傳焉。」甚矣！愈之小其道也。

夫道察乎天地人焉與萬物焉，而莫非道也。人即與道爲一也，將自成其爲人，而於道無少加也。人即與道岐而二之也，將自不成其爲人，而於道無少損也。道無加損，則無斷續，無斷續，則安有所謂傳不傳哉？天之生斯民也，使先知覺後知，使先覺覺後覺也。道自我知我覺，聖人特教之知且覺耳。譬之寐者，人呼之使醒。呼之者，人也；其醒，我自醒也；醒而不復寐者，亦我自爲之也，人無所庸其力也。故雖知且覺焉有先後，其知其覺皆我也。今曰以其知且覺者相傳受，如宗統國統，然則是道爲聖人之私物也。嗟乎！愈之説興，而後儒之欲傳聖人之統者始日譊譊然狥其口耳而趨焉。甚者植門户、援羽翼，陽入而陰出。似也，或張而耀之；違也，或掩而覆之。蓋其稱述之也愈辯，其飾之也愈工，而其去聖人之道也愈遠。

嗟乎！道之不明且不行也，其諸傳統之説誤之與？夫道之不可傳也，父不得以傳諸其子，堯舜之朱、均是也；兄不得以傳諸其弟，武之管、蔡是也；師不得以傳諸其徒，孔門顔、曾之外之諸子是也。然其無所待而興也，堯舜禹之後五百餘歲而湯興焉，湯之後五百餘歲而文王興焉，文王之後五百餘歲而孔子興焉，孔子之後又百餘歲而子孟子興焉。夫諸大聖人者，未嘗曰我傳聖人之統也，而世之人咸以大聖人歸之，蓋謂其真有得于道也。子孟子學孔子者，自學其道也，非學孔子應世之跡也，然猶在大聖人之後矣。乃若後儒之有意傳厥統者，有宋子、周子、程伯子，而下雖伊川、考亭，哀然宗工表著，人猶不能無擬議也，而況其他乎？

嗟乎！傳統之名立，則人之欲接其傳者，務角其名以求合乎聖人之跡。而世之議其後者，又從而毀其成焉，以蘄乎聖人之名之與人也，猶夫國統宗統。然彼既以爲大物而歆然欲之，則侵陵攘袂之風，或顯而争焉，或詭而操焉。蓋天下之患，雜然出矣。雖其世官之家，而亂宗奪嫡者間亦起而乘之，何者？誠利之也。夫國統宗統者，器也。聖人制禮以爲民防，固其勢不得不然。道非器也，神而明者，其真體也。萬物一體者也，神而明之者，其妙用也，物各付物者也。我自具有之，而我自道之。乃亦曰「人以是相傳受也」，而大爲之坊以小之焉，其無乃非道原也乎？人之凝道，則莫若決其物我之藩墻。欲決其物我之藩墻，則莫若破其傳統之説。蓋道察乎兩間，而無物我、無内外、無古今聖愚，無始而無終焉。故人雖欲離道，道不可得而離也。何也？道即人之所以爲人者也。人縱不欲爲道，其將不欲爲人乎哉？嗟乎！道之不明且不行也，傳統之説誤之也。誠破傳統之説，而使天下之人之學道者惟其實而不惟其名，則夫道之在我，庶其有覺而成者與？

孔樂發

廓然子之與學人者語相樂也。或請問焉，曰：「昔周茂叔嘗令二程尋仲尼、顔子樂處，迄于今，靡有洞洞然者，子盍指稱之？」廓然子曰：「於汝云何？」對曰：「某聞之，簞瓢陋巷，非可樂也，蓋自有其樂耳，然則樂不在物也。」又曰：「若謂有道可樂，便不似顔子。然則樂不在道也，某蓋惑焉。夫非道非物，樂其奚寄？非寄曷形，又曷知？」

廓然子曰：「異哉！學人之語樂也，必將寄而形乎？夫安知汝之寓形宇宙之非寄哉？且道非有道，其奚可樂？汝知乎汝知非樂，汝不知乎汝不知非樂。」學人曰：「惑彌滋甚矣，願子更端。」曰：「汝毋以孔顏視孔顏，汝設身處之哉。無已，汝神會之哉。」對曰：「身處之則憂，即不憂固且不樂，神會之則空空如焉。將無道積厭躬而自樂與，抑樂超乎道與？」曰：「汝苟樂其道積厭躬，是欲以其道高乎不道者也，直勝心也。汝謂樂超乎道，是認無妙于有也。夫儒者口詆禪而卒墮于禪，彼固認無爲妙爾，而不知無與有皆非妙也。妙蓋不倚無焉，故無亦妙；抑不倚有焉，故有亦妙。」學人曰：「妙未易解也，願請其樂安在？」曰：「余未暇語，姑舉傳記二端焉。昔莊子與惠子遊于濠梁之上，莊子曰：『鯈魚出遊從容。』是魚樂也。夫莊子知魚之樂而不自知其樂也，抑魚亦不自知其樂也？斯善喻樂者也。北宮子以其貧語西門子也，自謂彼之德過己也。乃西門子且矜達羞窮焉，斯茫然自失。及東郭先生爲道德薄厚之，固然以醒之。於是北宮子衣其裋褐，有狐貉之温；進其荗菽，有稻粱之味〔一〕；庇其蓬室，若廣厦之蔭；乘其蓽輅，若文軒之飾。逌然不知榮辱之在彼也在我也。夫均貧也，迷則自失，悟則安。迷者逐物，悟者不我物，則能物物。樂其在斯乎！樂其在斯乎！夫斯皆莊、列語也，彼直狂者耳，乃其襟度固不逐物矣，斯聖門所爲思狂也哉！雖然，校厚薄、辯德命，將猶滯貧矣。夫貧之非可樂也，猶其非可憂也。奚憂諸？又奚樂諸？」

曰：「孔顏非貧而樂與？」廓然子曰：「貧而樂者，對夫人之憂貧者言之也。夫衆人憂貧，故矯之曰貧而樂，猶之衆人樂富貴而淫焉，故矯之曰富而好禮，曰富貴不能淫，斯皆聖人牖迷之指也。

〔一〕 粱，原作「梁」，據文意改。

余以爲無問貧富，咸有憂樂云。夫道非有憂有樂者也，亦非無憂無樂者也，其真體不憂不樂者也，其妙用有時而樂與有時而憂者也。其不憂不樂者，寔生憂樂焉。其有時而樂與有時而憂者，寔無憂樂焉。憂樂相形而互發，其幾不容息也，猶之陰陽迭相爲用然。故聖人之陽舒陰慘，一心極之，運其幾也。故樂可也，憂亦可也。悟道者，其於物直寄耳。彼其身猶寄，而況他物乎！故高牙大纛，非以爲榮也；軒車文蓋繡章玉璫，非以爲飾也；廣厦細旃，非以爲安也；漿酒藿肉，非以爲養也；輕裘縟繒，非以爲衣被也；裋褐糖飴〔一〕、蓽輅藍縷，非以爲窶也；專屋狹廬，非以爲窘也；爵賞，非恩也；刑辟，非威也；詬詈，非恥辱也；鼎鋸，非僇也；火，非灼也；水，非濡也；譽，不加勸也；毁，不加沮也。其所自信者，不繫譽毁也。故袵席非邇也，胡越非逖也，古非久今非暫也，匹夫非寡也，三軍非衆也，暗室屋漏非幽也，大庭廣肆非顯也，我非此也，人非彼也，方寸非内也，諸可象非外也，居常應務非細也，天地萬物非大也，跖非壽、顔非夭也。故可以窮，可以達，可以生，可以死，其於貧富貴賤夷狄患難固一視也，不必曰此物若彼物也。故善冠人倫，非以爲高也；道濟羣族，非以爲美也；澤被八荒、聲施億兆，非以爲伐也；一介不取與，非僻也；棄天下猶敝屣，非迂也；殺身成仁、舍生取義，非以爲名也；違俗，非矯也；同衆，非比也。天自我清，地自我寧，群生自我育，非越厥志也，何也？彼不有其身，惟其天也。夫不有其身，斯忘我矣。忘我，斯忘物矣。忘物忘我，惟其天。奚憂諸？又奚樂諸？方其樂也，人視之若樂，而實非樂也；方其憂也，人視之若憂，而實非憂也。有憂則似無樂，有樂則似無憂，而實非有非無也，故有無非妙也。宰有

〔一〕飴，原作「粞」，疑爲「粭」之形誤，「粭」與「飴」同。

無者，斯妙也。憂樂非道也，時憂時樂者，道之妙用也。故悟則有亦妙，無亦妙。故樂不倚物，斯真樂矣；憂不倚物，斯真憂矣。如是則樂亦道，憂亦道。彼有宰之者也，迷之者反是。故樂亦非道，憂亦非道，彼其憂樂在物也。所謂有所好樂憂患是也。夫子謂子貢曰：『汝徒知樂天知命之無憂，而不知樂天知命有憂之大也。』楊子曰：『顔苦孔之卓。』斯孔顔之樂也。聖學罕明人私厥我，即知嚮往者，猶任意見爲高明，顧復玩心窈渺團弄景光而執其樂者，以爲殊珍秘詭，猶執酌中爲中者，迄不解『子莫執中』之非中也。執調濟爲和者，猶未悟和與同之異指也。故執愜適爲樂，執憂思爲憂，皆非也。夫覩昭昭之天者，指之曰天，謂之非天，固不可，抑豈足彌天象哉？彼有飄風驟雨，倏然晦冥，與夫一氣鴻濛彌漫大海者，又孰非象也？今不神會孔之一、顔之復禮，而日悠悠然尋其樂以爲樂，奚於孔顔之有？」

曰：「周程之指樂爲戚戚者，設法也。所惡夫戚戚者，謂其一膜之外爲胡越也。今之尋厥樂，庶漸平物我焉，此却病方也。猶談主静者矯躁動也，非謂静可無動也。苟執静焉，則樂又動矣；執樂焉，則憂又不樂矣。然則學人槩惟尋樂，樂難尋哉！無已，則樂倚物矣；倚物，彌遠道矣。夫仁人通天地萬物爲一身，故無入而不自得焉。斯其憂與樂，誰非仁哉？」

曰：「夫子奚而與點之樂？」曰：「夫子蓋志大道之行焉，故曰『老者安之，朋友信之，少者懷之』。其謂顔淵曰：『用之則行，舍之則藏，惟我與爾有是夫。』此聖人之與時偕行者也。春秋時亂甚矣，聖人當其時，每欲撥亂反之正，而皇皇難一遇焉。彼由求、赤之談，又直小補耳，故不得已而與點，亦居夷浮海意也。觀其喟然嘆，具可喻已。雖然，聖人即不遇，不害其爲大道行也，此志無窮達也。乃若點之樂，其與顔淵固殊矣。」

學人愕而問曰：「儒者謂天理流行，隨處充滿，故即其居位、樂天常焉。若達，便是堯舜氣象，子奚殊點諸，抑謂其非實見得與？」曰：「不然。點所稱者，彼能爲者也。夫天理流行，隨處充滿，乃其憂樂斯順時焉，必將執浴沂風雩、偕童冠之景光乎？則堯舜不咨，禹不吁，孔不發憤，顏不喟矣。故點之樂，雖與倚物者異，其於顏自別云，斯莊、列者流也。故曰：『點，狂者也。』與點，亦思狂也。自聖人與點之旨幾晦，遂混顏樂爲途，蓋彌不易尋焉。儒者猶珍厥景光，而謂鳶飛魚躍爲神奇也，殊未知假象之不如悟真也，斯孔門之旨也。」

曰：「有稱先憂後樂，何如？」曰：「憂非先，樂非後也。謂先憂，則萌計功念矣；謂後樂，則復玩成功矣。斯其人蓋有意乎天下業也，其與點之悠悠直相對，與夫離樂天憂世爲窮達抑支矣，矧稱先後哉？」於是廓然子括厥談而名之曰《孔樂發》。或曰：「亞顏乎？」曰：「孔立極者也，顏不違極，孔斯舉顏矣。」

聞韶發

或問：「子在齊聞《韶》，三月不知肉味，曰：『不圖爲樂之至于斯也。』」夫孔子於古帝王之禮樂靡不精研熟討，恍若目覩而耳承之矣，故曰：『好古，敏以求之者也。』此實語也。矧《韶》樂盡善盡美，尤所孳孳究心。而周之禮樂在魯，吴季札觀樂，迄《韶》而止，誰謂魯無《韶》而必齊聞之也？既已習聞其妙而非驟聽，奚至好之不知肉味？樂之感人也速，而聖人聲入心通，奚必三月而後得其妙？《傳》載孔子學琴于師襄有間，而遂知其人，矧於《韶》而忘之哉？且聖人無終食之違，而食而不知其味者,《大學傳》固以爲『心不在焉』之病乎? 雖心好《韶》樂,殆非發之乎不正,然好之而發憤忘食,猶可也。既食而且不知味焉,則尤好之癖矣。夫聖人之聽樂,非聽以耳而聽以心,抑非聽以心而聽以神也? 必聞其聲而始酷好之,斯與好鍛好擊筑者何異? 且謂『不圖爲樂之至于斯』,若似漠然未識者然。然則孔子曩時所好之樂,舍《韶》其誰也?」

嗟乎! 夫子之聞《韶》,非樂也,其有憂乎? 其在齊而聞,非好之也,其有所惡乎? 夫大道之行,天下爲公,有如唐虞之世然,斯聖人所深願也。故序《書》斷自唐虞,而大哉、君哉之稱,每每不舍置焉。其謂《韶》盡美盡善,誠欲躬逢其盛也,不得已而志三代之英,而欲從周,而思爲東周,其情殆亟矣,然猶皇皇冀一遇焉。其所深注意者,莫如魯宗國,其次莫如齊。何也? 魯與齊者,公旦、公望之後。周之代商也由公望,其成治功也由公旦。聖人傷周之衰而憫其日趨于亂也。蓋思折衷公旦之法,而庶幾乎古之盛治焉。故曰:「齊一變,至于魯;魯一變,至于道。」其適齊也,欲有所遇以行其道也,適而在焉。其所遲留不去之意,非鮮淺也。齊之君臣日失其序,方將撥其亂以反之正,而諸田之勢又成矣,其終不可以濟矣。一旦聞《韶》而憮然有感焉,曰:「是樂也,胡爲乎來哉?」夫《韶》者,帝之隆者也。周之興也,以文武成康之四王,而周、召、畢公之徒猶日綱紀其民,而以德義訓迪之,乃始定而不亂。蓋視帝德爲衰焉。今又非其時矣,即欲修文武之政而維持之,以公旦之成法,猶且難乎其爲遇也,其誰謂《韶》之樂可興于斯時哉? 夫舜不可作,而徒《韶》是聽,奚于《韶》之有? 且齊之時,何時也? 自桓公、管仲假仁稱義,實歸之富疆其國,而先王懷保小民、惠鮮鰥寡之心,幾湮没而不可復。蓋王者之真仁義熄矣,矧帝治乎? 今夫田氏者,齊之大蠹也,方竊桓公、管仲之餘智,思欲厚施于民以奪其國,而齊乃猶《韶》是作焉。嗚呼! 王者不幸有仁義之名，而使霸者之君臣得竊其跡以爲富疆其國之資。帝者不幸有盛德之名，而使姦臣得竊其跡以爲篡奪禪代之本。若後世操、懿、温、莽之流，固田氏輩爲之作俑也。夫田氏非他也，陳敬仲之遺孽，蓋帝舜之裔，《傳》所謂「神明之後」也。晏嬰固已稱胡公、大姬在齊，而其君猶不悟，柰之何？其作《韶》樂也，《韶》不韶？韶哉！韶哉！吾不圖《韶》之盛德，而使其後得竊其跡以爲亂之資者一至此也。蓋熟觀其變而徐爲之圖，方將恐其君不君、臣不臣、父不父、子不子，雖有粟，且懼其不得食也，奚暇知肉味哉？

聖人之留齊，至于三月之久，固已灼知其道之難行。其畏天命、悲人窮之心，雖不食肉可也，食而不知味，亦可也，非果不知也。記之者借肉焉以發聖人之絶意于世味，猶所謂「不義而富且貴，于我如浮雲」也。故聞《韶》之不知肉味，其與泣麟慟回、居夷浮海之心同一揆也。況齊景公之時而《韶》作焉，聖人之所深惡也。猶麟鳳之出不當其時，雖祥亦異也。其不知肉味者，非樂之也。魯不可王，齊不可魯，雖《濩》、《武》，猶爲假焉。而且猶《韶》是作，世愈衰而僞愈滋，其所崇尚愈高而其所趨愈下，斯聖人憂之大者也。今之人飲食以爲歡，彼有食不甘味者，必其心有憂也，而況于不知味乎！謂聖人之不知肉味爲樂者，非人情也，樂則食而甘矣。然則聖人之不知味，與夫心有所憂患而不在食者何異？曰：「有所憂患者，不當憂患而憂患者也。當憂患而憂患焉，則正矣。不知其味者，我自忘味，斯失也。徒曰不知肉味，則我之正味固在矣。其與肉異辭，斯其不知異指也。」

或又曰：「齊德雖衰，假今其嗣能守桓公、管仲之法，以整齊其民，彼田氏者，且將吞之不能下咽也。聖人當其時，即不遇時，不能王，彼霸政尚猶可爲，奚所病而小之也？聖人寧終其身不一遇，不苟爲霸政以濟時艱。毋乃闊于理乎？」

曰：「不然。霸政者，教人以偷者也。彼竊天子禮樂征伐之權，以力攝諸侯而大其國。苟有姦雄者爲之臣焉，固且效尤之不暇，其誰與我？彼假仁義，則效尤者假彌巧矣；彼用其力，則效尤者用計矣。嗚呼！王者之不作，而天下後世之亂雜然出也，霸實倡之也。聖人之所爲尊王而賤霸者，其亦大不得已也。而王者之政衰，而霸不可止矣，且又託于王以文之矣。於是乎尚而思帝者，固其心也。而帝之德又窮焉，無怪乎其聞《韶》之憮然忘味而愀然出不意語也。彼老莊者，憤世之不治，於是乎思其治而不得，則又尚而彷皇焉，殊未知皇之無爲，益非其時也。今夫仙佛之徒，出則老莊之説，又窮而皇之，道幾忘矣。彼老莊者，固不意後之竊其説而爲利者紛然出也，其説愈高，其竊而反之者愈熾，故其禍愈不可救。蓋世有憂貧者之啼饑，而教以富人之嬉愉乎粱肉〔一〕。彼雖心知其迂而猶歆羨其美，固已頽然思效其嬉愉。而諸狡戾不逞者，顧又籍以攘臂而刼其富人之藏，不悟刼之爲盜，且有禍，而以爲粱肉可立致也〔二〕，是教之者誤之也。若夫善爲救者，則不然。但令無食野葛鈎吻以傷其生，而徐導之，以勤樹藝、廣蓄洩，無恃其不饑，恃吾有以待其饑，則雖不肯用吾言者，猶不至于爲盜。而其用之者，遂可長恃而無恐。是以聖人慎言皇而獨鄙霸，不少置其述王者之治，則諄諄焉至乎帝，特贊之而已。蓋皇、帝、王者心同而時異，霸則戾其心矣。霸而又姦焉，則幾戾盡矣。嗚呼！斯夫子聞《韶》之慨，殆幾乎欲言而不能言也，孰知夫姦而又泯其跡焉。如老莊之教之流弊云者，吾不知聖人當其時作何慨也。」

〔一〕粱，原作「梁」，據文意改。

〔二〕粱，原作「梁」，據文意改。

曹溪禪發

余素抱癯痾，偶閲梵書，至《壇經》，便欣然會意，幽憂若釋。岐扁妙劑，良難比擬。已復參證諸書，歸之吾儒大道，因悟佛氏本指，雖以出離生死誘人超刼，然大都欲其惺無染著，隨緣妙應，匪遽淪空遺物如世儒生所嘲。顧其作用既別，流傳寖訛，種種幻名，悉滯實相，似兹布教，宜戾儒宗。至乎曹溪説法，爰著《壇經》，始於佛教廓如無礙，一切破諸邪法妄相。今人罔棄倫物，惟依真性自修，證以吾儒性善爲己之談，鮮有差别。雖《金剛經》應無所住與達磨直指人心，見性成佛，已標真銓，然見未離見，成猶獨成，無住不殊有住，非得《壇經》善發之，幾成謎語。

余嘗謂曹溪者，自爲佛而不障佛魔，匪直淄流真祖，其無乃以身殉佛、委曲挽諸迷衆，而歸之乎吾道者與？彼見佛教波流，殊未易鬬其捷。世之王公好佛，業障諸法，相以釀亂階。儒生并力詆佛，猶未中佛肯綮〔一〕，儒佛相排，人我闊絶，道且幾乎攜矣。故身爲佛而不私護佛，其所破諸邪法妄相，宛然羽翼吾道，而佛之徒固不覺也。爰止黄梅之衣鉢，不復肯傳，而自曹溪以還，王公好佛之禍頓息。儒者不知佛之潛换其教，雖尚循跡詆佛，然其所指稱妙道精義，顧不得不假佛書爲用，即强掩覆之，猶裒然詫彼之高明焉。嗟乎！若曹溪者，亦不可謂希世絶倫之儔，善番换易代人者哉！今攷唐文士逃禪者未暇論，自宋理學諸儒，其語心性靈澈處已，自不離禪宗，而其間名

〔一〕綮，原作「綮」，據文意改。

卿奇節士之繇參禪而有得者又踵相接也。校之曩時以佛迷者，抑迥別已。我明近代儒者，尤復好揮禪談其高者，固猶務踏實境。其下或假之自私利云，奚啻曹溪之波渣，恐徒爲老衲役耳。夫善參禪者參之，以致志勵人常；不善參禪者參之，以優游嗜慾。余游曹溪，殆不能不聆此妙香而慨彼外護人也。

曰：「佛氏惑人，因其高明，豈謂是與？」曰：「不然。高明未易惑，惑者妄庸人耳。且以高明指佛，非深于佛者也，豈獨佛能惑人哉？」

曰：「諸儒之襲若語柰何？」曰：「余固談佛至曹溪歸儒矣。佛法轉還儒教，故名爲禪，猶稱禪代云爾。其語殊，其指無殊。儒者即襲若語，奚戾乎教？所恨襲而未徹，蹊徑存焉。襲而諱之，妄彌滋甚，禪幾失笑矣。」

曰：「或襲之，又或排之，柰何？」曰：「襲而排之者，知猶未徹也，非徹而排之繆也。徹而故排之者，懼其誤彼迷人。假之以護儒教，可也。雖然，排彼佛障，曹溪何與焉？如曹溪，乃不排之排，故排佛障，莫如曹溪。夫事有當逆而揮之以勵世風者，韓退之之排佛是也；有順而喻之以使其易爲信從不久而自變者，曹溪之説法是也。然爲韓退之則易，爲曹溪則難。今徒病曹溪之佛轉爲儒，方哂儒之援佛，而不知曹溪之苦心而密跡者，若此其難也。余故謂曹溪儒者也，其祝髮離塵緣者，非得已也。身入之，斯不疑也。其對仕流疑問，直教以孝義修行，不須修禪持戒者，乃真其志也。世猶肖而祀之梵刹，殆非曹溪本心與！且夫蠢蠢夫每眩厥迹，亡怪爾曹溪變佛爲儒。而今儒者猶欲率儒爲佛，顧方懸心於無物，離幻而索真，畧節行而珍景光，或乃曰『曹溪作俑也』。嗟乎！曹溪坐不帖席矣。」

曰：「儒有印出曹溪宗旨者，果於吾道無幾微別與？」曰：「不然。曹溪者，吾道之窮者也。味其宗旨雖圓融無欠，乃其所自爲與所教。其徒者，固高閒士，卷懷舍藏之摹與？儒者或當世柄，猶假厥指談學，即以風教後生。今之蕩而迷要其諸邪者，又復恣猖靡檢。人或旁覩，不舍病禪，故禪有逸禪，有當塗禪，彼不善用而規規襲成轍者，良亦非識時之俊傑矣。」

曰：「諸達人宜皆俊傑，胡然識未及此？」曰：「彼中厥病，謂人皆然，夷攷厥遭，迥然靡類。夫禪家所稱説破除煩惱不關憎愛是非心者，彼知其非時而委順云爾。諸達人業皆俊傑雅隱，時艱或履，憂危未遂，展未殆，憤然賫厥志也。而彼本來無物，一喝消塵，内外徹空，身名俱幻，世孰有驟而甦？人若斯快者，既領厥指，遂遽視爲殊珍；亡論達窮，俱作談柄。換形印教，自謂神奇，識者視之，不啻糟粕。夫時有萬殊，應非一道；善參禪法，法不縛時。使曹溪生當諸達人之柄，彼所裁植教幟，豈掃一切名法爲幻哉？其云：『對境心數起，菩提作麽長。』誠露之矣！誠露之矣！」

余假《壇經》療痾，良德曹溪，然非匹余痾者，不忍以《壇經》療云，懼益之也。因游曹溪，爲發其概，曹溪即視余遊奚若哉？夫佛賴曹溪撤諸障，世或有他道迷人，惜無如曹溪者一撤而盡，悲夫！

附録

南寧青山記

户部郎中知南寧府事徽人方瑜撰

青山去城南十里，羣峯崒嵂，截然于邕水之上。崖壑林塘，遠近映帶，前岡横起，怪石錯列，如蹲如伏，莫可名狀。石竅間泉瀌瀌流出，峽勢旋轉，以扼江口，百川狂瀾，爲之底定。毋説荒遠，足稱奇勝。

歲在戊午，幼海董公以正論忤時，被謫來邕，日與好事者杖履同游。每至青山，輒徘徊終日，不欲遽去。由是巡臬徐公與郡之長吏，知董公之意不擇地而安也。乃協謀相役，因山之坳築亭一區，循石洞而上，海天曠闊，一覽無際，名曰洞虚亭，著所見也。横屹之下，搆室四楹，白雲卷舒，時堪望遠，名曰白雲精舍，著所懷也。鑿石引泉，注之于池，鏘然有聲，可鑒可飲。池上之亭，名曰董泉〔一〕，著所得而專也。游宴憩息之具，漸次告成。至是邦人之來游者，目新所未見，耳新所未聞，

〔一〕董泉，《粤西文載》卷三三作「董泉亭」。

莫不咨嗟嘆慕，駭然于瞻望之餘。而董公則又陶然以樂，自信爲青山之主矣。

噫！當困抑之時，而抗思於烟霞之外；居荒遠之境，而寓跡于山水之間。自非超然卓識，浩然正氣，涉閲之深，學力之至，未足以及此。所謂「素富貴行乎富貴，素貧賤行乎貧賤，素患難行乎患難，素夷狄行乎夷狄」，于此有焉。若董公者，可謂之賢也已。余孤蹤累行，斥守遠郡〔一〕。既幸遇董公之賢，而又得與于山川登臨之美，有餘樂矣。作古詞三章，鑱之石壁，以寄吾不盡之懷。詞曰：

山之椒兮石洞不扃，有亭翼如兮臨星辰。覽八荒兮何嶒崚，天之高兮海之深。其一

山之麓兮朝氣英英，茅堂隱約兮窈而冥。欲雨何時兮欲歸何心？吾亦同情兮白雲之村。其二

山之泉兮汩汩其流，清氣灑然兮冷如秋。濯塵埃兮解煩愁，迴俗駕兮莫之與謀。其三

混混亭記畧

横槎遷客前給事中仙居吴時來撰

吴子三過青秀之山，飲水於山之泉，歌曰：「混混何處來？砯砯遶山脚。」蓋美之也，亦嘆之也。蓋嘆泉之清冷，未有愛而賞之者。於此有愛而賞之者曰：「幼海董子爲亭其上，乘以石盆而歌之，歌曰：『山泉清矣，爰洗我襟。』」既而取《孟子》「原泉混混」之意，而命之「混混亭」。邀吴子飲

〔一〕斥守遠郡，《粤西文載》卷三三作「遠守是郡」。

酒其上，有何生、李生侍。

吴子曰：「若知夫混混之爲至妙者乎？」二生曰：「吾聞之矣，有本者如是。」吴子曰：「董子之門人知本哉？雖然，將混混爲本耶，將有爲混混者本耶？」二生應曰：「視江海，則若混混爲之本；視混混，則有以爲之本。」吴子曰：「然則本無定在矣，然則掘地皆混混乎？」董子曰：「掘地皆混混矣，有不混混者，非其水脈也。刺膚見血矣，有不血者，非其血脈也。」

二生以問吴子。吴子與之酌水，僉皆闞面於水之上，面方而方，面圓而圓，面長而長，面短而短。吴子曰：「夫水也，有中之道焉。吾與子未窺面於水之上也，冷然空而已，未有方圓長短之形也，以爲水無而水未嘗無也。及而窺面其上也，而方圓長短之情見焉，以爲水有而水未嘗有也。既窺而退，而又冷然空焉，以爲水留而水未嘗留也。一動一静，不離其水，而水無意，是則立本而已矣。」董子曰：「善哉！是吾名亭之意也。」述爲《混混亭記》，以諗游泉者。

洞虚亭記畧

福韶兩郡守前户部郎中邕人陳大綸撰

昔人粵西山考甲於天下，朗州則有青、羅二秀，而青秀爲最奇，差與瀛洲浮山相賓主。嘉靖戊午，雲間幼海先生董君來，篤嘉樂之居閒，杖屨行歌，引勝於其間。以故聲價增重，則又甲於西粤矣。

君嘗偕其門人論道於泰青峯，人皆以君之爲好山也，而不知君有得夫大道之秘，借山以喻其意耳。於是乃於峯之絶巅，空駕一亭，題曰「洞虚之亭」，則盡爲烟霞所棲，風雨不蔽，當必鬼神守之。令人超乎風塵之表，俯仰之間而面質千古矣。山人法劒子聞之，歎曰：「此蓋天作之吾道之會也。」

夫君子之道，以天爲監，以聖爲宗，以萬物爲形役。其爲理也，至靈而應用至妙，其幾浸微、浸著、浸隱、浸顯。君子所欲，藏之不敢以有己也，夫莫非道也。而以天爲監，則率履不卑曠達之節也；以聖爲宗，則明德維行正直之貫也；以萬物爲形役，則能齊造化於終始協一矩也。是以沖和融液，隔閡潛通。其登斯亭，洋洋乎若有階而升之也，若有域而入之也，若有介而左右之也，是故所游而神也。天之愛道，猶人之愛其情也。故必剥之而始復，困之而始亨。仲尼曰：「下學而上達，知我者，其天乎？」《易》曰：「或躍在淵，自試也。」董先生之謂也。於時方攄畜摩盪，縱觀閎眇，劇飲高深，蜚爽遼廓，迴盼不暇。有頃，聲艶咸寂，太初流行於道乎幾矣，顧謂山人之言似也，因副諸山石。

白雲精舍記

分巡左江按察僉事前給事中閩徐浦撰

青秀山在邕郡東十里，山嵂然高，石磷然瑰而奇也。山之腰有甘泉，清洌可食。山之麓則江水匯流，瀰漫浩渺，爲巨浸。山舊有寺，歲久頹圮，獨合抱老松數十株挺秀，與此山並青。竊意青秀山之所以得名或此。是山雖未擅美載籍，然其龐亘延袤，形勢甲於諸山，亦邕南一名勝也。上海幼海董先生，以忠諫謫居於邕，時常杖屨此山，吟咏嘯眺，以發舒忠君愛國之情。邕之守既於泉之畔搆亭，以爲先生憩息所矣。而亭之上，山勢峙聳，俯瞰群山，皆環列拜伏其下。先生思親望鄉之心，勃鬱于中，無以自寄，乃自築土一區若臺然，少暇輒登，望白雲以寓思，况精神嚮往，恍若遥對尊嚴慈於數千里之外焉。噫！先生之懷苦矣。

癸亥秋仲，徐子偕先生游青山，登斯臺，因憶吾邑有西陽嶺，昔人别友於其地，賦青山白雲之咏，至今傳誦，鐫石不朽。夫古人思友如此，而況先生忠君愛親之心，寄興是山，又與昔人之題咏者若合符節。乃捐貲命工，築室三間，題曰白雲精舍，蓋取狄公望雲之義，以寓先生臣子之衷也。舍成，先生登青山，望白雲，其忠孝之心固有以自寄，而後之人登斯山、拜斯舍者，其忠孝之心不亦觀感而有興哉？

維時同游，豹谷陳子在坐，以精舍之築不惟可以寄先生之懷，其有裨吾邕風教多矣。爰命書爲記，而繫之以詞曰：「惟山有松，勁節凌空。惟山有泉，令名屬公。惟山有雲，瞻彼昊穹。有山有巖，仰止攸同。嗚呼！先生之風，忠孝之衷。與山並崇，永世無窮。」

董宗伯奏疏輯畧

董宗伯奏疏輯畧目録

董宗伯奏疏輯畧

遇災極陳時政疏

刑部四川司主事臣董傳策謹奏，爲昧死極言時弊，懇乞聖明亟賜議改，以弭災變事：

臣策伏見近日奉天等殿災，該閣部官奏：「慰奉聖旨：『上天垂愛，朕戰懼若涉大淵，莫知所自。無前大異，何以飾詞？罪在朕躬，無他推諉。』臣等仰見陛下遇災而懼，反己責躬，真有禹湯罪己改過之心，此誠修德弭災之機也。」顧諸臣爲謀不忠，不能上承陛下之善念，極陳時政大弊，使陛下知而能改，乃徒議乎修省之虛文，且猶自諉曰：「陛下雖知懼，未必能聽直言。言出而禍且隨之，是重陛下之過也。」嗚呼！知陛下之善念而不能承，又逆探陛下之不能納而懼禍，此豈忠臣之用心哉？彼非實有諫諍之心，徒懷固位之計。平居不能盡職，遇變又不敢盡言，内愧無以自解，則將以此爲辭，歸罪主上。國家養士二百年，一旦披靡，不忠至此。臣竊私心痛之。

臣待罪刑曹，非有言責，顧兹大變，人人皆得盡言，況世受國恩，承乏省屬如臣，亦與有責者哉！臣惟致災之本，陛下固不無過舉，乃若奉行失職，肆意欺蔽，以致釀成大弊，使天下之風俗日壞，士習日邪，民財日窮，浸浸乎不可底止，則諸臣不忠之罪亦難自委。然須陛下翻然覺悟，大振頽風，廣進直言，斷斷乎進賢退不肖，則災變尚猶可弭，治平尚猶可致。不然，上天譴告之意，恐未易以虚文答也。

間者歲數不登，地震山鳴、日食風霾之異接踵相繼，南倭北虜爲患日深，流離困窮之民漸入寇黨，陛下視天下之勢尚可爲治平乎？陛下左右給事之人，誰有赤忠可共心腹者乎？内外當事諸臣，誰有奮不顧身爲陛下捍禦外患者乎？誰有不愛錢壞法爲陛下撫養民力者乎？言路諸臣，誰有明目張膽爲陛下一論時政者乎？誰有執持風紀、不以愛憎舉劾人者乎？陛下孤立于上，群臣懷欺于下，面諛背毁，動以殺身之禍過自文飾，臣竊惜陛下有英明之資而世遂以言爲諱也。

陛下誠欲消災變，則請毋事乎虚文，而務究乎實効；陛下誠究乎實効，則請先求諸正己，而後從事乎用人行政。臣請以八事爲陛下言之：一曰正祀典，二曰除壅蔽，三曰禁賄賂，四曰慎言職，五曰寬賦役，六曰簡冤滯，七曰正士風，八曰核實政。

何謂正祀典？夫國之大事在祀，天子之所尊者，天與祖宗而已。比年以來，陛下惟事乎齋醮，而郊丘、宗廟率遣大臣代祭。陛下之意，蓋謂齋醮足以感格，而外祭徒爲儀文也。臣竊以爲郊丘、宗廟，上天之神明涖焉，祖宗之威靈憑焉，百辟之具瞻係焉，代祭之臣何足慰神靈而肅百辟？乃若齋醮之青詞，則固非經常之大典也。陛下視大典爲虚文，而以諸臣補綴繁縟之詞曰求感格，可乎？夫莫神于天，天者，理而已矣，其尊無對，非有多岐之説也。天視自我民視，天聽自我民聽，民心悦則天意得。秩祀神祇，皆一禀命于天，豈能自主禍福？黍稷非馨，明德惟馨，聖言豈欺我哉？且齋醮之費，其奉行之弊，又有不可言者。今國課空虚，四方多事，而奸臣以備醮藉口，中間聚斂掊尅之計，無所不至；侵醮冒費之弊，又未易盡言。小民苦于銖求，且又惑于觀聽，將何所感格哉？嗟乎！陛下之英明，豈不能鑒往古事？周公論三宗之壽，惟曰治民祗懼，曰不敢荒寧，曰保惠庶民，蓋求之用人行政之間，非有茫昧不可指之迹也。堯年一百二十歲，舜年百有十歲，其所秩祀，不過類于上帝，禋于六宗，此外寧有他道？陛下敬一養心，素法堯舜，即能堅持此心，惟務爲民造福，自有致壽之理，何至務此繁費，徒耗國脈。孰若移此一念于郊丘、宗廟之祭，務展誠敬，而又戒謹恐懼，益盡養心之法，念念爲天愛民，則雖無事乎齋醮而天心可格，萬壽可坐致也。陛下清心寡慾，無他嗜好，斷然不惑，則臣下無以藉口，而欺肆之弊可除，德政且日益矣。孟軻云：「責難于君謂之恭。」不忠之臣皆以此事爲難言，且謂言之必死。臣誠不惜一死以報陛下，故敢首言及此。伏惟聖明裁擇。

何謂除壅蔽？夫國家之患，莫大于壅蔽。以陛下之剛明果斷，而諸臣猶敢懷姦釀慝，以蹈欺肆之罪。四方有變，不以實聞，喪師失利，乃以捷報。甚至招權納賂，展轉爲奸，若此者何也？上下之情不通也。祖宗正朝之外，猶日延接諸臣，時賜傾問，因得以察其人才之高下、心術之忠邪。即有大事建白，亦得面奏。諸臣雖有壅蔽之懷，亦何所用？乃者陛下久不接見群臣，而迂腐之徒又欲陛下勞神苦形，日一視朝而後可。臣竊謂朝堂日坐，誠未有益，遇有大事，間一行之，陛下亦不爲勞苦。惟便殿接見諸臣，似不可缺。陛下日夕議政，固未嘗有誤大幾，而諸臣不蒙賜見，則人懷疑懼之心。君門遠于萬里，誰敢吐露情實以蹈不密之禍？臣願陛下垂簾便殿，令群臣日面奏事，間一諮訪軍民利病、大臣得失，有懷即吐，退補奏章。諸臣縱有奸邪，亦將畏人言而不敢肆，且益恪恭職業以求固。陛下之知寧有幽隱不達之患哉？伏惟聖明採納。

何謂禁賄賂？夫國家之禍，由官邪也；官之失德，寵賂彰也。古者賣官鬻爵，入于公帑，猶云不可，今乃入私室。以朝廷之命官，而爲諸臣黷貨之計，權要之地，非財不得近。聞吏部司屬至用銀三四千兩，科道亦不下一二千。小官如此，等而上之，督撫之餽遺，藩臬、京堂之遷轉，又可推矣。夫以貲得官，則其勢不得不取諸民。官價日高，則民財日困。司馬光謂天地生物止有此數，不在官則在民。今天下之財用既不在朝廷，又不在民間，其在權貴之家可知也。賄賂公行，日無顧忌，遂使爵賞之柄下移，朝廷之權日輕。陛下獨不念及此乎？且當事大臣，朝廷所倚重，權要之司，亦非可以輕授也，今皆以貲得之。既已受私室之恩，則其勢不得不隨風而靡，頤指氣使，惟所欲命。心知其奸，誰敢復出一語？此誠天下之大弊也。今者天災流行，盜賊輩出，諸臣猶尚不悟，大小臣工黷貨是寶。萬一聖上推求弊端，赫然震怒，去貪墨而進賢才，諸臣將置身于何地乎？臣竊謂諸臣亦愚之甚也。倘臣言可採，乞勑輔弼大臣表率百僚，痛加修省，以期遷善改過。如再不悛，臣願陛下斷自聖心，或採之輿論，大明賞罰，旌別淑慝，務令朝署一清。仍勑吏部遇有京堂督撫員缺，查照先年會推公例，令大臣各舉所知，務具才行實跡，多推三四員，取自上裁。或用首推，或用陪推，使臣下不可測識其權要庶僚。亦令各部大臣歲舉屬官之賢者，開具實跡，奏下吏部，以備員缺採擇。庶人各知自奮勵，以協輿情。倖門雖開，亦將有所顧忌而不敢。官爵出自朝廷，則所用得人。用得其人，則庶事畢理而朝廷之權益重。臣下有感恩圖報之心，小民無貪吏浚削之苦，天下幸甚！

何謂慎言職？夫科道之官，朝廷耳目之寄也。祖宗不以諫名官，蓋令人人皆得盡言。近始以言屬之科道，其他建言者謂之出位。舊例火災通令各衙門直言，今禮部止題科道，此其意蓋畏各衙門官不識忌諱，或能指斥時政之闕失、大臣之奸邪，而又熟知科道官必不敢盡言，故以此誤陛下，且掩大臣之奸邪。嗟乎！無言責者，既不敢言；有言責者，又不能言。然則國家將何賴焉？推原弊端，蓋由選授科道之際，多以賄賂爲進身之階，其考試章奏不過虛承故事而已。除目未上，衆咸喧傳某爲科，某爲道，某以有賄得之，某以無賄失之。固不待試之職事而已先知，決非忠義敢言之士矣。既得是官，務爲保全陞擢之計，誰敢堅執國是，鷹擊奸邪，以廣陛下之耳目？其無耻尤甚者，率張聲勢，凌轢諸僚，稍知自愧不言，又動以廷杖推諉，即有建白，亦不肯剴切以取禍。嗚呼！事君能致其身，至忠之士，斧鉞且不避，況廷杖乎？朝廷所以輕天下士者，固知此輩不足以動陛下也。陛下亦知天下忠直之士有不與此選者乎？乞勅吏部，如遇考選之際，毋拘舊例，廣取内外官有才望者嚴加考試，選卷進呈，取自上裁，則此輩雖有賄賂，亦無所用。朝廷以公用人，則其所得必有剛介不阿之士爲國效用，而陛下又能優容直言，下采葑菲，弗更辱之廷杖，使披靡得以藉口。歲終令大臣查檢章疏，以爲黜陟。緘默不言者罷斥之，言而不關大體者貶謫之，則言官争自磨濯，朝廷之耳目日廣，而政無闕失矣。再乞陛下善體祖宗遺意，勿狥禮官之諛言，務以災異博詢衆議，求臻至治，平居亦無出位之罰，則奸人有所畏避，不敢擇人爲心腹，而國勢日益尊矣，實宗社萬世之福也。

何謂寬賦役？夫民爲邦本，本固邦寧。聖王所以不盡人之財，不盡人之力者，正以安民心而固邦本也。今天下多事，邊儲缺乏，輓輸饋餉，所在征發，四境騷然。瘡痍之後，加以酷吏之掊尅，展轉流移死者枕藉于道。孤兒寡婦之哭聲，號寒枵腹之形狀，陛下必不得而聞見也。夫民力疲財盡，必將驅而爲盜，南倭北虜，率皆中國人導之耳。盜賊日煩，則財用日乏；財用日乏，則將士日疲；將士日疲，則國勢日削。當事者猶欲提編均徭，嚴督逋負，使民無所措手足，豈陛下安民心以祈天眷之意哉？夫釣者竭澤而網，則漁將不繼；虞人反裘而負，則毛無所依。東南民力竭矣，尚忍鞭撻以驅之死地乎？伏望聖明俯念民生之艱苦，潛消禍亂之形，詔下被寇重地，蠲免稅糧，寬力役之征，罷工作之費，去三冗而除酷吏，痛自節省，與民休息，用以召和氣而回天心。仍勅司計重臣，務惜大體，勿狥目前，以貽後患。講求節省之實，以足軍需，則邦本固而災變可弭矣。

何謂簡冤滯？臣觀成康之世，囹圄空虚。今者刑獄日繁，法愈多而民愈犯。法司不能執守，一遇詔獄，即倉皇失措，懼禍自全，揣伺上意，務求深刻。至于審録之際，陛下虚心，非有所主，而諸臣動輒搖手，不敢仰承德意。廠衛所送姦盜，或多冤抑，亦輒避嫌畏忌，竟以厚文深詆。嗚呼！一夫不得其所，且足上干天和，而況刑獄之重乎？臣願陛下斷自聖衷，簡録冤滯，擴造化之量，以應天心。明諭緝事衙門并法司等官，毋得羅織虚文，□□深刻，以致刑獄久滯，冤抑不伸。務體皇上寬恤之意，惟公惟明，以期臻刑措之治，天下愚民幸甚。

何謂正士風？臣惟士風之壞，莫有過於今日。往者素無聲望，驟得好官，士論猶知鄙之。今則不惟不知鄙，反又争先慕效，苞苴盈朝，日無顧忌。至以奔競者爲有才，阿諛者爲良士，其恬静自守不肯奔走權勢之門者，乃日爲迂拙無用，擯置散局，士論亦遂輕之。嗚呼！禮義廉耻，國之四維，四維不張，國何能治？推原其故，蓋由大臣無休休有容之量，而徒以趨己者爲賢，簡己者爲不肖，故嗜利無耻之士多歸之。其諸招權納賄者不足言，即負時望稱憂國者，亦未知何士爲賢，何士爲不肖也。大臣無知人之明，則中才多詭隨之習。自非真得之士，卓有定見，何能不慕榮利，隨時遷改？心術既壞，則政事皆邪，陛下誰與爲理？宜乎災變日至，而盛治未易臻也。且今天下士，不求做好官而求得好官。祖宗舊制，庶僚積有資望，一體推陞，惟視其職業之修否以爲遷陟之高下。故士不求美官，惟思盡職。今各衙門遷轉，迥立資格，或未五年而擢京堂、參政，或六年轉知府。士懷速化之術，惟務超捷徑，不思盡職業，士風之壞，此實致之。乞選剛明不阿大臣擢置要地，痛抑奔競，崇獎恬退，務求沉實有用之士，勿以周旋人事爲才，勿以阿順苟容爲賢。至如兩京各衙門遷轉，務循祖宗舊例，一體論俸。其有才能卓異堪以超陞者，開其政績，取自上裁。此外如有超越，許令言官參奏。言官不言，各衙門官得言之。庶乎人思自勵，不求得好官而求做好官，士習漸可復正，風俗漸可復淳，而朝政亦清明矣。

何謂核實政？臣竊見近年遷轉太驟，内外諸臣惟以虚文優游歲月，更無一人爲國家實修職業者。即如南倭，已及五六年，彼處用兵經畧，尚未見有端緒，賊至則無哨探，接戰則無援兵，火攻則無器械，水戰則無舟楫，遇警周章，僅同兒戲。北邊修築日久，虜入如履平地，皆由更代太速。人人視官爲傳舍，苟能掊尅民財以媚權要，即得美遷，誰肯修實業以速怨謗？諸臣甘蹈欺肆之罪，蓋以患得患失之心重也。乞勑吏、兵二部，如遇邊方督撫、將官及守令員缺，務選素有才畧、衆望攸歸者推補，勿拘年限，以需成効。如守令能子民弭盜，督撫、將官能攘寇安邊，方與統論資望，比之内地倍加超擢。仍乞期以集事，勿牽文法，勿從中制，興利革弊，一切假以便宜。巡按官舉劾，務要開具歲月實跡，其稍涉愛憎者，復命之日，查照往時考察嚴例，輕則别用，重則貶黜，勿得俱開稱職回道，以罔天聽。則内外諸臣自知職任不容他委，咸修實政，以期無負聖明之世，而邊圉亦有賴矣。

凡此八事，臣未知其言之當理與否。然臣之私憂過計，偶有一得之愚，不敢不爲聖明陳之。

臣賦性拙默，不能隨時俯仰，亦不喜人多言。念此大變，聖心焦勞而群臣莫敢出一讜言，故遂不避忌諱，欲陛下先求之正己而後及于用人行政。臣知此疏一入，縱聖明知臣忠直，中間條款，上忤權臣，下忤諸言官，衆怒群猜，萬無生理。臣誠私痛國家養士二百年，一旦有無士之羞，故不惜一死以報國。平生讀聖賢書，蓋熟聞致身之義久矣。倘蒙聖明俯采臣言，賜之施行，令天下生民受福，臣雖即死無憾。臣干冒天威，不勝激切殞越之至。

肅皇御宇英明，不世出主也。暮年悮任姦回，海内嘖嘖多故。伯子此疏，上干主德，中關要樞，下迨民隱，痛切極陳，言言中窾。擬海忠肅奏章，尤爲周到。稿比就，時越職禁方厲，伯子嘆曰：「國病猶之身病，然百疴交攻，未可泛療一劑，曷若先拔病本，而後除治其標。」因改論分宜，第忠肝義膽，石畫訏謨，昭揭雲漢，可令泯没不傳已耶？敬首梓之，以待採風者。季弟傳文謹識。

論嚴分宜欺君誤國疏

刑部四川司主事臣董傳策一本，奸貪輔臣主持邊帥〔一〕，欺君誤國，大負聖恩，懇乞宸斷，早除元惡〔二〕，以圖安攘實效事：

臣近見北虜寇邊，財用詘乏，屢廑皇上宵旰之憂，至發帑藏濟急。聖意所向，遂令言官糾劾邊

〔一〕邊帥，《明臣奏議》卷二六作「邊塞」。

〔二〕元恶，原作「兇恶」，據下文「未有極陳元恶之誤國者」及《董氏族譜》卷一〇《劾嚴分宜疏》「早除元恶」句改。

負奸臣耳。

臣，屢下明旨究治，感發人心之一機也。然邊臣之敢于欺罔，皆由輔臣嚴嵩之主持，而言官所論，未有極陳元惡之誤國者。臣側耳數日，寂無所聞，蓋皆畏彼之中傷，愛身惜死，故寧負陛下而不敢負奸臣耳。

臣知陛下之神明英武，非不洞燭其奸，特以輔臣，尚爾優容，令自悛改。而嵩恬不知警，負恩日深，不思主憂臣辱之義，益肆誣上行私之奸。居位一日，則天下受一日之害。今言官既不敢言，諸司又不能言。國家養士二百年，一旦披靡，不忠至此，臣竊私心痛之。今有君如此〔一〕，寧忍負之？臣敢瀝肝膽，條列嵩之大罪，伏惟陛下少垂聽焉。

夫邊疆之守者，責在督撫諸將。將官所以鎮安邊陲者，徒以財用得人之死力也。今户部所發，歲不下百萬，至爲一切苟且之謀，日不暇給，而諸將邊臣尚深結嵩心，以求掩己之敗。所請財賦，大半入嵩之家。或以數萬希圖内轉，或以盈箱冀掩喪師，轉展饋送，殆無虚日。遂令軍士嗷嗷待哺，救死不贍，虜至閉城，任其得利而去。嵩爲元輔，匿不以聞，甚至邊臣已罹法者，嵩猶受其賄遺，曲爲掩護。所謂「豺狼當道，安問狐狸」，此其壞邊防之罪一也。

吏、兵二部，文武人才所推用，恒必由之。而嵩擅撓部事，賄賂公行，選司銓官至持簿入嵩之門，任其填發。將官推求善地，動輒掊尅軍士以充饋獻。如近來萬寀爲文選，方祥爲職方，皆嵩之至親。擇其心腹，頤指氣使，不異奴隸，至有文管家、武管家之謡。此其鬻官爵之罪二也。

大工鼎建，財用不貲，識者蓋以民力爲憂，而嵩猶乘機侵尅，縱欲無厭。採木侍郎劉伯躍與嵩

〔一〕今有君如此，《皇明疏鈔》前有「祖宗舊制天下事許諸人直言無隱況」。

同鄉，行郡動支贓罰銀兩，或坐派民錢，致之嵩家，前後累至數萬。他如築堡修城之費，嵩皆假公濟私，而獻諂者又甘爲浸潤，或因而攘入私囊，遂至冒破日甚，請求無措。夫天地生財，止有此數，不在官則在民。今天下財賦，既不在公帑，又不在民間，其在嵩家可知也。陛下試令人查檢嵩家，恐當富於帑藏者。此其蠹國用之罪三也。

趙文華罪惡滔天，賴陛下英斷，斥之使去，猶恃乾兒之愛〔一〕，所得囊橐鉅萬，盡寄嵩家。蓋造大房，居皇城之西，頗壓上游，而嵩收之入己，略無顧忌。遣令數人護送文華南還，比至徐州，即駕座船，恐嚇州縣，私役民夫，及支供給之費。嵩之敢護私人類如此，此其護黨與之罪四也。

天下諸藩臬有司，歲時問安嵩家，動以千數，不得不掊尅民財。民財日困，則嵩家日富。絡繹遣人解回江西，動起關文，騷擾驛遞〔二〕，此其害地方之罪五也。

自嵩貪饕不顧，一時嗜利無耻之士漸出其門，昏夜乞哀，或以五六千求改要地，或以七八百與選美官。士風大壞，官箴日喪，緩急不得賢才，而嵩猶洋洋坐政府，自謂得計。回視要地，皆彼腹心，莫敢出一語。即有能自振拔者，又懼禍不測，不得不隨風而靡。此其壞人才之罪六也。

夫此六者，罪大惡極，釀成禍階。徒以嵩之奸邪，善能變炫名實，擠人死地。而世蕃以市井無賴之徒入市攫金，逢迎父惡，恬不爲怪。一時臣子非受嵩父子之舉，則畏嵩父子之奸，誰肯爲陛下言之？臣待罪刑曹，宜詰奸慝，平生讀忠孝書，蓋熟聞致身之義矣。臣豈不知此疏一入，縱陛下知臣忠直，而違忤奸臣之意，一有譴責，立可闕節致死。況臣羸弱多病，尤易傾危，加之以親老無

〔一〕《皇明疏鈔》「猶」前有「而嵩」二字。

〔二〕騷擾驛遞，《皇明疏鈔》後有「有如狼虎所至折乾要索綁縛官吏莫敢誰何」。

子，孤立異鄉，寧不自愛？但有感于聖明在上，奸佞不忠，而諸臣患得患失，動以及身之禍自委，有君無臣，實可憤惋。臣故不論一身利害，冒昧上陳，爲天下蒼生懇祈聖主速賜乾斷，以求安攘實效，臣之微軀何足惜哉！倘蒙俯垂採納，乞勑九卿科道官從公會議，數嵩罪狀，取自上裁〔一〕。庶陛下勞心焦思，不爲無益，將見人心聳然思奮，三軍之氣倍增，而邊防漸可修舉，官爵漸可愛惜，國用漸可充積，黨惡漸可消除，地方漸可寧謐，賢才漸可效用矣。臣不揣疎賤，發自忠憤，伏惟聖明鑒察，臣不勝激切惶懼之至。

許案：此疏亦收於《董氏族譜》卷一〇，然内容差異較大，今附録於下，俾參照焉。

劾嚴分宜疏

刑部四川司主事臣董傳策一本，爲奸貪輔臣主持邊帥，欺罔誤國，黷貨鉅萬，懇乞宸斷，早除元惡，以圖安攘事：

臣竊見近日北虜寇邊，財用詘乏，屢厪皇上宵旰之憂，至發帑藏濟急。言官糾劾邊臣，屢下明旨究治，此誠感發人心之一機也。然邊臣之敢于欺罔，皆繇輔臣嚴嵩之主持，而言官所論，未有探本窮源，爲陛下陳元惡之誤國者，蓋皆畏彼之中傷，愛身惜死耳。竊謂元惡不除，雖斬百邊帥，何益于治？即以陛下之聖明英武，豈不洞燭其奸？特念輔臣尚爲優容，冀自悛改。而嵩怙不知

〔一〕取自上裁，《皇明疏鈔》下有「但令解柄放還即天下蒼生受福」。

警，益肆誣上行私之奸。居位一日，則天下受一日之害。臣竊痛之。

夫諸疆鎮守，責在督撫諸將官。督撫諸將官所以鎮安邊陲者，徒以財用得人之死力也。今户部所發，歲不下百萬，至爲一切苟且之謀，日不暇給，而諸邊臣尚猶深結嵩心，以求護己之敗。所請財賦，大半入嵩之家。或以數萬求轉内地，或以盈箱冀掩喪師，轉展餽遺，殆無虛日。遂令軍士嗷嗷待哺，救死不贍，虜至閉門，任其得利而去。或更致金帛綵繒以遺之，竭民膏血而不遺，傷國威重而不恤。嵩爲元輔，匿不以聞，甚至已敗露者，嵩猶受其賄賂，曲爲掩蔽。所謂「豺狼當道，安問狐狸」，此其壞邊防之罪一也。

吏、兵二部，文武人才所推用，恒必繇之。而嵩擅撓部事，賄賂公行，選司授官，至持簿入嵩之門，任其填發。將官推求善地，動輒掊尅軍士以充饋獻。如近來萬寀爲文選，方祥爲職方，皆嵩之至親。擇爲心腹，頤指氣使，不異奴隸，至有文管家、武管家之稱。此其鬻官爵之罪二也。

大工鼎建，財用不貲，識者蓋以民力方竭爲憂，而嵩猶乘機侵尅，縱欲無厭。採木侍郎劉伯躍與嵩同鄉，行郡動支贓罰銀兩，或掊尅民錢，致之嵩家，前後累至數萬。他如築堡脩城之費，嵩每假名營私，而諂事嵩者又甘爲浸潤，或因而攘入私囊，遂至冒破日甚，請求無措。今天下財賦，既不在公帑，又不在民間，其在嵩家可知也。陛下不信臣言，試令公正人員檢括嵩家，恐當有富于帑藏者。此其蠹國用之罪三也。

趙文華罪惡滔天，賴陛下英斷，斥之使去，而嵩猶恃乾兒之愛，所積囊橐鉅萬，悉寄嵩家。蓋踰制大房，居皇城之西，頗壓上游，而嵩擅收入己，略無顧忌。方文華南還時，嵩又遣數人護送。比至徐州，即駕座船，恐嚇州縣，私役軍夫，及支供給之費。嵩之敢護私人類如此，其黨與之罪四也。

天下諸藩臬有司，歲時問安嵩家，動以千數。遣人解回江西，動起關文，騷擾驛遞，此其害地方之罪五也。

自嵩貪饕不顧，一時嗜利無恥之士漸出其門，凡有營求，或以五六千求改要地，或以七八百求與考選。士風大壞，官箴日喪，緩急不得人才之用，而嵩猶洋洋坐政府，自謂得計。回視要地，皆彼腹心，莫敢出一語。即有能自振拔者，亦不得不隨風而靡。此其壞人才之罪六也。

夫此六者，罪大惡極，釀成禍階。徒以嵩之奸邪，善能變炫名實，擠人死地。而世蕃又以市井無賴之徒入市攫金，逢迎父惡，恬不爲怪。一時臣子非受嵩父子之援引，即畏嵩父子奸邪，誰肯爲陛下言之？臣待罪刑曹，宜詰奸匿，豈不知此疏一入，禍必隨之？縱陛下知臣忠，而違忤奸臣之意，一有譴責，立可斷節致死。但有感于聖明在上，奸佞不忠，而諸臣患得患失，動以及身之禍自諉，有君無臣，實可憤惋。故不論一身利害，冒昧上陳，乞勅九卿科道官從公會議，數嵩罪狀，取自上裁，俾令解柄還放，即天下蒼生受福。陛下勞心焦思，不爲無益，將見人心聳然思奮，三軍之士氣增百倍，而邊防漸可脩舉，黨惡漸可消除，地方漸可寧謐，賢才漸可效用。臣不揣疎賤，發自忠憤，伏惟聖明憐察。

嘉靖三十七年三月二十七日奉聖旨：董傳策這廝，着錦衣衛拏去鎮撫司，同吴時來究問來説。——［松江］《董氏族譜》卷一〇《疏》，載《上海圖書館藏珍稀家譜叢刊》第一輯，上海：上海科學技術文獻出版社，二〇一六年，第一〇二三—一〇三一頁。

乞裁邊鎮冒濫因及時政疏

太僕寺少卿臣董傳策謹奏，爲懇乞聖明節邊費、覈名實，永清耗馬弊源，以裨大計事：

竊照國家經戎以禦邊患，蓄馬以資戎驅，二者相須，貴審名實。蓋臣職馬而稽其登耗出入之數，竊懷隱憂云。夫民正賦常貢之外，又有馬累。今種馬尚存空名，諸處額僅十二萬五千匹。歲課本折備用馬，北直隸、山東、河南萬七千五百匹，派馬十之七折，價居其三；南直隸七千五百匹，派馬十之三折，價居其七。率計道里遠近爲馬價低昂，每馬多至三十兩，少常二十四兩，災傷諸處，或一十八兩。

歲所賦于民者，良已重且繁矣，夫何俵之者甚艱而耗之者絶易？徵輸者尚多□負，而靡費之者已無紀極。蓋馬未俵則民畜之若孳，既俵則官置之若棄。一經寄養，馬輒瘦損，異日兑調，其非舊馬常半也。馬入軍手，瘦彌甚，未久，馬斃，則京營之給補尚緩。若邊關之討充騎征者，殆日接踵需兑焉。臣查嘉靖四十五年，派俵馬僅八千零匹，兑出迺至萬有零匹；隆慶元年，派俵馬不滿五千匹，兑出迺至萬八百零匹；今年派俵馬僅萬餘匹，春運至者無幾，兑出又已八千零匹。遞年所畜，幾復用盡，今所存寄養，總之纔四千餘馬耳，頗多羸劣不中兑，而奏討者猶源源未已。非獨奏討馬也，又日奏討馬價。臣查嘉靖四十五年至隆慶元年，徵解馬價共止五十餘萬，諸給發濟邊迺至四十餘萬。今春入者無幾，諸給發濟邊又已十餘萬。即一馬價，其他錢糧可知。

蓋聞諸邊鎮年例及所在新增調集軍馬之費，自嘉靖二十九年以來，所遞加派民間，每歲已加至四百餘萬，而猶侵尋靡止。民於輸官可謂無遺財力矣。胡乃邊防尚懈弛，軍馬尚單弱，虜至，攻城堡如出入無人境。邊臣泄泄枝梧，冀得遷代歲復，仍歲條議勘功，徒事彌文，無裨實効。彼所奏討馬者，未嘗戰也，馬將何從耗焉？彼所奏討馬價者，未必買戰馬用也，馬價復何從糜費焉？矧馬價之儲，本爲補馬不足，寔非徒以濟邊。今兑馬既日不暇給，又借支馬價，日亦不暇給。若卒有不虞之警，馬與馬價兩俱缺乏，官業急有所須，民復不堪重困，未審彼時計將安出？且夫竭民之財力以輸之，又輒鹵莽而糜耗之，國家所爲懷民固本與其經武詰戎兵者迺若此，臣誠不能無隱憂也已。

竊觀諸處閭閻蕭索，大非往時，間者水旱頻仍，年穀不登，民户流移，催科峻急。一旦有警，非惟加派寔難，抑恐民易騷動。陛下幸哀憫元元，亟勑該部裁節邊臣奏討，務稽其消費寔故與其保障成効。勿徒查盤空册，勿摇浮議，勿狥一時一鎮之計，斷斷爲國家遠慮，以民瘼爲痌，以財糜爲惜，以籌邊寔政爲圖，固大臣者安社稷事耳。

臣聞兑馬遠邊，道多驅損，又風氣非宜，馬不任戰。邊臣不一審察，徒爾循例濫給，軍憚因馬調征，恒利馬死。及其遇虜，輒更捨馬餌敵，己得奔逃。且以疲馬禦强胡，譬諸驅羊入虎狼群，馬之無捄遠邊明甚。彼中既自産馬，又虜所走回人每帶夷馬市利，即果倚馬爲戰，不患無馬。謂如宣大以西北必當止勿兑馬，有急，第量以馬價濟可也。惟薊、遼一二鎮，事體相關，勢須接應，猶宜度其緩急，題爲定額。或以馬往，或以價濟，俱毋得逾常數。庶不平時虚耗，卒然張皇無措云。

臣又聞邊臣沿踵故套，或託修邊築堡，或假增置亭燧，坐糜財用，指一請十，上下相蒙，視其官如傳舍，視仰給朝廷濟餉如探囊取物。此而不節，滄海雖大，詎寔漏巵？臣不忍坐剥中原赤子之膏脂，爲擺邊兵馬之冒濫。謂如居常援列陳乞，必當持之以正，悉行停減可也。惟果加意邊防，或募敢死士北向爭敵首，或厚犒摧堅陷陣諸戰卒，或設奇策應，或堅壁清野以保萬全。似須大爲優假，猶宜於寬裕責成之中，時寓精覈明作之意，庶不虛張聲望，掩襲觀聽，靡忌憚云。

夫邊馬節兑則多派改折以寬民力，而拱衛無乏馬之憂；馬價節給則多貯帑藏以備不虞，而臨戎無加賦之擾。奚但邊費獲清，且因以潛消民患，雖國事深長之畫，將必繇之，是在廟堂一振察問耳。抑臣更有獻焉。自古君臣和協，方内晏安，每患多謀而少斷，群材嘉附，真意常衰，旁議易生，法令難信。寬則慮終弛禁，猛則疑遂違俗，相沿舊習，漸以頹靡。及其一更事變，人心始奮。然思懼然，已無補於先幾，欲挽回而濟之，不啻遠倍屣矣。今之談邊議政，大率蹈此，雖其積漸已非一日，念以七年之病，求三年之艾，恐不可不及今蚤爲之計也。

臣因籌馬，不避深言，伏惟聖明主張於上，諸大臣負荷于下，深思難得易失之時，痛懲論議多而儀文勝之弊。政必割之以義而不爲私情所牽，才必覈之以實而不爲虛名所眩。行見安攘之業有光，而皇上保泰之洪猷且日永永無斁也已。區區馬議，又何足云？臣無任惓祈激切之至。

條議馬政因喻用人疏

具官臣董傳策謹奏，爲酌陳馬政緒議，以備采擇事：

竊惟世設武備，必議牧馬。往代在官在民，互有利弊，臣無庸論已。祖宗參酌古法，畿内外諸郡牧之民，邊鎮諸苑監牧之官。然當其時，立法既良，行法復嚴，以兹人得効力，馬畜繁盛，官既有馬，民復不爲馬累。今承平日久，法浸滋弊，人尤玩法。數十年來，官民坐困，已難經畫，設更互視因循，後將何若？

臣職司馬務，夙夜皇皇，蓋嘗繹思國計，隱卹民艱，察之輿情，質以己見，參詳本末，覽究弊端，謂宜及今全盛清暇之時，亟圖振刷弘濟之策。仰不糜官課，俯不罄民貲，必秉之以塞淵之心，必操之以無漸靡之政。勿徒毛舉細故以爲民，勿更沿洄俗染以示守。庶幾釐弊宜民，非特議馬獲濟。即馬一事，其於内扈京師、外給邊鎮，諸所利賴，具見核實焉。

世恒言有治人無治法，然國家以法立政，以人適用，人不常才，法每易守。用於人者必議飭法，用人者方務任人。臣今所陳，止臣僕寺所司，自歲馬俵驗之源，以及畿牧營騎之流，總之爲三要。因又有所謂二本一幾云，曰要主於法，曰本主于人，曰幾主於用人。伏惟陛下垂省。所謂三要：

一曰議處俵馬之要。夫俵馬者，種馬之遺也。先年種馬法，發順河諸近甸寄養謂之種駒，後緣馬鮮孳生，民不堪歲課駒，迺令民種馬無駒者，官徵其直，歲給市馬起俵，謂之備用馬。夫種馬日疲官役，猶沿額設歲報駒息，雖百無一駒，民以歲擾重之。派直市馬，官胥追呼，轉相貿易，往往下邑孤窮之輸及諸馬販游手之所折閲，馬輒矮小不中驗。尤有甚者，中途闌換，則火印之詭肖難稽；入都請託，則羸馬之漫塞無厭。寺官驗馬時，若竟法合尺式，則十無一二，約量驗所堪乘，僅十之五六。諸不中驗馬，法當駁回追賠，未免利歸馬販游手而害及貧民。且民牽馬走道，路近者數百里，遠者逾千里，業已爲馬困，必數數駁馬，恐民益爲馬困，將遂姑息發寄。馬本不堪畜牧，非惟重苦養户，他時兑調京邊，更驅而散諸無用之境，譬猶拾瀋畫餅耳。蓋馬一雜於遠俵，再疲於玩養，又再消於濫兑，馬之堪戰，殆無幾云。臣於請節邊關兑馬别已敷奏外，竊謂京營馬既空耗，尤宜有缺勿補，多練步軍，簡其驍果，間一給直，令自市馬，如唐府兵。應給馬者，官予其直市之，迺或反得善馬焉。奚啻減馬省驗，民困少蘇，彼官軍抑知自重其馬矣。如謂京邊機務，難廢操馬，請爲就便俵兑之法。春秋二運馬，先計京邊所缺數，下諸種馬州縣，春缺以秋補，秋缺以春補，遠者寺丞往驗，近者馬户赴俵，俵驗合式，即發營軍。若近鎮軍領騎，不必重復發寄，以貽養户畜牧之擾。庶官軍所得馬必勝牧所遠甚，良一便也。如謂近甸居重馭輕，難廢寄養，請更爲就便俵牧之法。歲派春秋二運馬，聽提督、少卿出巡時就彼驗中，發民寄養，非惟俵户無煩往返，且令養户當官驗俵，自以己事効力，諸馬販游手不得以計關換，良又一便也。乃若駁馬補俵，後馬未必勝前，請自今馬不中驗，毋更追馬，第追馬直給養户，官督市畿産俵發馬，臣謂於民亦便。俵户換馬非悉遠郊，馬販游手原貨畿内，以今官直優饒，人樂趨市，良勸畿民養馬，一也。在馬户則俵者免久需之苦，養者藉面估之益；在有司則俵處省無稽之覆烙，養處獲閲從入之低昂，以督察其畜牧，二也。抑非獨宜駁馬，雖悉省南馬、遠馬，徵其直以市燕趙之産，歲中萬馬易致耳。民就窮而賦愈迫，中原之憂，馬或一累焉。古人數馬對國富，非爲富馬，寔爲富民。民富由官，官良宜牧，斯其宏遠之指歟！

二曰議覈畿馬之要。夫今畿郡寄養，即宋户馬之法。其人每言其不便，謂既損民又無益官用，誠有見而云也。然臣竊繹國法，因畿郡産馬，民間私畜市利，官寄一馬，趁便芻飼，委以牧場，蠲其雜税。居常則譏察簡閲，聽民群養自便。有事征調，迺始簡其雄健者而驅策焉，以故民不困而官有賴。今額地無稽，大半豪右影占，貧民失業，猶尚繫爲馬籍。科役派征既重爲累，兼以督責苛細，十羊九牧，胥隸驛騷。其門户力不支憑報津貼，弱者倍筭，强者抵欺，訟牒紛然，化愚成黠。前馬獲兑如釋重負，後馬繼至徒寄空名，甚者馬斃追賠，頻年難竟。原户逃移，復累他户，賣兒變産，所不忍言。嗟乎！法弊如是，殆幾乎驅民而轉溝壑矣，此豈創置之本指哉？近議按户互保，視昔保甲加嚴。然民情日狡，册籍非真，竊玩官坊，馬瘠如故。一有倒失，名爲均攤買補，寔仍偏累孤窮。臣嘗熟思之，議清牧地之影占，以歸貧户，則移墨未乾，豪右必仍侵削。縱民得業馬，累失均勢，復變賣他時，未易勾稽，一難也。議寬牧地之派數，以紓民急，則寛派之利，豪右、胥史或更因緣爲奸，貧民未必蒙其賜。又馬數愈減，邊兑方繁，卒然有需，何從調發？二難也。爲今之計，莫若勘地徵直，别以養費給民。按舊額馬户五萬有奇，户受地五十畝養一馬爲率，磽者或倍其數。節經併地減户，近迺馴至二萬五千户。今一歲寄養，又僅萬數千馬耳。調出之數，向畧相當，比者常逾其入矣。額餘地征，既益養户，户困自若，馬瘠更多，乾没無憑，果在何所？欲清弊本，莫急于兹議者，特以爲畿内貴近，法不易行，□仍姑息，法壞滋甚。臣謂宜申勑巡養少卿若印馬御史，□□□泓，務足實額，但令一切派征毋繩以法。大約計歲養一馬之費，徵地五十畝，或寛至百畝，每畝量徵牧直，較出爲入，停酌而行，不問見覈馬户及查出豪右影占。歲分春秋二税，悉令輸直歸官，貯之州縣。歲俵官馬發寄，其丁多有地，素養馬爲市者充焉。貧户空名盡數除豁，所餘羸馬變價還官，俵市其良，養歸其富。更定歲籍，以户繫馬，每養一馬，歲給料價月一兩。春、秋二季開支悉聽少卿出巡均給，或視馬肥瘠爲節，而以管馬官類掌其出入之數，一入一出，咸令關白，印馬御史俾不時稽察焉。官既無私，民必勸牧。且民獲面驗馬，馬當良，復歲獲養馬直，事無害而有利也。若又聽其群養，毋束之急；時其點閘，毋役之頻。民爲官養者，既利其直；官聽民養者，復利其售。將咸願充馬户，爲官養馬。雖通融祖法，適得本指，不患馬不蕃碩矣。夫徵牧直于民，復以料價償民，似與斸地養馬無大異。然斸地養馬所獲地利，未必歸諸馬户。今計馬受直，馬户獲濟，彼方利於養馬，恒苦不得兑馬户耳。寧至追賠，展轉如今日患乎？蓋天下事，權常在官，則民易使；利常歸民，則役易供。臣愚以爲徵地給直之法，操之在官，而民且甘爲官役，誠計之便者也。且夫按地徵直，豪右無辭，縱有別科，猶愈馬累。法既不苛，民必易辦，一也。腴地影占，所牧必羨；磽地困馬，尤利輕輸。輸者視地，給者視馬，抑强賑窶，可牧可耕，二也。憲史按逋，卿寺稽直，專官司牧，官以類聯，法以時守，三也。於民養之中寓官養之意，官不勞而民不擾，隱然有備無患，四也。四者較然良便，失今不爲，後必愈難圖已。此臣所爲議寄牧者也。

三曰議振營馬之要。夫馬既牧成，必給官軍騎操。今京營、邊關領兑未幾，馬隨瘦死。蓋在京營，臣所目覩，諸營馬僅萬六千餘匹，瘦損幾居其半，歲所倒失，常不下二千匹，斯其弊可數而知已。一，領兑非盡良馬。二，官給馬料不充，軍貧更役其馬。三，操軍非習養馬，既操其人，又督其馬，力所不能兼及。四，輦轂之下，軍惰而驕，將領偷安，法難振飭。五，椿朋罰輕，人利馬死，名爲互察，實則同欺。六，馬不適其本性，軍雖善飼，久亦枯槁。萃此六患，馬故未易理也。今欲厲顧馱之禁，則馬愈瘠；嚴倒失之罰，則軍愈困。臣愚以爲領兑之際，必關白京營少卿若巡視科道官，凡馬非良勿給良，輒籍其毛齒尺式，而委將領伺督馬，斯猶捄其末云爾。夫馬不素具，不可以應卒；法不卹下，不可與樂成。臣所持以爲議，則非勦陳説爲也。今諸營中，惟巡捕營月給馬料稍重，即馬倒失數少，軍又每願補馬。若五軍、神樞、神機諸大營，月給馬料本輕，即馬倒失數多，軍又每逋椿朋之罰。此二者，其情具可徵已。臣謂與其輕椿朋以啓諸軍之不卹馬，孰若充馬料而重罰倒失，俾不敢役損其馬，爲兩得焉。竊嘗究其根極之論，以爲養馬必先養民，議健馬必先議精軍。夫軍之不可不精練，固即馬之不可不實畜也。必精練其軍，使無老弱冒支之患，而後實畜其馬，使無尫殰空乏之虞，則在營皆勁卒，而馬不嫌于無寄；在操皆良馬，而戰不病于無資，人與馬而俱强矣。抑今法防患太密而任人太分。即馬一事，乘馬者軍也，軍已屬之兵部；馬所資者，馬料也，馬料又屬之户部。有餘則蕩于相靡，不足則掣于互制。近以科道官巡視京營，詎非欲寓振飭于通融，本鈐察爲聯屬哉？請自今軍所應支馬料，即從户部季發，本寺督放，毋沿下場，故名扣減；毋給朽腐，俾蒙空名，但必稽馬肥瘠存失爲樽節焉。或徑徵料價入寺，而會巡視科道及户部司官，收放必均必以時，如兵部馬價收放之例可也。軍所飼馬，既如越人視秦人之肥瘠，禁馱猶可，如重禁雇馬，且立而就斃。或謂莫若半寬其令，在京文武庶官，咸許雇乘官馬，聽其給直資軍。若諸民人入城，止許跨驢，城之外勿禁焉。官馬不出，私馬不入，監者有所稽憑，官馬不得馱載，一無害也。輪班而操，班退而官騎。夫馬習則神爽，惰則神疲，所貴飫其芻秣，非患馬騎，寔患民馱載與？其役於民，無寧攝於官，二無害也。倘更大爲起敝，惟懷永圖，臣請追訪永樂年間官設苑監之法，更議裁酌，量擇郊外豐曠之場，分簡營軍，率馬而時牧焉。官備牧料，列廄攢槽，隊長、醫獸如法調其水草，適其游息。官每較馬肥瘠以示勸懲，操時定等，牧時别料，豐其良健而汰去其羸劣。諸督牧長帥亦必以馬肥瘠示勸懲。如此則官優其軍，軍惜其馬，馬遂其生，欲馬之無肥不可得也。苟又仍舊倒失，雖嚴法以治之，必莫生怨矣。繇是申前倒失之科，京邊一體，毋更泛追椿朋。苟年未遠，必補馬無赦，否者必罪軍無赦。已又申前馱載之科，查照《會典》，凡將官馬馱載，必罰馬一匹無赦，否者亦必罪軍無赦。庶乎牧之勞者，用之得所；簡之嚴者，勸懲之無斁。馬患或其有瘳乎？因又有所謂一本則指責成其人焉。

一曰議專轄爲牧本。夫官患多，多則責分，責分則官怠。議者以馬政不舉歸咎曩時裁減州縣管馬官，然府通判故在也，府所隸州縣非遥，又馬止一事，即以一官專轄之足矣。若復增置州縣官，非惟官卑不自惜，抑其胥吏、隸人皆馬患也。臣願勿開其端，惟責成見置官毋貸焉。近議重督掌州縣官，令巡養少卿得舉劾。然掌州縣官境務浩繁，其所表見，非止馬一事。即馬牧且成，他要務或叢脞，少卿雖舉之，撫按官劾勿矜也；牧苟不甚理，少卿欲劾之，或其才與守稱，撫按官必汲汲薦勿遺也。且使掌州縣官規規畜馬，其勢不能，惟於牧民中兼總馬事，迺固其職耳。若管馬官專轄馬，則巡養少卿尤切監臨。又其官資適可久任，臣謂管馬官之臧否黜陟吏部允宜，在寄養則重巡養少卿，在種馬則重印馬御史，而畧他官可也。蓋祖宗隨職專察，其法良然，以故人不敢諉厥責。乃今泛視之，不問厥責，惟問誰官所舉劾，此臣之所未解也。自今管馬官之臧否黜陟，一惟巡養少卿若印馬御史言是憑，他非監轄皆勿問，必久其任，必察其殿最無爽。彼將移其分承上官之心以畢力于馬，所謂用志不分，乃凝于神，凡牧可幾而理矣。凡此類不獨一馬官爲然，臣始以馬官論馬事云爾。

二曰議監轄尤爲牧本。夫監轄者何？寺官是已。卿總其綱，少卿、寺丞理其緒。舊制少卿二人，一人主營馬，一人主畿馬，雖皆時巡，寔不久更代。惟寺丞多至十人，各轄分地，則必三年一更代焉。近議寺丞擾民，累減員數，僅存其三。又無所事事，徒奉寺牒調馬，雖三人，猶冗員也。少卿增置一人，向惟京營協堂遷轉靡定，今驗烙寄養，兩少卿俱各奉勅專巡，議有分轄。然此兩少卿資望亦已從省臺藩臬中敭歷，倘勢不可久任，當議久任寺丞，稍稍假其權，使必得行迺可耳。夫天下事，固有大於馬者，即馬一事，又非盡由少卿出焉。若必使兩少卿悠悠需次，久而馴致尊顯，斯殆庸流之所忻然混迹而志士之踧踖未能安者也。惟寺丞官資尚淺，久任相安。若照光禄寺丞格例，間以部寺官改任，久而昂其遷轉，則寺丞重矣。寺丞既重，俾得分地督畜牧，猶勝少卿遷轉無常，無異古借職耳，必不可偏任。請依今少卿各三人，毋分轄地，毋分驗烙寄養。蓋馬烙而寄，寄而養，本一事耳。即所分地，若俵若牧，咸相沿，臣以爲合之便。三人者，一主營馬，一主畿牧，一主馬直收支，以監防筦庫，各惟專宰其務。而以寺丞各爲之副，出巡則春秋番直，遷代則案籍有稽，庶或可相助爲理焉。不至如今兩少卿闕，遂廢春巡不得行，而彼三寺丞者，固閒而無事也，何也？兩少卿各領坐名專勑，寺丞宜不可代之巡也。必任寺丞，載之勑焉，令爲少卿副可也。令勑少卿督寺丞，然寺丞本亦堂官，不可督，徒聽之耳。且既微其人，畧其職，又設其員以糜廩禄，此何義也？夫少卿不得久任，寺丞得久任而又卑，卑若此，宜馬政之未修也。往寺丞擾民，以匪人故。今苟拔其儁流，否者輒更置之，宜與少卿人材不大相遠。且夫政存乎人，人殊政異。古者不以人廢官，不爲官借人，顧操用人柄者鼓舞之奚若耳。此臣所謂議監轄者不必專重少卿，而當兼用寺丞以責成焉，可也。乃若印馬御史，寔司監察。諸郡縣官所不敢爲者，御史得爲之；卿寺官所不及行者，御史能行之。臣謂添設一寺官，不若添差一御史。即以寺少卿分巡，固不若御史分巡之所至響應也。誠遂慎選其人，分地而委任焉。勿貴徒議貴舉事，勿貴譊譊務猥瑣；貴下剪民蠹，上糾官邪，不濫不激，惟義攸當。若而人者，借其風采以理牧事，牧且蒸蒸起矣，無亦今日用人之時宜歟？臣尤謂有一幾者，蓋在用人者之風動云。夫風自上下者也，臣嘗相馬而得其精神意氣焉，次察其品格，次辨其材力，何者？非精神以宰意氣，則其品格宜無足奇。雖有材力，必非其真也。或以形氣爲精神，以驅逐爲材力，是不求之牝牡驪黄之外者也。馬即魁然偉煒，然可覽觀，嚚然出其聲嘶，殆凡馬耳，以斯知用人者之不可以聲音笑貌取也。聞之逸駕之駿，伏櫪常鳴；騰槽之駒，聽其游歷，以斯知用人者之不可坐消其雅志而違其適也。馬之器小者，方受銜轡，遽跳躍逞其技，然行數十里，必霑霑汗不休。彼良馬凝然不動，若猝較短長遲疾，疑更劣於凡庸，乃其馭風致遠，不競不沮，任逾重而神逾光，雖行千里，如一日也，以斯知大受之器不可以小知也。牧師之良，必察物性，别生分類，毋令敗群，以斯知人材之貴甄别淑慝也。又公議貴斷也，馭者窮其馬力，馬雖善，必佚愛之，調習之馬迺亭亭適轡馬，以斯知民力之不可日殫，貴簡牧以綏懷之也。此臣所謂一幾者，蓋緣馬爲喻也。

臣濫竽起廢，深愧瘝官，抑又材質駑下，念且未能牧畜，矧敢更議牧人。然於効職微衷，實不能自已。前所條列末議，聊以備採酌，非敢曰臣言必可適從也。

申論御史繆解奏意遽侵部覆疏

具官臣董傳策謹題，爲御史繆解奏意遽侵部覆，謹再申明，以仰候聖裁事：

近該臣奏爲酌陳馬政緒議以備採擇事，緣臣職馬憂邊，先已奏乞裁節諸邊濫耗弊源，此復酌議俵牧營操諸緒論，因及馬官云爾。

伏蒙聖旨下部，尚未題覆，臣固不敢必其議之可行與否也，乃印馬御史謝廷傑遽自題稱臣疏處俵馬、覆織馬、振營馬三要爲悉心經畫，多可採行。惟所云二本，其間有不可者三。夫獻議在諸司，擇議在朝堂，執政擇而不當，御史別具陳可也。若御史逕可自行剖折，則旨當下印馬御史，不當下兵部矣。若御史專斷可否，而部因題覆，則是部大臣爲御史承行之司矣。此自國家大體，關繫不細，非臣所敢與聞，獨其所□繆解臣奏意，臣不敢不一申明焉。

臣於議專轄條中謂近議少卿舉劾掌州縣官，然掌州縣官所表見不止馬一事，而少卿獨以馬故舉劾人，設或言不得行，恐徒爲文具耳。若管馬官專轄馬，則巡養少卿、印馬御史所舉劾，似應重於他官，此祖法隨職專察之意。然猶云寄養重少卿、種馬重御史，蓋以巡歷所專境，度其議應如是，亦查舊制良然，非今別欲分地議臧否也。廷傑乃析爲二事，謂臣欲專責管馬通判，懼其知有馬不知有民。夫臣固言養馬必先養民，又言掌州縣官牧民中兼總馬事，迺其職矣。廷傑復繆云：「然果何爲也？」臣欲畧管馬官之泛濫舉劾，俾其用志不分，以畢力於馬。而廷傑乃意臣欲專責通判，脱去州縣官，豈不大相左乎？又謂若如臣言，則少卿可兼風憲之職，御史不得問寄養之事。夫御史以印馬名差，原止印種馬；少卿出巡，原止巡寄養馬。近欲事體協合，故令少卿得舉劾御史，并問寄養事。若少卿舉劾，必兼風憲而後可，則先年有以少卿、寺丞、巡撫不帶憲銜者，彼將一無舉劾乎？人臣無權，君命之則有權。賢者奉權以立業，愚者誇權以張勢。祖宗時御史糾人，人亦得糾御史。即已奉勅行事，又何風憲少卿之別焉？此其繆解臣奏之兩不可曉者也。

臣又於議監轄條中謂近議久任驗烙寄養少卿，然勢不可久任，意以兩少卿資望深耳，惟寺丞官資尚淺，久任相安。而又患其權輕，似當稍重之，視少卿等焉。今廷傑乃繆謂臣云少卿不當久任。夫臣言勢不可久，寔寓官應久而人不可久之意。廷傑言不當久，似有人當久而官不欲久之心，此其指義懸絶矣。假權寺丞，蓋不欲虛縻員廩以責實政；添差御史，蓋本前印馬御史顧廷對所稱巡歷難周而云。亦非謂必當添差，乃謂添設寺官不若添差御史，相形爲商畧之詞，直以御史風力視寺丞爲得行耳。廷傑所云，皆不詳臣疏起末，又摘臣疏中「兩少卿悠悠需次，久而馴致尊顯」諸語，設意深猜之，以爲如臣之器，自有識之牝牡驪黄之外者，雖不致尊顯，於其人品德業何加損焉。臣少蹇拙孤立，非惟不志尊顯，抑且耻求人知。廷傑以己猜人，不自覺其憶之繆耳，乃不知臣管京營，非管驗烙寄養，所云兩少卿者，謂他人非自謂也。此兩少卿者，縱久任可行，但必使悠悠馴致尊顯，恐在庸流，則欣然混迹；在志士，則有踧踖未安者云。臣之意，蓋謂卿寺優散無大展畫，苟用人者既以資望推人，尤當練世民務，毋使庸流得悠悠，坐博尊顯，即志士亦有以自効，不貴徒尊顯耳。天下事有大於馬者，未嘗謂馬特細故也。馬事非盡由少卿出，雖久無益，未嘗謂兩少卿必不當久任也。

據廷傑所稱，輔相以下，六卿分職諸語似解臣事大於馬之云爲官大於馬矣。臣以事論，則雖官小於少卿，而得行其志以報國者，要非混迹博尊顯也。廷傑以官論，遂必以輔相六卿爲尊顯，而於行志以報國勿論焉。且兵部以尚書名官，非名司馬也。祖制已革相名，今輔臣亦六卿中之直内議者，非可稱相也。而廷傑乃以古職擬今官，正不知古名司馬則專統六師，而政議之參詳可否在公孤。今名尚書，則寔參詳兵馬章奏以聽于主上，而輔臣特密贊決之耳。然則章奏之可否，輔臣且難以先斷，而御史乃得以己意先斷之乎？此因繆解臣奏而故生枝蔓，尤不可曉者也。

臣聞廷傑之意不在馬，本嫌議不由己出，又恠臣不相俛仰，故爲吹毛求疵之云耳。夫臣素性不能俛仰人，在諸大臣固不以臣不俛仰人之故尤臣也，廷傑乃欲臣俛仰一御史乎？且臣視事數月，偶以所職陳列，亦未知言之當否，雖有言不爲過也。廷傑方受差委，未經巡歷，雖無言不爲不及也。若就其中障人我撓形迹，又豈人臣公爾忘私之心哉？夫意見有彼此，不害其爲彼此也；議論有同異，不害其爲同異也。議之在臣等，而擇之在朝堂執政，臣前已言之矣。獨於旨下未覆，而遽先剖折，似爲立意凌臣，又繆解臣語，與臣本意背馳，幾於郢書燕説。臣恐擇議者之未能詳察也，以故不得不復有言云。臣與廷傑同立朝事陛下，惟當上爲國下爲民，各務盡其真職業，不當私顧其假體面，以自黨同伐異，必欲使朝廷之政議悉歸御史而後可也。

伏惟聖明勑下該部，究臣議中本意，酌其可否，自以部意裁擇。國體幸甚！馬政幸甚！

再乞查覈邊鎮奏討疏

太僕寺卿臣董傳策等謹題，爲馬匹缺乏，乞早議處備用事：

先該本寺署印少卿董傳策題爲懇乞聖明節邊費、覈名實，永清耗馬弊源以裨大計事。奉聖旨：「兵部看了來説，欽此。」該兵部覆奉欽依欽遵。間除本寺節奉部劄，除調兑錦衣等衛及大同等八衛官軍各馬匹數多外，惟薊遼營鎮續奉部劄調馬七百五十四匹。該本寺查得該鎮去年防春防秋共止兑給馬四千四百匹，今年止防春一次，已兑過馬四千餘匹。今又劄調七百五十四匹，恐後更有奏討，未易支給，已經呈詳該部，隨奉部劄内開「該鎮題坐兑馬似難吝惜，本寺遵依調兑外，今七月内，復奉部劄調取馬七百匹，仍給薊邊營鎮。本寺查得見在舊馬及今年春運到完馬，除兑調外，實在馬七千餘匹，中多病弱不堪，委係十分缺乏。合將今年近鎮額外濫討馬匹通行停止，又經備由呈詳」去後，未奉劄示爲照。馬匹出入俱奉部劄方行，盈縮之數雖在本寺，派給之權實出兵部。查得寄養馬匹，原止拱衛京師，近年雖暫給邊鎮，其額外奏討之多，未有如今年之接踵不止者。況今防秋期近，虜情叵測，神京根本未應疎虞。該鎮奏討無涯，本寺馬數有限，雖近奉部劄轉行各州縣催取秋運馬匹，但秋運馬數亦僅五千餘匹耳。縱使盡行完俵，并合見在堪兑馬數，較之原題護京二萬之額尚少其半，豈堪再給該鎮？況各馬俵赴愆期，遞年秋運俱於十二月終方完。本寺文移有司，視爲故常。民間沿習舊期，豈堪非時督迫？假令數内量催，數百匹先期而至，恐未全濟。覈數缺乏，在廟堂禦虜，自有成筭。本寺職務所關，不敢不先題請及照「邊鎮討馬無數，委爲耗馬弊源」，本寺已經奏下該部題覆，但緣未奉裁節定數劄行本寺知會及轉行各鎮遵守，以致漫無稽查，任情奏討。若復依數給發，未免馬益空乏，恐誤京邊機務，倉卒委難措辨。伏乞聖明勅下該部裁酌議處，嚴行各該營鎮查較去年今年馬數，無得額外奏討。及查今年春夏多兑馬匹果於何處消耗？如果新添游兵合復支馬，該部自應從長計定，俵馬不增，買馬慮擾，於何額外取給京師拱護所須？卒然有警調發，作何措置？庶便本寺遵行，惟復别有定奪，恭候聖裁。

申議少卿寺丞職守疏

太僕寺卿臣董傳策等謹題，爲欽奉明旨，申議職守，以便遵行事：

先該本寺署印少卿董傳策題「爲酌陳馬政緒議以備採擇事」，該兵部覆題：「節奉聖旨，太僕寺少卿准照舊，分管事務寺丞也，只照舊制行，欽此。」臣等查得舊制，本寺原設少卿二員，正德七年添設一員，一管京營，一管寄養，一管驗印。凡初到任，先管驗印，以後遞管寄養、京營。近以各少卿陞遷不一，更代靡常，於是京營照舊傳勑，惟寄養、驗印并爲一事，而以兩少卿各分地方，領有坐名專勑，春秋出巡，歲終舉劾各屬。今部議仍分寄養、驗印，奉旨照舊分管事務。所據見在少卿三員，夏栻、董堯封已經履任，李際春改授未到合無。照舊輪序遞管，惟復各專職事，坐名註定，遇缺頂補。其寄養仍請專勑，此少卿職守所當申議者也。至於寺丞，國初原設一十二員，分管地方，俱各以時出巡，驗烙馬匹，稽查比較，而統其事於少卿。蓋少卿提督各寺丞，寺丞督各府，府督各州縣，内外相維，大小相屬，其法之善又如此。

弘治十八年，以寺丞員冗，裁革四員，止存八員。正德九年，添設一員。嘉靖八年，又裁革三員，止存六員。嘉靖四十三年，該本寺卿劉畿題止留三員。顧其職惟在於承委調兑，他無所事。一應巡閲比較，少卿每年親歷二次，是國初原設寺丞責任，今俱少卿整理，其於舊制提督之意，似稍異矣。原其所以，蓋因寺丞事體難行，故歸重於少卿。今少卿亦且難行，又推重印馬御史矣。

近該少卿臣董傳策建議，欲比照光禄寺丞格例，稍重寺丞之權。該部獨摘其中「三寺丞各爲少卿副」一語議覆：「伏奉明旨，只照舊制行。」臣等思得寺丞照舊出巡，分地驗馬，不惟羸馬可省遠涉，抑且少卿無煩駁换。但寺丞員少，既難添設，見在三員，未委分何地方，奉何職事。庶上不失舊意，下不靡冗官。相應勑部再加定議，以便行事，此寺丞職守所當申議者也。再照政莫貴於專，成事多隳於相掣。先年寺丞往驗俵馬，實有督參官屬之權，少卿提督寄養，亦係寺丞分理，後雖另差御史，止印種馬。今寺丞既無事權，少卿止提督寄養，其於查較本色，催徵折色，俱煩御史併任之矣。是少卿猶爲冗員，況寺丞乎？臣等竊懼故習因仍，有司玩愒，虚文徒設，實政日弛。萬一急調防患，馬或不堪，十羊九牧，咎將誰委？

伏乞勑下該部通加詳議酌處，或遵舊制，一將寄養事務專任少卿提督，寺丞分理；或以風憲事體，易行馬政，實資弘益，即以寄養專責御史，寺官別議裁省。非惟臣等可免瘝曠之罪，其於馬政，既專責成，庶亦漸臻實效矣。緣係欽奉明旨，申議職守，以便遵行事理，未改擅便，謹題請旨。

省繁文覈實政疏

太僕寺卿臣董傳策等謹題，爲乞省繁文以覈實政事：

竊照本寺所屬種馬，地方俵解馬匹銀兩，題有欽限各該府州縣官年終差齎文册比較，管馬通判親赴掣總。其有未完馬匹銀兩及違限差錯員役，本寺既量行懲，擬復類呈兵部題參。節年以來，春秋二運，馬遲至隔年方完，其折色等銀更多拖欠難足。

本寺每於次年六七月間查呈兵部及該部題參類行，往往官有遷轉去任，吏有役滿更代，空行一紙文書，有司視爲故套。該部又無文移行本寺知會，以致漫無稽警，人愈玩弛。又種馬各地方府州縣官賢否揭帖，本寺依樣增損其詞，類送吏、兵二部。但本寺止轄馬事，既或難以槩掌州縣官之賢否，況非巡歷親見，徒憑該府造揭，該部亦不以爲重，良無關於勸戒之義也。爲照政在覈實法，貴及時，查得近年提督寄養少卿帶管驗印，因於年終舉劾并及種馬地方官員，則此賢否揭帖似爲重復虛文，相應革免，以省有司之累。但部議近欲復分養驗印、寄養應於年終舉劾之時，聽寄養少卿會同驗印少卿一併題行，載入寄養勑内，即於事體無妨礙矣。其查參違限等項一節，合無加意振飭。每年春運馬六月不到、秋運馬十二月不到及各折色銀兩年終不到者，聽本寺查照欽限，即時題參，各戒飭記過，送部查考，不必俟隔年呈部類參，庶人知警省，不致遷延怠玩。其有銀馬已完，管馬官不赴掣總，本寺止行文查究。及吏役等項違慢，俱本寺自可徑行，不必混入參題，以滋瀆擾。如此則繁文既省，馬事亦漸覈實矣。

伏乞聖裁，緣係乞省繁文以覈實政事理，未敢擅便，謹題請旨。

乞恩養病疏

太僕寺卿臣董傳策謹奏，爲瘴病屢發，奉職不稱，乞賜罷歸田里事：

臣猥以狂愚，往年待罪刑曹，冒疏罹譴。先帝洪慈，薄竄遠戍炎荒者數年。近蒙聖朝覃恩，濫竽召用人數。臣久役瘴鄉，備嬰疾患，幸不即死。扶𧺝而來，誠欲效涓埃于明主，少攄自許之初心，非敢徒利陛下之爵禄，苟焉爲榮肥計也。

去年暫官吏曹，未遑當事。陛下幸念臣涉閱歲久，歷轉卿寺堂官，臣敢不夙夜匪懈，以仰稱明時，任使至意。緣臣體骨素癯，自幼多病，投荒以還益多病。既來京師，風氣非習，輒時作瘧脹眩嘔之狀，蓋病而註門籍者屢焉。今甫拜新命，舊病復發，瘴炎之積，加以盛暑之令，身所患苦更甚於前。臣雖心切憂時，志存報主，而病與心違，神爲形困，有不容不早自陳乞者矣。且臣職專馬政，向已承乏署寺，視事數月，雖嘗黽勉簿書，盡心常務，要爲未得其職。臣之才劣智淺，其不足致於用明甚，今又叨冒總馬之官，臣竊有餘愧焉。以臣心所不安，病又隨之而發，若復瘝曠就列，坐階顯庸。臣縱至不肖，獨不思少恬偃蹇，長歷艱危，往所無動於中者，今顧抱病虚縻以徒干清朝之榮進爲乎？夫視馬卿爲養望靡定之官，而忽漫以從事，臣之耻也；嘗試爲之而無裨於馬政，又重以病處焉，臣之憂也。仰惟聖明御極，賢俊滿朝，樹業揚名，各殫智力。如臣疎拙多病委，于時無加損，重以臣親在舍，浸逼暮年。臣父猶健飯，臣母衰疾時發。向臣萬里從戎，歲時懷感，幸已蒙恩召還，而猶晉滯京華，音問稀闊，每一思親，病輒增劇。念既未能報國，又未得一承老親之養，臣之方寸，寔有朝夕莫能安者焉。

如蒙皇上鑒臣真衷，伏乞勑下吏部，將臣速罷歸田里，俾得調攝微軀，以少奉親歡。不惟下遂微臣難進易退之素志，且益上彰朝廷體臣恤私之深仁，其於熙世曲成之治、錫類之澤，奚啻臣荷戴無量，臣親且日荷戴無量矣。臣不勝懇祈待命之至。爲此具本，令義男董旺抱齎謹具奏聞。

再乞養病養親疏

太僕寺卿臣董傳策謹奏，爲感恩思奮，積病難安，披誠再懇聖慈俯容，回籍調理以慰親懷，以圖補報事：

近該臣奏爲瘴病屢發、奉職不稱、乞賜罷歸田里事，奉聖旨：「吏部知道。」隨該吏部題覆留臣：「奉聖旨，董傳策着照舊供職，欽此！」臣一介書生，遭時登進，先帝寬其狂言之譴，幸保全之于戍伍之中；陛下又拔自幽遐，累陟寺卿之秩。臣許國素心，本不以榮辱顯晦自殊異，矧君恩若此，圖報有階。臣非至情所迫，詎忍倉皇陳乞，徒孤夙志云乎？寔緣抱病思親，又自感猖劣，無繇効樹，徒爾虛叨爵禄，以兹不敢乞假，徑乞罷歸。該部過推臣學堪用世，志不狥時，謂當上慰帝衷，下答人望。伏荷綸音，命臣照舊供職，此清朝留大臣之典也。臣何人斯？當此殊遇，雖捐軀未足云報，詎敢復有所陳乞？奈臣調治數日，舊病未減，新病復增，委難出理寺事。

竊伏思之，臣之事陛下者身，而身既患病；臣之所以事陛下者心，而心又憂親病。陛下既重臣之去，必能鑒臣不容已之情，臣今乃敢以病假請矣。往臣扶瘡赴戍，一年中屢病，三四年後益病，六七年後又益病。蓋彼中氣候鬱蒸，冬無霜雪，發散過多，翕聚寔少，往往游涉其地，歲久即不自保。臣所攜僮僕及親友來探視者，前後殞喪畧盡。臣以弱軀漸染年深，亦曾大病垂死凡三五次。仰伏皇佑，幸獲生還。甫抵家鄉，遽發瘴瘧，非獨臣病爲然，臣之妻女自戍所歸者，病狀莫不皆然。此戍所人及臣鄉人所共知也。

去年被命補官，臣尚遲迴，未敢即赴已。伏念新政熙皥，含生皆春，誠願一至，以少覲聖天子之清光，亦冀病或少安，庶幾於萬一之効耳。迺不自意久南乍北，風氣非宜，彌月浹旬，病輒復發，臣思退而暫養非一日矣。而今病發加甚，自六月十三日至本月初以來，晨則頭眩，暮則潮熱，又添咳嗳痞悶諸症，中心忡懸，兩掌如結，飲食頓減，醫藥難瘳。而寺印在手，文案稽滯，臣抱瘝官素餐之懼，尤日切焉。

又臣父母年各向衰，臣母舊有痰癖目障之疾。近得家書，聞春夏間更常舉發，思一見臣爲心歡。臣以病體聞母常病，則臣病難愈；臣母以病體聞臣常病，則臣母病亦難愈。蓋臣思親之心，固即事君之心也，陛下謂臣能一日安乎？

矧臣今所叨冒，殆非當事避難者之比。京官在職六年，尚許作缺歸省，臣流萬里外已□年，雖一過家，席不暇煖，頃茲以病乞歸，情事真切。陛下既甄拔之于瘴鄉戍伍之中，詎忍不少遂之于浩蕩生成之日乎？陛下幸矜憐過聽臣，俾臣暫歸調攝，以慰老親，以療積病，則臣此身固朝廷之身，而臣此心尤報朝廷未盡之心也。後有驅使，臣敢不罄其心志，以身狗國，必期無負于主上造就之鴻私哉？即或羸劣病廢，臣所瞻依荷戴于草莽中者，一息尚存，此志誓不少懈，固皆報陛下之心云爾。若今必抑其至情，非惟臣病體不得一舒，病將愈困；親懷不得一遂，親病又將愈增。且使臣病而曠職，力不從心，臣之孤忠欲罄無所，國家亦何賴于臣焉？查得近時乞告諸臣如兵部侍郎吴桂芳、太僕寺少卿王治，俱蒙俞允。臣有二臣之病，而添一思親之懷，伏惟聖慈勅下吏部，比照一例，將臣暫放回籍調理，臣不勝激切懇祈之至。

三乞養病養親疏

太僕寺卿臣董傳策謹奏，爲抱病思親，日久愈困，懇乞早賜放歸，以紓至情，以安餘生，以益彰浩蕩之恩事：

該臣以病乞休，蒙恩留用。臣再以病乞假，奉聖旨：「吏部知道。」臣聽候題覆間，昨該吏部復行劄留臣。念臣病勢方增，親懷良苦，義固至重，情寔難忘，前疏已懇陳之矣。該部迺以爲國憐才之心過加於蹇拙無能之品。

臣伏自惟，才本迂疎，性復褊執，非但往昔靡適於用，雖今局方隅而少圓通，誠亦未見其有裨世務也。又況身之受病既深，而心之思親病尤切。弱軀所患，兼以至情所鍾，誠有不能頃刻安者。連日寺印久虚，扶病稍理題案，便覺目花耳鳴，疾彌加劇，雖欲强出履任，豈能之哉？充臣自揣之念固已甘分永棄，徒以叨冒國恩，愧無効樹，猶爲乞假圖報之請云耳。執政大臣仰承皇上覆載至德，徒見臣之當留而不察臣之一無可用，徒勉臣以大義而不一體亮臣之至情。然大義、至情恒相爲用，若國有急切之寄，似應不顧私親。今身際清平之朝，詎忍苟安優職？且諸臣之以病乞告若以親病乞假，苟既鑒其真切，未有不獲遂一歸者，蓋盛世廣大之氣象固若此也。況臣語病則宿痾加之新感，語親病則遠離溢於近思，謂當賜歸，無過於臣。

伏請聖慈再勑吏部，比照一例，早容臣解職回籍，以便養病，以慰省親。既免瘝素之愆，抑遂調侍之願。倘荷恩波，獲蘇積痾，則臣未衰之年皆報陛下之日也，臣亦且以餘生仰戴聖恩于罔極矣。臣不勝激切待命之至。

四請給假省親疏

太僕寺卿臣董傳策謹奏，爲懇乞聖恩俯容給假省親事：

臣惟人臣有真切難已之情，而熙世多體念曲成之澤。臣原籍直隸上海縣人，中嘉靖二十九年進士，歷任今職。先自嘉靖三十五年轉官刑部主事，至三十七年以建言問發廣西南寧衛充軍。彼時督促倉惶，扶瘡就道，不敢過家一省父母。是年到於戍所，數年之間，流離顛沛，萬死一生，其貽父母之憂慮非一日矣。

隆慶元年，伏蒙聖朝覃恩，濫竽召用。臣感激殊遇，隨已赴京供職。叨承任使，歷轉寺卿。念雖夙夜在公，矢心竭力，靡足爲報。奈臣至情所觸，適有不能已於請乞者。今年六七月内，聞母痰疾舉發，兩目翳障，思一歸省未得，臣亦病發難瘳。初時具疏乞罷，蒙恩留用。再具二疏乞養病，俱奉部劄申前留旨。臣調理月餘，病勢稍愈，不敢久稽成命，已經謝恩供職外。惟是母病未痊，在臣思母與母思臣之懷委難自釋，展轉寢興，心神坐困。臣若戀榮而遺親，詎能竭忠於移孝？陛下亦安所用臣爲哉？竊查京官有給假省親之例，蓋國家孝治天下，其錫類諸臣之恩至渥也。臣雖供職未久，然自曩時赴任刑曹，遂流萬里外，迄於召還之日，已逾十二年。方嬰患難，既闕父母之將，及涉家鄉，尚繫晨昏之念。況今聞母病發而不獲一歸，瞻望徒勤，音容彌曠。臣即黽勉守官，其所懸心於臣親之側，誠有不能一息安者矣。

伏惟陛下天高地厚，至德特憫臣久戍離親之苦，念臣迫切難安之情，勑下吏部，容臣作缺回籍，少遂省候。幸臣母病獲愈，父健如常，他日別有任使，臣敢不及時趨赴以益効未盡之誠，用酬許國之初心于萬一也？臣不勝感恩圖報之至，爲此具本親齎，謹具奏聞。

乞廣容納以全盛德疏

太僕寺少卿臣董傳策謹奏，爲懇乞聖明廣容納以全盛德事：

竊惟人臣之進諫，本爲國謀，非爲身謀。人主之納諫，非爲成全其臣，寔以自成其德也。陛下寬仁恭儉，虛己聽言，海内臣民方切瞻仰聖德，迺今忽聞有旨盛怒給事中石星之陳言，罪之以詘上，威之以廷杖，辱之以編民，誠不知其所陳何若？意必有咈逆難堪之語上忤天聽。然臣聞古之聖帝明王，必能容人所不能容之言，而後能成世所未能成之治。舜戒其臣曰：

「予違汝弼，汝無面從。」商臣稱湯之聖曰：「從諫弗咈。」良以君仁則臣直，必廣言路而後能通下情，其關于治理誠不淺也。故非讜言日聞，則主聽日蔽，而九重有孤□之憂；非容受無諱，則陳説無門，而群枉生害政之□。

臣等竊疑今兹之舉，必非聖明之意，或有左□之人讒搆其間，謂諸言官肆説無忌，非痛加懲創必不足以示威而警衆。臣以爲倡此説者，彼必欲竊陛下之權，故先欲杜諫官之口。陛下若不察而信之，誠非國家之福也。且爲人臣者，苟有爲身之念，雖不加困辱，彼懦者猶不肯言，何俟于立威以沮之乎？苟有爲國之念，雖日寘非法，彼且不愛其身，又豈捶楚之所能懼乎？臣竊謂左右之臣殆亦弗思之甚也。

夫今君仁臣直，海内治安，則左右與享其榮盛焉。假令上失德而下結舌，海内多故，則左右與受其危辱焉，抑又何利于此而爲之哉？且陛下毋以杖一諫臣爲細渺事也。群小人之窺伺臣工之□□□□□，依戴其機，有不容忽者。人心操舍，無常始之□□□，或繼之以偷，況始之不慎乎？臣曩坐狂言罹譴，荷蒙聖朝覃恩，濫竽召用人數，忽覩兹事，正臣勉效涓埃之日。雖成命已下，言之無救于事，然非臣等有言，恐陛下不自知其發之過，而左右讒搆之人必謂臣等書生可以利啗，可以威刼，奚啻重爲清時羞，抑貽異日無窮之慮矣。臣是以忘其疎越，仰干天嚴，伏惟聖明少垂察焉。

《傳》曰：「忠臣愛君，必防其漸。」陛下兹舉尤不可謂之漸也。將誠正本清源，鑒偏聽之害，擴稽衆之誠，以庶幾古帝明王之盛治，非陛下誰能爲？此臣不勝惓惓祈激切之至，緣係懇乞聖明廣容納以全盛德事理，爲此具本親齎，謹具奏聞。

乞恩改南以便養親疏

大理寺卿臣董傳策謹奏，爲親老子幼，遠懷成疾，比例乞賜改南以圖補報事：

臣自入任赴戍，迨今二十餘年，念以孤踪，濫竽起廢。誤蒙聖恩，拔置卿寺，幾及五年。每愧叨冒優階，未能一効涓埃之報。去秋恭承簡任，念臣父母年高，向抱衰病。臣之至情，本不忍遠離，徒以國恩未報，召命難稽。臣於冬月留妻在家，單身陸行赴京。過不自量，材質疎劣，誠冀得當任使，以少効樹于世。今臣黽勉供職，僅舉常務，未有分毫効樹。仰裨國家治理，而臣父子懸思南北，又有不容已於陳乞。

緣臣頃得家書，臣父累患濕疾，臣母尤苦痰症，且念臣旅寓獨處，每欲遣妻前來。臣父衰老，既憚遠出，臣止一子，甫及六歲，別無的當親丁，兩相牽掛，委難堪處。臣家素約，僮養鮮少，自舊年十二月至今，僅通一次家書。臣雖志存報主，其於思親戀子之情，寔亦天性難解。舊有瘴病，近忽感發，頭目眩暈，身體潮熱，雖強自調支，暫輟復作，將來炎令，尤恐病勢日增。臣今欲更乞省親，則於例未久；欲遽乞養病，則於義未安。

竊伏自念臣職詳刑事務，原非繁劇之司。仰荷熙時兩京一體，聖朝體臣恤私，先年原有在京堂上官告南事例，如兵部侍郎胡世寧以疾乞改及大理寺寺丞夏時正以老母乞改，具蒙量補職事。況今見有南京大理寺卿員缺，如蒙皇上俯鑒微衷，伏乞勑下吏部，將臣改補前去，容臣便道歸省，攜家赴任，庶臣上得勉理寺務，下得少紓至情。縱臣父母依戀鄉土，不便迎養，臣所居官道里既近，音信時通，自獲常聞臣父母緩急。臣寬内顧之憂，益得盡心職業，庶以圖報於將來云爾。臣不勝惓祈待命之至，爲此具本，謹具奏聞。

附　録

伯子由常博至右宗伯，宦途幾三十載。第考履任不及十年，率多閑曹，且疏草又半逸。今輯梓者，寥寥十餘疏耳。第忠臣孝子之至情，斥浮崇寔之誠悃，抑權辭榮之雅致，盎然溢于言外。三復之，立朝節槩，可具覩矣。顒候椽筆，録入奏議，並垂不朽。

季弟傳文附識

廓然子五述

廓然子五述目録

廓然子五述

天地譚

廓然子曰：夫塊然一物者，土也，土非地也。蓋天家所稱如卵黄者，彼特見其土之形耳。天地爲兩儀，土爲五行。今既曰塊然一物也，謂之五行之土，又謂之兩儀之地，可乎？余蓋聞諸祀禮矣，冬至一陽生也，故祀天於圜丘。夏至一陰生也，故祀地於方澤。其祀后土也，未嘗混於地也，然則天地非陰陽之氣乎？彼塊然一物者，非后土乎？故天地包乎土之外，非天包乎地也。土囿於天地之中，非地囿於天之中也。人見其形如卵黄者，土也；圓而蓋焉包焉且貫之者，天與地也。天與地蓋有真宰焉？夫贊天地之德者，曰静專動直；静翕動闢，所謂陰陽動静迭相根也。曰高明，曰博厚，曰其爲物不貳，則其生物不測，所謂陰陽不測之謂神也。若之何其以地混土也？

傳道統辯

廓然子曰：人與道渾合而無間焉。雖謂之得統於道可也，謂人以道相傳爲統不可也。何也？誠者自成也，而道自道也。我固有之，非由外鑠我也。竊怪夫世儒傳統之説紛紛然，自小其道也。夫世儒傳統之説率稱諸子孟子，未嘗曰某傳之、某受之也。即欲傳之，其孰從而傳之？

嗟乎！韓愈之説興，而後儒之欲傳聖人之統者始日譊譊然狥其口耳而趨焉。甚者植門户、援羽翼，陽入而陰出。似也，或張而耀之；違也，或掩而覆之。蓋其稱述之也愈辯，其飾之也愈工，而其去聖人之道也愈遠。

嗟乎！道之不明且不行也，其諸傳統之説誤之與？夫道之不可傳也，父不得以傳諸其子，堯舜之朱、均是已；兄不得以傳諸其弟，武之管、蔡是已；師不得以傳諸其徒，孔門顔、曾之外之諸子是已。然其無所待而興也。

嗟乎！傳統之名立，則人之欲接其傳者，務角其名以求合乎聖人之跡。而世之議其後者，又從而毁其成焉，以靳乎聖人之名之與人也，猶夫國統宗統然。夫國統宗統者，器也。聖人制禮以爲民坊，固其勢不得不然。道非器也，神而明者，其真體也。萬物一體者也，神而明之者，其妙用也，物各付物者也。我自具有之，而我自道之。乃亦曰「人以是相傳受也」，而大爲之坊以小之焉，其無乃非道原也乎？欲人之凝道，則莫若決其物我之藩墻。欲決其物我之藩墻〔一〕，則莫若破其

〔一〕決，原作「次」，據《奇游漫紀》卷八《傳道統辨》改。

傳統之説。

孔樂發

廓然子曰：夫道非有憂有樂者也，亦非無憂無樂者也，其真體不憂不樂者也，其妙用有時而樂與有時而憂者也。其不憂不樂者，寔生憂樂焉。其有時而樂與有時而憂者，寔無憂樂焉。憂樂相形而互發，其幾不容息也，猶之陰陽迭相爲用然。故聖人之陽舒陰慘，一心極之，運其幾也。故樂可也，憂亦可也。夫悟道者，其於物直寄耳。彼其身猶寄，而况他物乎？彼不有其身，惟其天也。夫不有其身，斯忘我矣。忘我，斯忘物矣。忘物忘我，惟其天。奚憂諸？又奚樂諸？

方其樂也，人視之若樂，而實非樂也。方其憂也，人視之若憂，而實非憂也。有憂則似無樂，有樂則似無憂，而實非有非無也，故有無非妙也。宰有無者，斯妙也。憂樂非道也，時憂時樂者，道之妙用也。故悟則有亦妙，無亦妙。故樂不倚物，斯真樂矣；憂不倚物，斯真憂矣。如是則樂亦道，憂亦道。彼有宰之者也，迷之者反是。故樂亦非道，憂亦非道，彼其憂樂在物也。所謂有所好樂憂患是也。

聞韶釋

廓然子曰：嗟乎！夫子之聞《韶》，非樂也，其有憂乎？其在齊而聞，非好之也，其有所惡乎？夫大道之行，天下爲公，有如唐虞之世然，斯聖人所深願也。故序《書》斷自唐虞，而大哉、君哉之稱，每每不舍置焉。其謂《韶》盡美盡善[一]，誠欲躬逢其盛也，不得已而志三代之英，而欲從周，而思爲東周，其情殆亟矣，然猶皇皇冀一遇焉。其所深注意者，莫如魯宗國，其次莫如齊。何也？魯與齊者，公旦、公望之後。周之代商也由公望，其成治功也由公旦。聖人傷周之衰而憫其日趨於亂也。蓋思折衷公旦之法，而庶幾乎古之盛治焉。

故曰：「齊一變，至於魯；魯一變，至於道。」其適齊也，欲有所遇以行其道也，適而在焉。其所遲留不去之意，非鮮淺也。齊之君臣日失其序，方將撥其亂以反之正，而諸田之勢又成矣，其終不可以濟矣。一旦聞《韶》而憮然有感焉，曰：「是樂也，胡爲乎來哉？」固田氏輩爲之作俑也。夫田氏非他也，陳敬仲之遺孽，蓋帝舜之裔，《傳》所謂「神明之後」也。晏嬰固已稱胡公、大姬在齊，而其君猶不悟，柰之何？其作《韶》樂也，《韶》不韶？韶哉！韶哉！吾不圖《韶》之盛德，而使其後得竊其跡以爲亂之資者一至此也。方將恐其君不君、臣不臣、父不父、子不子，雖有粟，且懼其不得食也，奚暇知肉味哉？

聖人之留齊，至於三月之久，固已灼知其道之難行，而深慨乎《韶》樂之虚設也。其畏天命、悲人窮之心，雖不食肉，可也；食而不知味，亦可也，非果不知也。記之者借肉焉以發聖人之絶意於世味，猶所謂「不義而富且貴，於我如浮雲」也。故聞《韶》之不知肉味[二]，其與泣麟慟回、居夷浮海之心同一揆也。其曰「不圖爲樂之至於斯也」，蓋痛《韶》之難復，而病齊之不足以作之也，亦非

〔一〕 盡美盡善，原作「盡善盡美」，據《奇游漫紀》卷八《聞韶釋》改。

〔二〕 肉味，原作「味肉」，據《奇游漫紀》卷八《聞韶釋》乙正。

謂齊之不當有《韶》也。齊之有《韶》也，非自陳敬仲奔齊始也；齊之必不能進於《韶》也，則自敬仲兆其亂階，而其子孫者竊厚施於民之德之跡以成之也。故齊景公之時而《韶》作焉，聖人之所深惡也。猶麟鳳之出不當其時，雖祥亦異也。其不知肉味者，非樂之也。魯不可王，齊不可魯。雖《護》、《武》，猶爲假焉。而且猶《韶》是作，世逾衰而僞愈滋，其所崇尚愈高而其所趨愈下，斯聖人憂之大者也。

曹溪禪發

廓然子曰：余固談佛至曹溪歸儒矣。佛法轉還儒教，故名爲禪，猶稱禪代云爾。其語殊，其指無殊。儒者即襲若語，奚戾乎教？所恨襲而未徹，蹊徑存焉。襲而諱之，妄彌滋甚，禪幾失笑矣。曰：「或襲之，又或排之，柰何？」曰：「襲而排之者，知猶未徹也，非徹而排之繆也。徹而故排之者，懼其誤彼迷人。假之以護儒教，可也。雖然，排彼佛障，曹溪何與焉？如曹溪，乃不排之排，故排佛障，莫如曹溪。夫事有當逆而揮之以勵世風者，韓退之之排佛是也；有順而喻之以使其易爲信從不久而自變者，曹溪之説法是也。然爲韓退之則易，爲曹溪則難。今徒病曹溪之佛轉爲儒，方哂儒之援佛，而不知曹溪之苦心而密跡者，若此其難也。余故謂曹溪儒者也，其祝髮離塵緣者，非得已也。身入之，斯不疑也。其對仕流疑問，直教以孝義脩行，不須脩禪持戒者，乃真其志也。世猶肖而祀之梵刹，殆非曹溪本心與？夫佛賴曹溪徹諸障，世或有他道迷人〔一〕，惜無如曹溪者一撤而盡，悲夫！

附録

霸繩議竣附

然則五霸之關世教，非細故也，絶上下之交也，私土宇也，犯禮也，專利也，厲法禁也，黷武也，啓僞階也，此其尤大章明較著者也。故繩五霸者，衛世教也。惟木從繩則正，繩之者，正之也。君子欲人同歸於善，而懼其或納於邪也，故繩之不少假焉。夫繩五霸，則爲五霸之徒者可以反矣。

〔一〕他，原作「也」，據《奇游漫紀》卷八《曹溪禪發》改。

附録

許建平　輯校

附録目録

附録一：詩文補遺

附録二：碑銘傳記

附録三：其他傳記資料

附録四：友朋書札

附録五：序跋提要

附録一：詩文補遺

赴戍過馬頰同吴君時來張君翀作

客行九千里，舟過十八灘。山疑三峽險，水似五溪寒。掛纜蒼松杪，椁橈白石灣。路難何足問，此地是平安。——［清］陳田《明詩紀事·己籤》卷一〇，上海：上海古籍出版社，一九九三年，第二〇三七頁。

許案：陳田《明詩紀事·己籤》卷一〇收董傳策詩三首，其中《訪客啜檳榔》及《寄橄欖》均見於《采薇集》貞册。

洞虚亭次韻

高峰青不斷，小洞妙堪過。石壁分秋爽，禪心失梵魔。清風松外颭，塵刼望中磨。拈出虚生白，靈修並雅歌。——［清］汪森《粤西詩載》卷一二《五言律》，載《景印文淵閣四庫全書》，臺北：臺灣商務印書館，一九八六年，第一四六五册，第一六九頁。

易外别傳引

是書元儒俞石澗氏所撰紀，我明黄後峯先生刻之棘寺者也。比余長至齋居，爰檢而閱焉。書中類多莊語，如云「坤復之交，静極機發」，云「藏心於淵，氣與神合」，云「妙合而凝，周流不息」，云「持滿御神，真氣相續」，凡此皆發先天環中之祕，而玄門所喻藥物、火候悉寓焉。雖近就人身提掇，然造化之樞紐自可近取而博喻矣。嘗怪養生家貪生濟欲，每迷于旁蹊曲徑而不悟。是書一掃詖邪，歸之正訣，名爲《易外别傳》，實《易》之羽翼也。黄先生刻而存之，厥有指哉！余曩遊萬里，頗下静功累年，已遇至人口訂。始悟陽生妙機，真宰由己，發育有時。顧自恨意氣難克，非忘則助，猶未能廓然順應，以臻厥妙耳。適得此書印證之，殊快所願。因叙而校刷數本，將貽同好珍攝云。世之流傳覽觀者，慎無泥其卦圖與。所謂子午之中而一惟澄神養氣以自得，詎亦非吾道之一真種子乎哉？

隆慶辛未至日抱一居士董傳策題。——[元]俞琰《易外别傳》，載《景印文淵閣四庫全書》，臺北：臺灣商務印書館，一九八六年，第一〇六一册，第五七九頁。

隆安縣重建城樓記〔一〕

今天下鉅州邑，若邊夷稱險要者，咸建城，城有樓，有郭，有雉堞，有隍，而樓則其大觀也。采風者以徵滄嶼，司牧者以式疆宇，列禦者以嚴偵伺而險走集。無事則宣壅滯，察氛祲；有事則堅壁清野，了然有居中制外之勢焉，玆非爲理者所宜申畫與？ 隆安，故險要地，蓋重山迴谷，三面控諸羈縻州，而東一面達于南寧郡。邑雖小，寔當諸夷之衝，殆郡户牖也。

先是，歲甲午，新建伯王公某經畧玆土〔二〕，既奏設縣治，因檄郡倅林某董置城郭〔三〕，草創諸樓。逾數年，寖就傾圮，令累議修復，咸苦邑小費鉅，莫能就。越歲丙辰，晉江姚君某來爲令〔四〕，慨然留意民社，日孳孳懷輯諸夷〔五〕，百廢具舉。因校計城樓費，謂移帑金可辦，遂具營繕狀以請諸上官，報可。乃鳩墁聚材，悉簡守城丁壯更番直役，命馱演土舍，專其事〔六〕。躬率尉史，時課督之，期緩而令平。役始歲戊午春，未踰年落成，扁其東爲隆興，重郡道也。南爲觀泉，北爲潮江，南紀源、北紀流也。西爲望仙，載勝也。計費帑金無幾，而民不知城役之擾。然搆量延袤，悉班班逾

〔一〕隆安縣重建城樓記，［民國］《隆安縣志》卷五《藝文考》作「重建城樓碑記」，下有小字「嘉靖三十八年」。
〔二〕某，民國《隆安縣志》卷五《藝文考》作「守仁」。
〔三〕林某，民國《隆安縣志》卷五《藝文考》作「林鳳鳴」。
〔四〕某，民國《隆安縣志》卷五《藝文考》作「居易」。
〔五〕日孳孳，民國《隆安縣志》卷五《藝文考》作「躬操清白」。
〔六〕專其事，民國《隆安縣志》卷五《藝文考》前有「余宗政」三字。

舊制矣。余因是究觀君之治邑，其爲民社慮遠矣哉！

天下方無事，長吏率先彌文，粉飾簿書，娱悦上官耳目，視其官爲傳舍，優遊冀得代去。即議建畫，事無鉅細，輒沮格不行。及其一旦有事，乃始張皇措置，按籍掊尅，爲扃鑰游徼計。民方疾苦寇攘，又重疲奔命，淊淊謀趨避不暇，于是天下始多事。嗟乎！國家之患，良由長吏優遊沮格者釀之成歟！

君方無事時，乃以城爲急務，毅然請而樓之。區貨度役〔一〕，率戢戢辦〔二〕，又不煩民之財力。若此，君爲民社慮良遠矣。徵滄嶼則采風者有餘思焉，式疆宇則司牧者有餘政焉，嚴偵伺而險走集則列禦者有餘備焉。蓋君以此宣壅滯、察氛祲，而異時居中制外之勢了然成大觀者，庶幾爲兹郡户牖永捍蔽也。君又徵余文而鐫之石，將使後之令兹邑者，按石而時申畫之。且倣君故事，不以煩民財若力與？

雖然，城非所恃以爲治，特輔治之具耳。苟後之人緣迹而察君之心，則其留意民社，日孳孳懷輯諸夷者〔三〕，又在乎舉廢之先也。因并鐫之石〔四〕。——〔清〕汪森《粤西文載》卷三三《記》，載《景印文淵閣四庫全書》，臺北：臺灣商務印書館，一九八六年，第一四六六册，第二二三—二二四頁。

〔一〕貨，民國《隆安縣志》卷五《藝文考》作「貲」。

〔二〕戢戢，原僅一「戢」字，據民國《隆安縣志》卷五《藝文考》補。

〔三〕日孳孳，民國《隆安縣志》卷五《藝文考》作「操清白而」。

〔四〕因并鐫之石，民國《隆安縣志》卷五《藝文考》作「余業遷邕覩君政宜爲君記」。

心遠亭記

凡好遊適林樹與獲其幽勝境，大都曠逸之夫，而仕紳鮮遘焉。至其密邇治所者尤少，即有之，或迫吏務鞅掌，聽斷籌判不少暇。閒就休沐一過從，聊假宣洩湮鬱，要非其廓衷所真好也。嗟夫！爲理之貴適尚矣！託象遊神，翕張時措，靡不有圓機。然非超敏軼塵之倫，其疇能辨諸？

粤西巡臬治廨，其在邕管者殊僻隘，乃後僅圃數畦，逼市氓廢舍，表達衢巷，官私並屬未穩。頃者臺石使君屬邕守捐羸金買其地，爲闢荒徑，植卉竹，結亭其間，鬱然敞茂。氓所遺園，故有林木，使君且嚮意增潤之。於是臬廨之幽勝，殆亡異曠逸夫所遘矣。

亭仍故圃而新者，以放一鶴，名孤鶴亭。環以幔林之邃，名留陰，使君業自爲記矣。其背衢巷之亭，巋然爽塏，名之曰心遠，蓋取陶淵明「人境結廬，心遠地偏」之語。歲甲子竣工，屬余爲記。余惟使君高材敏識，庭無滯案，經畧封寰之隙，時時操觚染翰，坐亭中攄幽暢之懷，權翕張之度，醒然神遊，滿腔春意，其所爲覆澤斯士者，匪專徇象假合云爾。命之心遠，良協化機遠而靡忘、邇而罔泄，斯心應迹昭矣，獨亭乎哉？抑余追景往哲而有慨乎中云。夫淵明業遂卷懷，遭時改玉，雖已寄興冥沉，猶稱心遠，宛然戀主赤衷，世之高淵明，非爲其逸也。而或以避喧近達者，繆矣！若使君，出自掖垣，握符風紀，激揚攸奇，胞與鍾情，其所孳孳思務規恢，仰宣王人德意，旁暢遐壤隱憂，又豈能匏繫轍迹，徒自舒形適志于幽勝間哉？以故畧寰中詭奇，而稱述先民之心遠，厥指微矣。然則心遠名亭，惟使君輩爲宜。即以標山澤之癯，悠悠忘世者不可也。——［清］汪森《粤西文載》卷三三《記》，載《景印文淵閣四庫全書》，臺北：臺灣商務印書館，一九八六年，第一四六六册，第二二四—二二五頁。

修文書院記

國家長育人才，薄寰宇郡國，咸建置學校，設師儒董之教矣。乃長吏垂意學政，復時興作，葺館舍，聽諸博士高第弟子晝而習，宵而棲，積寒暑不輟，謂之書院。蓋藏修遊息之中，寓輔翼振德之意〔一〕，斯明時右文之化，可謂彬彬盛哉！

粵西故邊徼，諸州邑率介峒酋間，誅茅而治，懸柝而呼，其土瘠而生聚寡，其民果敢而近野。士即游藝膠庠，習禮法，大都藉名號耳，其卓然嗜學者無幾。長吏有作〔二〕，慕中牟之風，而修魯山之政，猶然創書院云。武緣，邕屬邑，贛江劉君誥來視掾，既剪荆榛，宣惠愛撫，諸剽猾帖不敢譁。乃捐帑羨，闢書院於邑左，鳩工聚材，戒始勿亟〔三〕，相度經營，治堂三楹，標爲講室。設舍諸生舍於堂之左右，旁楹數椽，繚以藩垣，飾之丹漆。凡幾閱月，役成，業將申警，約簡茂異，令之羣處而遊，相觀以摩也。時闇然子適居邕，劉君以名請。無何，邑博士梁君大材率諸生徒韋子冕、王子夢官、戴子大禮、豐子可久造徵文，闇然子方臥治書，强起，聽之善，迺進諸生曰：「嘻！諸君爲此美

〔一〕振德，道光《武緣縣志》卷一〇《藝文志》作「正德」。

〔二〕有作，道光《武緣縣志》卷一〇《藝文志》作「有心」。下有「長吏有心，子大夫慎勖之」句，疑作「有心」爲是。

〔三〕始，原作「使」，道光《武緣縣志》卷一〇《藝文志》「始」。案此典出《詩經·大雅·靈臺》「經始勿亟，庶民子來」句，故據以改。

宜有名，其修文乎？夫君子博學於文以明道，武之克戡，非文誰定？故士樂羣鼓篋，非以恬嬉也。出經入史，綜覽羣言，非以襲故也。含華咀英，操觚披牘，非以摛奇也。議度數，核名實，修畧而考詳，非以務辟也。以爲劑量古今，揚扢風雅，景賢聖之模，修皇王之業，非此其道亡繇也。是故馘寇禦侮，興學敷文，遵三物之教，以齊則而章軌者，循良之猷也。明經修行，秉道守義，去詭衺之習，趨仁義之途，孜孜若不及者，士君子之操也。夫君子居則觀其象而遜其志，動則觀其變而考其業，非文其誰修之？長吏有心，子大夫慎勖之，毋藉名號爲矣。」諸生肅而出，以告，劉君悚然起曰：「不穀無資二三子之明，徒樂其志，不違其教，惠徽明時，以靖兹土，則不穀之願也。名修文乎名善，請书闇然子之言，願匠氏鐫諸石。」——《古今圖書集成・方輿彙編・職方典》卷一四二二《思恩府部・藝文一》，北京：中華書局，一九三四年，第一七二册，第五六頁。

遺忠祠碑

遺忠祠，祀故德慶州官松軒陳公，其仲子郡守君伯言構於家者也。先是，羅傍賊熾，數患苦諸州邑。公少機警，業捧檄倅州，遂提偏師入。既諜輅摧折之，迺建議白上官，稍寬約束，設墟場，令與民爲互市。時烏鈔宵人計無靡羨，復相煽撓公法，公輒奏記監司，請殪其渠帥，不許。賊覘牒深銜之，間嗾衆徒黨環甲起市中，出公不意，公猶殊死戰，竟死。有司議請卹典，方事殷，未遑也。會兵部尚書余姚王公建節平蠻，隨擒賊，函其首酹公。無何，以公祀忠景祠。嘉靖中，郡守君舉進士，爲尚書郎，朝廷始贈公如其子官，璽書有「挺身狥職，以死勤事」語，於是公之忠益章章然褒顯矣。公子若孫浸繁昌，家子邑令君伯常既創家廟，歲時秉祀惟虔。乃郡守君靡瞻之思，顧謂公之忠實，敷遺後人休，宜特表著之。庸侈錫命，昭佚典，遂别構祠，爲堂三楹，塑公神像於中，刻制祠扁之堂，繚以門垣，殿之寢室。鳩簷、疏梲、績櫨、啓櫊、槪塗、垔塈、繕彤、髹籍、杯犧，悉如禮大夫祠制。其剞劂殊爽覬，額曰遺忠，遺之爲言貽也，忠貽而祠之，榮上賜也。貽厥孫謀，以燕翼子，蔑不忠矣。經始歲戊午夏，越明年歲己未冬，祠成。卿大夫、耆老若生徒輩，相率慶成事，且爲徵言記之，永遺忠也。公諱琚，字宗玉，世家粵西南寧郡之里，祠在其右。

董子曰：余紀陳氏遺忠祠，蓋徵忠孝大指云。夫人臣事君，食焉不避其難，義也苟裨民社，雖艱虞，不遑恤焉。及其可死則死之，殆非有所爲而爲，凡以不欺其心爾。故貞婦死適，士死志，王臣死職，守土之臣死封疆。爲人臣者無以有己，爲人子者無以有己，斯所謂天地賦物之良心，時出之而安汝止者邪？夫學士大夫讀史至義烈志，所爲忠其君，未嘗不憤然三復流涕也。一旦任國家事，輒復遷延顧望，輾轉爲自全計。或巧避其難，思貽之人，人獨小吏哉？松軒公雖死，庶幾不欺其心矣。古者大夫士各有廟，中世易之以祠。然祠不備制，祀不成享，其於報本追遠之心幾闕焉。夫孝子之於親，有善惟恐其不揚也。親有善，揚之惟恐其不永也。若郡守君昆弟，可謂能孝。其卒成公之忠，與卿大夫、耆老同，宜懽然愛慕之。諸生徒又景鄉先輩風烈，俾良心油然生焉。公之祠可無貽永永哉！嗟乎！人臣咸若時，何患乎無孝子矣？或以食報徵公之忠，無亦淺之乎紀公哉！——［清］汪森《粵西文載》卷四〇，載《景印文淵閣四庫全書》，臺北：臺灣商務印書館，一九八六年，第一四六六册，第三五一—三五三頁。

南寧府志序

史稱郡志猶古國史，然志義與史自别。古者列侯分疆，史紀一代典瀍，以垂鑒來祀，故其義重風勸。迺今寰寓統一，牧守流攝靡常，志特表識境務，歸之宣主德、達民隱，故其義重籌畫。余閲《史記》夷裔傳若《漢書》諸郡國志，其所紀載，猶有裨虖規恢。乃後專爲一郡邑作志者，顧襍猥瑣成書，徒以眩罔觀聽。即令其文雅馴，猶乖志義，矧出鹵莽成者哉？

粤西僻在邊疆，諸郡往往闕志。南寧雖舊有志，顧亦糜脱難據，其所稱援尤失倫，罕足采睹。屬者徽郡方侯瑜，以熙時大雅來守是境，始鋭意脩輯。稍稍搜摘遺書，間採諸故老所傳，裁自乃心，獨當秉筆。雖猶仍凡舉例，析爲諸條，然各傳之括議，令有關於政理。復以境屬遐荒，每詰戎務，特立經畧一條，具列古今戡攘鉅迹，俾後有攷云。亡論其文辭平實，余所夙意，志重籌畫，侯殆當其義哉。余嘗熟覽南寧之故，大都生齒蕭疎，聲教希闊，諸氓蚩蚩，狃於媮逸，吏更薄勿爲治，以故效鮮著稱也。今誠仰體明主至意，日思覆翼邊氓，余以爲宣慈愛，復流移，振之風紀，而漸摩之以禮義，侯蓋所優爲。赤膏既洽，襄績斯張，隱然西南保障。若急時宜，復可著指。夫粤西諸郡，率介嵠岢間。南寧地獨平曠，可駐數萬師。兩江土酋錯居，一有檄下徵發，大半集兵南寧，故先臣處置息田，若討安南，並於南寧弭節云。頃者土酋日玩法，蔑視漢官軍符，不以時赴。又出必騷掠諸村墟，譬蓄驕抗孽奴，緩急未易得□□，窺我虚實爲後患。往昔岑猛之亂，蓋起于征江西。語云「前事之失，後事之鑒」也，今即未能不調土兵，誠以制諸酋死命，令皆翕然効力。我無遥度左右，難罔市利。縣之南畧交阯，奠我邊關，若南寧者，詎非一重地哉？

余嘗謂南寧爲交南襟喉，諸土酋門户。往代置管設經畧，未爲無意。今蒼梧鎮遠兵，臬、郡守權輕，未易宰制。屯戍兵力單弱，尤難坐搤其吭。識者議應建白開府，自成督鎮，隨機駕馭諸酋；或招流民占籍，派墾蕪壤，就令土著成業，僉其壯丁爲兵，人自爲守。久而户口充殷，漸臻富庶實效，諸亡賴勢難作孽。又兵素習將，譬臂使指，生理攸關。并力扞向，亡慮患生肘腋。無事則令遊徼備不虞，有事則易爲調遣，匪惟讋服土酋，或可坐消嵠峒諸寇。即令吴楚有急，猶籍重鎮兵應援，無不愈於調土酋數倍，固亦當事者先憂之勝筭哉。斯皆邊志要務，又侯雅嚮意時艱。志成，屬余爲序。余戍者也，因得附著篇端。

嘉靖甲子春三月朔旦，寓南寧上海董傳策叙。——［嘉靖］《南寧府志》，載《日本藏中國罕見地方誌叢刊》，北京：書目文獻出版社，一九九〇年，第三四一——三四三頁。

附録二：碑銘傳記

明故通議大夫南京禮部右侍郎幼海董公墓誌銘〔一〕

賜進士及第特進光禄大夫柱國少師兼太子太師吏部尚書建極殿大學士知制誥知經筵事國史總裁致仕郡人徐階撰文

賜進士出身中順大夫南京通政司左通政前翰林院庶吉士侍經筵禮科都給事中郡人林景暘篆蓋

賜進士第朝列大夫廣東布政司右參議前監察御史侍經筵事郡人陸萬鍾書丹

昔在嘉靖間，分宜少師以勤敏爲世宗皇帝所知，其後怙寵驕恣。而子世蕃貪狡有小才，分宜以爲賢，數假借耳目。世蕃因結羣小，竊國權，用舍刑賞之政，一成於賄。民怨兵怒，北虜乘釁入犯郊畿，天下咸謂禍起嚴氏，而莫有敢言者。

〔一〕明故通議大夫，《世經堂續集》作「嘉議大夫」。

至歲戊午，世蕃益肆。幼海董公時爲刑部主事，又身癯然不勝衣，奮曰：「是寧得爲國有人乎？」遂疏分宜隳邊防、鬻官爵、蠹國用、樹黨與、擾驛遞、壞人才等六罪，閉户草奏上之。世宗心已咎嚴氏矣，會都御史吴公時來以給事中、都御史張公翀以刑部主事相繼論奏，而疏有「請詢二王」之語。二王者，穆宗皇帝時爲裕王居東府，及弟景恭王也。世宗以爲非所宜言，併公下詔獄。公既與予爲姻，而吴與張又皆予會試所舉士。世蕃謂予陰主之，嗾典獄者置三人死律，脅使引予。三人被訊慘毒，至再絶而甦，終持初志不變。分宜猶欲杖諸廷，法司奏上，地忽大震，世宗異焉，由是盡宥弗杖。公得戍南寧，予亦遂幸以免。

而士大夫知天意在，庇正人，佑社稷，竟劾去分宜，戮世蕃於市。蓋嘉隆之間，世道否而復亨，三人力也。乃若公以孱軀攖大難，當命之始下，聞者相顧駭恐，或涕泣走匿。公顧於赴逮無懼色，對獄無悔詞，侃然自將，如履平地。迄今金吾之隸卒、京師之稚兒老婦猶以俚語目公曰「鐵漢」。其士人則相與誦公疏，以爲古忠直臣無以加，其尤可謂難矣。公在南寧授徒青山，非其人不一接。宣慰某齎寶劍、玉幣謁公，公曰：「此貨我也。」立户外累日，竟辭不見，其困而自砥礪如此。

世宗數思用公，比寢疾，度不能起，遂以詔屬穆宗。隆慶改元，召公復故官，尋改吏部主事，進員外郎、郎中，遷太僕寺少卿。先是，諸卿貳率務養望，無肯以職事言者。公獨條上馬政利弊，已又陳三要，而歸重於用人巡視。御史以議不出己，争之。公復抗言，諸司建白其覆議在部臣，御史不當侵部職，衆爲悚然。戊辰，遷本寺卿，疏乞省覲，改南京光禄寺卿。未幾，遷大理卿。公入都，而新鄭方柄政，以公名高，思引爲黨，迎謂公曰：「聞直名久矣，今方虚少宰以待，頗有意相助乎？」公正色曰：「某平生志自立，願教以進于此者。」新鄭色變。公遂請改南以遠之。壬申，遷南京工部右侍郎，新鄭亦用以遠公也。

踰年，新鄭敗，改南京禮部，肅祀事，杜私謁，戒諸士人毋以蕩敗德，人稱爲真禮卿。然亦多忌者。鄉人有黠奴以私嘗公，公杖而繫諸獄，奴恨，且計自脱，易詞誣公。臺臣誤以聞，詔解公官候勘。甲戌，事白，巡撫胡中丞執禮疏薦公當用，亦既議召起矣。而公性剛，繩下恒過急，故人憚言公臧獲短長。其無賴者因得自蔽匿，至縱酒博，白晝毆人而奪之財。萬曆己卯夏，公漸有聞，羣奴懼不免死，遂以五月七日夜僞爲盜戕公。距生嘉靖庚寅五月二十七日，享年五十。嗚呼，可哀也已！

公諱傳策，字原漢，自號幼海。其先自汴徙上海之竹岡，至公五世祖真，生南京監察御史綸。綸子六人，其二舉進士，皆至顯官；一舉鄉貢，歷磁、綿二州守，發監司吏奸贓，自免歸。郡中所稱清白吏守庵先生諱懌者，公曾祖也。綿州二子，長邑庠生，諱繼芳，是爲公祖，贈通議大夫、工部右侍郎，配張贈淑人。生公父諱體仁，少爲郡庠生，有聲，晚以貢上春官，未及仕。而公爲工侍，封如其官，配宋封淑人。公九歲能屬文，弱冠舉嘉靖庚戌進士。柄國者欲一見之，固不往。例授太常博士〔一〕，遷刑部四川司主事。故事，廠衛所論囚，雖甚冤，法司無敢平反者。公則數據法與爲異，即堂官爲言，勿聽，其勁直之節蓋自早歲然矣。卒時配李淑人，獨有女，嫁太學生李自約。側室王氏生子玉柱，八歲〔二〕；玉衡，今聘王莒州女者，三歲〔三〕。故賊久未獲，弟鄉進士傳史竭貲力購捕，

〔一〕《世經堂續集》「太常」前有「南京」二字。

〔二〕八歲，《世經堂續集》作「三歲」。

〔三〕三歲，《世經堂續集》作「一歲」。

歲庚辰乃克正法。於是進士率二孤卜以辛巳年九月二十一日葬公新河之原〔一〕。奉前湖廣僉憲淳菴盛君狀，請予銘。淳菴博学尚志节，公由吏部出佐太僕，嘗举自代，後忤新鄭，失其官，故進士□□屬。而予聞漢司空王崇爲傳婢所毒薨，班孟堅以其世清廉，爲之立傳；唐河中法曹張圓死於盜，韓昌黎以其治有能稱，爲銘諸幽。今公大節感動穹壤，關繫國家，非崇等所敢望也，則予於銘其安可辭？

公所著有《采薇集》十四卷、《幽貞集》十一卷、《蘧塵稿》七卷、《邕歈稿》七卷、《奇遊漫記》二卷、《霸繩》二卷、《中述》二卷、《憶遠遊》一篇、《述史》二十篇、《景獻》三十篇，奏疏、序記、碑銘、《應客緒言》、《讀書雜著》、《譚道隨筆》暨戍歸詩歌，又不下百卷。學者服其奇偉，其自謂「吾具剛腸，不能隨世俛仰，世宜不吾容」，又謂「男子祈不愧心，若世路升沉，人情贊毁，皆幻境，何有於我」等語。世尤壯而悲之，銘曰：

兹惟董公之藏，百世而下，讀其諫書，觀其言與行，猶恍然聞金石之聲，見星斗之光焉。嗟今之人，慎毋毁傷！——《新中國出土墓誌·上海天津》，北京：文物出版社，二〇〇九年，上册，第一二九頁。

許案：徐階《世經堂續集》卷五《墓誌銘》收有《嘉議大夫南京禮部右侍郎幼海董公墓誌銘》，［松江］《董氏族譜》卷七《碑銘》亦收有此墓誌銘，題爲《幼海公墓誌銘》。上海市閔行區曾出土《明故通議大夫南京禮部右侍郎幼海董公墓誌銘》，原石已佚，上海市文物管理委員會藏有拓片，《新中國出土墓誌·上海天津》有影印。誌蓋四行，行五字，篆書「明故通議大夫南京禮部右侍郎幼海

〔一〕 辛巳年九月二十一日，《世經堂續集》作「某年月日」。

董公墓誌銘」；誌文四二行，行五〇字，正書。

《世經堂續集》之題爲「嘉議大夫」，而拓片則作「通議大夫」，據《明史·職官志一》：「正三品，初授嘉議大夫，升授通議大夫，加授正議大夫。」董傳策終官南京禮部右侍郎，正三品。故疑徐階撰文時董氏仍是在世時的階官嘉議大夫，到下葬時，其階官已追賜通議大夫。

拓片「側室王氏生子玉柱，八歲；玉衡，今聘王莒州女者，三歲」這段話，八歲、三歲之説，《董氏族譜》同，《世經堂續集》則作三歲、一歲，蓋徐階撰文時所據材料有誤，志文上石時董氏家人所改。《董氏族譜》删去「今聘王莒州女者」一句不可解，據《董氏族譜》卷二《世譜》，玉衡，字仲齋，配王氏（第一八八頁），此王氏應即王莒州女。

《董氏族譜》始修於嘉靖三十五年，重修於清雍正二年，徐階所撰墓誌銘應該是在重修時收入譜中，對照這三個文本，《世經堂續集》本與拓本基本相同，只是稍有改動，應是董家上石時所改。而《董氏族譜》所收本差别較大，删改内容不少。拓本雖有漫漶，然對照以《世經堂續集》本，仍可辨識，故以拓本爲底本，校以《世經堂續集》本及《董氏族譜》本。

徐階《世經堂續集》，據《明别集叢刊》第二輯，合肥：黄山書社，二〇一五年，第四四册，第三〇—三二頁。《董氏族譜》，據《上海圖書館藏珍稀家譜叢刊》第一輯，上海：上海科學技術文獻出版社，二〇一六年，第七三七—七四六頁。

董宗伯幼海公傳

董傳策，字原漢，號幼海，上海人。少有大志，爲諸生時即慷慨自負。身癯然不勝衣，而若以天下爲己任，嘗言「安得一日上封事，與國家除穢鋤姦耶」？封翁海觀聞而怪之，叱曰：「小子何言之不怍也。」方年二十，遂舉嘉靖庚戌進士。是時分宜有寵于世宗皇帝，實以勤敏爲上所知，而後頗怙寵驕恣。其子世蕃遂竊國柄，政以賄成，諸臣以直言觸忤抵死者數輩矣。當是時，藉令濡忍自愛其身，無不匿影結舌，而公時爲刑部主事，獨與給事吴公時來、同部郎張公翀相與感激憤發，欲叩帝閽而奏之。會北虜犯闕下，人人謂禍起嚴氏而噤不敢出一聲。公首書分宜六事上之朝，謂其隳邊防、鬻官爵、蠹國用、樹黨與、擾驛遞、壞人才，擅國而國將危，請斥之以謝天下。分宜業以深心銜之矣，而會吴、張兩公相繼論奏，疏中有請詢二王語。上以詞有所觸，逮兩公而亦並公下詔獄。蓋公爲文貞鄉人，兩公爲文貞門下士，分宜疑之而爲之慫恿上旁，以搆此獄。而世蕃陰嗾典獄者，必欲致三人於死律，故被訊慘毒，至再絶而復甦，意欲恐嚇而得其主使名，以爲下石文貞地，而公持初志不少變。分宜猶欲廷鞫之斃于杖下，而地忽大震。法司以聞，得勿杖。天幸聖明宥其死，戍南寧。

南寧，粵中惡地也，瘴癘之與處，而獝獠之與徒，至者死不旋踵，而公獨怡神委命，處之泰然。受徒青山，日與士人談埶文，而亦間與衲子談佛，若不知粵地爲苦而謫居爲憂者。時按廣者爲分宜私人，公戴大帽戎服，執長鎗，跪于舟次，呼曰：「軍人董某見。」按院趣迎之，幾墮水。有宣尉某齎寶劍玉幣謁公，立户外累日，公叱而却之。蓋公于患難中益慎交遊，非其人不一接見，亦公素性然也。公行後，分宜益横，竟被言者劾去，而戮世蕃於市朝。一時世道否而復亨，人情鬱而復暢。世宗亦念公忠藎，數欲用公，而寢疾不能起，遂以詔屬穆宗。隆慶改元，詔公復原官，尋改吏部主事，晉員外郎中，隨遷太僕寺少卿。公又條上馬政利弊，巡視御史以議不出己，與公争之。公不屈，復抗言。諸司建白覆議，在部臣御史不得侵部職，衆議始帖然。戊辰即遷本寺卿，疏乞省覲，改南京光禄寺卿。未幾，遷大理寺卿。公抵都門，而新鄭方柄政，亦浮慕公之名高也，而欲挽之爲黨，謂虚少宰待公。公以生平志在自立，不欲依人門户，遂正色辭之，新鄭意不懌。公思所以遠新鄭者，遂請改南，而新鄭亦欲遠公，故壬申以南工部右侍處公也。無何，新鄭敗，改南京禮部侍郎。公既任，肅祀典，杜私謁，戒諸士人毋蕩敗德，人以真禮卿稱。而會鄉人黠奴以私嘗公，公怒而杖之，繫諸獄，奴計無所以自脱者，乃易詞誣公。夫公於戍所不妄交一人，不濫受人一物，而堂堂宗伯，挺挺諍臣，乃變塞乎？臺臣不察，誤以奏上，詔解公官候勘，而事且旋白，當復公官。巡撫胡公中丞執禮疏薦公當大用，正議召起公而公忽被害矣。蓋公繩下恒急，故人不復對公言臧獲短長，而至是益得敝匿。無賴者縱酒博，白晝歐人而攫之財，且致之死。公於己卯夏漸有聞，欲杖殺之，羣奴懼不免，遂以五月七日夜僞爲盗持斧戕公，享年僅僅五十，可哀也。

公早貴，未習詩賦古文詞，既貴後，遠竄遐方，而公以深沉悲壯激烈慨慷之灝氣，泚筆而書，其詩若文總之，有湘纍長沙之風，黄初大曆之體，而又不失關洛伊閩之宗，展卷讀之，而知公之爲端人，爲正士矣。公當江陵執政時，遣使致詞於公，亦欲引以爲重，而公呼使者至榻前，視以病狀，不報書而遺之，遂與江陵忤，此則碑誌所不及，而其弟傳文原道目擊其事，爲余述之者也。

天乎！天乎！正直如公，而乃不得其死所乎？漢司空王崇死於婢，唐法曹張圓死于盜，而班孟堅以其世清廉爲之傳，韓昌黎以其治有能爲之銘。公之死，固不足諱也，所著有《採薇集》、《幽貞集》、《巴歈稿》、《蘧廛稿》、《中述》、《霸繩》、《奇遊漫記》若干卷，《憶遠遊》、《述史》、《景獻》若干篇，奏疏、序記、碑銘、應客緒言、讀書雜著、譚道隨筆及戍歸詩歌又不下百卷，覽之不能卒業以殫其學而窮其才。獨手公一篋諫草，見公一具剛腸，千古而下，可以想憶公之爲人矣。

公居恒事親孝，處諸弟友愛，待故舊有情有禮，而待宗族有恩，嘗捐腴田三百畝贍族。每歲會族祭墓畢，設宴會飲，貴者富者分胙，賤者貧者分米，而又以其餘助合族毒凶之事，此又公之盛德，不獨以直節正氣著云。——〔明〕何三畏《雲間志略》卷一四，載《明代傳記叢刊》，臺北：明文書局，一九九一年，第一四六册，第三二七—三三四頁。

董幼海

公名傳策，字原漢，號幼海，體仁子也。年二十一，登嘉靖庚戌進士。任刑部主事。時分宜貴幸，子世蕃結群小竊國權，公遂疏分宜六罪。會吴時來、張翀相繼論奏，俱下詔獄。世蕃疑徐文貞公陰主之，嗾典獄者致三人死律，脅使詞引文貞。三人被訊慘毒，終不變。謫戍南寧，授徒非其人不接，宣尉某賫寶劍玉幣謁公，立户外累日，竟辭不見。穆宗登極，復公官，改吏部，進郎中，遷太僕少卿。條上馬政利弊已，以陳三要，而歸重於用人。遷本寺卿，改南光禄，遷大理卿。新鄭柄政，欲引公爲黨，公遂請改南以遠之。遷南京工部侍郎。踰年，新鄭敗，改南禮侍。會鄉人有以私嘗公，公杖而繫諸獄。臺臣誤以聞，詔解公官候勘，後事白，議召起。而公性剛，繩下恒過急，頗聞群奴白晝歐人而奪之財，欲置之法，奴懼不免死，夜僞爲盜戕公，年止五十，傷哉！所著書有《採薇集》、《幽貞集》、《蘧廬稿》、《邕歙稿》、《奇游漫紀》、《霸繩》、《中述》、《述史》、《景獻》、應客緒言、讀書雜著、譚道隨筆，暨戍歸詩文共百餘卷。——［明］李紹文《雲間人物志》，載《明清上海稀見文獻五種》，北京：人民文學出版社，二〇〇六年，第一九四頁。

董元漢

公名傳策，字元漢，别號幼海，上海人也。嘉靖庚戌進士，任刑部主事。時分宜相貴幸，方擅國，諸臣以直言觸迕斥死者已數輩。當是時，苟有一毫濡忍，自愛其身，鮮不齚舌鼠竄，噤不敢出一語。公獨與吴給事、張比部披帝閽抗疏，言曰：「夫威福形賞，人主之柄也，人臣得以竊之者，是謂臣疑於君。臣疑於君，國未有不危者，幸披其枝，不披將塞公閭矣。」大臣怒甚，即逮詔獄榜掠，欲殺之。賴先帝仁聖，貸其死，謫戍南寧。南寧，廣中最惡地，瘴癘之與居，獞獠之與徒，至者死不旋踵。公方夷神委命，日進諸子於庭，相與講藝論道，間與衲子談理性，初若不知在南中者。後用召起，官至侍郎。著述有《采薇》、《幽貞》、《蘧廬》、《邕歙》諸集，莫子良、何元朗諸名公序之矣。其於舉子義、四書、《尚書》，皆有所發揮焉。——［明］王兆雲《皇明詞林人物考》卷一〇，載《明代傳紀叢刊》，臺北：明文書局，一九九一年，第一七册，第四七三—四七四頁。

董傳策傳

董傳策，字原漢，松江華亭人。嘉靖二十九年進士，除刑部主事。三十七年抗疏劾大學士嚴嵩，畧言：

嵩稔惡悮國，陛下豈不洞燭其奸？特以輔政故，尚爲優容，令自省改。而嵩怙不知戒，負恩愈深。居位一日，天下受一日之害。今言官既不敢言，諸曹又不有言。國家養士二百年，一旦波靡至此，臣竊痛之。

夫邊疆督撫將帥欲得士卒死力，必資財用。今諸邊軍饟歲費百萬，强半賂嵩。遂令軍士飢疲，寇賊深入。此其壞邊防之罪一也。

吏、兵二部持選簿就嵩填註。文選郎萬寀、職方郎方祥甘聽指使，不異卒隸。都門諺語至以「文武管家」目之。此其鬻官爵之罪二也。

侍郎劉伯躍以採木行部，擅斂民財，及郡縣贓罪，輦輸嵩家，前後不絶。其他有司破冒攘敚，入獻於嵩者更不可數計。嵩家私藏，富於公帑。此其蠹國用之罪三也。

趙文華以罪放逐，嵩没其囊橐巨萬，而令人護送南還。恐喝州縣，私役民夫，致道路驛騷，公私煩費。此其黨罪人之罪四也。

天下藩臬諸司，歲時問遺，動以千計，勢不得不掊克小民。民財日殫，嵩貲日積。於是水陸舟車載還其鄉，月無虚日。所至要索供億，勢如虎狼。此其騷驛傳之罪五也。

嵩久握重權，炙手而熱。干進無恥之徒，附羶逐穢，麕集其門。致士風日偷，官箴日喪。此其壞人才之罪六也。

嵩以蔽欺行其專權，生死予奪惟意所爲。而世蕃又以無賴之子，竊威助惡。父子肆兇，中外飲憤。有臣如此，非國法可容。臣待罪刑曹，宜詰奸慝。陛下誠不惜嚴氏以謝天下，則臣亦何惜一死以謝權奸！

疏入，下詔獄。謫戍南寧。穆宗立，召復故官。歷郎中。隆慶五年累遷南京大理卿，進工部右侍郎。萬曆元年就改禮部。言官劾傳策受人賄，免歸。繩下過急，竟爲家奴所害。——［清］王鴻緒《明史藁》卷一九四《董傳策傳》，雍正元年敬慎堂刊本，第一七—一九頁。

董傳策傳

董傳策，字原漢，松江華亭人。嘉靖二十九年進士。除刑部主事。三十七年抗疏劾大學士嚴嵩，畧言：

嵩稔惡悞國，陛下豈不洞燭其奸？特以輔政故，尚爲優容，令自省改。而嵩怙不知戒，負恩愈深。居位一日，天下受一日之害。臣竊痛之。

夫邊疆督撫將帥欲得士卒死力，必資財用。今諸邊軍饟歲費百萬，强半賂嵩。遂令軍士饑疲，寇賊深入。此其壞邊防之罪一也。

吏、兵二部持選簿就嵩填註。文選郎萬寀、職方郎方祥甘聽指使，不異卒隸。都門諺語至以「文武管家」目之。此其鬻官爵之罪二也。

侍郎劉伯躍以採木行部，擅斂民財，及郡縣贓罪，輦輸嵩家，前後不絕。其他有司破冒攘敓，入獻於嵩者更不可數計。嵩家私藏，富於公帑。此其蠹國用之罪三也。

趙文華以罪放逐，嵩没其囊橐巨萬，而令人護送南還。恐喝州縣，私役民夫，致道路驛騷，公私煩費。此其黨罪人之罪四也。

天下藩臬諸司，歲時問遺，動以千計，勢不得不掊克小民。民財日殫，嵩貲日積。於是水陸舟車載還其鄉，月無虛日。所至要索供億，勢如虎狼。此其騷驛傳之罪五也。

嵩久握重權，炙手而熱。干進無恥之徒，附羶逐穢，麕集其門。致士風日偷，官箴日喪。此其壞人才之罪六也。

嵩以蔽欺行其專權，生死予奪惟意所爲。而世蕃又以無賴之子，竊威助惡。父子肆凶，中外飲憤。有臣如此，非國法可容。臣待罪刑曹，宜詰奸慝。陛下誠不惜嚴氏以謝天下，則臣亦何惜一死以謝權奸！

疏入，下詔獄。謫戍南寧。

穆宗立，召復故官。歷郎中。隆慶五年累遷南京大理卿，進工部右侍郎。萬曆元年就改禮部。言官劾傳策受人賄，免歸。繩下過急，竟爲家奴所害。——［清］張廷玉等《明史》卷二一〇，北京：中華書局，一九七四年，第一八册，第五五六七—五五六九頁。

董傳策

董傳策，字原漢，松江華亭人。嘉靖二十九年進士，除刑部主事。三十七年，抗疏劾大學士嚴嵩，畧言：

嵩稔惡悞國，陛下豈不洞燭其奸？特以輔故，尚爲優容，令自省改。而嵩恬不知戒，負恩愈深。居位一日，天下受一日之害。臣竊痛之。

夫邊疆督撫將帥欲得士卒死力，必資財用。今諸邊軍鑲歲費百萬，强半賂嵩。遂令軍士疾疲，寇賊深入。此其壞邊防之罪一也。

吏、兵二部持選簿就嵩填註。文選郎萬寀、職方郎方祥甘聽指使，不異卒隸。都門諺語至以「文武管家」目之。此其鬻官爵之罪二也。

侍郎劉伯躍以採木行部，擅斂民財，及郡縣贓罪，輦輸嵩家，前後不絶。其他有司破冒攘敓，入獻于嵩者更不可數計。嵩家私藏，富于公帑。此其蠹國用之罪三也。

趙文華以罪放逐，嵩没其囊槖巨萬，而令人護送南還。恐喝州縣，私役民夫，致道路驛騷，公私煩費。此其黨罪人罪四也。

天下藩臬諸司，歲時問遺，動以千計，勢不得不掊克小民。民財日殫，嵩資日積。于是水陸舟車載還其鄉，月匆虚日。所至要索供億，勢如虎狼。此其騷驛傳之罪五也。

嵩久握重權，炙手而熱。干進匆恥之徒，附羶逐穢，麕集其門。致士風日偷，官箴日喪。此其壞人才之罪六也。

嵩以蔽欺行其專權，生死予奪惟意所爲。而世蕃又以匃賴之子，竊威助惡。父子肆凶，中外飲憤。有臣如此，非國法可容。臣待罪刑曹，宜詰奸慝。陛下誠不惜嚴氏以謝天下，則臣亦何惜一死以謝權奸！

疏入，下詔獄。謫戍南寧。

穆宗立，召復故官。歷郎中。隆慶五年累遷南京大理卿，進工部右侍郎。萬曆元年改禮部。言官劾傳策受人賄，免歸。繩下過急，爲家奴所害。——［清］佚名《明季烈臣傳》卷一八《人物一》，載《孤本明代人物小傳》，北京：全國圖書館文獻縮微中心，二〇〇三年，第五册，第二四二—二四五頁。

董傳策傳

董傳策，字原漢，上海人。爲刑部主事，見吴時來上書請治相國嵩父子，扼腕而歎曰：「可令吴君獨當此乎？」會同官張翀至，語合，即各具疏請治嵩。已而並下獄論戍。傳策戍南寧，間過横，與時來游邕，横人士多從者。後嵩收，召還傳策，官至南京禮部侍郎。時來官至都御史。翀自有傳。——［萬曆］《廣西通志》卷二六《遷客志》，載《明代方志選》，臺北：臺灣學生書局，一九六五年，第五四〇頁。

董傳策傳

董傳策，字原漢，綸之曾孫。父體仁，以學行著稱。傳策九歲能屬文，數百言立就，弱冠舉進士。時分宜怙寵不法，子世蕃竊弄國柄，舉朝側目，亡敢言者。傳策以刑部主事抗疏分宜隳邊防、鬻官爵、蠹國用、樹黨與、擾驛遞、壞人才六事，下詔獄。世蕃陰嗾典獄者拷掠，慘毒備至，再絶復甦，會地震，得宥，謫戍南寧。隆慶改元，遵遺詔復故官，尋擢爲南京禮、工二部侍郎。然性剛，繩下過急。臧獲無賴者懼不免，難遂作。太師徐文貞爲志其墓，深悼惜之。——［萬曆］《上海縣誌》卷九《人物志》，載《原國立北平圖書館甲庫善本叢書》，北京：國家圖書館出版社，二〇一三年，第三一四册，第四三六頁。

董傳策傳

董傳策，字元漢，上海人。綸曾孫，九歲能屬文，嘉靖庚戌進士。是時分宜父子怙寵不法，諸臣以直言觸忤抵死者數輩。傳策爲刑部主事，偕給事中吴時來、同官張翀疏論分宜六事，上之，謂其隳邊防、鬻官爵、蠹國用、樹黨與、擾驛遞、壞人才，擅國而國將危，請斥之以謝天下。上怒，下詔獄，問誰主使，拷掠慘毒，再絶復甦，幸不死。會地震，得宥，謫戍南寧。

時按廣者爲分宜私人，傳策戴大帽裝，跪舟次，呼曰：「軍人董某見。」按院趣迎之，幾墮水。有宣尉某齎寶劒、玉幣相謁，立户外累日，叱而却之。隆慶改元，復原官，尋擢爲南京禮、工二部侍郎。爲人清剛，繩下急，臧獲無賴者懼不免，遂及于難。徐文貞爲志其墓。弟晉，隆慶丁卯鄉舉。晉孫象恒，萬曆己未進士，官參政。——〔崇禎〕《松江府志》卷四〇《人物五·國朝賢達》，載《日本藏中國罕見地方誌叢刊》，北京：書目文獻出版社，一九九一年，第一〇三八頁。

董傳策

董傳策，字原漢，綸曾孫也。九歲能屬文，嘉靖庚戌進士。是時嚴嵩父子怙寵不法，諸臣以直言觸忤抵死者數輩。傳策爲刑部主事，偕給事中吴時來、同官張翀疏論分宜六事上之，謂其隳邊防、鬻官爵、蠹國用、樹黨與、擾驛遞、壞人才，擅國國危，請斥之以謝天下。上怒，下詔獄問主使，拷掠慘毒，再絶復甦。幸不死，會地震，得宥，謫戍南寧。時按廣御史爲分宜私人，傳策戴大帽，跪舟次，呼曰：「軍董某見。」御史趣迎之，幾墮水。有宣尉某齎寶劍、玉幣相謁，立户外累日，叱却之。

隆慶改元，復原官，尋擢南京禮、工二部侍郎。爲人清剛，繩下急。臧獲無賴者懼不免，遂及于難。弟晉，隆慶丁卯鄉舉。晉孫象恒，萬曆己未進士，官浙江巡撫、都御史。——〔康熙〕《松江府志》卷四二《名臣》，載《上海府縣舊志叢書·松江府卷》，上海：上海古籍出版社，二〇一一年，第五册，第八三八—八三九頁。

董傳策

董傳策，字原漢，綸曾孫也。九歲能屬文，嘉靖庚戌進士。是時嚴嵩父子怙寵不法，諸臣以直言觸忤抵死者數輩。傳策爲刑部主事，偕給事中吴時來、同官張公翀疏劾嵩六事，請斥之以謝天下。上怒，下詔獄，推問主使，榜掠慘酷，絶而復甦者再，會地震，得宥，謫戍南寧。時按粤者爲嵩私人，傳策短衣大帽，跪舟次，呼曰：「軍人董某見。」御史趣迎之，幾墮水。有宣尉某齎寶劍、玉幣求謁，止户外移日，叱却之。

隆慶初，復原官，尋擢南京禮、工二部侍郎。爲人清介而待族黨有恩，然性剛，繩下嚴急。臧獲懼不免，遂及于難。所著有《採薇》、《幽貞》等集，《景獻》、《奏疏》若干卷。弟晉，隆慶丁卯舉人。晉孫象恒，萬曆己未進士，官浙江巡撫、都御史，自有傳。——〔康熙〕《上海縣志》卷一〇《人物·名臣》，康熙二十二年刊，第二六—二七頁。

董傳策傳

董傳策，字原漢。九歲能文，嘉靖庚戌進士。時嚴嵩父子怙寵不法，傳策爲刑部主事，偕吴時來、張翀疏論六事。上怒，下獄，問主使，拷掠慘毒，再絶復甦。會地震，得宥，謫戍南寧。時按廣御史爲嵩私人，傳策戴大帽，跪舟次，呼曰：「軍董某見。」御史趨迎之，幾墮水。有宣尉某齎寶劍、玉幣相謁，立户外累日，叱却之。隆慶復原官，尋擢南京禮、工二部侍郎。——〔康熙〕《江南通志》卷四四《人物志·松江府》，康熙二十三年刊，第一三頁。

董傳策傳

幼海公，諱傳策，字原漢，自號幼海，嘉靖庚戌進士，授刑部主事。以建言戍南邕，起用，一歲三遷，歷任南京太常、太僕、大理、光禄、吏刑兩部，進階通議大夫、南京工部右侍郎。壽五十歲，配李氏封安人，加封恭人、淑人，合葬于新河原新阡。公爲海觀封公長子，九歲能文，學以悟入，志在力行。弱冠登朝，卓然有以自立，不疚惕于威利，不去來于招麾，嘉謨偉績，炳耀朝野。而我宗食公義田之粒者，迄今誦之。公素惡松俗宦僕有怙勢雄行者，因痛繩其下，有犯無恕，竟罹其禍。然松俗自是亦知所儆矣。今二子雖夭，而有佳孫，翩翩文學。謂天無以報直臣，我不信也。餘詳誌狀。

弟羽宸謹識。——［松江］《董氏族譜》卷六《世傳》，載《上海圖書館藏珍稀家譜叢刊》第一輯，上海：上海科學技術文獻出版社，二〇一六年，第六二七—六二八頁。

董傳策

董傳策，字原漢，華亭人。祖恬，弘治進士，官刑部録囚，多平反，歷大理少卿。傳策，嘉靖庚戌進士，除刑部主事，抗疏劾嚴嵩六罪，下獄，拷掠，會地震，謫戍南寧。隆慶初，召復原官，累遷至南京禮、工二部侍郎。——［乾隆］《江南通志》卷一四一《人物志·宦績三·松江府》，載《中國省志彙編》，臺北：華文書局，一九六七年，第二三六六頁。

董傳策傳

董傳策，字原漢，綸曾孫也。九歲能屬文，嘉靖庚戌進士。是時嚴嵩父子怙寵不法，諸臣以直言觸忤抵死者數輩。傳策爲刑部主事，偕給事中吴時來、同官張公翀疏劾嵩六事，請斥之以謝天下。上怒，下詔獄，推鞫主使，榜掠慘酷，絶而復甦者再，會地震，得宥，謫戍南寧。時按粤者爲嵩私人，傳策短衣大帽，跪舟次，呼曰：「軍人董某見。」御史趣迎之，幾墮水。有宣尉某齎寶劍、玉幣求謁，止户外移日，叱却之。

隆慶初，復原官，尋擢南京禮、工二部侍郎。爲人清介而待族黨有恩，然性剛，繩下嚴急。臧獲懼不免，遂及于難。所著有《採薇》、《幽貞》等集，《景獻》、《奏疏》若干卷。弟晉，隆慶丁卯舉人。晉孫象恒，萬曆己未進士，官浙江巡撫、都御史，自有傳。——［乾隆］《上海縣志》卷一〇《人物·名臣》，載《上海府縣舊志叢書·上海縣卷》，上海：上海古籍出版社，二〇一五年，第一册，第七一八頁。

董傳策傳

董傳策，字原漢，上海人。居吴會，曾祖綸，父體仁，並以學行著稱。傳策九歲能屬文，嘉靖二十九年進士。時分宜父子怙寵不法，諸臣以觸忤抵死者數輩。傳策以刑部主事抗疏劾論，謂其墮邊防、鬻官爵、蠹國用、樹黨與、擾驛遞、壞人才六事，請斥之以謝天下。上怒，下詔獄，究主使。世蕃陰嗾典獄者搒掠，楚毒備至，再絶復甦，會地震，得宥，謫戍南寧。隆慶改元，遵遺詔召復故官，尋擢爲南京禮、工二部侍郎。然性剛，繩下過急，臧獲無賴者懼不免，難遂作。太師徐文貞爲志其墓，深悼惜之。孫象恒，自有傳。——［嘉慶］《松江府志》卷五三《古今人傳五》，載《中國地方志集成·上海府縣志輯》，上海：上海書店出版社，二〇一〇年，第二册，第二三六頁。

董傳策

董傳策，字原漢，號幼海。綸裔孫，父體仁，有學行。傳策九歲能屬文，嘉靖二十九年進士。時嚴嵩父子怙寵不法，諸臣以直言觸忤抵死者數輩。傳策爲刑部主事，偕給事中吴時來、同官張翀上疏劾嵩隳邊防、鬻官爵、蠹國用、黨罪人、擾驛傳、壞人材，凡六事，請斥之以謝天下。上怒，下詔獄，推問主使，榜掠慘酷，絶而復甦者再。會地震，得宥，謫戍南寧。時按粤者爲嵩私人，傳策短衣大帽，跪舟次，呼曰：「軍人董某見。」御史趣迎之，幾墮水。有宣尉某賫寶劒、玉幣求謁，止户外移日，叱却之。

穆宗立，召復故官，尋擢南京禮、工二部侍郎，遭劾免歸。傳策清介，待族黨有恩，然性剛，繩下過嚴。臧獲無賴者懼不免，一夕闖户寢，被戕，卒。所著見《采薇》、《幽貞》等集，《奏疏輯畧》若干卷。《明史》有傳。——［嘉慶］《上海縣志》卷一二《人物》，嘉庆十九年刊，第四一頁。

董傳策傳

董傳策，華亭人，嘉靖進士，除刑部主事。三十七年，疏嚴嵩稔惡悮國六罪，下獄，問主使，拷掠慘毒，再絶復甦。會地震，得宥，謫戍南寧。穆宗立，召復故官。隆慶中，累遷南京大理卿，進禮、工二部侍郎。——《大清一統志》卷八四《松江府三》，載《續修四庫全書》，上海：上海古籍出版社，二〇〇二年，第六一四册，第四〇一頁。

董傳策

董傳策，字原漢，號幼海。父體仁，有學行。傳策九歲能屬文，嘉靖二十九年進士，授刑部主事，偕同官張翀、給事中吴時來上疏劾時相嚴嵩隳邊防、鬻官爵、蠹國用、黨罪人、擾驛遞、壞人才，凡六事，請斥之以謝天下。世宗震怒，詔下獄，究主使，搒掠慘酷，絶而復甦者再。會地震，得釋，謫戍南寧。在戍時，從學者甚衆。土人結屋以居之，地無水，衆爲鑿井，築亭其上，人呼井爲董公井，亭爲董公亭云。

穆宗立，遵遺詔，召復故官，歷太僕卿，遷大理卿，擢南京禮、工二部侍郎，被劾歸。傳策性清介，御下過嚴。一夕，闔户寢，爲臧獲輩所戕，卒。所著見《藝文》，《明史》有傳。——［同治］《上海縣志》卷一八《人物一》，載《中國方志叢書》，臺北：成文出版社，一九七五年，第一四二六—一四二七頁。

董傳策傳

董傳策，字元漢，上海人。爲刑部主事，見吴時來上書劾嚴嵩父子，扼腕而歎曰：「可令吴君獨當此乎？」會同官張翀至，語合，即各具疏劾嵩。已而並下獄論戍。傳策戍南寧，間過橫，與時來游邕，橫人士多從者。後嵩敗，召還，官至南京禮部侍郎。——［清］汪森《粤西文載》卷六七《遷客》，載《景印文淵閣四庫全書》，臺北：臺灣商務印書館，一九八六年，第一四六七册，第一五七頁。

誥封通議大夫南京工部右侍郎海觀董公行狀

誥封通議大夫南京工部右侍郎董公，諱體仁，字公近，別號海觀，今少宗伯傳策考也。其先汴人，宋南渡，徙吴，家海上竹岡里。歷元迄國初，曰官一者，公始祖也。官一生仲莊，贅韓氏，以代婦翁某曰冤死，京師人多其義。生二子：長思賢，贅錢氏，因沿錢姓，今廷評志學其後也；次思忠，遺安公，寔大董氏。遺安公三子，長怡竹公，諱真，有隱行。怡竹公二子，其仲介軒公，諱綸，舉天順甲申進士，仕終南京河南道監察御史，有聲。生六子，其四守菴公，諱懌，素廉直持高節，薦經明行脩，謁吏部，不屈罷歸。尋舉弘治辛酉鄉試，仕歷磁、綿兩州守，所至持冰蘗，多惠政。嘗發分巡僉事某奸，因自劾致仕，已蒙恩進階奉直大夫，爲族黨所敬憚。於公，祖也。守菴公二子，長諱繼芳，邑庠生，有淳德，早卒，追號惜齋公，以孫少宗伯貴貤封三代，贈通議大夫、南京工部右侍郎。

配張氏，贈淑人，寔生公。而惜齋公之殁也，公纔十有四齡，綿州公撫之。時綿州既辭官，四壁蕭然，顧益持耿介，視族屬諸顯貴若饒於貲者，蔑無有也。而獨務教督公，以古人自期，所課藝日有程，不中程不休。公亦因是淬礪，籍譽諸生間。弱冠補郡庠弟子員，試有司，輒高等。郡守順德何公以國士遇之，時時手其文語人曰：「是清白吏子孫也，宜有亢。」然公益以禮自坊，非旅進不守謁，守愈益重公。未幾，張淑人殁。又未幾，綿州公及配馬宜人相繼殁。公哀毁踰禮，勉襄三喪，遘疾幾殆，歲餘乃起。羸然也而猶不廢强學，務成綿州公志，然乃屢蹶秋闈。又廩食學官久，當序貢，公再讓窮交兩生。他行誼淳古類是。先後督學使者，如臨川章公、古蘄馮公、衡水楊公，咸人倫之鑒，至輒下部符勸學，以德行旌公。丁未竟膺貢，己酉上春官，因就北畿試，已卒業南雍。而少宗伯是歲舉應天，明年庚戌成進士。越壬子，公又以南雍選首再試應天，不録，乃嘆曰：「吾業不後人而竟齎志，命也。」遂絶意進取。而少宗伯適自太常博乞告歸，公日與探究先賢問學、古名臣奇節善行及國家典章廢置所繇，而少宗伯因杜門不涉外事，父子間隱然精脩，有師資之義焉。及少宗伯再出，公誡之曰：「所貴學者，要以報國致大義，若宦路升沉，人情贊毁，俄頃事爾。」少宗伯仕刑部郎，因論時宰不法事，被逮，拷掠備至，詞氣不屈，尋讁戍廣西南寧衛。輿情嗛嗛，懼無以慰公。公聞，殊不爲愕，第曰：「兒素臞，得不死，報國尚有日也。」客有相訊者，引歐陽永叔「縱令得罪而死，不爲忘親」之語復之，聞者咸服。居有間，裹糧躡屩涉數千里視少宗伯戍所，心摇摇，初若弗怡。及至，見少宗伯無恙，甘貧讀書，蕭騷一室，則喜曰：「吾志也。不謂兒踔厲之節乃能順變處窮如是，能善養矣，吾復何憂？」遂別去。時粵人士尊事少宗伯學行，因亦尊事公如父師，扳轅留之，不忍釋云。

公歸數年，會奉世廟遺詔召諸言事臣還，少宗伯拜命。公益喜，曰：「非特兒獲忠褒，即予亦以遲齡幸及覩此。自今而往，余曩所云報國之日，於父子餘生，豈有愛乎？」以故少宗伯所至謇諤，正色立朝，雖歷險夷顯晦，不少渝也。蓋成公志云。穆廟初，少宗伯業自郎署歷卿寺，已乞南，由工部侍郎改今官。數年之間，會朝廷屢以大慶覃恩，公三膺封典。初封承德郎、刑部廣西司主事，已加封中憲大夫、太僕寺少卿，已又加今封。配宋氏，封淑人。而少宗伯因得推恩祖父母，贈如其封。蓋異數也。公方歉然，自視，有傴僂循墻之思。時仲子傳史亦已捷丁卯鄉試，季子傳文弱冠，試學宫高等。公輒誡之曰：「吾宗代有聞人，抑士所貴者，節行爾。大兒雖與世落落，然有古人志焉，吾爲汝曹願之。若榮名於世，駒隙爾。曾足爲此生軒輊哉？」公於見道之言貽爲義方者，每若此。故不惟少宗伯用以光昭駿業，爲世名卿。即二昆志行方競，翹然士林矣。公誠樂此以頤天年，而人亦以純嘏願公未艾也。今歲甲戌春偶疾作，考終正寢爲二月十有八日。先是，少宗伯以被誣待命還里，會仲弟會試禮部未還，乃率季弟傳文朝夕侍湯藥盡瘁。疾革，少宗伯籲天乞以身代，□□，哭踊不勝，幾絶，毁瘠之容，吊者不忍視，而嘆近世士大夫家稱居喪有禮若此者，可以訓已。

公至性純一，質行恂恂，尤篤於族黨婣舊，嘗罄産代償叔逋，免其力役，贍養以終其年。嫁一姊一妹，及若從昆弟遺孤、外家嫠寡之無依者，調護之尤厚。其諸窮悴故人待公而賑，如里俗所傳及諗於其族黨者，可歷而指也。公耻鄉俗浮靡，雅崇儉素，如爲諸生時，居不華屋，食不重味，坐無雜賓，家無黠僕，持門户尤飭，動禀紀法而行。族子弟有過，面數之不少假，必改乃已。尤不喜徵逐，出御巾車。大吏之入境及郡邑大夫禮其門者，不廢歲時謁謝而已。諸凡户外事稍涉非義，遠

□負塗，絕弗通謁。縱屬切己，務宜直者。寧以理遣，不屑濡迹公庭也。蓋公雖翛然古貌，與物溫恭，而耿介中嚴，雅不同俗。即少宗伯大節廪然，一成於性，而樂與人善，意獨肫肫若與公均劑而相成然者，蓋盛德懿範所從來也。少宗伯在禮部，端己率物，官舍蕭然，乃有市黠□□之感。少宗伯憤發於義，爲名節閑而事謬本始，且浼及公。一時縉紳大夫、鄉黨士庶咸抗言明之，而公弗爲動，第貽書少宗伯曰：「兒此舉所發不差，古人所謂當怒而怒，非激也。」又曰：「以汝平時自信不阿，寧免今日？然不教汝易方爲圓，士誠各有重也。」嗟夫！繇斯兩言，公之志已足較然暴於天下矣。卒之心迹久而益明，所司上白，其狀甚辯，竟奉俞旨，公無所點，而於少宗伯大臣之體，若鼎吕之無失重焉。吾於公始終奚憾哉？公嘗設教，諸所授經出其門者，彬彬然質有其文。公殁，咸識之不倦。其諸識與不識，誦義無間言，又可以觀人心之公矣。

公配宋氏，即淑人，故大參楞菴弟，處士先生女也。子男三：長即少宗伯傳策，娶李氏，累封淑人，先名臣憲使李公冢孫，洞溪先生女；次即鄉進士傳史，娶胡氏，庠生胡君女；次即傳文，郡庠生，娶李氏，憲副公從子、國子生某女。女二：長適庠生俞咨皐，憲副俞公從弟；次適國子生何一鵬。傳策、傳史俱宋淑人出，傳文側室王出。孫男九人：傳策出者，一曰高明，疹殤，一尚幼；女一，適庠生李自約，國子司業李君從弟。傳史出者，男二，一曰玉樹，聘陸氏，禮部尚書陸公從子、國子生陸君某女，一尚幼；女二，一受僉憲盛君男應科聘，一尚幼。傳文出者，男一女一，俱幼。公生正德丁卯十二月初三日，比卒，享年六十有八云。少宗伯卜以是歲甲戌某月日葬公之原，手録公行實，率二弟詣如忠，俾狀之。如忠憶爲諸生，嘗從公研席遊時，同遊者凡一數輩，公於齒長而行業亦褎然，儕類中咸其推轂，余藉切劘爲多，而因獲覩守菴公偎然偉丈人也。業老矣，猶手著時義日千言爲公範，而持論侃侃，聞者爲之斂袵。當是時，望屬公異甚，即少宗伯亦日有聞矣。余因以卜董氏世澤淵源，宜有大競，爲俗化勸。而果及覩少宗伯之亮節掀揭，出九死一生，以匡國是，令海内仰其聲光。於上承公志，視世之廑廑然以箕裘之嗣稱孝云者，大逕庭矣。而天之生公，又豈特爲董氏昌裔之錫已哉？故云。——〔明〕莫如忠《崇蘭館集》卷二〇《行狀》，載《明别集叢刊》第二輯，合肥：黄山書社，二〇一六年，第八二册，第四二九—四三三頁。

封通議大夫工部右侍郎海觀董公墓誌銘

萬曆二年甲戌某月日，封工部右侍郎董公卒，越明年，將葬，膺卹典于朝矣。其冢嗣少宗伯率二弟奉莫方伯狀，苴杖詣予請曰：「先君已矣，惟所託信傳之撰，以不朽先君者，圖之執事。」予謝不敏，辭不獲，受狀，誌曰：

董公諱某，字公近，别號海觀。其先汴人，從宋南渡，徙家上海竹岡里。國初諱官一者，生仲莊。仲莊子二：長思賢，贅錢，從其姓，今廷評志學其後也；次思忠，爲遺安公，寔大董氏。遺安再傳而爲御史公綸。御史子六人，其四守菴公懌，起鄉薦，歷守磁、綿兩州，廉直，發監司某吏奸，自劾去，已進階奉直大夫。綿州子繼芳，號惜齋，以孫少宗伯貴，贈如其官。配贈淑人張氏，是生董公。董公年十四而孤，綿州公以廉宦歸，家益落。諸董方貴盛，綿州公守四壁，視漠如也，獨時時撫董公曰：「吾後當有興者。」及董公知學程，督之，不中程不休也。董公用是淬勵，學成，補郡弟子員。譽籍，起試有司，輒高等，郡守順德何公手其文賞之曰：「廉白吏待子食報乎？」數推轂董公，董公故自重，非公事不守謁，守愈賢董公。前後督學使者校藝，率先董公，至推擇諸生中行誼，則又莫先董公也。以其學教授生徒，諸游董公門者，咸循循有矩矱。是時董公□□□生久次矣，固以貢讓其窮交者兩生。歲丁酉，始貢上春官，就北畿。試已，游南太學，則又就南畿試。凡再試再不第，乃喟然曰：「已矣，命矣！」自是不復就試事矣。

少宗伯業已舉進士，官太常博士，請告歸，侍董公家居也。董公爲稱説古今名臣節士，訓勵之曰：「仕先報國，致大義，即世路升沉，瞬息耳。」少宗伯入朝，改官刑部，即上書論時宰不法事，逮治備楚掠，竟論戍廣西南寧。報聞，董公曰：「兒志也，臞而全，其幸乎？設不幸死者，非忘親也。」少宗伯之戍所也，董公念之甚，馳數千里視之，至則宗伯君讀書一室，自如也，曰：「順變處窮，兒能是，吾無憂矣。」趣歸，歸數年而穆皇帝登極，奉遺詔録諸言事者，召還少宗伯，業自郎署晉卿寺。少宗伯再出，益勵風操於世，好齟齬，因請南，逡巡未上，董公趣之曰：「兒起荒戍，褎然子大夫列，即自度如報何？」少宗伯爲就列，無何，由工部改今官。會大慶覃恩，貤封再世。董公至是，凡三膺錫典。仲舉于鄉，季翩翩起文學，貴盛孰與諸董？董公故自約飭，呼戒其二子曰：「士顧立節何如，即徼靈先世，榮一第，寧而兄諤諤不我重耶？否者何以稱家世儒者也？且孰令董氏有此今日者，其綿州公乎？汝曹惟毋隳先世，吾願也。」少宗伯在官嚴潔，問遺無所至前。董公家居，持門户肅如，尤慎干謁，即監司使者、郡邑大夫造請董公，董公爲一報謝而已。雖其質貌淳厚，而性方嚴，以宗伯君之剛介而樂善，又未嘗不肫肫也。其得於相成若此！少宗伯在禮部，會里人以私請猝嘗之者，詫斥去，屬其人于巡徼。言者謬事，始詞連董公，一時朝士不平者曰：「世忌太潔，其謂是乎？」董公不爲動也，徐曰：「事求無媿耳，奚庸辨？雖然，我不能誨子刓方爲員，宜及也。」久之，所司議上，狀事竟白。是時董公已卒，循其言，可謂不媿生死矣。

董公性淳至，其事綿州公馬宜人母張淑人，孝謹先後，襄三喪，致哀如禮。遇宗黨族媚厚，嘗捐産代償兄逋，養之終身，資嫁其姊妹二人，其他族屬疎窶孤嫠無依者，□護之始終。少宗伯既貴，節其俸入買田若干，供祀事，推其餘族人，間以周貧交。居家儉約，自居室、服御、供具、僮僕，諸靡麗誇炫里俗者，一不屑意，坦懷率直以誠，長者待人，見者意得。至其面規人過，遇族姓子弟不檢者，正言戒切之，見以爲嚴憚，然主於樂成人善，則未嘗不心德之也。卒之日，無問識不識，無不流涕。諸學官弟子稱董公質行應祀法，宜俎豆學宫，知言哉！

董公娶宋氏，封淑人，大參樗菴弟，處士之女。子男三：長少宗伯傳策，娶李氏，累封淑人；次鄉進士傳史，娶胡氏，皆未出。次傳文，郡庠生，娶李，側室王出女二，庠生俞咨臯、國子生何一鵬，其壻也。孫男女幾人，嫁聘皆士族。公生正德丁卯十二月某日，比其卒，享年六十有八，卜以歲乙亥某月日葬某原。

嗟乎！自予交董公，及見緜州公質諒淳直，有古節士風。至董公，恂恂謹厚，篤行儒君子也。而少宗伯又嶽嶽勵風節。論者謂董氏三世，若相劑而成。乃予觀緜州以下僚發大吏奸，不難於去職。董公自爲諸生，慷慨義讓，至其處逆順泰約之際，順正不渝，寧徒淳質謹厚者能之乎？少宗伯之以直節著當世也，有本哉！有本哉！銘曰：

董裔大梁，源遠流長。有開自先，世德發祥。載其廉吏，矢心直方。有膏其屯，貽厥聞孫。降佑自天，握瑾涵醇。儒效未臻，燕其嗣人。侃侃宗伯，邦之司直。上書叩閽，曰秉忠赤。以匡王國，皇有嘉命。旌直顯忠，及爾式穀。以錫榮封，令德令聞。福禄考終，三岡之陽。高原崷崷，玄宫奕奕。過者必式，孰不有子。維孝與忠，史作銘詞。昭示無窮。——［明］陸樹聲《陸文定公集》卷六《誌銘》，載《明別集叢刊》第二輯，合肥：黄山書社，二〇一六年，第八八册，第三三二—三三五頁。

封通議大夫南京刑部右侍郎海觀董公神道碑銘

封南京刑部侍郎海觀董公，其先汴人，宋南渡，徙吴，家上海之竹岡里。國初，有諱官一者，實始亢其宗。四傳至介軒公某，舉天順甲申進士，仕爲南京河南道監察御史。又傳至守菴公某，領弘治辛酉應天鄉薦，知磁、綿兩州，嘗發其分巡僉事姦贓，凛然著風節，族望益大顯。

公諱某，字某，別號海觀，綿州孫也。生十四年，喪其父惜齋公某，獨奉母張以居。而綿州歷官廉，無産業遺諸孫可藉爲養。公能自竭力具薪水，又不以貧廢學，弱冠入郡庠，有文章名。郡守順德何侯遇公國士，每手其文嘆曰：「清白吏子孫當興也。」然公雅自重，非旅謁未嘗詣郡。母張及綿州夫婦繼没，公治喪哀，以勞，遂遘疾。歲餘，乃能起。後屢試應天不售，以廩食久，當序貢，再讓其窮交兩生，郡人翕然稱曰孝義。先後督學御史咸以文行旌公，羔幣接迹於其閭。及既貢，予時承乏春官，讀公文奇之，留試順天，又不售。改業南雍，祭酒置其文高等。試應天，復不售。而伯子今宗伯君已先一歲成進士，公遂絶意仕進，數語宗伯曰：「夫學要以報國致大義，若宦路升沉，人情贊毁，俄頃事耳。」

嘉靖戊午，宗伯以刑部郎上疏論時宰不法，時宰欲置之死，逮下詔獄，拷掠備至。宗伯素羸，絶而復甦者再，乃其詞氣終不少屈。世宗皇帝聞而壯之，謫戍南寧。報者及門，公仰天稽首曰：

「兒幸不死，報國有日矣。」客或咎宗伯，以爲出位危親，公應曰：「國家不設丞相諫官，朝政有闕，諸曹皆得言之。兒非欲釣奇名也。昔歐陽永叔云：『縱令得罪而死，不爲忘親。』況今不死耶？」聽者愧服。間裹糧躡屩視宗伯粤中，見宗伯方讀書，室蕭然無所有，撫之曰：「吾志也。」

莊皇帝即位，奉遺詔還諸斥逐之臣，首召宗伯爲吏部主事，尋歷卿寺，遷貳南虞。今皇帝大慶覃恩，公自封太僕少卿，晉封南京工部右侍郎，惜齋公亦贈如其官，配及母張贈封皆淑人。既而宗伯改貳南刑，又改南禮，感上恩而奉公教，益以廉直自持。飭典禮，謝私謁，約束諸士人，使毋以蕩敗德。胥吏有怠恣者，雖小必繩以法。由是望益高，而謗亦遂作。會鄉人使其奴以私嘗宗伯，宗伯怒杖而繫諸獄。奴知宗伯皦然不可得汙，更以受金誣公，言者不及察，以聞，詔解宗伯官，候勘于家。公始聞宗伯繫奴，貽之書曰：「兒所發不差。古人所謂當怒而怒，非激也。」已聞宗伯歸，則笑謂之曰：「汝自信不汙，寧免今日？然吾不教汝易方爲員者，士誠各有所重耳。」于是時，公父子以名節相慰悦，而公謗亦尋白。詔復宗伯官，公則以萬曆甲戌二月十八日未及聞而卒。

嗚呼！惜哉！公素篤倫仗義，嘗捐田代償其叔某之逋，又代其叔役鳳陽，又鬻室以代其兄某償所負。嫁姊若妹各一人，育其子如子。旁及姻故，待以舉火者若干人。宗伯既貴，悉以俸入奉公。公置義田三百畝，歲收其租供祀事，而散其餘於族之孤嫠。仁厚懇惻，必欲人得其所。然其弟姪或爲市人所扇誘，必面斥責，告于先祠杖之。有以私干者，輒正色以拒。宗伯在大理時，客欲得公書出富人於獄；在工部時，姻家乞書市木於蕪湖，皆謝不與。故公於德稱長者，於自守稱獨行、稱端人。門以外寂然，與未貴時等。宗伯之輕生死富貴，雖宗伯之賢，亦其所得於觀法者深也。

配宋淑人，生子男二：長即宗伯，名傳策；其次傳史，舉應天丁卯鄉試。女二：長適庠生俞咨臯，次適國子生何一鵬。側室王生子男一：傳文，郡庠生。孫男女九，出宗伯者子一，尚幼；女一，適庠生李自約。出傳史者男三：長曰玉樹，次幼。女二：長受盛吏部子應科聘，次亦幼。出傳文者二男一女，俱幼。公生正德丁卯十二月十二日，享年六十八。卒之明年，宗伯以卹典請，詔賜祭壇，命有司治塋城，遂以某月某日葬某原。

予獲交父子，間以道義相磨切，故諸宗伯請，而按中江莫公狀銘其神道之碑，不敢以不文辭。銘曰：

允懿董公，博學多識。停蓄浸涵，以成其德。耳稱譏其若無，履屯亨而如一。蓋其中也廣博淵深，故能不以外至者有所損益。吁嗟乎！斯之謂觀於海而有得。——［明］徐階《世經堂續集》卷七《碑銘》，載《明别集叢刊》第二輯，合肥：黄山書社，二〇一六年，第四四册，第五〇—五二頁。

許案：此神道碑亦收於《董氏族譜》，然内容改易删削較多，今附録於下，俾參照焉。

海觀公神道碑

封南京工部侍郎海觀董公，其先汴人。國初有諱官一者，實始亢其宗。四傳至介軒公綸，成天順甲申進士，官河南道監察御史。又傳至守庵公懌，領弘治辛酉應天鄉薦，知磁、綿兩州，嘗發其分巡某姦贓，凛然著風節，族望益大彰顯。

公諱體仁，字公近，别號海觀，綿州孫也。生十四年，喪其父惜齋公繼芳，獨奉母張以居。而綿州歷官廉，無産業遺諸孫。公能自竭力具薪水，又不以貧廢學，弱冠入郡庠，有文章名。母張及綿州公夫婦繼歿，公治喪勞以哀，遂遘疾。歲餘，乃克起。後屢試應天不售，以廩食久，當序貢，再讓其窮交兩生。先後督學御史咸以文行旌公，羔幣接迹于其門。及既貢，予時承乏春官，讀公文奇之，留試順天，又不售。改業南雍，祭酒置其文高等。試應天，復不售。而伯子今宗伯公已先一歲成進士，公遂絶意仕進。數語宗伯曰：「夫學要以報國致大義，若宦路升沉，人情贊毁，俄頃事耳。」

嘉靖戊午，宗伯公以刑部郎官上疏論時宰不法，時宰欲置之死，逮下詔獄，拷掠備慘。宗伯素羸，絶而復甦者再，乃其詞氣終不少屈。世宗皇帝聞而壯之，謫戍南寧。報者及門，公仰天稽首曰：「兒幸不死，報國有日矣。」客或咎宗伯公以出位危親，公應曰：「國家不止設丞相諫官，朝政有闕，諸曹皆得言之。兒非欲釣奇名也。」間裏糧蹻屩視宗伯粤中，見宗伯讀書樂道，室蕭然無所有，撫之曰：「吾志也。」

莊皇帝即位，奉遺詔還諸斥逐之臣，首召宗伯爲吏部主事，尋歷卿寺，且大用矣。而宗伯公以念公乞南，久之轉貳南虞。

今皇帝大慶覃恩，公自封太僕少卿，晉封南京工部侍郎，惜齋公亦贈如其官。配宋及母張贈封皆淑人。既而宗伯改貳南禮，感上恩而奉公教，益以廉直自持。飭典禮、謝私謁，約束諸士人，使毋以蕩敗德。胥吏有惑肆者，必繩以法。繇是望益高，而謗亦遂作。會鄉人使其奴以私嘗宗伯，宗伯怒杖而繫諸獄。已知宗伯公皦然不可得汙，更易詞誣。公冀自解，言者不及察，以聞。詔解宗伯官，候勘于家。公始聞宗伯繫奴，貽之書曰：「兒所發不差。古人所謂當怒而怒，非激也。」已聞宗伯歸，則笑謂之曰：「汝自信不阿，寧免今日？然吾不教汝易方爲員者，士誠各有所重耳。」于是時公父子以名節相慰悦，而公謗尋白。詔復宗伯官，公則以萬曆甲戌二月十八日未及聞而卒。

嗚呼！惜哉！公素篤倫仗義，嘗捐田代償其叔繼英之逋，又代其叔役鳳陽，又鬻居以代其兄希大償所負。嫁娣妹各一人，育其子如子。旁及姻故，待以舉火者甚衆。宗伯既貴，悉以俸入奉公。公置義田二百餘畝，歲收其租供祀事，而以其餘與族之孤嫠。仁厚懇惻，必欲人得其所。然其族子弟或爲市人所扇誘，必面斥，告于先祠杖之。有以私干者，輒正色以拒。宗伯公在大理時，客欲得公書出富人于獄；在工部時，姻家乞書市木于蕪湖，皆謝不與。故公于德稱長者，于自守稱獨行，稱端人。門以外寂然，與未貴時等。宗伯之輕生死富貴，雖宗伯之賢，亦其得于觀法者深也。

配宋淑人，生子男二：長即宗伯公，名傳策，嘉靖庚戌進士；次傳史，舉應天丁卯鄉薦。側室王生子男一，傳文，郡庠生。孫男五，出宗伯者子一，尚幼；出孝廉者子三，長曰玉樹，餘幼；出傳文者一，幼。公生正德丁卯十二月三日，享年六十八。卒之明年，宗伯以卹典請誥，賜祭一壇，命有司治塋域，遂以冬十一月二十日葬公于望海塘。

予倖獲交公父子，時以道義相磨切，故按中江莫方伯狀，銘其神道之碑，不敢以不文辭。銘曰：允懿董公，博學多識。停蓄浸涵，以成其德。耳稱譏而若無，履屯亨而如一。蓋其中也廣博淵深，故能不以外至者有所損益。吁嗟乎！斯之謂觀于海而有得。

柱國、少師、致仕郡人徐階撰。——［松江］《董氏族譜》卷七《碑銘》，載《上海圖書館藏珍稀家譜叢刊》第一輯，上海：上海科學技術文獻出版社，二〇一六年，第六九七—七〇五頁。

董配宋淑人王孺人合傳

宋淑人者，故封侍郎海觀董公之配也；王孺人，則公之側室也。淑人之殁有年矣，且葬而銘之矣。何以傳也？其少子傳文原道跪而請曰：「我母淑人之有隱行而未彰也。」不佞曰：「是史氏之責也。」原道曰：「吾子而傳之亦史也。」「孺人之葬亦有年矣，而何以傳也？又何以合淑人而傳之也？」曰：「我淑人之逮我母而恩我，孺人之承我嫡母而毖也，世所罕也，故欲並傳之也。並傳之以並存于天壤間也，以識不忘也，亦以風世也。」淑人之奉舅姑則孝矣，其事夫子則莊矣，其治門以内外上下則雍睦矣，其好施予賑窮賙貧則傾橐矣。其慈和以馭庶以及庶之子也，人亦類能言之，然未有如原道身之而口之深切著明者也。蓋是時淑人生宗伯既第，孝廉既壯，而原道最後育也。育之自王孺人也。宗之人曰：「是有子而第而壯者，王氏之子，其弗子乎？」而淑人呼孺人而慰之曰：「吾子子而子子鈞也。」且以語封公曰：「大兒官，小兒成人矣。而我今日所抱弄者，此呱呱耳。」方其牽裾遶膝時，寒燠必調之，出入必顧復之，果實蔬茹一味之甘可剖而分者必推以予之。而其與王孺人處，則忻忻于于，無少遽色，亦無纖微間言也。而遂乃漸授之家政，第總其大者以提衡其間。凡米鹽絲枲鐍鑰出納之任，一切畀焉，而孺人亦精心爲之毋誤。及原道稍長勝讀，則淑人使就外傅，入則置之膝，口授書。與孺人嘗共事，丙夜中篝燈熒熒，機杼聲與伊吾聲相續也。蓋淑人之視孺人，非媵而妹矣；孺人之視淑人，非嫡而姊矣。淑人視原道，忘其非己出；孺人忘原道爲己出，而原道亦忘其所自出矣。原道長而能文，淑人撫之曰：「是兒第五，何必減驃騎也？」原道補郡文學，試輒先其曹耦，廩于官，嘗應舉就道白下。時宗伯方鼎貴，而孝廉已舉于鄉，則又撫之曰：「兒幸而捷，且爲河東鳳、燕山桂矣。盍勉旃？」其愛原道而望之成立多此類，未易縷指數也。

先是，宗伯以忠諫杖于庭，淑人哭之幾絶。宗伯戍南寧，淑人悲其遠道數千里外，亦哭之幾絶。封公死，淑人哭之又幾絶。而孺人以身持掖之，復朝暮寬解之不遺餘力。乃淑人則以哭喪明盲矣，孺人委心悉意，所以曲事之者百方。即少疾苦，未嘗不廢箸廢寢、曲踼其髮而供湯藥、理牀褥也。而原道之侍淑人，愈益夔夔孝謹，亦嘗竟日夕不釋衣，戀戀猶作嬰兒慕。已而令原道徙別居，即以孺人屬之就養，孺人徘徊不忍去，曰：「夫人以我非人耶？夫人所殉者主君及三丈夫子，我所殉者夫人耳。主君亡而二子又各居外，我向與夫人形影相弔，今不與俱而誰之也？」原道時偕孝廉堂下問起居，則報無念。進之鮮醲甘毳，則曰：「我長齋事佛，亡所用汝篚矣。」當宗伯難作，孝廉治諸黠奴之不法者，時有一二宵人爲之交搆，計以魚肉幼孤。而原道以坦衷熱腸，共禦外侮。自微淑人覆之翼之，幾中于禍。迄今原道語及，淚交于頤，嗚咽不能竟也。淑人故有二子二女，併原道而五，皆極憐愛之。自哭宗伯哀而曰：「人五官而失其一，其何能身？」繇是病劇，逡巡以至不起。而孺人佐之，哭亦哀，亦病劇。先淑人不起，語云：「室有嫡有庶，子無嫡無庶，而兩母兩忘之，即死生以之也。」此其賢何如？世之所謂嫠者，遡淑人之爲婦，以迨爲母，拮据而操家者，幾六十年。而孺人相之，操家者亦幾四十年。歷六十年而婦道母道如一日，歷四十年而庶道亦如一日也。雖處貴富之家，時值艱危之會，而兩母左挈右提，間關百折不少失，以全董氏一抔土、六尺孤，可不爲難哉！

君子曰：「世之蓼有如此數輩者，足使俗化而《樛木》、《小星》矣。」于是何子三畏退而作《宋淑人王孺人合傳》，而書之以貽原道。原道，不佞中表弟也。原道孝行純篤，其言兩母事甚詳。而不佞以原道胏腑親，知兩母亦甚悉。藉令史氏握如椽而傳之，當作信史，而不佞則何足云。

贊曰：世有士行女行，而士女有顯行隱行。不佞所爲董氏表揚者，女行也，亦隱行也。以原道養志之誠，即不逮無害，何至遑遑悲慕，若風木興哀也乎？其欲以兩母閨壼之懿借片言之黻衮以垂將來意，則拳拳足嘉尚矣。夫母以子貴，亦以子賢。宋淑人以宗伯顯榮，以孝廉文學終老；而王孺人以文學不失其令名。此于天亦有餘厚者，固皆隱行之報哉！聞之公侯之後必復其始，復之者是在原道也夫！——何三畏《新刻漱六齋全集》卷二四《傳》，載《明别集叢刊》第四輯，合肥：黄山書社，二〇一六年，第三九册，第四四〇—四四二頁。

附録三：其他傳記資料

刑部廣西清吏司主事董傳策并妻勅命

勅曰：朕聞明罰勅法，先王慎之。國家稽古建官，於司寇之屬，必掄俊乂充焉。誠欲詰姦糾暴，以成軌衆齊物之化也。爾刑部廣西清吏司主事董傳策，蚤明經術，奮自賢科，筮試奉常，擢於比署，而能訖於威富，抗疏權奸。雖擯落播遷，志節逾定，可謂守法不撓，古之遺直已。朕仰遵先帝遺詔，復畀今官。兹以覃恩，特授爾階承德郎，錫之勅命。夫政在圖新，人惟求舊，以爾熟於繇更，既遷秩矣。尚永肩一心，懋修遠業，以副簡召至意焉，欽哉！

勅曰：人臣之立朝正直，氣節偉然，固其所自靖也，蓋亦有内助焉。恩非並命，何以示勸哉？爾刑部廣西清吏司主事董傳策妻李氏，本以女士，嬪於哲人，克相夫君，歘於秋省。雖中經險阻，順正不違，賢足徵已。兹以登極覃恩，特封爾爲安人。肇承象服之華，益篤雞鳴之儆。

隆慶元年十月初一日。——［松江］《董氏族譜》卷五《制詞》，載《上海圖書館藏珍稀家譜叢刊》第一輯，上海：上海科學技術文獻出版社，二〇一六年，第四七三—四七六頁。

提督京營太僕寺少卿董傳策并妻誥命

制曰：朕樹元嗣，祇承宗祧，涣錫恩綸，覃敷庶采。矧居列棘之貳，而宣奉車之勞。簡寄既崇，褒嘉可後。爾提督京營太僕寺少卿董傳策，性懷忠慤，學詣精純，方執憲於比曹，乃抗疏乎權貴。而遂罹謫戍，益勵操持。朕奉遺詔以賜環，俾屬天曹而秉鑑。迨擢贊夫騆政，則愈暢乎官評。克懷數馬之誠，每上籌邊之略。兹特進爾階中憲大夫，錫之誥命。夫險夷同致，既矢志而不渝；終始畢忠，宜隨職而自效。尚益圖國是，仰贊廟謨，以無負先帝求舊之恩，用光朕維新之政。

制曰：士大夫匪躬以狥國，必賢婦人無遂以維家。而後得終其黽勉之謀，堅其窮困之節。爰加褒命，以表淑儀。爾提督京營太僕寺少卿董傳策妻，封安人李氏，動協女圖，式遵内則，佐其夫以續學而從政，至於今能交儆而相成。睠兹儷德之賢，宜有並榮之典。兹加封爾爲恭人，被綸恩以無斁，服壼職而有處。

隆慶二年四月初五日。——［松江］《董氏族譜》卷五《制詞》，載《上海圖書館藏珍稀家譜叢刊》第一輯，上海：上海科學技術文獻出版社，二〇一六年，第四八一—四八四頁。

南京工部右侍郎董傳策并妻誥命

制曰：朕纂承皇序，尊奉慈闈，萃萬國之懽心，成一代之鉅典。惟予有位，咸共休嘉，即在留都，豈忘褒賚？爾南京工部右侍郎董傳策，亮節清脩，通材朗識。往自獨抒忠鯁，歷涉艱危，聲華久著於先朝，位望薦隆於南省。粵從廷尉，晉貳司空，蓋倚爲庶采之瞻，匪勞以百工之事。爾兹在列，朕適覃恩，是用授爾階通議大夫，錫之誥命。於戲！《清廟》明堂之任，方資上材；《羔羊》素絲之風，必先南國。益懋乃績，以副朕懷。欽哉！

制曰：夫貴於朝，婦尊於室，凡有慶賚，必舉彝章，是酬克相之勞，以示咸休之義。爾南京工部右侍郎董傳策妻恭人李氏，毓德名家，匹休良士。共履危難，以致芬華，無交適之詞，有相成之益。俾從慶典，薦被榮光。兹加封爾爲淑人，式副翬儀，永昌燕譽。

萬曆元年正月初九日。——[松江]《董氏族譜》卷五《制詞》，載《上海圖書館藏珍稀家譜叢刊》第一輯，上海：上海科學技術文獻出版社，二〇一六年，第四九三—四九六頁。

董傳策

董幼海傳策，爲思翁之姪，與余家有葭莩戚。爲御史時，以建言廷杖事載《明史》。分宜敗，起少宰，後復歸里。明季縉紳多横，董氏尤甚。幼海偶飯於某氏，食火肉而甘之，主曰：「此購之沈行者。」侍僕知之，歸告主膳妾。妾思媚郎主，即遣人之沈行購之以供饍。幼海味之曰：「何乃似沈行産。」妾應曰：「然。」飯罷即趨外舍，呼其童至，怒曰：「我在外間事，何敢漏言！且以僕隸而與閨中傳語，尤不可長！」另囑一僕看守，須訊實治之。妾聞之，且懼且憤，遂乘間自縊。其僕知，益恐，謂守者曰：「某姨已死，我罪更重，自問無全理。汝以不覺失囚，諒無死法，生平積累數百金悉以奉汝，幸縱我。」守者以言甘幣重，允之。幼海索之不獲，先斃守者，窮追逃者，亦斃之。嗣是婢僕人人自危，均懷逆志。董微覺之，聚衆而諭之曰：「余性急多暴，事過輒悔之。明日當祀武安王於神前，出矢言，不責一人矣。」祀甫畢，以小忤意，執一役重撻之。衆乃合謀曰：「禍孔急，需事之下也！」即於是夜飾爲盜裝，攻入寢室，小婢爲之導，侍寢姬啓扉納之，一輿人以斧斫其首，殪。少頃復甦，謂其妾曰：「吾傷至重，速邀沈某治之，或尚可圖。」婢即奔告諸奴曰：「速來，已能語矣。」復入，一廚役手槍刺其胸，刃出於背，乃絶。翌日，松守捕諸凶，訊別首從，廚役力辯曰：「囚賤役，主人頭上安敢加及！」惟胸上一傷，則無可辯也。丁亥春，見武林鬪漕案，囚供所擊非官，但碎一紅頂耳。愚民之愚，可恨可憐可笑。——〔清〕許仲元《三異筆談》卷四，載《筆記小説大觀》，揚州：廣陵古籍刻印社，一九八三年，第二〇册，第四六九—四七〇頁。

公名岱，字伯宗，京山人。嘉靖庚戌進士，歷刑部郎中。喜衣敝垢，同舍郎多誚之。會主事董傳策、張翀，給事中吴時來，疏大學士嚴氏父子不法狀，詔逮繫司寇獄，將寘重典。岱請大司寇鄭曉輕之，獄上，戍邊，岱復爲資裝，微服送之出郊門。嚴父子聞而銜之，莫可爲地。——〔明〕王兆雲《皇明詞林人物考》卷七「高伯宗」條，載《明代傳紀叢刊》，臺北：明文書局，一九九一年，第一七册，第二〇五頁。

而董傳策之論嵩，謂：「吏、兵二部選官，持簿任嵩填發，道路喧傳，吏選郎萬寀爲『文管家』，武選職方祁祥爲『武官家』，嚴氏有兩管家，而陛下無人矣。宜斥罷，快人心。」帝怒，各逮繫，擬大辟。兵部尚書鄭曉執不可，降旨廷杖，謫戍嶺南。——〔清〕查繼佐《明書（罪惟録）》卷一三中《諫議諸臣列傳中》，濟南：齊魯書社，二〇一四年，第二二四八—二二四九頁。

刑科給事中吴時來，刑部主事張翀、董傳策，交章論劾大學士嚴嵩納賄誤國，杖。時來疏曰：「近者皇上赫然震怒，逮治誤事邊臣，遠邇聞之，無不忻躍。臣謂邊臣克剥軍餉以餽執政，罪也。若執政受其餽而與之合黨欺君，獨得無罪乎？嵩輔已二十年，文武進退悉出其手。又私令其子世蕃入直，爲之票擬章奏，納賂招權。九邊臣苴橐入，入世蕃後達嵩所。遠則趙文華、王汝孝、張經、蔡克廉，近則楊順、吴嘉會，皆剥民膏以市私交，虚官帑以實奸竇。明主在上，已洞見一二，而言官如給事中袁洪愈、張燈，御史萬民英一屢及之矣〔一〕。顧多旁指微諷，無直攻嵩父子者。臣竊以爲今邊事之不振，由於軍困，軍困由于官邪，官邪由于謀國之無人，所謂去惡務本、塞水從源，何暇治穿窬之盜、攻標末之疾乎？」翀疏曰：「臣竊觀國家有三大政，皆嚴嵩父子壞之。督撫將帥□進不擇其才，行賞不論其功，修邊築堡不覈其實，但金多而賂厚者，或指敗爲功，或以入爲遁，而國家備邊之政壞矣。户部錢糧以十分計之，四分輸邊，六分餽嵩父子及其家奴永年，即永年之富已至數十萬。此皆各省水陸之所供，貧軍衣糈之所賴，日攫月攘，安得不窮？而國家理財之政壞矣。嵩既以虎狼之威得世蕃爲爪距，取朝廷名器爲己騙局，故一時無恥之徒如蠅集腐，如蛆嘬穢，有以三千、五千調美官者，有以七百、八百得與選者，公行白日，乞哀昏夜，遂至靡然成風，如喪心病狂。而祖宗二百年來所培養忠臣節士之氣，又至嵩父子壞盡矣。欺天欺君，神怨人怨，天下之

〔一〕 一，《明史·吴時來傳》作「亦」。

士雖復有懷忠憤激深圖社稷之憂者，而外則窘于才辯之不及，內則怵于機械之中傷。自非九重英斷，早除此二蠹，則雖有韓、白杖鉞，桑、孔持籌，亦不能爲也。」傳策疏曰：「臣竊庸陛下發帑金以濟邊而邊餉日虛，設科目以養士而士氣日靡。夫天地生物，止有此數，不在官則在民〔一〕。今上不在官，下不在民，臣不知安所在乎？陛下試檢之嚴嵩家，當有富于內藏者。吏、兵二部選官，至持簿入嵩之門，任其填發〔二〕。故俗呼文選郎中萬采爲文管家，職方郎中方祥爲武管家，言其爲之掌則服役，不異奴隸也。採木侍郎劉伯躍、提督尚書趙文華所侵盜官銀以鉅萬萬，皆航浮卒挽，歲時侵潤，天下藩臬諸司相與則而效之，驛地爲之騷動，公私爲之耗竭，以致主憂于上，民怨于下。而嵩方洋洋坐政府，自謂得計，回視要地，皆彼心腹，莫敢出一語。即有能自振拔者，亦不得不隨風而靡，有君無臣，誠可惋惜。陛下何愛一嵩父子，不快天下之憤，增三軍之氣乎？」時大學士徐階雅不與嵩同道，嵩意忌之。來與翀皆階門生也，傳策松江人，與階同鄉，而時來又先任松江推官。疏上，嵩乃大疑階密奏，三臣同日搆陷，必有人使之。且時來已遣使琉球，疑其海行，欲藉口自脫。得旨：「邊臣不忠，欺君禍國，已處治之。時來原非真忠爲主，本懷讒怨朕躬事玄怠政。故先言一二遠臣，次及輔首，此必有主使同計者。又日久奉使不行，輒以亡命自待，假此沽名。錦衣衛其逮送鎮撫司，嚴刑訊鞫，同翀與傳策，各追究主確之人以聞。」已而三臣逮對詔獄，百方掠訊，備極楚毒，竟不言主使者，曰：「此高廟神靈教臣爲此言爾。」鎮撫司乃以翀、傳策相爲主使，并時來俱以誣罔成獄讞。上詔俱發烟瘴衛所充軍。嵩尋亦乞罷，上優詔不允。——《明世宗實録》卷四五七「嘉靖三十

〔一〕不，《明實録》原無，當是抄脱，據《論嚴分宜欺君誤國疏》補。

〔二〕填，《明實録》原作「堪」，據《論嚴分宜欺君誤國疏》改。

七年三月丙子」，載《明實録》，臺北：「中央研究院」歷史語言研究所，一九六二年，第七七三八—七七四二頁。

巡按山西御史張檟言：「往者嚴嵩與其逆子世蕃奸惡相濟，頃皇上納言官鄒應龍議，悉寘之法而籍其家矣。復顯陟應龍，以旌其直，一時無不翕然稱快。第先年首發大奸諸臣，如吴時來、董傳策、張翀、王宗茂等，或雜列戎行，或流離瘴癘，臣竊痛之。乞赦過録用，以厲直臣之節。」疏入，上大怒，命錦衣衛逮繫至京問。——《明世宗實録》卷五五二「嘉靖四十四年十一月乙巳」，載《明實録》，臺北：「中央研究院」歷史語言研究所，一九六二年，第八八九〇—八八九一頁。

吏部奏：「先朝建言得罪諸臣，如通政使樊深，都給事中丘橓、楊思忠、尹相、魏良弼、李用敬，左給事中陳瓚，給事中吴時來、周怡、沈束、顧存仁、趙軏、張選、袁世榮，御史何維柏、趙錦、張登高、黄正色、方新、張檟、凌儒、申仲、王時舉、馮恩，郎中徐學詩、周冕，主事張翀、董傳策、劉世龍、唐樞，大理寺寺正毋德純等，凡三十三人，宜遵遺詔録用。」報可。是日，遂除瓚、時來于吏科，軏禮科，世榮兵科，儒、登高浙江道，新江西道，檟湖廣道，錦、維柏河南道，仲山東道，時舉山西道，翀、傳策刑部，俱原職。餘皆以次推用焉。——《明穆宗實録》卷二「隆慶元年正月壬戌」，載《明實録》，臺北：「中央研究院」歷史語言研究所，一九六二年，第三一—三二頁。

董傳策爲比部時，劾相嵩，遭杖下獄，瀕死，不勝饑渴，衆畏嵩，不敢進食。忽一人自屋上呼董，擲與饅頭四枚，拾而食之，得不死。求其人，竟不可得。後遣戍粤西，從學者負笈而至，户外屨不能容，土人結屋以居之。地苦無水，衆爲鑿井，築亭覆其上，呼爲董公亭、董公泉云。

傳策轉吏部主事，赴任時，何元朗語之曰：「當今第一急務，莫重於守令之選，亦莫過於守令久任。蓋守令親民之官，縉紳輩凡有志於朝廷幹事、於百姓造福者，獨守令可行其志。若遷轉太速，則自中才以下，一切懷苟且之念。且至地方，必一二年後庶乎民風土俗可以周知。近代守令不及一年半載，則是地方之事尚未盡悉，已作去任之計矣。故雖極有志意之人，不復有政成之望，亦往往自沮。及至新任一人，復如是。不知地方之人如此，安望天下有善治哉？」——［嘉慶］《上海縣志》卷十九《志餘·遺事》，嘉慶十九年刊，第四七頁。

陞吏部驗封司司郎中董傳策爲太僕寺少卿。——《明穆宗實録》卷一四「隆慶元年十一月甲戌」，載《明實録》，臺北：「中央研究院」歷史語言研究所，一九六二年，第四〇〇頁。

董幼海轉北京吏部主事，北上時，過吴門見訪。余語之曰：「當今第一急務，莫過於重守令之選，亦莫過於守令久任。蓋守令親民之官，故縉紳輩凡有志與朝廷幹事與百姓造福者，獨守令可行其志。若遷轉太速，則自中才以下，一切懷苟且之念。且初至地方，必一二年後庶乎民風土俗可以周知。今守令遷轉不及三年，則是方知得地方之事，已作去任之計矣。故雖極有志意之人，不復有政成之望，亦往往自沮。及至新任一人，復是不知地方之人，如此則安望天下有善治哉？第二，考選科道，當於部屬中推舉，不當徑用新行取諸人。蓋取到天下推官、知縣，分置各部郎署，待一二年後，選其有風力者任科道。則在輦轂之下，與吏部聲問相及，其人易知。且敭歷中外，必老成練達，與新進驟至通顯者不同。或者以爲在京城則易於鑽刺，恐長奔競之風。人但知在京城者易於鑽刺，而不知在外者物力殷盛，其鑽刺尤易爲力耶？況在内鑽刺者顯著而易張，在外鑽刺者隱晦而難見。且往往由徑路而進，驟至科道，上司慮其如此，大相假借，故皆恣肆無所顧忌，於政體不無有妨。第三，吏部諸公當日與天下士大夫相接。古人云：『只須簡要清通，何必插籬豎棘。』今澆競之徒，凡至吏部打關節者，豈相見時納賄耶？盡是懷暮夜之金耳。則白晝顯然交接，有何不可？況與士大夫接見，其君子小人固自易辨。與之言論，或試之以事，或探之以情，則長短亦可立見。又因可以周知天下地方之利害，生民之慘舒，其有益於朝廷政體者甚大，又何必以閉關謝客者爲得耶？」幼海深以爲然。惜乎在吏部不久，即轉太僕少卿去矣。——［明］何良俊《四友齋叢説》卷一三《史九》，載《歷代筆記小説集成·明代筆記小説》，石家莊：河北教育出版社，一九九五年，第六册，第一一五一一一六頁。

丙戌，陞太僕寺少卿董傳策爲本寺卿。——《明穆宗實録》卷二一「隆慶二年六月丙戌」，載《明實録》，臺北：「中央研究院」歷史語言研究所，一九六二年，第五七一頁。

董傳策，直隸上海人，進士，隆慶二年任。——［明］雷禮《國朝列卿紀》卷一五〇《太僕寺卿年表》，載《明代傳紀叢刊》，臺北：明文書局，一九九一年，第四〇册，第四一七頁。

太僕寺卿董傳策乞給假歸省，許之。——《明穆宗實録》卷二四「隆慶二年九月丁未」，載《明實録》，臺北：「中央研究院」歷史語言研究所，一九六二年，第六四三頁。

給假太僕寺卿董傳策爲南京光禄寺卿。——《明穆宗實録》卷三〇「隆慶三年三月庚申」，載《明實録》，臺北：「中央研究院」歷史語言研究所，一九六二年，第七九五頁。

董傳策，直隸上海人。嘉靖庚戌進士，隆慶三年十二月由太僕卿省親起補任。——〔明〕雷禮《國朝列卿紀》卷一四五《南京光禄寺卿年表》，載《明代傳紀叢刊》，臺北：明文書局，一九九一年，第四〇册，第三五三頁。

董傳策，字原漢，直隸上海縣人。嘉靖庚戌進士，任吏部驗封司郎中。隆慶元年，陞本寺少卿。二年，改任南京光禄寺卿。——〔明〕雷禮《國朝列卿紀》卷一五〇《太僕寺卿行實》，載《明代傳紀叢刊》，臺北：明文書局，一九九一年，第四〇册，第四五一頁。

送董原漢之南光禄卿

璽書仍下泖湖潯，緑鬢卿曹豈滯淫？四海舊傳三傑疏，一官今見九朝心。冰霜省署真無改，雨露園陵意轉深。欲問長安望中色，鳳皇臺上有晴陰。——〔明〕王世貞《弇州山人四部稿》卷四〇，載《明代論著叢刊》，北京：北京出版社，二〇〇〇年，第二一二三頁。

改大理寺卿董傳策爲南京大理寺卿，傳策以親老多疾，疏乞改南，故有是命。——《明穆宗實録》

卷五六「隆慶五年四月癸巳」，載《明實録》，臺北：「中央研究院」歷史語言研究所，一九六二年，第一三八〇頁。

董傳策，字原漢，直隸上海縣人。嘉靖庚戌進士，任刑部主事，以論輔臣譴戍。隆慶元年，起吏部考功司主事，陞稽勳員外郎，轉驗封司郎中、太僕寺少卿。二年，陞太僕寺卿，給假省親。三年十二月，補南京光禄寺卿。四年，陞大理寺卿。五年，陞南京大理寺卿。——［明］雷禮《國朝列卿紀》卷一四五《南京光禄寺卿行實》，載《明代傳紀叢刊》，臺北：明文書局，一九九一年，第四〇册，第三七六頁。

陞南京大理寺卿董傳策爲南京工部右侍郎。——《明穆宗實録》卷七〇「隆慶六年五月庚子」，載《明實録》，臺北：「中央研究院」歷史語言研究所，一九六二年，第一六八五頁。

南京工部右侍郎董傳策、太僕寺卿羅良各自陳乞罷，不允。——《明神宗實録》卷四「隆慶六年八月乙亥」，載《明實録》，臺北：「中央研究院」歷史語言研究所，一九六二年，第一七三頁。

庚辰，改南京工部右侍郎董傳策爲南京禮部右侍郎。——《明神宗實録》卷一〇「萬曆元年二月庚辰」，載《明實録》，臺北：「中央研究院」歷史語言研究所，一九六二年，第三六一頁。

戊戌，勒南京禮部右侍郎董傳策、兵部職方司郎中張明化各回籍聽勘。明化族兄張雲有訟事於巡撫張佳胤，以百五十金託明化求伸。明化進其三之二於傳策，傳策受之，已而慙於吏皂，遂怒其使，并原帖行兵馬收問。明化以兵馬屬己管轄，復强取爲開脱計。傳策催之急，明化乃揚言：

「傳策父已先受雲賄，寫書其子，我不過代爲傳遞，若必欲發覺，我亦具本奏訐，大家休官去耳。」傳策竟爲所持容隱。南京科道因交章論劾云。——《明神宗實録》卷一七「萬曆元年九月戊戌」，載《明實録》，臺北：「中央研究院」歷史語言研究所，一九六二年，第五〇七頁。

戊戌，罷南京部右侍郎董傳策、兵部職方郎中張明化。明化族兄雲，以訟託明化百五十金求伸，明化賂傳策百金，受之，已悔。下兵馬司詰其由，明化謂：「傳策父受賂，我甘與同敗。」言官因劾之。——〔明〕談遷《國榷》卷六八「神宗萬曆元年九月」，北京：中華書局，一九五八年，第四二三三頁。

辛亥，夜盜殺前南京禮部右侍郎董傳策。傳策字□□，華亭人。嘉靖登進士，除刑部主事。論嚴嵩，下獄論死，已戍廣西，歸後，講學聲望日重。隆慶初，起補吏部，不三歲至大理卿。予告，改南大理，遷南禮部。性嚴細，好封殖，鞭蒼頭，嘗殞命，不堪，致變。時吏部欲起傳策以侍郎兼南京祭酒，張居正曰：「取師當以嚴正，董但酷暴耳。且又外廉内貪，寧可以一節取也？」居數日，撫安告變，時以居正爲知人。——〔明〕談遷《國榷》卷七〇「神宗萬曆七年四月」，北京：中華書局，一九五八年，第四三四八頁。

時華亭董幼海傳策。爲禮侍，請假歸，延之同行。大瓢不欲往，問其故，曰：「董君慘礉不仁，禍必不遠。」董又致書王父，苦延之，終不往。次早天未明，而大瓢行矣。王父以爲赴董召也，乃董使又在門。遣人於平日往來諸處物色之，並無從覓。居數日，學使者謝虬峯廷傑。從皖城入京，見之於江東門，云往河南去矣。董歸，未幾遭禍。——〔明〕徐復祚《花當閣叢談》卷六，載《歷代筆記小説集成·明代筆記小説》，石家莊：河北教育出版社，一九九五年，第一一册，第四一九頁。

七月，雷震景州浮屠，火逾三刻乃滅。憶先宗伯忠諫公幼海，直言遣戍，過曹溪，登塔，從四僧四僕。忽雷震塔中，煙燄環繞，目不能視。良久得出，則僧與僕俱斃，惟公獲全。公首擊巨奸，名重海内，然性暴急，卒受蒼頭之禍，天或以此示儆與？——〔清〕董含《三岡識畧》卷三「雷震浮屠」條，載《四庫未收書輯刊》第四輯，北京：北京出版社，二〇〇〇年，第二九册，第六五三頁。

往年松江董幼海少宰，以御下過苛，爲群僕所臠割。——〔明〕沈德符《萬曆野獲編》補遺卷三「奴婢弒逆」條，北京：中華書局，一九五九年，第八八〇頁。

丙辰日、己丑時、申亥年月，化水則吉，不化壽促。戌月衝庫，無人不發。寅午身旺，成炎上格，大貴。

庚寅，董傳策侍郎；壬午，凶死。——〔明〕萬民英《三命通會》卷八《六丙日己丑時斷》，載《景印文淵閣四庫全書》，臺北：臺灣商務印書館，一九八六年，第八一〇册，第四三五頁。

己卯五月初八日，禮部侍郎董傳策爲家人盜殺。傳策少奇敏，弱冠舉進士，授國子監學博，與吴時來、張翀抗疏劾分宜相公，謫戍廣西，直聲動海内。會世宗殂落，遺詔起言官，傳策由原官歷陞南京禮部侍郎。以鄉人張雲納賄事，坐誣回籍，怏怏不得志。奈性氣剛戾，待下嚴酷，而蒼頭亦乘機爲聚斂計，有垂死杖下者，輒假傳策命，扛至富民家誣詐之。鄉人包從不能堪，集仇家二百餘人訟上官。上官念傳策直臣，姑置勿究。而傳策益不懌，居家鷙毒日甚。於是家奴郭道士等十餘人，自度必死於傳策之手，不若先殺之爲快。是夜，直入寢所，傳策覺，逸牀下。奴輩以火帚逼之出，用刀斧亂砍之。詰旦，有司蔽城門，索諸奴，下獄。踰年，剮於市。——〔明〕范濂《雲間據目抄》卷三《記祥異》，載《筆記小説大觀》，揚州：江蘇廣陵古籍刻印社，一九八三年，第一三册，第一一七頁。

董宗伯幼海公傳策少負大志，爲刑部主事，與張公翀、吴公時來同上疏劾分宜奸狀。上怒，下詔獄，問誰主使，五毒備至，脛指幾折，幸不死，戍南寧。時按廣者爲分宜私人，公帶大帽戎服，執長鎗，跪於舟次呼曰：「軍人董某見。」按院趨迎之，幾墮水。

董侍郎爲人清介，而待族人有恩，嘗捐腴田三百畝贍族。每歲清明，會族祭墓畢，設宴會飲，貴者富者分胙，賤者貧者分米，又以餘米贍墳糧，歲時助貧者吉凶之事。

朱太尊泰庵居官清正，不屑趨炎。時董幼海建言，謫戍家居，公時加問候。而徐文貞秉國，家奴有犯必懲，文貞欲黜之久矣。會大計，幼海適起爲考功主事，時太宰將以不謹處朱公，幼海大言曰：「奈何欲黜良守？」太宰曰：「此貴鄉徐老先生意，公自與講解。」幼海曰：「姑少待，某即往矣。」隨謁文貞，具道朱公當留。文貞曰：「此公有何好處？」幼海曰：「無論其他。即其加厚學生，不畏老先生，足知其品矣。」文貞不得已，曰：「此貴衙門事，請自裁處。」幼海具復太宰，朱遂留用。

江陵執政，遣使致書於董幼海，要公亟出，蓋名爲嚮用公，實欲招公入黨也。公呼使者至榻前，示以病狀，不報書而遣之。以此竟與江陵忤。

董少宗伯幼海，爲人剛方峭直，待家奴過峻，有犯必杖，杖以百計，多死者。萬曆己卯春，董夢郡隍以網罩其頭而惡之。至五月初七日，羣奴入其室，共戕之。時討賊甚急，徐文貞公語其兩弟曰：「一昭彰則卹典不可得矣。莫若隱其故，求兩臺疏請，而以他事置諸奴於死，直反掌耳。」兩弟不能從，遂使宗伯公直節不蒙祭葬，豈不可惜！——[明]張鼐《寶日堂初集》卷二三《先進舊聞》，載《四庫禁毀書叢刊》，北京：北京出版社，一九九七年，集部第七六册，第六一四—六一五頁。

南京禮部侍郎董傳策墓，在新河，徐階銘。——《古今圖書集成·方輿彙編·職方典》卷七〇二《松江府·古蹟考二》，北京：中華書局，一九三四年，第一一七册，第一〇頁。

南京禮部侍郎董傳策墓，在十六保新河，徐階志銘。——[嘉慶]《松江府志》卷七九《名蹟志·塚墓》，載《中國地方誌集成·上海府縣志輯》，上海：上海書店出版社，二〇一〇年，第二册，第八三六頁。

南京禮部侍郎董傳策墓，在十六保新河，徐階志銘。——[嘉慶]《上海縣志》卷七《塚墓》，嘉慶十九年刊，第七五頁。

右地亥龍入首，穴受辛亥正氣，水從大浦入巽流丁，繇丁而至堂，則爲蝦鬚界合。過西下北，直抵乾宫，條條生水，直步天罡。伯仲叔季均占厚福，正合巽水流乾之妙。——〔松江〕《董氏族譜》卷九《圖譜》，載《上海圖書館藏珍稀家譜叢刊》第一輯，上海：上海科學技術文獻出版社，二〇一六年，第九五四頁。

祭董幼海文

嗚呼！公之志節，震耀一世。公之精誠，感動天地。然而官不及竟其所欲爲，生僅及五十齡而逝。亦有淑人協德，閨門遭罹變患。毁形銷魂，遂夭天年，下從夫君，蓋皆世故之不可知，人情之所深畫。而吾屬士友，所以景餘烈，稽往迹，撫遺孤，覩荒宅，相與頓足而雨泣者也。顧惟銘文，予冒爲之。雖耄且拙，不稱好詞。其事則核，其意孔悲。埋之土中，實足泚奸。諛於既死，垂之後來。考德者要當有徵乎此，而公不瞑之靈亦庶幾可以慰止。歲月迅邁，懸窆有期。設奠奉祖，申以告之。夕日黯黯，涼風凄凄。——〔明〕徐階《世經堂續集》卷九《祭文》，載《明别集叢刊》第二輯，合肥：黄山書社，二〇一五年，第四四册，第七九頁。

祭幼海侄少宗伯文

惟靈三朝忠節，二儀正氣；抗迹貞孤，標行特異。人群岳立，頹波砥柱；見弱能扶，遇剛必茹。直則長孺，峻言元禮；弱冠批頷，孤臣履尾。君側清姦，義聲首舉；身竄遐荒，天閽萬里。遐荒伊何？如彼潮陽；江山得助，發爲詞章。既文既博，與士争長；譽流嶺徼，望隱巖廊。再銜顧命，起仕莊皇；曁今天子，寵秩溥將。奉公執法，嫉惡鋤强；其朋其黨，我心不降。何以喻之？夏日秋霜；人忌太潔，物忌太芳。帝諒其心，仍眷勿忘；造物尚缺，禍起垂堂。靈嘗有言，心不愧天；苟信於心，迹可畧焉。口絶請托，垂三十年；却金之事，風掩昔賢。睦族聯宗，捐彼義田；以此思潔，可酌貪泉。巨懟欺罔，傳創蒙姦；不難弑主，況於流言。靈之所營，在方寸間；克忠克孝，秉直秉廉。此心不死，詎必形全；視身如電，達人大觀。矧乃浮名，幻起幻遷。而彼知者，何憎何憐？且靈恩誼，於族最深。凡我同宗，知靈之心；豈期家難，越至於今。惟二藐孤，在我宗人；酹酒陳詞，涕泗交襟。——［明］董其昌《容臺集》卷九，載《四庫全書存目叢書》，濟南：齊魯書社，一九九七年，集部一七一册，第五五六—五五七頁。

廓然説

董子有疾，吴子往問而與之論學。董子栗然自病其執也，曰：「吾其爲廓然，子其説之，吾其以爲藥石。」吴子曰：「《定性篇》盡之矣，吾又何説？雖然，子既病夫執也，則廓然矣。雖然，子將去子之所執者以求夫廓乎，抑就子之執而進以廓乎？夫去子之所執者以求吾之所謂廓，則吾不能説；如就子之執而進以子之所謂廓，則吾能説之。夫子今日之所謂廓，何其非昨日之所執焉者乎？然而昨執而今廓，昨一切執爲見執而不見廓，是爲執執；今一切廓爲見廓而不見執，是爲廓。執楊子之不拔一毛，與伯夷之一介不取何異？墨子之摩頂放踵，與伊尹之若撻厥躬何殊？彼豈非聖賢？其心實見其是而必爲之，而孟子至比之禽獸，何以故？蓋有其意之也。意故必，必生固，固成我。學術不明，人執其意，見我見而不見人見，執我我也，執人亦我也。遂至徑情直行而出於天性之外，謬釋邪解，自以爲得，此楊墨所爲亂天下也。子而病焉，吾知免夫，猶懼子之去執而求廓也。廓不離執，執不離廓，堯之命舜曰：「允執厥中。」舜曰：「執其兩端，用其中於民。」聖人不能不執，見廓而知執，斯其廓愈密；見廓而不由執，則自大而或至於狂。廓者中也，天之道也；執焉者，致中也，人之道也。在天皆爲道，在人皆爲事，吾人終日由於人事之中。夫苟得其廓然者，以爲應事之主，則曲禮三千，經禮三百，皆廓然也。存之在我，則曰執中；見之政事，則曰用中，顔子見廓而知執也。《易》曰：『雷在天上，大壯。君子以非禮弗履。』夫非禮弗履，必由《大壯》。然執亦不易矣。故孔子於顔子而告之以克己復禮，禮主其執，惟顔子能之。故願子之勿去執也。」董子曰：「微子說，幾爲吾廓然病矣。」——［明］吴時來《吴悟齋先生摘稿》卷九《雜著》，載《原國立北平圖書館甲庫善本叢書》，北京：國家圖書館出版社，二〇一三年，第七九六册，第七九〇頁。

鳴鳳記

第二十七齣　幼海議本［末扮董傳策上］

【瑞烟濃】憤發丘園，遭遇早登天府。傳世文章幸無負，立朝忠義，會禁闥未開言路。休誤，還須把嘉猷匡佐。【鷓鴣天】年少曾耽萬卷餘，幸然身到鳳凰池；每懸玉珮聽鷄人，曾戴宫花走馬歸。三尺劍，萬言書，要誅奸佞轉清時。直從宇泰收功後，始信天生我不虚。下官禮部主事董傳策是也。庚戌榜中，最爲年少；春官署内，頗信知名。紈袴膏粱〔一〕，恒患弗堪大任；錦衣玉食，每思難報皇恩。争奈奸相嚴嵩父子濟惡，自夏太師典刑之後，大臣無不戰兢脇服。自楊椒山被禍以來，諫官盡皆屏息忘言。邊上總制之臣，朝中直言之士，不知被他害了多少！近日鄒、林二進士頗有風力，朝野方倚爲重，却被遠逐去了。下官目覩其奸，不容不奏。豈不知直言取禍？只是忠佞不兩立，甘爲楊椒山的下梢耳！昨已約兵部張鶴樓、工科吴惺齋聯名劾奏，諒他必來議本。

【菊花新】〔小生上〕胸懸鸂鶒佩銅符，名列黄門職掌科。奸佞未消磨，封事條陳細數。下官工科給事吴時來是也。昨約董部長同劾奸臣，今日到他家議本。那來的想是張部長，待他同進。

【前腔】〔外上〕班隨郎署沐恩波，誅佞曾將寶劍磨。憂國鬢蕭疎，何日朝廷清妥？下官兵部郎中張翀，特來董部長處議本。呀，老掌科，你先在此了！〔小生〕下官在此拱候，請同進去。〔末接見介〕請了！〔揖介〕【浣溪沙】〔小生〕青瑣初開散御香，〔外〕掀髯長笑入朝陽，〔末〕觸邪自信有神羊。〔小生〕枕上夢魂因甚散？〔外〕鏡中華髮爲誰班？〔末〕憂民憂國減容光。〔小生〕請問董兄，本曾完否？〔末〕畧已草完，但未知二兄主意何如？〔小生〕那厮罪惡不能悉數，下官要把他父子盜權欺罔朝廷、陷害忠良爲主。〔外〕下官要把他樹立朋黨、私賣官爵實跡開後。〔末〕下官正是此意！請二兄賜覽。〔出本看介。小生〕正所謂「三人同心，其利斷金」。就此聯名進去便了。

【三换頭】〔小生〕忠懷寫訴，喜得辭情俱可。爲勳臣元宰，陷奸雄佞徒。況生賊子，壞朝綱成病蠹。我若不除那賊臣呵，夢魂中難消怨魔。〔外〕吴兄之直諫，何異吴競之《春秋》！〔小生〕直筆思吴競，誅奸作範模。〔合〕爲國捐生，未卜君王意若何！

【前腔】〔外〕犯顔糾謬，養成平素，心盟盡吐。想天教吾輩，殲除豺虎。這詞章真泣訴。進本雖由於我，聽言則在於君，願重瞳明彰罪罟。〔末〕張兄之犯顔，即唐太宗之張玄素也。〔外〕抗旨追玄素，當爲烈丈夫。〔合前〕

〔一〕粱，原作「梁」，據文意改。

【前腔】［末］人生禍福，皆由前數。況君恩感激，肯私心自誣？羣狐期掃滅，孤臣甘櫝斧。今我三人之心，惟天可表。遇同心忠言幸符！［小生］董兄如此忠鯁也，不愧董宣之强項了。［末］立志希强項，何愁貴戚多！［合前。末］二位長兄，今日之舉，死多生少。下官孤身在京，無父母妻子之累，慷慨赴死，不足爲難；吴掌科萱堂暮景，不免烏鳥之情；張部長幼子嬌妻，恐有鴛鴦之念。倘赴死之時，少有勉强留戀，不免取譏後世，二兄也要斟酌。［小生］幼海兄，此身未仕，乃父母之身；委質爲臣，即朝廷之身也。遭逢不偶，忠孝怎能勾兩全？況我老母節義持身，忠誠教子。若聞我剖腹當朝，他必含笑入地矣！歸當拜别老母，明早入朝，諒無牽掛也。［外］幼海兄，五倫之中，君臣爲重，夫婦爲輕，古人烹童殺妾，莫非爲君。下官雖不能取法古人，決不爲妻子所累。今晚即將荆妻犬子送歸本鄉，縱有慘禍，不使他見聞，明日暴屍市朝，亦何足惜！［末］既如此，同拜告天地。

【一封書】［合］同心奏遠謨，爲朝廷憸壬多。君心恐未孚，望神明默祐扶。稂莠芟除嘉穀長，鴟鴞殲夷鳳鳥和。息風波，固皇圖，願見康衢《擊壤歌》。

［外］心志相孚義氣投，［小生］皂囊親捧入龍樓。
［末］事君不懼頻加辱，［合］不剪奸雄死不休！

第三十齣　三臣謫戍［小生扮錦衣衛指揮上］

【蝶戀花】鍾動長陽雞報曉，朝政驚心，睡起衣顛倒。碌碌功名人自老，漸看緑鬢都蒼了，塵世猶如風偃草。骨鯁丹心，幾個人知道？昨上封書名表表，天涯又貶雲山杳。下官錦衣都指揮使朱希孝是也。自陸東吴棄世之後，重蒙皇上勅我掌堂。公侯世澤，休誇鐵券丹書；君父新恩，幸攬玉麟銅虎。昨日張翀、吴時來、董傳策聯名劾奏老嚴，聖旨批下每人重打八十，發遣邊衛充軍。那嚴老又差人威逼下官，必欲置他們於死地。我的衙門雖掌生殺之權，但念三人皆忠義之臣，豈忍他死於非命？被我好生打個出頭棍兒，救了他性命。吴公原籍僊居，問遣定海衛；董公原籍松江，問遣金山衛。這都是以近就近了。惟有張公是個本頭，皇上親批榆林邊衛，即時起解。可惜他俱是忠悃危言，求榮反辱。正是云不可使得罪於天子也！

【越調鬬鵪鶉】俺想那幾個書生，燈窗勤敏，宇宙胸襟，乾坤性分。抱負平生，功勳志銘，養就的是丹心，靖獻的是葵誠。磊磊睁睁，巍巍耿耿。

【紫花兒序】俺想他們將進本之時呵，哭哀哀拜辭了萱親，淚盈盈送歸了王孫，嬌滴滴撇下了鴛衾。曉夜無眠，惕勵憂勤，端的是烈轟轟鐵膽銅心，恨不得將奸回兒吞進。敢則是一言難盡，望斷了萬里君門。

【柳營曲】俺想他入朝之時呵，耳聽着那撾鼓聲，眼望着那庭燎明。入朝班緊緊兒將衣整，看揚眉樹目，鬼動神驚，猛可地那奸臣覷着失三魂。俺昨日在武弁班中，遠遠望見東長安門進來時呵，

【么篇】祇見那張兵部老成强鯁，執牙笏面訴衷情。吴黄門欽依了那新王命，抖擻了舊精神，一定要重把綱常整。又覷着小後生，祇見那官兒年紀不上二十四五罷了，却不曾聞姓名，人道是仲舒孫，他湜少年洛陽心性，至誠痛哭王庭，長歎息，涕交零，恰便是漢朱雲把檻兒攀損。俺想起來，楊椒山之後，却還有這三個臣子。這三個攄丹誠，都學盡瘁報君：頭一個是老魏徵不怕瀆了君王聽，第二個鐵睁睁打破了堅城，第三個恨不得舞吴鉤掃蕩了奸黨盤根。他有這等爲國忠心，俺將謂聖上越格超遷，今日呵，

【小沙門】張兔網反羅了雉兒清耿，擊魔天反打了護法真人。駭得俺雙股輕摇寒凛凛，一個個向邊城口吐冤聲。這也不是聖上斥逐忠良，都是奸臣蒙蔽之過。

【聖藥王】他不爲着逆耳忠言進，爲奸謀石固淵深，欺君父狼行狐媚會逢迎。惡狠狠斂着那不露牙的吞忠吻，黑漫漫藏着那不掘地的陷忠坑，密圍圍將忠良兒一綱都打盡，去匆匆不回頭誰作捲堂文。可惜那三臣貶竄，朝中能有幾個人惜他？

【尾聲】只是咱惺惺的自古惜惺惺，望天涯魂消魄冷。空留着青瑣闥諫諍虛名，怎能勾紫凌烟功雕彝鼎？

忠臣爲國効三仁，斥逐遐荒萬里塵。
此日暫爲金革戍，他年還作縉紳臣。

第三十七齣　雪裏歸舟［浄上］

【滿庭芳前】侮戆狂生，揚眉樹眼，欺凌數載元臣。誰知弱草顛覆路行人！惹得龍顏震怒，要乘時早辦歸程。堪悲處，銘功繪像，一旦削麒麟。叱咤千人廢，陰謀萬鬼驚。一朝權不在，有令也難行。我老嚴廿載元勳，半朝天子，自量今生無人忤我矣。誰想那新進畜生鄒應龍、孫丕揚，摭拾浮言，御前親奏，皇上大怒，將我一家拿問。老身幸有免死金牌，放歸田里。三法司把我孩兒擬成斬罪，諸孫並發爲民。幸蒙皇上憐憫，將世蕃姑問南雄衛充軍。案獄已成，無從可辨，只得收拾回去也。

【滿庭芳後】［付浄、外扮家人，占扮解語花，同上。付浄］恩榮期享盡，豈堪坦道忽遇車傾！［占］脱冠辭印，俛首向楓宸。［外］舊日相趨僚友，到今朝總是矛盾。［合］枝頭上，聲聲杜宇，叫斷別離魂。［浄］孩兒，行裝既備，早早登程。［付浄］只是天色嚴寒，恐有雨雪。［浄］這也没奈何。［付浄］如此就行。［行介。浄］孩兒，你看張家灣裡，來千去萬，今日之行，教我怎生見人？［付浄］爹爹，别人回去，反有車馬供帳送出都門，我家回去，揣也不揣，世情其實可惡。［浄］早上不做官，晚上不作揖。如今管不得他了，下船去罷。［占］上天下雪，好個凄凉風景也。［外］老爺，今日的雪，比楊員外殺的一日猶大。［浄］哇！

【甘州歌】［浄］朔風寒凛，看彤雲連野，雨雪紛紛。［付浄］歸途悽慘，難比鳳池鰲禁。［占潛下。外］禀老爺，解語花私自逃去，雪天無處可覓。［浄］巢傾鳥散，理之自然，由他去罷。西堂已無留客主，［付浄］南浦難留出岫雲。[合]藍關遠，秦嶺横，慙無湘子度韓文。休嗟怨，勿涕零，復牽黄犬向東門。[生扮内臣領衆賫勅上]千里黄麻頒御祭，一封丹詔下維揚。自家是奉勅内臣，爲昔年都御史曾銑受誣，死于非罪。今奸臣驅逐，皇上追思前功，欽賜復爵，差我親賫御祭，表揚功烈。將近揚州，不意遇此大雪，如何是好？[衆]公公，河内冰凍，不能前進。[生]初冰未堅，趁早打去！[丑]那裡有一隻内閣牌銜的船，也冰斷在此。[生]咄！誰要你揣他，你自用力打去便了。[衆應介，丑作歌頭打號，衆打冰介。丑]打開來也！[衆]恒耶！[丑]再打開也！[衆]恒耶！[丑]你看萬里冰山，[衆]恒耶！[丑]漸漸開也！[衆]恒耶！[丑]相是天公，[衆]恒耶！[丑]行惡報也。[衆]恒耶！[丑]凍死那奸臣，[衆]恒耶！[丑]再不來也。[衆]恒耶！[丑]一齊力也！[衆]恒耶！稟公公，有河路了。[生]有河路了！快行前去。正是：昔年埋骨江山恨，今日揚名草木香。[率衆下。浄]這個太監，昔日也有往來，今日略不揣我，可見人情惡薄。[付浄]他便不揣我，河冰到虧他打開了，趲行前去。

【前腔】[浄]人情等曉雲，嘆悠悠歸棹無人憐問。[付浄]斜陽衰草，西風裡悲切王孫。[小外奔上]小人是揚州管典人嚴冬手下差來的。嚴冬向年打死人命，無人敢發，今因老爺歸了，被人告陷在獄，求老爺一個帖兒救他一救。[浄]我自家也管不得，怎救得他？你去！[小外下。浄]闔門總爲閒内虎，入井難扶泉底人。[合]黄扉草，紫府塵，舊時王謝燕何存？思龐老，學邵平，從今辟世杜柴門。[下。末扮董傳策上]我本蓬萊水，漸作清淺流。青門種瓜人，舊日東陵侯。董傳策向爲糾劾嚴賊，謫戍歸家，今幸奸謀敗露，父子斥逐，在我地方經過，不免去嘲笑他一番。那來船想是了。且住，若説是我，決不肯招接，用計哄他便了。

【前腔】[浄、付浄、外上。合]孤帆過幾村，覩歸鴉落日，頻添愁悶。樓船車馬，知不似昔日喧騰。[末]船上通報，黄如桂要見老爺。[浄]黄御史是我故人，請上船來。[相見。浄驚介]呀！這是董幼海，先生何來？[末]小子向蒙教訓，特來拜謝。[浄]已往之愆，悔之晚矣。[付浄見末介]董先生，别來丰采倍常，即日諒有榮擢？[末]小子戎伍之列，何足掛齒。[浄]愚父子乏物表忱，不敢過拜。[末]在敝地經過，本當奉些小禮，奈我松江舊有三般土産，今已無矣。[付浄]甚麽三般土産？[末]第一件，我松江出得好墨，但賢喬梓心上自是墨黑，諒不希罕，故不敢奉。第二，我松江出得好布，近日被江西大夥强盜郭宜收去，與衆手下裹頭，各舖賣盡，亦不得奉。第三，我松江出得好絨單，不知趙文華的奸賊向年打那大單子何用？行家折了本錢，此後再不肯打。小子止打得一個紅帽兒，在此送與東樓，南雄去帶。〔袖出帽送介。付浄〕惶愧，惶愧！〔末〕不是黄塊，是一個金勇字。這金子還高，是七寶金瀼器的成色。〔付浄〕董先生，勾了。〔末〕小生還有俚語幾句，贈喬梓榮歸。〔出詩誦介〕人心昧，天難昧，報道循環豈無會？文華死後懋卿亡，繼續應知第三位。金山衛，南雄衛，不同先後還同罪。憑君挽盡海洋波，難洗奸名千載愧。〔浄〕董先生，愚父子已知罪矣！〔末〕如此，小生告回，請了！片言誅破奸雄膽，辱撻何須到市朝。〔下。浄嘆介。付浄〕都是爹爹教他上船，到受了小畜生這一場大氣。〔浄〕開船去罷，省得又有人來。〔合〕柱中幸脱李膺手，厠上須防鄭虎臣。休停轍，莫問津，江東父老面難親。游魂擾，旅夢驚，空思待詔在金門。〔下。付末扮朱裁背包上〕十五年前中禍機，孤雛老燕各分飛。皇風清穆天心順，今日當還合浦珠。我朱裁向隨小主母公子僑居易相公家，今幸鄒御史老爺驅逐權奸，天恩大赦，聞我老夫人與易相公，只在目下同歸故里，不免遠來迎接。已到杭州北新關上，不知他到那地方了，只得沿路問去。那里一隻官船，有兩個官兒登岸來了，就去問他。

【前腔】〔浄、付浄、外上。合〕山程又水程，似行雲追雁，縱横不定。湖山風景雖如舊，欲玩無心。

〔付末背云〕這兩個是嚴家父子，想他不認得我了，我也只做不認得問他。二位老爺，路上可聞得夏老夫人的歸船麼？〔浄〕不曉得。〔付末〕就是向年被嚴家流徙的夏老夫人，今遇赦回來，可曉得麼？〔付浄〕那裡曉得！〔付末〕想他是女流，路上不知名。可曉得易解元的船麼？〔浄〕一發不曉得。〔付末〕就是向年被嚴家謀殺的易解元，如今也在廣西回來。〔付浄〕那人好可惡，説道不曉得就罷了。〔外掩面羞介〕好没趣。〔付末〕我且再問一聲。二位老爺想在京回，聞嚴嵩父子問了充軍，此信可真麼？〔浄〕我不管閒事。〔付末〕早是這等不管閒事，那見得有今日？〔外掩面介〕好大慙！〔付浄〕那人行路自行路，如何只管纏擾？〔外〕大哥，我老爺不曉得信。我在路上打聽得夏老夫人就在後面來了，你快去罷！〔付末〕如此多謝了。〔指浄、付浄介〕咦！正是：相逢恨少魚腸劒，羞與仇人共戴天。〔下。外〕老爺，那人就是夏家朱裁。今鬚鬢白了，老爺不認得了。〔浄〕原來如此無禮，不知他一向逃在那裡？〔外〕聞夏公愛妾蘇賽瓊有遺腹子，一向是他撫養在江西。〔付浄〕當時一發殺了他便是。〔浄〕往事不可追矣。且登程回去。〔合〕早知此日遭戲侮，悔却當年勿横行。雄心老，客鬢星，十分權勢剩三分。除簪笏，服冑纓，羞將旗鼓向軍門。〔外〕禀老爺，已到常山驛了。只是驛丞躲了〔一〕，沒有扛夫轎馬，這一衝陸路，不能過去。〔浄〕快拿驛丞來！〔外應下。拿丑上〕驛丞拿不着，拿一個夫頭在此。〔浄〕你是常山夫子？〔丑〕小人也弗是個常山，也弗是個附子，是個草果。〔浄〕怎麽是個草果？〔丑〕老爺近來有些氣食相感，弗是草果，再捉我消食下氣？〔浄〕不要胡説！你驛中可有轎馬麽？〔丑〕沒有。〔浄〕怎麽沒有？〔丑〕轎子是本縣差去接夏老夫人。馬又死了，止剩下馬膫子，如今跳不動了。〔付浄〕這厮好打！〔外〕不要與他賽口，出幾個錢顧了夫馬罷。

【尾聲】〔合〕倩夫丁，忙投奔，含羞洒淚出長亭，始媿英雄是夢魂。

〔浄〕龍逢淺水遭蝦笑，〔付浄〕鳳入荒林被雀欺。

〔外〕記得當朝權在手，〔丑〕大蟲也有困來時。——〔明〕王世貞《鳴鳳記》，載《古本戲曲叢刊初集》，上海：商務印書館，一九五四年，下册，第二五—二八頁、三七—四〇頁、七二—七九頁。

許案：據説王世貞所作《鳴鳳記》傳奇，内容是明朝楊繼盛等八個諫官前仆後繼，同嚴嵩奸臣集團進行鬥争，受到迫害，最後以嚴嵩父子罪狀被揭發倒臺結束。其中第二十七、三十、三十七齣與董傳策有關，今據《古本戲曲叢刊初集》影印長樂鄭氏藏汲古閣本選録，標點參照了中華書局一九五九年出版的中山大學中文系五五級明清傳奇校勘小組整理本。

南京工部右侍郎董傳策祖父母誥命

制曰：國有恩澤，並逮於臣工；家之慶源，必歸於祖考。故有褒崇之數，以昭似續之光。爾董

〔一〕驛丞，原倒作「丞驛」，據文意乙正。

繼芳，乃南京工部右侍郎傳策之祖父，名振儒林，行孚士論；志懷弗究，緒業乃昌。卓爾孫支，躋於卿貳；薦膺殊渥，式顯貽謀。是用贈爾爲通議大夫、南京工部右侍郎，歆此褒章，賁其廟祐。

制曰：夫有服大賚，得推崇王母，隆以丞畀之禮，答其啓佑之勤。非以爲私，蓋取其稱。爾張氏，乃南京工部右侍郎董傳策之祖母，媲夫一德，克贊令謀；傳子及孫，益綿餘慶。追惟本始，爰霈恩章。兹特贈爾爲淑人，顯號是膺，幽原永耀。

萬曆元年正月初九日。——〔松江〕《董氏族譜》卷五《制詞》，載《上海圖書館藏珍稀家譜叢刊》第一輯，上海：上海科學技術文獻出版社，二〇一六年，第四八五—四八七頁。

刑部廣西清吏司主事董傳策父母

奉天承運，皇帝勅曰：朕嗣續洪圖，貽榮百辟，俾列在廷之士，咸得以遂顯揚之孝焉。矧攸司憲比，爲國藎臣者，褒嘉之命，其親可獨弛哉？爾遥授教諭董體仁，乃刑部廣西清吏司主事傳策之父，學擅膠庠，聲馳歲薦，惟自甘於家食，肆遠謝夫榮名。乃不發於身，以昌爾子，義方所訓，徵於孤忠，朕夙嘉之。兹特封爾爲承德郎、刑部廣西清吏司主事，祇承茂典，以介康祺。

勅曰：朝廷推恩臣下，必逮其母者，以怙恃之德均也。若乃誕育忠貞之彦，丕彰慈範之良者，不有殊恩，又何以彰教哉？爾宋氏，乃刑部廣西清吏司主事董傳策之母，明巽順以相夫，篤愛勞而教子。今爾嗣顯於環召，植道著聞，可謂賢哉母也！兹以覃慶，特封爾爲安人，光服恩褒，永綏禄食。

隆慶元年十月初一日。——［松江］《董氏族譜》卷五《制詞》，載《上海圖書館藏珍稀家譜叢刊》第一輯，上海：上海科學技術文獻出版社，二〇一六年，第四六九—四七二頁。

太僕寺少卿董傳策父母誥命

制曰：天錫善類，慶必有所由鍾；而國賴忠臣，功則重於自出。若其家既蹶而復起，則其報當久而益隆。爾遥授教諭、封刑部廣西清吏司主事董體仁，乃太僕寺少卿傳策之父。擅文藝於黌宫，貽詩書爲堂搆。鵾騰之志，弗遂身親；而燕翼之謀，克成令子。昔既盡忠於先帝，兹復宣力於王家。兹加封爾爲中憲大夫、太僕寺少卿，被重申之恩命，介耒艾之康祺。

制曰：怙恃均恩，父母之情固一；而嚴慈並壽，天倫之樂無窮。固上天福善之常，亦孝子移忠之報。爾封安人宋氏，乃太僕寺少卿董傳策之母，夙習閫儀，式敦母範。義方之教，處困而益嚴；勤儉之勞，歷久而逾劭。世莫不賢其母，朕故不恪其恩，特加封爾爲恭人，用慰鍾釜之思，以彰機杼之德。

隆慶二年四月初五日。——［松江］《董氏族譜》卷五《制詞》，載《上海圖書館藏珍稀家譜叢刊》第一輯，上海：上海科學技術文獻出版社，二〇一六年，第四七七—四七九頁。

南京工部右侍郎董傳策父母誥命

制曰：朕逮下以仁，率人以孝，爰俾服采之士，咸遂顯親之情。矧惟鉅寮，樂有賢父，從其位敘，厥有褒揚。爾封中憲大夫、太僕寺少卿董體仁，乃南京工部右侍郎董傳策之父，卒業膠庠，禔躬矩矱，志弗酬於世用，德允茂於家脩。篤啓嗣賢，晉陪宏父，式嘉義訓，薦錫崇階。兹加封爾爲通議大夫、南京工部右侍郎，無忘式穀之謀，永介康寧之福。

制曰：人臣念罔極之恩，獲俱存之樂，必假尊養以報劬勞。人情所同，朕命奚靳？爾封恭人宋氏，乃南京工部右侍郎董傳策之母，慈淑性成，儉勤躬備，以勞爲愛，玉子於成。既壽且康，自躬食報，屬兹大賚，宜有崇褒。是用加封爾爲淑人，祗服寵章，益綏純嘏。

萬曆元年正月初九日。——［松江］《董氏族譜》卷五《制詞》，載《上海圖書館藏珍稀家譜叢刊》第一輯，上海：上海科學技術文獻出版社，二〇一六年，第四八九—四九一頁。

諭祭封通議大夫南京工部右侍郎董體仁文

維萬曆叁年歲次乙亥拾壹月乙未朔，越十日，皇清遣直隸嵩江府知府王以脩諭祭封通議大夫、南京工部右侍郎董仁體曰：

惟爾業儒績學，弗顯其身。祇節脩名，有聞於衆。誕生令子，秉正立朝。讜論忠言，惟爾庭訓。既抑而起，厥操弗渝。卿貳崇封，於汝躬逮。方期遐齡，胡遽長終？緣子推恩，特頒祭葬。匪惟廣孝，亦用勸忠。靈也有知，庶其歆服。——［松江］《董氏族譜》卷五《制詞》，載《上海圖書館藏珍稀家譜叢刊》第一輯，上海：上海科學技術文獻出版社，二〇一六年，第五八三—五八四頁。

附録四：友朋書札

與董主政原漢

丙辰歲，察卿以迎妹還都，遇仙舟於臨清道中，彼此各受一謁，竟不得望眉宇爲悵。察卿素性疎懶，且自分濩落，裹足山中，不敢與縉紳先生遊。坐是，足下在都時，不得一通竿牘，非故落落也。去歲，細讀《劾宰相疏章》，言旨切直，實激肺肝，讀罷令人吐氣英英。此疏直可與澹菴封事争衡，何足下體不勝衣而直氣可使萬夫辟易也？察卿不肖，不能走叩闕下，一上陳東之書，每用媿死。時見紫岡令叔祖與社中諸兄相扼腕稱嘆，未嘗少置。今雖遠謫蠻荒，所爲劉器之養成，一個鐵漢而已，於足下何損焉？嘗聞名山盡在西南，復使高賢晏游其間，常日所得，更爲何如？近見寄回諸作，直凌漢魏，不作晉以下人語，亦未爲無所自也。瘴鄉幸多自愛，以慰高堂。——［明］朱察卿

《朱邦憲集》卷一二《書》，載《四庫全書存目叢書》，濟南：齊魯書社，一九九七年，集部一四五册，第七二二頁。

與董幼海大理書

僕無似獨幸，曩從胡家岡公竊嘗覽睹公諸生時所爲舉子業，蓋萬里騕褭才也。已而公第進士，後僕罷官歸。間及讀公所抗疏論執政，不勝嚮往。聖天子臨御以來，所博召中外故直言敢諫之士，而公與悟齋、鶴樓二先生並從粤南瘴徼履鳳池還泰階，此海内之士所共鱗煦沫而鳥奮翼者，然而僕特甚何者？僕雖不及附公，綰帶交然，譬之江蘺汀茝，臭味或近之也。三四年來，客或數有傳公所從士大夫劈畫國家疆場之士，時時數引僕所從粤南矢石尺寸之勞，爲之屈指其間，甚且憐僕奪官狀，引懣吻訟者不置。嗟乎！古固有以世之豪賢片言之間生且重於九鼎，没不遺乎竹帛矣。僕何人斯？辱公知己之深至此也。竊自痛僕少負魁壘之氣，願共世之賢豪相追琢，已而獲罪當世，擊之於仕路，擊之於林泉，甚且僇辱其衣冠，而污衊其身，去死者無幾矣。世方聚口以鑠金，而公獨欲出之歐冶；世方積羽以沉舟，而公獨欲挽之河流。非公察見僕之區區，與世所不當不察而吠形與聲其間者而然邪？兹特具書陳謝，而公之所以憐僕，僕之所欲自請于公者，猶不敢及也。——［明］茅坤《茅鹿門先生文集》卷四《書》，載《續修四庫全書》，上海：上海古籍出版社，一九九六年，第一三四四册，第五一七—五一八頁。

答宗伯董幼海

南宫清峻，允屬高流，以公居之，可謂置瓊枝於玉案矣。當聖皇御極之時，正名儁彙登之日，區區何力之有焉？華翰歸功，深以爲媿。——〔明〕張居正《張居正集》卷一八《書牘五》，武漢：荊楚書社，一九八七年，第二册，第三九一頁。

與董幼海

行時辱枉重，兼承解劍之惠，在昔詩人雜佩之贈，以示好也，鄙人何以蒙此？感佩兄一疏落職，遂繫□下之望，吾黨藉以生色。近觀道養，殊慰仰期。昔陽明先生首倡良知之學，勳名氣節震耀天下。而先生自敘乃謂困于龍場三年而後得之，譬諸天道，風霰雷霆，各一其時，然雷霆鼓舞萬物，昭蘇啓蟄，皆自風霆之嚴凝翕聚者爲之。此屈伸剥復之機，君子所資爲動忍之益者也。凡今所處，得無似之乎？幸自愛以慰群望，此鄙人所爲日夕企心於左右也。僕多病，頹庸不堪世用，自惟遲暮之年，方事收攝内照，冀少有得，以期無負此生。乃欲外騖以競嵎谷之光，豈初念哉？少須當就左右圖之，幸不靳教也。人回勒此，附謝餘衷。種種占敘，不悉照之。——〔明〕陸樹聲《陸文定公集》卷一三《書啓》，載《明别集叢刊》第二輯，合肥：黄山書社，一九九〇年，第八八册，第四九七頁。

附録五：序跋提要

重刻少宗伯董公集序

少宗伯幼海董公，在肅皇帝朝論倖相分宜不法事，得戍廣。後肅皇帝晏駕，遺詔録諸言事者起。公官由吏部郎而卿寺，以晉少宗伯，其歷險途宦轍，前後三十年許矣。其所譔著詩若文，戍之時居大半焉，有《采薇集》、《幽貞集》、《蘧廛稿》、《邕歈稿》、《奇遊漫記》、《霸繩》、《五述》，共四十五卷；有《憶遠遊》、《述史》、《景獻》，共五十一篇；有奏疏、序記、碑銘、《應客緒言》、《讀書雜著》、《談道隨筆》及戍歸詩歌，又不下百卷，業已板鏤而家藏之，第亦多所散逸。而其弟原道復謀所以壽之梓者，而屬叙于不佞。不佞無文甚，安能和墨伸紙濫竽而叙董先生哉？顧惟不佞之前大母爲董氏祖姑，不佞之視宗伯，兄也；視原道，弟也。死者兄，生者弟，是死生而肉骨者也，辭之何忍？而原道處家，故恂恂孝弟，有中郎令風，其欲取伯氏之言于九原既朽之骨而潤澤之，意良懇至，而不佞則何敢辭？

公之忠諫，凜凜大節具碑誌中，弗論，論所譔著者。讀其詩，如《憶遠遊》、戍歸，多沈深悲壯，憤烈慨慷之旨，然亦當境緣興，泚筆而縱之，以寓吾不得已于君親之思已耳。所謂忠愛陫惻，怨而不怒者也，其三閭大夫之風乎？他詩則溷溷乎黄初、大曆矣。讀其疏，累數千言，鑿鑿經時，有究于用，膠西、長沙之畧也。讀其序，記諸古文辭，神髓精采，直逼古人，而不規規句磨字琢，司馬、孟堅之體也。讀其《讀書譚道》諸篇，其説以伊洛關閩爲宗，本于身心而依於性命，鄒魯之派也。蓋公之爲人，清嚴耿介，方軌而高標，故其詩若文類之。彼以懟恚慘激，泄其忿忿不平之致者，公既不爲。而柔巽靡靡，奓口無當，嗟貧而嘆老，諛勢而佞名者，又何足一污公筆耶？蓋展卷而信公之爲端人莊士矣。雖然，此公之遺言也。乃其遺事，又有足述者。若公爲冏卿，與御史争言馬政，則公不屈于文貞。及爲廷尉，新鄭方修郤文貞，則公不阿于新鄭，碑誌亦載焉。而至于江陵執政，遣使致書，要公亟出，蓋名爲嚮用公而實欲藉公攝天下也。公呼使者至榻前，示以病狀，不報書而遣之，以此竟與江陵忤。此則碑誌所逸而原道目擊其事，其述之也蓋詳。嗚呼！如公者而不幸蚤死，且不得其死所，尚謂有天耶？世見公之觸龍鱗也，以爲公重；而又見公之旁犯蜂螫也，以爲公疑。夫王筠之文也，偉元之孝也，張圓之治行也，而死于盜；王崇之世其清□也，而死于傅婢之手。而史無貶辭，有爲傳與銘者，死固非所諱也。矧公之品格聲華，又非諸君子可望者。不佞是以附竊取其義，而敢爲公叙之。公雖去世久，而一旦揭其精華，遂令義氣若生，藻詞若新矣。綝素之力不能千秋，千秋宗伯者，其原道乎？昔有得魏收之遺文者投之洛之水，而有聚長吉所遺輒火之，此談笑于越人之彎弓也者。而原道于伯氏之遺言遺事，惟恐異日湮諸水火中，而吁嗟涕洟，亟圖表章之不朽，是其兄彎弓而垂涕泣者也。夫涕泣者，其可爲今世悌弟也夫！——〔明〕何三畏《新刻漱六齋全集》卷一五《序》，載《明别集叢刊》第四輯，合肥：黄山書社，二〇一六年，第三九册，第三一八—三一九頁。

董大理幽貞集

《幽貞集》者，今大理卿幼海董公戍南中時所著也。方公之上書詆時宰，投身炎瘴，履困極矣。使情隨境遷，外至者有動于中，其託之聲詩，不出於憤怨不平，則抑鬱無聊，類之凡情有然者。乃今觀集中諸作，率詞旨沖逸，意超埃壒之表。及讀《述史》、《景哲》等篇，遡其神游，在千載間矣。彼一時所遇區區者，曾足以屑其胸腑耶？宜其處羈幽而以貞勝也。昔晁君以道讀東坡惠州諸作，謂此老直須過海，彼直以詞人抉露天巧，爲造物者所忌，以履遐荒。不知海南之行，固天所以助發坡老者。讀是集者，不當以斯言概之耶？——〔明〕陸樹聲《陸文定公集》卷二〇《陸學士題跋》卷下，載《明別集叢刊》第二輯，合肥：黄山書社，一九九〇年，第八八册，第六六〇—六六一頁。

許案：此跋已載於《幽貞集》卷首，然内容與此文集所收多有不同，故附録於此。

采薇集四卷幽貞集二卷邕歈集六卷 兩江總督採進本

明董傳策撰。傳策有《奏疏輯略》，已著録。此三集乃傳策以嘉靖戊午遣戍，至隆慶丁卯召還，前後十年之詩也。《采薇集》爲四言、樂府、歌行、絶句等體；《幽貞集》爲五言古體；《邕歈集》爲七言律體。詩多激烈，如其爲人。案《千頃堂書目》，《采薇集》作十四卷，《幽貞集》作十一卷，《邕歈集》作七卷，與此互異。明人集多隨作隨刊，卷帙無定。未知爲此本不完，或黄虞稷誤載。

又有《廓然子稾》二卷、《蘧廬稾》七卷，此本不載，殆偶佚矣。——〔清〕永瑢等撰《四庫全書總目》卷一七八《集部·别集類存目五》，北京：中華書局，一九六五年，第一五九八頁。

奇遊漫記四卷 浙江汪啟淑家藏本

明董傳策撰。傳策有《奏疏輯略》，已著録。此書之作，則其疏劾嚴嵩，爲所搆陷，謫戍南寧時也。一卷曰出戍道經，二卷曰楚南結纜，乃自京赴粵經行之地。三卷曰粵徼征次，四卷曰行役載途，則在粵時所遊歷。其稱奇遊者，蓋取蘇軾謫儋耳渡海詩「老死南荒吾不恨，玆遊奇絶冠平生」語也。末附方瑜《南寧青山記》、吴時來《混混亭記》、陳大綸《洞虚亭記》三首，亦爲其在粵所居也。——〔清〕永瑢等撰《四庫全書總目》卷六四《史部·傳記類存目》，北京：中華書局，一九六五年，第五七三頁。

奏疏輯略一卷 兩江總督採進本

明董傳策撰。傳策字原漢，上海人，嘉靖庚戌進士，授刑部主事，以疏劾嚴嵩謫戍南寧。隆慶初，復故官。萬歷初，官至南京禮部右侍郎，事蹟具《明史》本傳。

是編有其弟傳文識後，云：「伯子由常博至右宗伯，疏草半逸，今輯梓者，寥寥十餘疏耳。」考傳策始以論嚴嵩欺君誤國，遣戍南寧，乃其生平大節，宜以弁集，而乃冠以《極陳時政疏》，實則未上之稾。附録之，尚爲空言騫直，況首列乎？此則編次之失也。——〔清〕永瑢等撰《四庫全書總目》卷五六《史部·詔令奏議類存目》，北京：中華書局，一九六五年，第五〇七頁。

圖書在版編目(CIP)數據

董傳策集 / 閔行區圖書館編；許建平，王杏林，孫鶯點校整理. —杭州：浙江大學出版社，2018.11
(閔行歷代稀見文獻叢刊)
ISBN 978-7-308-18754-1

Ⅰ.①董… Ⅱ.①閔…②許…③王…④孫… Ⅲ.①中國文學—古典文學—作品綜合集—明代 Ⅳ.①I214.82

中國版本圖書館 CIP 數據核字(2018)第 263473 號

董傳策集

閔行區圖書館　編

許建平　王杏林　孫鶯　點校整理

責任編輯	張小苹
責任校對	胡　畔
封面設計	項夢怡
出版發行	浙江大學出版社 (杭州市天目山路 148 號　郵政編碼 310007) (網址：http://www.zjupress.com)
排　　版	杭州隆盛圖文制作有限公司
印　　刷	浙江新華數碼印務有限公司
開　　本	710mm×1000mm　1/16
印　　張	38.75
字　　數	483 千
版 印 次	2018 年 11 月第 1 版　2018 年 11 月第 1 次印刷
書　　號	ISBN 978-7-308-18754-1
定　　價	148.00 圓

浙江大學出版社市場運營中心聯繫方式：0571－88925591；http://zjdxcbs.tmall.com